读客®知识小说文库

读小说，学知识

侯大利刑侦笔记

一部集侦查学、痕迹学、社会学、尸体解剖学、犯罪心理学之大成的教科书式破案小说

8 旧案寻踪

小桥老树 著
《侯卫东官场笔记》作者

河南文艺出版社
·郑州·

图书在版编目（CIP）数据

侯大利刑侦笔记. 8, 旧案寻踪 / 小桥老树著. — 郑州：河南文艺出版社, 2022.6
（读客知识小说文库）
ISBN 978-7-5559-1360-3

Ⅰ. ①侯… Ⅱ. ①小… Ⅲ. ①长篇小说-中国-当代 Ⅳ. ①I247.5

中国版本图书馆CIP数据核字(2022)第089442号

著　　者	小桥老树
责任编辑	崔晓旭
责任校对	丁　香
特邀编辑	景柯庆
策　　划	读客文化　021-33608320
版　　权	读客文化
封面设计	章婉蓓
封面插画	刘小梅
出版发行	河南文艺出版社
印　　刷	三河市龙大印装有限公司
开　　本	680mm×990mm 1/16
印　　张	20.5
字　　数	292千
版　　次	2022年6月第1版　2022年6月第1次印刷
定　　价	59.90元

如有印刷、装订质量问题，请致电010-87681002（免费更换，邮寄到付）
版权所有，侵权必究

目 录

第一章　**专案二组的新任务** / 1

　　"犯罪是人类社会的顽疾，古代有，现代有，将来也会有。我们的职责就是抓住犯罪分子，让他们受到惩罚。虽然很多伤害永远无法弥补，但是，让犯罪分子受到惩罚多少会给人以安慰。将犯罪分子绳之以法，这也是一种震慑，是减少犯罪的有效手段。这就是我们存在的意义。"

第二章　**马溪河边发现女尸** / 35

　　陈菲菲死于非命，为平息舆论，周涛极有可能被重判。侯大利与周涛走得很近，当天晚上又住在刑警老楼，绝不相信周涛会强奸陈菲菲，特别是面包车内那一声"侯组长"，更是赤裸裸的陷害，只不过受害人不是侯大利，而变成了周涛。侯大利没有被愤怒冲昏头脑，仍然耐心、冷静地寻找着对手的破绽。

第三章　**"鱼竿模型"的提出** / 57

　　在讯问过程中画出这条线索，是侯大利偶然所得。这是厚积薄发的结果，当线索多到一定程度，注意力又能集中，那么灵感迟早会迸发出来。

第四章　**被诅咒的名单** / 77

　　杨国雄跳楼是轰动一时的大事，马刚作为办公室副主任对此事的印象更是深刻，十几年不能忘，各种细节历历在目。在朱林的询问下，往事更如开了闸的洪水一样，倾泻而出。

第五章　徐静之死迷雾重重 / 131

　　如果徐静是被人谋害，从现场情况来看，最有可能是熟人作案。原因有两个：第一，关家别墅有一条大狼狗，平时有外人进入院内便会咆哮，徐静死的那天晚上，狼狗没有咆哮；第二，别墅包括徐静房间的门窗完好，没有破坏痕迹。

第六章　面包车重新出现 / 166

　　杨为民猥亵案和张冬梅遇害案皆与杨永福有千丝万缕的联系，面包车是一个关键点。警方一直没有找到面包车的线索，只能暂时将案子放下，苦等新线索再次浮现。如今，前期布局终于有了些许效果，受害者张英上报了一条有可能极为有用的线索。

第七章　发现新的关键证据 / 186

　　正在叹气之时，侯大利忽然"啊"了一声，如被孙悟空施了定身法一样，一动不动。葛向东刚要开口说话，江克扬把食指放在嘴边，"嘘"了一声。几秒钟后，侯大利犹如通电一般，恢复了行动。他站了起来，匆匆往外走，道："老葛，照片的事情拜托你，有急事，我们先走。"

第八章　进入密道逼近真相 / 208

　　侯大利道："这是我直觉中的第一种可能性，我们现在就是在验证这个直觉。还是那句老话，如果我的直觉是对的，验证了，我们就大赚。如果我的直觉是错的，我们也是小赚，至少否定了一种可能性。破案就和解数学题一样，利用有限条件，找到正确答案。有些解法会出错，这不奇怪。"

第九章　矿井下的搏杀 / 249

　　靠近耳朵的头皮被砸了一条口子，鲜血瞬间冒了出来，顺着脖子流进衣服。如果不是孙望躲闪，杨永福很难防备突然袭击，多半会被坚硬的煤块砸中后脑勺。他顾不得查看伤势，拿出腰间跳刀，对准来人就捅了过去。

第十章　使用心理战术破解谜团 / 273

　　随着关江州的讲述，侯大利在短时间内有些失神。虽然关江州说得有些刻薄，但是他说的这些事也发生在自己家里，不管父亲找了什么理由和母亲离婚，核心还是喜新厌旧。从生物性来说，男性天生具有喜新厌旧的本性。整个社会花了数千年约束这个本性，仍然无法完全驯服这个本性。

第十一章　爆炸再一次发生 / 302

　　交警的摩托停了下来。越野车发出怒吼，朝烂尾楼冲去。在即将接近烂尾楼时，樊勇猛打方向盘。越野车掉转车头，停在烂尾楼旁边的深坑边上。他跳下警车，如跳水一般朝地面扑去。侯大利拉开车门，将炸弹扔过不算高的施工挡板，然后扑倒在地，用尽力气向远离大坑的方向滚动。

第一章
专案二组的新任务

2010年8月8日上午，山南省，江州市。

成功侦办湖州系列杀人案和江州碎尸案以后，按惯例要开会总结。省公安厅命案积案专案组二组组长侯大利原本以为召开的是小规模座谈会，总结前阶段得失，安排下一步工作。

谁知，这是一场颇有声势的表彰大会。

参会人员有山南省副省长、省公安厅厅长陈彬，江州市委书记和市长，湖州市委书记和市长，省公安厅副厅长费龙，省刑侦总队总队长刘真等领导。另外，还有全省部分地市负责同志参会。

会上，副省长、省公安厅厅长陈彬对湖州三案和碎尸案的成功告破表示热烈祝贺，向广大公安干警表示崇高敬意。他声情并茂地讲道："湖州系列杀人案和江州碎尸案成功告破，过程艰辛，实属不易，令人振奋，集中体现了省、市、县三级公安机关尤其是刑侦部门的艰辛付出和不懈努力，集中体现了同志们敢打硬仗、能打胜仗的坚定决心和过硬作风，集中体现了全省公安机关立足当前、着眼长远、夯实基础、提升能力取得的长足进步和跨越发展，打出了山南公安声威，极大地提升了公安机关的公信力……希望全省公安机关特别是刑侦战线、支撑保障部门抓住有效时间，发起新一轮冲刺攻坚，奋力实现既定目标，以实际行动让逝者沉冤昭雪、生者心灵慰藉，切实维护法律尊严，彰显公平正义，更好地捍卫政治安全、维护社会安定、保障人民安宁。"

会场掌声如雷。

侯大利代表省公安厅命案积案专案二组发言。侦查员平时很少穿警服，外出皆便衣。侯大利自入职以来，只有在授衔、晋级、参加重要会议和祭奠牺牲战友时才穿过几次警服。今天属于重要会议，他穿警服、挂绶带、佩戴大红花，沉稳地走上主席台。

敬礼之后，侯大利拿出两页稿子，认真地读道："我代表立功受奖的全体同志，感谢上级组织和领导给予的荣誉，感谢那些朝夕相处、并肩作战的战友……"

这是中规中矩的发言。发言结束以后，大家鼓掌。

侯大利收起稿子，没有立刻离开，望了望主席台下的参会者，目光转了一圈后，缓缓道："今天是表彰会，应该说些让人振奋、让人鼓劲的话。可是，在发言的时候，脑中突然出现了好几个牺牲了的战友的身影，他们的面容如此清晰，笑容如此亲切，似乎就在身边，触手可及。他们牺牲在第一线，永远走了，再也回不到队里。我参加工作时间不长，2007年进入江州市公安局，短短三年多时间里，我在刑警二中队的师父李超在与犯罪分子石秋阳的搏斗中牺牲。李超是很普通的刑警，平时爱发点牢骚，开个小玩笑，有个绰号叫'李大嘴'。他确实很普通，是千千万万平凡警察中的一员，但面对穷凶极恶的犯罪分子时，毫不畏惧，勇敢地冲了上去，壮烈牺牲，留下了还在上小学的女儿。我的未婚妻田甜原本是法医，后来调到二大队，在抓捕人贩子时英勇牺牲。她牺牲得非常突然，没有一点预兆，我听到这个消息时格外伤心，早上还活生生的未婚妻，突然就与我阴阳两隔了。以前听到阴阳两隔没有什么特殊感觉，经历过这种伤痛以后，我才明白阴阳两隔的真实意思，就是你遇到高兴事，想要与她分享，你心情不好，想要与她倾诉，而她已经不在了。"

参会者有一大半是着装民警，其余是各行业代表。因为是表彰大会，参会人员原本开开心心。当侯大利脱稿讲话时，不管是公安人员还是其他行业的人员都收敛了笑容，凝神静气，静听立功者的肺腑之言。

张小舒坐在第三排，与侯大利目光相对之时，意外地看到侯大利眼中隐有泪光。

侯大利顿了顿，又道："犯罪是人类社会的顽疾，古代有，现代有，将来也会有。我们的职责就是抓住犯罪分子，让他们受到惩罚。虽然很多伤害永远无法弥补，但是，让犯罪分子受到惩罚多少会给人以安慰。将犯罪分子绳之以法，这也是一种震慑，是减少犯罪的有效手段。这就是我们存在的意义。散会以后，我和我的战友们就要投入下一场战斗，希望我们在新的战斗中能够获胜。谢谢大家。"

没有花哨成分的质朴发言，赢得了满堂掌声。

陈彬厅长拍手之后，扭头道："老费，这小伙子讲得不错，比提前准备的稿子好。这人很年轻啊，参加工作三年就担任专案二组组长，挺厉害。"

费龙副厅长道："侯大利被称为神探，参加工作时间短，连破数起大案，能力很强。他是我哥的学生，当初我哥想让这家伙读他的研究生。小伙子执意要到一线，把我哥气得够呛。"

"费教授看上的人，绝对不错。"陈彬忽然想起一事，道，"侯大利，是不是侯国龙的儿子？"

费龙副厅长道："是的，他爸是侯国龙。"

陈彬"哦"了一声，道："山南省首富的儿子，居然成为优秀侦查员。这个小伙子不错，好好培养。"

侯大利回到座位，江克扬低声道："稿子念起来干巴巴的，最后脱稿讲的几句才是真话，讲得很好。"

"念完稿子，突然就想说几句心里话。"侯大利甚为内敛，很少轻易表达感情，站在讲台上，突然间想起了师父李超和未婚妻田甜，这才说出了肺腑之言。

参加表彰会的有《山南法制报》的女记者。这位女记者知道受表彰者侯大利是侯国龙的儿子，特意准备了几个与侯国龙有关的问题。听到侯大利最后一段脱稿发言后，她临时又增加了与其未婚妻田甜有关的问题。侯大利归位后，她来到第一排，蹲在其身边，递上名片，提出采访要求。

侯大利接过名片，道："等散会再说吧。"

女记者指了指主席台侧面，道："等会儿我在主席台那边等你，再给你补两张照片。"

即将散会之时，侯大利收到宫建民的短信："散会后，立刻到小会议室。"

散会后，女记者在主席台左侧等了一会儿，没有见到侯大利过来。她走上主席台，俯视全场，只见众多警察从侧门走出会场。参会警察都穿着警服，她看得眼花缭乱，也没有找到侯大利。

侯大利此时来到了小会议室。

小会议室有省刑侦总队刘真总队长、江州市公安局关鹏局长和宫建民副局长。

刘真总队长开门见山地道："省命案积案专案二组有新任务，除了继续侦办命案积案以外，还要负责协助江州市公安局深挖两面人和幕后黑手。"

7月20日，山南省公安厅"秋风-2010"命案积案攻坚行动部署大会之后，关鹏曾经和侯大利有过一段对话。关鹏当时提出一个问题："这些年，江州不少企业家的家人都发生过这样或者那样的问题，这值得我们关注。"这一段话分量很重，侯大利牢记在心。他在侦办湖州三案和碎尸案之时，一直在有意识搜集"关鹏问题"的相关线索。半个月后，"关鹏问题"演变成了省、市两级公安部门共同关注的问题。

谈了一些细节后，刘真总队长道："刚才谈到的线索表明，江州市公安局刑侦队伍中出现了两面人，此人有一定资历和职务，隐藏得很深。专案二组要利用侦办命案积案之机，听从关局指挥，挤掉这个脓包。黑恶势力不是孤立存在的，之所以能够称霸一方，甚至无法无天，很大原因在于有两面人庇护。黑恶势力在前台为非作歹、牟取利益，两面人在后台通风报信、纵容包庇，两者沆瀣一气，破坏了政治生态，带坏了社会风气。客观地说，江州在这方面的问题不算严重，在全省排不上号。从时间上来看，主要问题在多年前产生。但是，只要有问题，不管是大还是小，不管是现在还是以前，都得一查到底，绝不姑息。侯大利，你有什么想法，可以提。"

侯大利道："专案二组中除了我之外，还有樊勇和江克扬来自江州。"

刘真总队长道："你是新人，和以前的事情无关，可以信任。专案二组中樊勇在进入刑侦队伍前来自缉毒大队，江克扬来自火车站派出所，经过调查，这两人也可以信任。我在这里谈原则，具体工作听关局安排。"

关鹏放下笔，又看了一眼笔记本，道："专案二组在侦办案件中已经触及两面人，两面人和我以前提到的幕后黑手是相关联的。因此，挖两面人和幕后黑手的任务交给专案二组。工作开展的方式就是利用侦办命案积案之机，深挖多年前与杨国雄、胡卫等人有关联的细节，找出隐藏很深的两面人，以及危害极大的幕后黑手。这项任务原则性强，纪律性强，需要高度保密，由专案二组来办理最合适。105专案组一直在配合你们工作，你以后要注意控制尺度。105专案组可以参加对两案的调查，但是不能接触挖两面人的相关工作。"

侯大利抬头挺胸，接受了这项沉甸甸的任务。

接受任务以后，侯大利和专案二组的战友们分乘两辆车，回到刑警老楼。回到老楼不久，内部工作会还未召开，专案二组兼职内勤吴雪接到电话，请专案二组派员参加"8·3"杀人案案情分析会。

"8·3"杀人案由江州刑警支队重案大队侦办，在最初方案中并没有计划邀请省命案积案专案二组参会。在审阅案情分析会方案时，宫建民提出明确要求："受害者疑似面包车司机，面包车司机多次出现在案发现场，这与杨永福有联系，请专案二组派员参加案情分析会。"

侯大利正准备出发参加案情分析会，接到市公安局政治处顾主任的电话。顾主任笑道："大利啊，《山南法制报》常记者要采访你，结果你散会就原地消失，害得常记者白等你一小时。常记者在我办公室坐着不走。宣传公安是硬任务，你赶紧到我办公室来。"

顾主任把话说到这个份儿上，侯大利只得让江克扬去参加"8·3"

杀人案案情分析会，自己到顾主任办公室接受采访。

采访比预想时间要长，整整一个半小时才结束。完成采访任务后，侯大利匆匆回到老楼。等了一会儿，江克扬才出现在办公室。

侯大利道："案情分析会，确定死者身份没有？"

江克扬道："很奇怪，死者凭空出现，指纹、DNA以及户籍的数据库中都没有查到此人，周边也没有报失踪的。市局已经发出了协查通报，暂时没有消息。死者如果真是面包车驾驶员，大家怀疑是外地人进入江州作案。"

侯大利道："这么说没有实质性进展？"

江克扬摇了摇头，道："暂时没有。"

侯大利道："那我们专案组开会吧，有新任务。"

锁上了四楼通向五楼的铁门，又关上了房门，省命案积案专案二组工作会正式召开。侯大利讲完"挖两面人和幕后黑手"的新任务以后，专案二组所有成员都陷入沉默。

谈完纪律要求和工作要点之后，侯大利将话题转到命案积案工作上，道："表彰会结束了，湖州三案和碎尸案也就完全翻篇，我们专案二组负责六起命案积案，湖州三案只能算是一起案件，我们还有五起案件未破，不能有丝毫松懈。我们虽然暂时在七个小组中拔得头筹，谁能走得够远，还真说不定。万里长征只走了第一步，绝对不能骄傲。下面，我来理一理幕后黑手这一团乱麻。"

樊勇比画了一个胜利手势。

"杨帆案和白玉梅案看似毫无关联，白玉梅遇害是在1994年8月，杨帆遇害是在2001年10月，相差了七年。如果我们把杨永福放进来，事情就发生了微妙变化。"

侯大利拉过来白板，在白板上写道："1999年9月24日，杨国雄跳楼自杀。"

"杨国雄靠生产摩托起家，江州摩托曾经风光一时。国龙摩托和晨光摩托崛起以后，江州摩托慢慢滞销。杨国雄选择多元化经营，具体来说就是哪个行业赚钱就进入哪个行业。进入煤炭行业后，杨国雄与秦永国争夺煤矿,水火不容。白玉梅是秦永国公司的财务人员,其遇害之时,恰好就是杨国雄和秦永国争夺煤矿最厉害的那一段时间。白玉梅的老公张志立多次提到此事,认为杨国雄就是凶手。"

侯大利略微停顿,强调道:"沿着时间线往下看,杨帆在2001年10月遇害,凶手自然和杨国雄无关。在世安桥上,杨帆被推入水中,那个面容模糊的少年骑着江州摩托。省城李秋等人之所以突然到江州来找我,是有人冒用了我的声音向他们发出邀请。李秋和我很熟悉,但是对这个邀请没有任何怀疑。"

经过近十年风雨,往日伤痛已经深埋入心,侯大利能够在众人面前平静地谈起杨帆案。可是每当在公共场合提起杨帆之时,他的内心深处仍然在一点一点渗血。

吴雪望着侯大利平静的神情,忽然之间,特别同情眼前这位小神探。她有些失神,心道:"张小舒的妈妈遇害,侯大利的女友遇害,张小舒和侯大利都是苦命人,真希望能够破案,真希望这两人能够走到一起。"

侯大利的目光扫过吴雪,发现其神情有些怪,略略停顿。

吴雪感受到了侯大利的目光,下意识摇了摇头。

侯大利继续道:"种种迹象表明,向杨帆下手的嫌疑人极有可能是杨永福。杨永福报仇的对象不只杨帆,或许还有其他人。比如,邱宏兵杀害了妻子张冬梅,而张冬梅是张大树的女儿。大家注意一点,张大树也是杨国雄的竞争对手。表面上看起来,邱宏兵杀妻案和杨永福没有关系,但是有一条线将邱宏兵和杨永福联系起来,这条线是肖霄。肖霄在金色酒吧当驻唱歌手。金色酒吧的老板就是杨永福。而邱宏兵与肖霄是情人关系。"

说到这里,他在白板上写下了"肖霄"两个大字:"我个人对肖霄评价就是心狠手辣,其行为、思想和年龄完全不相称。"

侯大利擦掉"肖霄"这两个字,又道,"秦永国有一个女儿,离开山南多年,谁都不知道其行踪。我和秦永国有过一次深入交流,他谈起了其弟弟遭遇的矿难,仍然心气难平,觉得后怕,所以送女儿离开江州这个是非窝,免得受牵连。李兴奎的妹妹李兴梅四年前被捅了一刀,伤到脊柱，这辈子只能坐轮椅，至今没有抓到凶手。李兴奎主营路桥，恰好也是杨国雄曾经进入的领域。四年前，也就是2006年，杨永福更名为吴新生，行踪不定，后来成为朱琪的情人，进入建筑领域，和邱宏兵扯上关系。这一系列是巧合吗？我觉得不是。"

侯大利在白板上写下他认为重要的事件：

1. 1994年8月，白玉梅遇害；
2. 1995年7月，秦永国的亲弟弟秦永强在红源煤矿被掉落的石块砸死；
3. 1999年9月24日，杨国雄跳楼自杀；
4. 2000年9月7日，杨国雄的妻子吴佳宁因病离世；
5. 2001年10月18日，杨帆遇害；
6. 2002年4月（具体日期不明），杨永福离开江州学院附中，来到秦阳五中；
7. 2003年11月12日，杨永福从阳州电子科技大学辍学，时年18岁；
8. 2005年7月，杨永福在湖州市明杨县高马镇更名为吴新生；
9. 2006年3月5日，李兴梅被捅了一刀；
10. 2008年，杨永福以吴新生的名字出现在朱琪身边；
11. 2010年5月23日，邱宏兵杀妻。

放下签字笔，侯大利道："我列举出来的事件以杨国雄跳楼为隔断，分为前后两个阶段，前面的事情与杨国雄有关联，后面的事情也极有可能与杨永福有关联。"

按照侯大利的推论，这就是一个长达二十年且涉及多人的残酷故事，专案二组所有成员都倒吸了一口凉气。

吴雪道："如果大利的推论正确，杨国雄和杨永福父子就是一对魔鬼。"

8月8日下午，局长关鹏、副局长宫建民来到省命案积案专案二组驻地，召开了小范围工作会。根据专案要求，所有参会人员重签了保密责任书。

晚上7点，侯大利和吴雪在金色天街找到陈菲菲，在东城派出所驻金色天街警务室与其谈话。

陈菲菲嘴唇上的口红特别明显，称得上"血盆大口"，衬得整张脸格外苍白，毫无血色。她穿的高跟鞋足有七八厘米高，小吊带让肩膀和后背都露了出来。如此打扮让陈菲菲看起来比同龄人性感，女人味十足。

陈菲菲认出了侯大利，道："警官，找我什么事？我等会儿就要唱歌了。要问话就快点，别耽误我唱歌，这可是我的饭碗。"

侯大利道："陈义明的腿好利索没有？"

陈菲菲"呸"了一声，道："别跟我提这个人，脏我耳朵。警官，我不是呸你，我是在呸那个人渣。"

侯大利道："你晚上不回家？"

陈菲菲不经意间打了个哈欠，道："我已经搬出来了。"

侯大利道："住在哪里？"

"你是明知故问，我被你们的人强奸后，你们把我查了个底朝天。我还住在天街背后的那幢老楼，就是工人新村。"陈菲菲说话时用的是一种满不在乎的口气，神态中混杂着桀骜不驯和玩世不恭，与十八九岁青春少女惯常的神态相去甚远。

不管陈菲菲是什么态度，深知内情的侯大利对眼前女子怀有深深的同情。如果不是遇到烂到骨子里的继父，陈菲菲应该还在校园读书、谈恋爱，享受青春。他见陈菲菲右手中指微黄，便取出香烟，递给她一支。陈菲菲接过香烟，动作娴熟地点燃，抽了一口。侯大利也抽了一口烟，默默地看着眼前女子。

陈菲菲抽了两三口后，道："警官，你为什么用这种眼神看我？"

侯大利道："你妈在菜市场有固定摊位，辛苦一些，收入还行。你可以帮她，一样能赚钱。"

"我妈辛苦一辈子，赚了些小钱，全给陈义明那个浑蛋败光了。

我不会像我妈那样傻，人不为己，天诛地灭。女人的青春能有几年，等到人老珠黄，啥都完了。"陈菲菲吐了一个烟圈，用挑衅的眼神瞧着侯大利。

吴雪忍不住道："正因为青春短暂，所以要想办法好好工作，这样以后才有保障。"

陈菲菲"哼"了一声，没有理睬吴雪。

闲聊几句，侯大利进入正题，道："陈菲菲，7月19日上午的事，再跟我们讲一讲。"

陈菲菲道："我讲了几遍了，这又不是什么好事，为什么要反复讲？那个强奸犯已经被逮住了，还是你们的人。哼，男人都是一路货色，我还从来没有见过不好色的男人。"

侯大利眼神突然间锋利起来，道："不要自以为是，我们是在帮你。"

年轻警官的目光如火一般灼人，陈菲菲被刺得疼痛，回避了他的目光，抽了一口烟，仍然装作满不在乎，道："7月19日上午，我正在睡觉，桐桐给我打电话，让我到金色酒吧打麻将。酒吧上午都没有什么生意，我们几个姐妹经常约在这里打麻将。"

侯大利道："桐桐给你打电话的时候，说过还有哪些人打麻将？"

陈菲菲道："我们那段时间经常在一起打麻将的就是桐桐、肖霄、小雨、炮姐和我，桐桐输得多，想要捞回来，就四处约人。"

侯大利道："谁知道你要出门打麻将？"

陈菲菲道："桐桐肯定知道，肖霄和炮姐也知道，小雨也许知道。"

7月19日上午，陈菲菲接到电话，刚出门便被堵住，这说明面包车上的人知道陈菲菲要出门。侦查员分别调查了肖霄、桐桐、小雨和炮姐。

桐桐承认是她打的电话，一把鼻涕一把泪，坚决不承认向外人透露过。

肖霄、炮姐和小雨都指认是桐桐打电话约人。肖霄和炮姐几乎和陈菲菲同时出发。小雨有事来不了。

支队调查过这五人的通话记录，在陈菲菲被绑架前后，五人的通话记录都没有疑点。侯大利根本不相信面包车是偶然出现在陈菲菲面前，在其心中，肖霄绝对就是罪魁祸首，只不过这个女子如毒蛇般凶狠，又如狐狸般狡猾，抓不到其破绽。他坚信夜路走多了绝对要撞鬼，终究有一天，肖霄会栽大跟头。

侯大利道："在面包车上，有人说了什么话？"

陈菲菲用异样的眼神看着侯大利，道："我记得很清楚，一人说，'侯组长，陈菲菲真他妈贱'；另一人说，'你不说话能死啊'。"

侯大利道："说话人是什么口音？两人说话有什么特点？"

陈菲菲道："当时我被吓得不轻，记得不是太清楚。两人都是江州口音，一个人的口音和你差不多，另一个声音有点沙哑。这以后，我就迷糊了，醒来之后就在江州河边。"

侯大利特别重视与面包车有关的细节，这是因为有三件事情与面包车有关——第一件，张英被面包车上的人绑架，在车上被猥亵，听到了"杨为民"的称呼；第二件，如果不是顾全清突然出现，张冬梅极有可能会被面包车上的人绑架；第三件，陈菲菲被面包车上的人绑架并强奸，从陈菲菲体内查出了周涛的精液。

这三起事件都与杨永福有间接联系。在张英被猥亵一案中，新琪公司最终把老机矿厂的东、西两块地都拿到手，杨永福是此次事件的最大受益者。张冬梅案中，张冬梅的父亲张大树与杨国雄是竞争关系。陈菲菲案中，周涛绝无可能与那辆神秘面包车有牵连。当时就有推论，面包车背后的人极有可能是冲着侯大利来的，周涛是躺着中枪。

询问结束后，侯大利忍不住劝道："你在19号才出过事，身体也还有伤，别在外面胡混了，回去帮你妈。"

"拜托警官，我当驻唱歌手，凭劳动吃饭，不丢脸。没事我就走了。"陈菲菲抓起小包，高跟鞋发出"噔噔"的声音，离开警务室。

时间尚早，还没有到酒吧生意的高峰期，卡座大多空着，几个年轻人坐在一起嘻嘻哈哈说笑。

陈菲菲推开侧门，进入休息室。

肖霄对着镜子在仔细化妆，准备在高峰期登台唱歌。她穿了一件男式背心，露出肩膀，扎了最简单的马尾辫。桌上还有一副平光眼镜，她准备登台时戴上。这种打扮既简单又性感，与其他歌手的浓妆艳抹形成强烈对比。

陈菲菲原本准备穿那一套红色紧身衣，看到肖霄的打扮，惊讶地道："你穿学校歌舞团的衣服？有点土啊！"

肖霄道："这你就不懂了，好看不过素打扮，你也别又红又紫地穿了。弄点简单的衣服，顶多在衣服上撕条口子，把腰露出来，这才是真正的性感。只有那些中老年妇女才穿得花里胡哨的。晚上唱完歌，跟我参加一个局。"

陈菲菲道："什么局？"

肖霄道："到时候就知道了，高档的。"

晚上11点，陈菲菲接连唱了三首歌。尽管酒吧冷气十足，但由于跳得太厉害，她仍然出了一头热汗。在小屋稍作休息后，她和肖霄、桐桐、炮姐一起出发。肖霄开了一辆香喷喷的二手宝马，在一路欢笑中，十来分钟后来到马背山。

马背山原本是城外的野山坡。随着城区发展，马背山变成了城中山。隧道打通以后，马溪河水流入江州河，马背山由偏僻荒山变成了城区制高点。

来到马背山山脚下，肖霄停车，对后排的陈菲菲道："菲菲，你来上山。"陈菲菲刚拿到驾驶证，从来没有开过马背山这种山路，有点害怕。肖霄走到后门，拉开车门，不耐烦地道："这种小山路都不敢开，你的驾驶证干脆锁在箱子里得了。我也坐车上，我都不怕，你怕什么。"

在肖霄的鼓励下，陈菲菲坐到驾驶位。

小车一路慢行，顺利到达山顶的马背山庄园。马背山庄园是阳江高速集团的产业。阳江高速集团李小峰副总经理只要来到江州，一般都会住在此处。

李小峰不到三十岁，从江州学院附中毕业以后到国外留学，回到国内就进入阳江高速集团。他担任副总经理并非凭借国外学历，也不是实干精神，而是因为含着金汤匙出生。作为老板李兴奎的长子，他迟早要接班。在集团里，他是实实在在的掌权派。只要不违背父亲的决定，多数事情就由他说了算。

在国外的经历让其喜欢搞聚会。马背山庄园位于马背山山顶，顶峰面积不大不小，刚好够建设马背山庄园。庄园内建有游泳池，游泳池边缘不到一米便是直立山崖，山崖约百米，山底便是马溪河。

游泳池旁边是一处露天平台，装有灯光和音响。站在露天平台能够俯视整个江州城，有一览众山小的诗情画意。

李小峰、吴新生等人坐在平台处闲聊、喝酒。山庄备有大量茅台和洋酒，若是李兴奎到来，整个山庄便飘起茅台香，时不时还会传出"射雕引弓……"的豪迈歌声。若是李小峰到来，山庄则响起被李兴奎评价为"靡靡之音"的爵士乐。

一辆小车驶入庄园，走下来一个奇怪的男人。男人右脸几乎都是烫伤，左脸完好无损，形成了奇怪的对比。如果只看左脸，男人文质彬彬；如果只看右脸，皮肤凹凸不平，呈暗红色，很恐怖。左脸和右脸同时在一张脸上，形成一种奇异凶相。

"嘿，峰哥。"来人打了招呼，拖来一把椅子，坐在李小峰旁边。

此人是近两年在江州出现的狠角，雷人公司的陈雷。陈雷旗下有几家公司，有做商业物流的，也有做工程的。自从拿下了金顶山项目以后，他在建筑行业也小有地位。

李小峰道："陈雷，给你介绍一个朋友。吴新生，这两年业务做得很好。"

陈雷左脸微微笑了笑，右脸仍然是一副凶狠表情，道："新琪公司，我知道，老机矿厂项目做得挺不错。"

提到老机矿厂项目，李小峰骂了一句："邱宏兵那个蠢货，居然把冬梅姐杀了，死有余辜。"

在江州老板圈子里，张冬梅性格洒脱，为人爽快，在富二代中挺有人缘。李小峰刚回国时在签订商业合同中犯过错。张冬梅特意找到李兴奎，替李小峰求情。

吴新生在多年前不仅与李小峰打过交道，还见过陈雷。只不过吴新生当时的名字叫杨永福，头上有杨国雄儿子的光环。杨国雄的实力强于李兴奎，李小峰在杨永福面前多多少少有些巴结。而陈雷是高中生中的社会人，在《古惑仔》电影流行的时代，这是相当时髦的，他因此在高中圈子中挺有名气。

如今杨永福重新回到了这个圈子，不过是以吴新生的名字，而且还冠上了朱琪男朋友的头衔。吴新生就是杨永福，这仅仅是江州刑侦队伍中极少数人知道的事，严格保密。李小峰和陈雷自然不会知道眼前的吴新生便是多年前的杨永福。

李小峰骂了一句怪话，又道："跟你们两个打个招呼，凡是邱宏兵的人，绝对不能在江州立足。谁敢接纳江州二建的人，别怪老子跟他翻脸。"

陈雷脸上没有表情，道："我已经给里面通了气，杨为民挨了好几次打，天天睡在厕所边上。"

又有一辆车开进来，出来的正是陈菲菲、肖霄、桐桐和炮姐。陈菲菲停车的时候，见到几辆豪车，顿时挪不开眼。肖霄凑到陈菲菲耳边，道："你现在明白我为什么要买宝马了，看看这些车，都是百万级的。没有一辆装点门面的车，会掉价的。宝马车在这里算不上什么，但是对我们这种年轻女人来说就够了。"

"哈喽。"陈菲菲走在最前面，看到老板吴新生，打了个招呼。她看到陈雷面部时，吓了一跳，赶紧把目光移开。

李小峰饶有兴趣地看着四个年轻漂亮的女人，对吴新生眨了眨眼睛。前一次聚会，是李小峰从省城阳州带女人过来，这一次聚会，就由吴新生带几个漂亮妹子来活跃气氛。

吴新生拍了拍手，道："来，我给你们介绍，这位是小峰老板。"

李小峰笑容可掬，道："叫我小峰哥。"

肖霄在车上就讲明了李小峰的身份，点明了其身价。陈菲菲、桐桐、炮姐见到多金又帅气的年轻大老板，都把自己最佳状态拿了出来。陈菲菲悄悄解开一粒衬衣扣子，嗲声嗲气地道："小峰哥好，我是菲菲。"

吴新生又介绍道："这是雷哥，金顶山项目就出自雷哥的手笔。"

相互介绍之后，三男四女坐在一起开始喝酒。男女搭配，干活不累，这句话把男女关系解释得非常到位。七人说说笑笑，气氛很快就融洽起来。陈菲菲等人轮流在小舞台上唱歌跳舞，随后又进屋换了泳衣，进入泳池。

泳池有极佳的灯光系统，制造出魔幻效果。

肖霄到陈菲菲身边，道："你怎么站在边上？"

陈菲菲道："我不会游泳，有点怕。"

肖霄伸手捏了一把陈菲菲的腰，道："不会游泳，那不白瞎了这么好的身材。你是想让小峰哥还是雷哥教你？"

陈菲菲道："当然是小峰哥了。"

肖霄又在水中捏了一把陈菲菲的腰，道："你等着，我把小峰哥叫过来。"肖霄潜入水中，如一条鱼。从池底射出的一道光，让其泳衣变成半透明。

陈菲菲身材高挑，泳池的水刚到胸口，见肖霄泳衣在光线下的透明程度，赶紧低头看了看自己的泳衣，再转过来面对池壁，俯视江州城。江州城灯火辉煌，特别是西城，一幢幢高楼拔地而起，城市轮廓线非常漂亮。城市飞速发展，日渐繁荣，但是繁荣属于少部分人，自己走下山庄就变回原形，还要继续过贫穷的苦日子，为了一点点钱在台上卖力唱歌。见到的富人越多，陈菲菲的心态越发不能平衡。自从被继父强奸以后，她的世界观就发生了彻底的变化，将男女关系看得很淡。在其眼中，男人之间最大的区别就是有没有钱，有钱的才是好男人，没有钱的男人毫无价值。

"看什么呢？"李小峰从水里冒出头来。

陈菲菲故意装出忧郁神情，道："以前天天生活在江州城里，没有觉得江州美，今天站在这个地方，才发现江州真美。特别是江州河和马溪水，在晚上反射出灯光，真美。"

陈菲菲平时是大大咧咧的性格，说话喜欢带粗口。今天在前往马背山的路上,肖霄无意中谈起李小峰喜欢打扮清纯的女孩,她还嘲讽这是叶公好龙。说者无意,听者有心。陈菲菲进入山庄后亲眼见到李小峰的实力,有意无意变得"清纯"起来,在李小峰面前说话文绉绉的,透着些少女的小忧郁和小清新。

池水洗去了伪装和风尘,让陈菲菲散发出本该有的青春气息。从池底射出的柔和光线,掩盖了陈菲菲五官中的缺点,让其变得格外俏丽。

李小峰与陈菲菲并排而站,道:"这是距离产生了美,因为有距离,所以掩盖了江州城里最丑陋的地方。"

陈菲菲手撑下巴,继续俯瞰江州城。

李小峰道:"听肖霄说你不会游泳,我来教你。我上学的时候获得过游泳冠军,虽然是小组冠军,也是冠军哟。"

陈菲菲羞涩地道:"我有点笨,你别骂我。"

李小峰伸出手,道:"你先抓住我的手,别怕,一点一点漂起来。"

两人在水里不停扑腾,溅起无数水花。肖霄游到陈菲菲身边时,在水中抓了陈菲菲一把。陈菲菲吵闹着要还击,肖霄则嬉笑着夺路而逃。陈菲菲在水中追了几步,忽然发现进入了深水区,慌张起来。正在水里扑腾时,李小峰游了过来,抱住陈菲菲,道:"别慌,也就两米水深,我给你取一个游泳圈,带着你游。"

8月9日,凌晨2点,所有人上岸。

陈菲菲来到山庄后喝了不少酒,又在泳池折腾了一番,累得够呛。上岸后,几乎靠在李小峰身上。陈菲菲瘫在池边椅子上喝了些功能饮料,这才慢慢缓过劲来。肖霄、桐桐和炮姐不知去向,整个平台只剩他们两人。

"她们到哪儿去了?"山风袭来,陈菲菲有些冷。

经过一场实践版的游泳教学,两人之间的陌生感彻底消除。李小峰肆无忌惮地欣赏陈菲菲傲人的身材,道:"晚上风大,赶紧洗个热水澡,否则要感冒。"

马背山庄园的设计师来自苏州,擅长在不大的地方做出复杂格局。夜晚中的庄园如怪兽,将其他人全部吞噬。陈菲菲想起看过的恐怖故事，真有些害怕。洗浴之后，她跟随李小峰来到豪华大屋，这才有了安全感。

大屋是整个山庄的精华所在，屋顶透明，可以直视天空。陈菲菲躺在床上，望着满天的星星，瞬间被迷住。

两人稍事休息，开始了另一场运动。陈菲菲跪在床上，正前方是整面大玻璃。她抓紧床沿，俯视灯火辉煌的城市，暗自发誓：凭什么李小峰这些人就能享受人生，我却活得这么卑微。我要抓住机会，成为人上人。

上午10点，陈菲菲来到餐厅，要了一碗面。她正在吃早饭，这才见到不停打哈欠的肖霄。肖霄仍然扎着马尾辫，穿着男式背心。

陈菲菲道："桐桐和炮姐呢？"

肖霄道："别管她们，我们吃了饭就下山，你来开车啊！"

陈菲菲揉着手臂，道："我技术不好，下山有点怕。"

肖霄笑道："不是技术不好，是昨晚折腾得太厉害吧，脚耙手软。李小峰怎么样？很棒吧！"

陈菲菲反唇相讥，道："你怎么知道他很棒，试过吗？"

肖霄道："我还没有来得及下手，你就成功吸引了李小峰的注意力。这人不错，让给我吧。"

陈菲菲想起昨晚的旖旎时光，心中一荡，道："其他都可以让，男人不能。"

肖霄道："李小峰这种老板，从来不缺女人，你别幻想有爱情，该开口就得开口，不要傻乎乎的。昨晚和李小峰疯了一晚上，他没有送你礼物？"

陈菲菲低头看了一眼胸口，上面有一条很细的项链，是昨天最嗨时，李小峰主动为自己戴上的。肖霄看到了这条项链，笑道："项链，还有一个手包，小峰老板出手果然大方。"

两人坐上宝马车，陈菲菲开车，肖霄在旁边指导。宝马车顺利下山，陈菲菲道："我以前一直不敢开山路，今天终于破胆了。"肖霄道："李小峰不错，钱多，人帅，性格也好。平时多和他联系，如果要到马背山，找我借车。"

宝马车停在金色酒吧，陈菲菲下车交还钥匙后，突然间有些茫然，不知该去往何处。她不想回家看到继父，可是除了那个家，偌大一个江州，没有属于自己的家。

陈菲菲在街上漫无目的闲逛，不经意间来到菜市场，走到母亲的摊位。

朱燕刚刚忙完，正在端着茶缸大口喝茶，见到女儿，高兴地道："小菲，你怎么过来了，有事吗？"

"没事，随便转转。"

陈菲菲不喜欢来母亲的摊位，又脏又乱，充满异味，档次低。母亲在这里卖菜是挺丢脸的一件事情，以前有同学谈起此事，她坚决否认。开车从马背山下来的时候，原本挺高兴，可是回到城内就是从肥皂泡中回到现实生活，陈菲菲情绪一点一点低落。

女儿到摊位次数有限，每次过来都是拿钱。朱燕习惯性地从包里拿出一张百元钞票，在递给女儿前，又缩回手，多拿了一张百元钞票，道："昨晚很辛苦吧，又唱又跳的，太累。你跟着妈妈做生意，只要肯做，计划用钱，生活过得去。你别好高骛远了，跟着妈妈学点做生意的门道。有了真本事，到哪都不怕。"

这是朱燕对生活最质朴的看法，她本人也是如此生活的。

陈菲菲接过母亲递过来的两百块钱，破天荒地在母亲的摊位上坐了一会儿。她暗自出神，在脑中将两百块钱和马背山庄园进行对比。这两百块钱可以实实在在地买排骨、买鱼，可是放在马背山庄园里就没有丝毫存在感。马背山庄园是用一张一张的一百块钱铺起来的，每一处享受都是用真金白银换来的。

摊位上，一个顾客买菜时，顺手剥去有些发蔫的叶子。顾客下手重，剥得挺多。朱燕不高兴了，说了顾客几句。顾客不是善茬，当即还嘴。两人随即爆发了争吵。吵到最后，顾客把菜狠狠地扔在地上，扬长而去。

朱燕在市井中讨生活，性格泼辣，自然不会服输，从菜摊后冲出来，与顾客扭打在一起。

成功地让顾客付钱以后，朱燕披头散发，握着十七块钱，发出胜利的微笑，还跳着脚，对逃出市场的顾客骂了几句粗话。

母亲和人争斗时，陈菲菲一直以局外人的姿态旁观。她无法忍受菜市场的脏乱环境，怏怏而去。

8月10日上午，侯大利、江克扬和吴雪前往秦永国的家。

秦永国住在郊区，在长青县与江州城区之间。秦永国一直从事矿山开采，除了铅锌矿以外，还经营过煤矿。因为偷税漏税被判刑之后，秦家放弃了煤矿，专心经营位于长青的铅锌矿。

"过了青湖，再往前走，有一条支路。沿着支路走一公里，有一个白色院子，那就是我家。"秦永国坐在躺椅上打电话，给侯大利指位置。

结束通话，秦永国站起身，拍了拍肚子，道："侯大利终于来了。我就知道这个案子会落到他的手上。"

秦勇道："大伯，听你口气，一直在等侯大利。"

秦永国单手叉腰，道："从水库里找到白玉梅的尸体后，重案大队找了我三次。重案大队以前最厉害的是滕鹏飞，如今最厉害的是侯大利。白玉梅当年失踪，我就晓得是被人害了。那人手段太歹毒。我现在怀疑你爸也是遭人毒手。他一个人从一号巷道往回走，从顶上掉下来一块煤炭，太蹊跷了。"

秦勇道："我反复问过当天的班组，那一段时间，一号巷道状况不太好，多次冒顶。"

秦永国有些失神，道："恰好是你爸一个人往回走的时候出事，太巧了。白玉梅是公司财务，业务能力很强，突然间就失踪了。唉，提起这些事情，我就觉得做企业没有意思。"

他回到房间，换下老头衫，穿上了平日应酬时穿的短袖衬衣，还想把衬衣扎进皮带里。这些年，他日渐发福，肚子隆起，衬衣扎进皮带里是费力不讨好的事。努力几次，他放弃了把衬衣扎进皮带的想法。

外面传来汽车的声音，秦永国来到大门口，招呼老秦打开大门。

秦永国所住的大院子有完整的围墙，围墙有四米多高，上面还安有不少碎玻璃。围墙外面就是江州河。江州河在这一段还没有穿过江州主城，水质良好。两岸河堤是自然河堤，杨柳依依，芦花摇曳，景色优美，风光怡人。

吴雪透过车窗望着白色大院，道："有钱人真会享受生活，我们这些人千辛万苦读了大学，留在大城市，行走在钢筋水泥的丛林里，过着苦生活。这些人赚够了钱，回归大自然，过着我们国人最向往的田园生活。"

江克扬道："你这个感慨太单纯了，只见到小偷吃肉，没有见过小偷挨打。白玉梅遇害的时候，就在秦永国的煤矿做财务，从她的经历中，我们可以看出当年的混乱局面。"

车停至围墙内。秦永国主动与诸人握手，又给侯大利和江克扬发烟，俨然是一副乡镇企业家的派头。

侯大利道："秦总，这个地方好，山清水秀。"

秦永国拉长了声音，道："退出江湖喽，找了个地方混吃等死。我现在只做铅锌矿，秦勇在经营。我平时不去企业，有比较大的事情，才去一趟。"

侯大利道："你这是掌舵。家有一老，如有一宝，企业也是这样的。"

秦勇道："侯警官，我以前见过你，你还在读高中的时候。"

秦勇曾经是杨帆案的嫌疑人之一，后来杨永福冒出来以后，基本排除了秦勇的嫌疑。侯大利对其进行过深入研究，充分了解其基本情况。他与秦勇握了手，道："抱歉，我印象不深了。"

秦勇道："我们年龄差不多，你在江州一中，我在江州二中。杨帆遇害那天，我们班上很多同学还到河边帮助寻找过。"

"你这人也是，以前的事情少说。"秦永国瞪了侄儿一眼。

侯大利比同龄人成熟，很能控制自己的情感，道："秦总，我们过来就是谈以前的事情，不管是白玉梅的事，还是杨帆的事，都可以谈。

秦勇，首先感谢你们当年到河边寻找杨帆；其次，你们当年为什么到河边参加寻找杨帆？毕竟不是一个学校的，你是怎么得到消息的？"

秦勇感慨道："那些年，杨帆是我们江州同年级男生共同的女神，不仅仅是江州一中，包括江州二中，还有江州学院附中。那一年全市文艺会演，杨帆跳舞，轰动一时。杨帆成为很多男生的梦中情人，不少男生还到校门口去看没有穿演出服的杨帆，我也去看过。我们一致认为，杨帆不穿演出服更加漂亮，那真是天生丽质。"

吴雪见过杨帆的照片，确实是漂亮，可是在她心目中，杨帆还没有漂亮到倾国倾城的程度，应该是真人比照片更为漂亮和生动，或者说是当年的审美与现在有些不同。

侯大利沉默了一会儿，道："我当年和金传统在江州一中高一（1）班，你认识金传统吗？"

秦勇道："怎么不认识？我和金传统很熟悉。后来他出国，我们才减少接触。他回国以后，我们时常在一起吃饭。他总是谈起你，对你赞不绝口。我们那一群学生当时有个圈子，父母都在经商办企业，就是现在说的富二代圈子。你当时混省城，比我们高级，和我们来往少。你回来不久就碰上杨帆遇害，从此在江湖消失，始终没有和我们这个圈子有交集。当年我们一起玩的朋友，现在多数都在企业工作，相互支持业务，缺钱时也互相调剂，挺好的。"

侯大利道："你认识杨永福吗？"

秦勇道："杨国雄做生意剑走偏锋，为人偏激，在圈子里名声不太好，很多人都躲着他。杨永福和他老爸一样，孤僻，不合群。当年杨国雄跳楼以后，杨永福就消失了。"

这时秦永国热情地招呼道："别站在外面谈，到里屋，喝茶，慢慢聊。"

秦永国的茶室布置得颇有土豪特色，一色中式装修。茶室挂满字画，一大排，密密麻麻。如果只有几幅字，那是风雅；墙上全挂满字，那是庸俗。秦永国却没有觉得庸俗，兴致勃勃地给侯大利介绍墙上的字画。他说不出字画好在哪里，只是说这是谁的字画，强调这些都是名人字画。

秦勇坐在茶台前，亲自给大家泡茶。

秦永国自顾自拿出一个水缸子，道："我从小就大口喝茶，你们这种喝法，没有滋味。"

侯大利道："接着聊刚才的话题，你后来没有见过杨永福？"

秦勇道："杨国雄跳楼，杨家破产，杨永福本来就性格孤僻，更不可能在我们这个小圈子里面玩。我对杨永福的印象还是停留在很多年前，他长有朝天鼻，我们背后都叫他'猪鼻杨'。"

侯大利道："没有人知道杨永福的情况？"

秦勇道："社会是残酷的，杨国雄如果生意没有失败，杨永福尽管性格孤僻一点，肯定还会和我们在一起混，说不定还会被认为有气质、有性格。杨国雄自杀，杨家败了，杨永福消失不见是最明智的。他要硬挤进以前的圈子，只能自讨没趣。"

秦永国拿过大茶缸，喝了一大口，道："秦勇，在大利面前就不要遮遮掩掩了，我和杨国雄本身就不对付，争斗得还挺厉害。杨国雄的小舅子吴佳勇就是一个狠人，我现在想起他都犯怵。我们当年两个矿各有各的资源，杨家的人不讲规矩，他家煤矿资源不够了，就来抢我们的资源，越界开采。我们为这事多次打群架。大家都是干体力活的，谁怕谁。吴佳勇是狠人，带人来炸矿井。刚才谈起秦勇爸爸出事，我一直怀疑是吴佳勇下的手。我报了案，县公安局派人来查了，还是不了了之。后来我们退出煤炭行业，只做铅锌矿，也和这些烂事有关系。"

侯大利道："当时是谁办案？"

秦永国道："长青刑警大队来看的现场，带队的是当年的副大队长孙虎，现在退休了。白玉梅遇害，我敢肯定地说，就是杨国雄。如今杨国雄跳楼死了，黄大磊被炸得稀巴烂，白玉梅的案子很难破，估计就是悬案。白玉梅在我们这里上班的时候，偶尔还带张小舒来单位。我当年还挺喜欢张小舒，现在看到她，想起白玉梅死于非命，我很愧疚。"

侯大利道："白玉梅当年失踪后，你报警没有？"

秦永国苦笑道："白玉梅失踪后，我知道极有可能出事了。但是，我凭什么报警？张志立向警方报了失踪，警方和我们找不到尸体，也就不了了之。我当时和白玉梅关系挺好，白玉梅失踪之后，我还带着好几十号人到杨国雄的煤矿干过仗。那一次闹得挺大，双方都有人进医院。"

为了白玉梅的事情，秦永国居然带头打群架，如此强悍的作风与秦永国现在的状态极不相符。侯大利敏锐地觉察到此事的不寻常之处。

侯大利、江克扬和吴雪在秦家谈了一个多小时，了解到当时的很多情况，也找到一些线索，算是小有收获。

坐上越野车，江克扬道："白玉梅案有点悬，隔得太久，更关键的是杨国雄跳楼死了，没法查下去。我对吴佳勇很有兴趣，吴佳勇是个狠人，他的腿被人弄瘸，从此就窝在湖州做小煤矿，我总觉得深挖下去肯定还有戏。杨永福的背后应该就是吴佳勇。"

侯大利道："朱林和老姜局长也在盯吴佳勇，没有找到线索。"

吴雪突然道："我怎么觉得秦永国和白玉梅的关系有些暧昧，秦永国带人到杨国雄的煤矿干架，冲冠一怒为红颜。"

侯大利道："这个话题要注意，张小舒很在意她的母亲。"

"那是自然，这事就算有证据，也不能当着张小舒的面说出来。虽然和老板接触不多，可是给我很强烈的感受，资本积累很血腥啊！"吴雪望了侯大利一眼，"我说的是部分资本。比如杨国雄、黄大磊这类。"

侯大利看了看时间，道："我联系张志立，如果他在阳州，我们吃了午饭就过去。"

张志立接到侯大利电话后，皱着眉头想了几秒钟，道："我不在省城，就在江州，在家里。我的新家在江州学苑1幢1单元3楼，你们可以过来。"

"那我们下午2点到你家。"侯大利原本认为张志立还在阳州，没有料到他居然回了江州，应该是购买了江州学苑的住房。

"好吧，我一直在家，等你们。"放下电话，张志立拍了拍手上的面粉，道，"包饺子的时候，最讨厌有人打电话了。"

张小舒道："今天搬家，谁要来？爸在江州没有什么朋友吧。"

"几个警察要过来，你应该认识的，侯大利想来了解你妈的事情。唉，十几年前的事情，没法破了。"张志立年轻时也曾经意气风发，妻子出事是他的人生转折点。江州是故乡，是父母和妻子的归葬之地，女儿和妹妹都生活在此。所以他买下这套房子，作为自己养老之处。

张小舒道："侯大利要来吗，约的是几点？"

张志立道："下午2点。"

"这个点，他应该还没有吃饭。"张小舒到卫生间洗了手，拿出手机，拨通侯大利的电话，"我在我爸这边，新买的房子，今天正在搬家。我们在包饺子，庆祝乔迁之喜。你们既然要来，就到家里吃饭，边吃边聊。"

"今天搬家啊，那应该祝贺。我、老克和吴雪，等会儿就过去。"侯大利在电话中没有推辞，满口答应。

放下电话后，张小舒对父亲道："要过来的三人都是我的同事。侯大利调到了省公安厅，负责我妈的案子，江克扬借调到省厅专案组，吴雪是小天姐姐的同事。我让他们一起过来吃饺子。"

张志立的特殊经历让其对警察没有好印象，虽然女儿成了警察，却也没有改变。但是来者是经办妻子案件的民警，还是女儿的同事，便准备热情接待。他到厨房走了一圈后，道："面皮和馅都够，我去买点卤肉和花生米，下酒。"

张小舒道："他们中午不喝酒。"

"不喝酒，也要买点菜。同事上门，不能寒酸。"张志立出门时，从鞋柜里拿出皮鞋。他原本不准备解开鞋带，想直接把脚塞进去。这双鞋是女儿新买的，比较紧，试了几下，他还是没有将脚塞进去，便弯腰穿鞋。

在张小舒的印象中，父亲一直是精明能干的男子，行动利索。今天为了穿鞋，父亲身体前倾，屁股向后，动作笨拙。这是老年人穿鞋才会出现的动作，居然出现在并不算老的父亲身上。等到父亲直起腰打招呼时，她悲从心来，泪水唰地就流了出来。为了不让父亲看到自己的泪水，她快速转身，道："他们不喝白酒，可以买几瓶啤酒。喝几杯啤酒，应该问题不大。"

张志立走到楼下，到卤肉摊上切了点肥肠和前猪腿肉。他原本想要切点牛肉，想到牛肉太贵，便作罢。提起卤肉，又到隔壁店里买了一件啤酒。

"哥，我们来了。"不远处传来了张勤的声音。站在张勤身边的是汪建国和汪欣桐。

看见妹妹和妹夫，张志立脸上露出真正的笑容，道："建国什么时候回来的？"

"张勤说你今天搬家，特意坐早班飞机，紧赶慢赶，终于在午饭前赶了回来。大哥搬新家是大事，我必须要回来。"汪建国和张志立夫妻的关系一直不错，得知张志立有了买房想法，便赶紧让妻子出钱，免得四处漂泊的大哥临老都没有落脚之地。

张志立目光落在了汪欣桐身上，道："祝贺欣桐，你的分数上山南大学没有问题。"

经过半年治疗，汪欣桐的精神状态明显好转，参加高考，勉强上了重点本科线。汪欣桐以前是清北种子选手，一场从天而降的灾祸差一点让其挺不过来。她叫了声舅舅后，又下意识地躲在张勤身后。

张志立这些年在外寻妻，经历了太多风险，阅人无数，见到汪欣桐的神情，知其仍然心有创伤，暗自叹息一声。他装作什么事情都没有发生，道："姐姐在家包饺子，等会儿欣桐也去包几个。欣桐包的饺子很漂亮。"

张勤提着卤肉，带着女儿先上楼。

汪建国道："谁要来？又切卤肉，还买啤酒。"

张志立道："小舒的同事，原本准备下午2点来问玉梅的事。小舒就叫他们一起吃饭。"

汪建国警惕起来，道："谁？"

张志立道："侯大利，还有两个人。"

汪建国眯了眯眼睛，道："侯大利挺厉害。如果没有他，我爸不会被发现。"

张志立神情变得凶恶起来，道："许海就是杂种，就这样死了，真是便宜他了。既然这样，那我跟小舒说，不要让侯大利在家里吃饭。"

汪建国摇了摇头，道："侯大利是警察，破案、抓凶手是他的职责。我们一家都不怪侯大利，一点都不怪，反而觉得这人还不错。我爸最终也是因为癌症走的，这是不幸中的万幸。我们在楼下抽支烟，我跟你说另外一件事。"

两人站在楼下，各点一支烟。

烟雾中，两人脸上尽显沧桑。沧桑不仅因为年龄，也因为心态。人到中年，会经历各种意想不到的坎坷和沧桑。张志立从军民机械厂出来的时候，一心想赚大钱，谁知人算不如天算，事业始终不顺，妻子又遭遇厄运。汪建国的人生总体来说比较顺利，事业成功，妻贤女慧，谁知一个小恶魔差一点毁掉了他的幸福。每次想起可能因为一场意外就会失去女儿，汪建国就觉得人生如临深渊，幸福如走在钢丝绳上，随时都会有意外让人生从幸福变成苦难。

两人相对无言，直到抽完一支烟。

汪建国缓缓地道："我听小天说起过，小舒喜欢侯大利，就是那个破案挺厉害的警察。"

张志立脸上的皱纹明显超过其年龄，额头上的皱纹如刀刻一般，就如那幅著名油画中的父亲的额头。他又摸出一支烟，点上，道："侯大利是个大麻烦，他爸是侯国龙，我不希望他和小舒有来往。"

汪建国道："实事求是地说，侯大利是很不错的警察，也是很不错的男人。"

张志立吐了一口烟，道："你知道我以前是地地道道的唯物论者，玉梅出事以后，我变得信命了。冥冥之中有一股神秘力量，主宰我们的命运。个人的力量在命运面前实在微不足道。侯国龙把侯家的运道全部用光了，侯大利开始走霉运，他的初恋女友被推进河里，未婚妻又被歹徒打死了。小舒是可怜孩子，我希望她能够嫁给一个平凡男人，家世也不用太显赫。我是深深理解到平平淡淡才是真的道理。当初，如果不是我坚持辞职，留在军民厂，生活一定比现在好得多。虽然有可能随着军民厂破产，我和玉梅会过一段艰难日子。但是，玉梅还会活着。那些年，我羡慕那些下海成功的，犟着要辞职创业，欠了一屁股债，家里穷得揭不开锅。玉梅为了帮我渡过难关，这才到那个煤矿打工。如果不去打工，玉梅就不会出事，我们一家人还会快快乐乐生活在一起。"

汪建国听了这一番话，既觉得吃惊，又觉得张志立说出来很自然。他叹息一声，道："命运这个事情太玄妙，谁都说不清楚。我家欣桐就是一名普通学生，助人为乐，心地善良，谁知天降横祸，差点没有缓过来，还将我爸牵扯进去。我们不必为自己设置自己也搞不准的门槛。小舒和侯大利的事，我建议睁只眼闭只眼，只要他们愿意，我们就祝福他们。如果你明确反对，这其实就是改变小舒的命运，你难道有把握将小舒的命格朝好的方向转变？"

张志立沉默地用力抽烟，过了一会儿，道："我要找人算一算。我认识一个大师，很灵验。建国，我现在真怕那些当老板的。"

汪建国道："侯大利不是老板，是警察。"

张志立道："他爸是侯国龙。"

汪建国道："侯国龙是侯国龙，侯大利是侯大利。"

张志立苦着脸，道："怎么能分开？分不开的。"

两人上了楼。客厅里，张勤陪着侯大利、江克扬和吴雪说话。汪欣桐和张小舒进了里屋，里屋传来轻轻柔柔的小提琴声。屋里有一把小提琴，是白玉梅曾经用过的，一直跟在张志立身边。张小舒每次与父亲见面，都会使用这把琴。这也是张志立的要求。他担心小提琴太长时间不使用会损坏，更希望用琴声召唤妻子。虽然他知道这是一个愚蠢的想法，但仍然坚持这样做。

侯大利望着张小舒的爸爸，正式自我介绍道："我叫侯大利，以前是江州重案大队的民警，如今调到省刑警总队，负责侦办白玉梅案。"

张志立道："我们见过面，你是小舒的同事，不用看证件。"

侯大利道："我提的问题也许有其他人问过，为了破案，我可能还要问，而且会很直接，希望你能够理解。"

张志立摸出香烟，还未将香烟从烟盒里取出来，就被妹妹阻止。张勤道："哥，你不能再抽了，再抽，肺就真成腊肉了。你不能放纵自己，小舒还需要你。"

提及女儿，张志立便将烟盒放进口袋里，道："谢谢你们来为我妻子讨回公道。这些年，我学了很多法律知识，知道一些法律条文。我妻子这种案子，时间太长了，真的有希望破案吗？"

侯大利道："确实有难度，否则也不会由省刑总派专案组来侦办。能否破案，我不能打包票，但是只要有一线希望，我们就不会放弃。"

张志立的手又摸到了烟盒上，随即望了一眼妹妹，道："你想问什么就问吧。我说得不全，或者有说漏的地方，我妹在这边，也可以帮我回忆。当年我妹和玉梅关系很好，有些话，玉梅和我妹妹说，经常瞒着我。"

侯大利道："白玉梅有没有仇人？"

张志立苦笑道："我开了一家机械厂，半死不活。白玉梅是普通财务人员，从不惹事。我们两人绝对没有这种要命的仇人。这一条，我说过很多遍。"

张勤补充道："嫂子失踪以后，我、建国和我哥反复分析，真没有找到和我们家有仇的人。有闹过矛盾的，有吵过架的，绝对没有会要命的。侯警官，我就直说了，我个人认为与秦永国有关。"

侯大利道："有没有证据？"

张勤望了张志立一眼，道："哥，在警方面前，我觉得不应该隐瞒。"

张志立双手紧握，手背上青筋凸起，牙齿咬得紧紧的，怒道："那件事情和玉梅没有关系，是秦永国一厢情愿。你说吧，有什么说什么，只要能讨回公道。"

张勤道："这些都是陈年旧事，也不知道有没有价值。"

侯大利鼓励道："很多线索都来自不起眼的细节，这也正是我们需要的，越详细越好。"

张勤道："我嫂子到秦永国的企业做财务不久，秦永国便对我嫂子表示出好感，经常送礼物，还安排了一辆车来接我嫂子上下班。当时我哥的企业很艰难，秦永国矿山企业的机械维修经过我嫂子的关系，大部分交给了我哥。就是因为这个，我嫂子小心翼翼维持着与秦永国的关系，没有接受秦永国的示好，也没有离开秦永国的企业。"

秦永国曾经提起为了白玉梅失踪之事，带人打过群架。侯大利当时在此事上画了一个重点符号，听到张勤之言，他更能理解秦永国为什么会为一个女员工大打出手。

张勤道："嫂子失踪以后，我们曾经怀疑是因为我嫂子拒绝了秦永国，所以秦永国下了毒手。后来通过对秦永国的调查了解，发现这人虽好色，明知道我嫂子有丈夫还发起追求，但是没有杀人的动机和胆量。我怀疑是秦永国背锅。我们只提供线索，情况到底如何，还得让警方判断。"

提起这段往事，张志立就如被打断了脊梁，整个人的精气神被一抽而空。

侯大利曾经为了黄大磊的案子调查过秦永国。当时夏晓宇评价秦永国胆了小、为人狡猾，偷税漏税敢做，杀人放火绝不敢做。张勤对秦永国的评价和夏晓宇对其的评价如出一辙。侯大利想了想，问道："秦永国和白玉梅最后发展到什么程度？"

"秦永国当初是在追求我妻子，这是他单方面的事，我妻子从来没有变过心。"张志立这几句话说得艰难，说完之后，脸色苍白，隐有怒气。

侯大利完全没有在意张志立的怒气，道："白玉梅考虑过离开秦永国的企业没有？"

"我提出让白玉梅离开。白玉梅也同意，只是，我们家当时需要钱，秦永国开的工资挺高。"张志立握紧拳头，砸在自己腿上。

张小舒带着表妹欣桐在里屋拉琴，其心神有一大半仍然放在屋外。她对母亲最深的印象是她快步走的背影。每天母亲比父亲更早离家。离家时，母亲总会来抱一抱、亲一亲自己。当大门关上以后，她会跑到窗前，等着母亲从楼门洞走出来，然后一步一步离开自己的视线。

在张小舒的心中，母亲的形象是具体的，也是模糊的。今天听到长辈谈起母亲的生活，包括曾经被秦永国追求的事，不仅没有让张小舒觉得难为情，反而让她觉得母亲的形象更丰满了。为了听得更清楚，她来到门口，把房门打开一条缝，恰好看到父亲砸腿。

"白玉梅在失踪前那一段时间，是否讲过什么值得注意的事情？"侯大利听到小提琴声，朝卧室看了一眼，正好与张小舒对视。

张志立摇头道："玉梅在家里从来不谈工作，我也没有兴趣。"

侯大利道："没有一点异常？"

"那一段时间，我被机械厂的事情弄得焦头烂额，没有太注意玉梅的事。我和玉梅没有得罪过人，肯定就是秦永国那边惹的事情，殃及玉梅。我现在后悔啊，真不该下海。"张志立说到这里，自责又从心底升起，撕扯着自己。

张勤知道哥哥的心病，安慰道："你别把事情揽到自己身上，这是坏人做的坏事，和你没有关系。"

在杨帆遇害后，侯大利同样深深自责当时没有陪杨帆回家，如果2001年10月18日那一天陪着杨帆回家，他的人生便和现在不一样。在这个角度上，侯大利能够理解张志立。可是作为侦查员，必须要在众多线索中找到真正的线索，这就得控制自己的情绪，不让情绪影响思维。

事隔久远，张志立、张勤和汪建国等人没能够提供直接的线索。侯大利等人离开时，张小舒送他们到楼下。

张小舒道："我妈的案子有希望吗？"

"案子很难，但是肯定有希望。我们现在没有明确方向，还得广撒网。你还记得你妈离开时的状况吗？"由于张小舒是当事人的女儿，所以侯大利有很多话不能说。特别是得知秦永国冲冠一怒为了白玉梅，他就把部分目光投放到了张志立身上。发生命案以后，把目光集中到受害者最亲近的人身上，这是侦查员从众多案件中得出的经验。此案中，秦永国、张志立都有嫌疑。

张小舒道："没觉得异常。我妈离开家的时候，还说晚上给我做红烧肉。"

侯大利道："你妈当天准备出差吗，有没有带箱子之类？"

张小舒道："那个箱子不是我们家的，我敢肯定。我妈平时出差用的箱子是红色的，现在还在家里。她失踪那天，没有带箱子，就是上班的状态。"

从水库里捞出白玉梅尸骨以后，重案大队彻底调查了装尸骨的箱子。这是阳州皮箱厂的产品，是白玉梅失踪那一年的新品，价格较高。那款拉杆箱有男女款，装尸骨的是男款拉杆箱。

侯大利道："你在家里见过水库里的那款拉杆箱吗？"

张小舒突然间意识到什么，道："没有见过那款拉杆箱，我敢肯定。我知道你怀疑什么，我可以明确地说，不是我爸爸，你别想歪了。我爸当天都在厂里，我放学时，妈妈没有来接我，我和同院的阿姨一起回去。到了晚上8点，妈妈还没有回来。我就到厂里去找我爸爸。我爸爸正在厂里和工人们弄机器，得知妈妈没有回来，特别生气，怒气冲冲带我回家。那一天的事情，我记得很清楚。"

侯大利道："你们家的照片集，放在哪里？"

张小舒道："我爸这些年都在外出寻找我妈，很多东西都放在我那里，信件、照片，都由我保管。"

侯大利道："我想看一看，你别介意。"

张小舒道："那我们得回刑警老楼。"

江克扬和吴雪走到前面，稍稍与侯大利和张小舒拉开距离。吴雪低声道："小舒和大利是可怜人，和他们相比，我们很幸福了。我希望有情人终成眷属，可以互相温暖。"

江克扬道："你为什么很肯定是有情人？我觉得大利一直在拒绝小舒。"

吴雪道："这不是逻辑分析，得靠直觉，你们男的都是笨蛋。"

来到刑警老楼，四人进入张小舒房间。张小舒从一个中型红色拉杆箱里取出两本影集。

侯大利道："你妈妈记日记吗？"

"我记得她偶尔会记，是一个红色封面笔记本。但是我一直没有找到，我爸也不知道放在哪里。"张小舒很郑重地将两本影集摆在桌上。

看影集是侯大利的侦查习惯。在影集中或许没有直接线索，但是通过看影集，可以了解当事人的行为习惯和社会关系，这是侯大利侦办疑难案件的独特方法。

侯大利双手取过影集，慢慢打开。影集如一件超能神器，将时间凝固于此。第一本影集以白玉梅和张志立为主。白玉梅最早的一张照片在她三岁左右，瘦瘦的，穿了一件黄色罩衣。随后就是小学、中学的证件照。到了工作期间，白玉梅的照片多了起来，多数是集体照，还有穿工作服的照片。照片中，白玉梅笑得很开心，神情轻松。

"你妈的照片和我妈的照片非常神似。我妈是世安厂的，你妈是军民厂的，几乎是同一个时代。"侯大利翻开影集就有似曾相识之感，照片中的人物和风景与自己家的影集高度一致，如果排除军民厂或者世安厂的标志，完全可以看作同一个厂。

白玉梅神态发生变化在离开军民厂以后——她不再穿厂服，衣服开始时尚起来；脸上的神情明显有了变化，开心爽朗的笑容减少了，多了些沉重。在这个阶段，白玉梅和张小舒母女非常相似，不仅容貌，还有神情。

"你妈妈这一段时间经常出差吗？"影集中出现不少在旅行中的照片，侯大利看后问道。

张小舒道："我记忆不太深刻，这个得问我爸。"

放下以白玉梅和张志立为主的影集，他又拿起另一本影集。

张小舒有几分羞涩，道："这一本主要是我的照片，里面也有和爸妈的合影。"

在张小舒出生的年代，家庭相机还没有普及，张小舒在婴儿时期的绝大多数照片都是在照相馆拍摄，或者由专业摄像师在广场拍摄。张小舒小时候有明显的婴儿肥，脸上肉嘟嘟的。侯大利以查找线索的眼光来看照片，对张小舒的相貌变化未作评论。吴雪则不时感叹："小舒，你小时候像个洋娃娃，真漂亮。"

张小舒道："读小学后就开始练习舞蹈，瘦了下来。"

读小学以后，张小舒明显瘦了下来，影集里多了很多舞台照。翻到一张颁奖照片时,侯大利停了下来,目光集中到舞台中央,轻声道:"中间穿花红裙子演出的那个小姑娘就是杨帆。"

在杨帆影集中曾经出现过的照片,也出现在了张小舒的影集中。

张小舒是第一次得知此事,大吃一惊,道:"这是我们参加文艺演出的照片,不同学校获奖的小朋友上台领奖,然后举起奖状。我居然和杨帆在一起照过相?"

吴雪和江克扬都觉得此事十分奇怪。在他们印象中,杨帆逝去多年,是一个出现在卷宗中的人物,没有料到会通过这种方式和张小舒联系在一起。

侯大利轻轻叹气,道:"杨帆影集中也有这一张照片,我见过。"

张小舒道:"你认出我了吗?"

侯大利道:"认出了。"

张小舒道:"我经常看照片,居然没有认出里面有杨帆。我只记得站在中间的是会演一等奖获得者。我获得的是三等奖,站在边上。一等奖只有一名,三等奖有五名。"

在接下来的照片中,有八张是白玉梅、张小舒和另一对母女的照片。

侯大利道:"这一对母女是谁?"

张小舒道:"这是程琳,和那个歌星一个名字,是我妈妈的好朋友。那个小女孩叫乔亚萍。"

侯大利皱了皱眉,道:"乔亚萍,没有在江州?"

张小舒道:"她留学回国后,在阳州工作。"

侯大利道:"乔亚萍和乔亚楠是什么关系?"

"乔亚楠是乔亚萍的堂姐,以前是江州电视台的播音员。我住在姑妈家的时候,经常能看到乔亚楠出现在电视屏幕上,非常漂亮。"张小舒补充了一句,"程琳的哥哥是程宏军,就是军民机械厂的厂长。后来程宏军辞职出来搞了一个液压件厂,在阳州那边。我妈在军民厂做财务,和程琳在一个办公室,两人关系挺好。"

乔亚楠为父亲侯国龙生了一个儿子,正是此事导致父亲和母亲最终离婚。乔亚萍眉清目秀,和堂姐乔亚楠有几分相似。

侯大利道："你和乔亚萍多久没有来往了？"

张小舒道："你怎么知道我们很久没有来往了？"

侯大利道："我从来没有听你提到过乔亚萍。"

张小舒道："我妈出事以前，乔亚萍和程琳阿姨就搬到了阳州。她们两人是我少女时代的记忆，遥远得不真实，有些模糊了。"

看完整个影集，最值得调查的便是程琳。

白玉梅案线索本来就少，特别需要其身边人提供当年的基本情况。程琳是白玉梅闺密、曾经的同事，还是程宏军的妹妹，是一个很重要的人物。但是，张志立向警方提供白玉梅好友名单时，从来没有提起过程琳，这就显得不正常。凡是不正常的地方，都需要专案二组彻底搞明白。

对于张小舒来说，侯大利看自己的私人影集是非常特殊的体验。在翻阅影集的过程中，二十多年的人生便展现在心爱的人面前。她在这一刻特别想去看一看侯大利的私人影集，亲历他的童年、少年和青年时代。

更让张小舒感到意外的是自己影集中居然还有杨帆的照片。杨帆案是专案二组侦办的案件，"杨帆"和"案"已经固定在一起，久而久之，"杨帆案"脱口而出，不再需要思考。而影集中的"杨帆"没有和"案"连在一起，她是一个活生生的人。

从小到大，张小舒在舞台上获得过无数奖项与无数赞扬。但与杨帆在同一张照片上出现时，杨帆明显占据了中心位置，张小舒则在边缘。张小舒是真心同情这位逝于花季的优秀少女，同时内心深处隐隐也有些嫉妒。

第二章
马溪河边发现女尸

8月11日上午，侯大利正要前往阳州找程琳了解情况，接到了副局长宫建明的电话："马溪河边发现了一具女尸，死者是陈菲菲。"

侯大利放下电话后，沉默了几秒才对江克扬道："喊上剑波和吴雪，我们去马溪河，陈菲菲遇害了。"

几分钟以后，侯大利、江克扬、吴雪和张剑波乘坐越野车，一起前往马溪河。

发现陈菲菲尸体的地方在马溪河穿过马背山隧道的上游。马溪河沿山脚而行，两岸全是茂密竹林，河边杂草丛生。陈菲菲浮在一处杂草中，被发现时已经死亡。

侯大利等人来到现场时，陈菲菲已经被送往殡仪馆。副支队长老谭站在河边，脸色阴沉，看着小林等民警在草丛以及河边搜索。

侯大利上前道："谭支，什么情况？"

老谭道："陈菲菲被发现时只穿了游泳衣，脸朝上，路过的村民发现的。建伟和小舒已经进行了尸表检验，陈菲菲大概率是死后被丢进河中。"

自从杨帆溺水身亡以后，侯大利深入研究过溺水案。在很多溺水死亡的人之中，一般都是男性面朝下，女性面朝上。

根据山南政法大学刑侦系教授研究，男女溺亡后仰卧差异仅为1%。实际上，男女溺亡后确实存在较大差异。从男女身体结构方面来看，女性的胸腹部脂肪比男性多，而男性则普遍是后背拥有更多肌肉，这导致男女重心不同。另外，男性一般骨盆相对胸部T形骨架较小，在水中死亡之后体内组织腐败会滋生大量废气，进而形成尸胖，当体密度小于水密度后尸体就会漂浮在水面上，此时整个尸体体积最大，贡献浮力最大就是背部。这就是为什么男浮尸往往背朝上的原因。女性肩窄，乳房组织和骨盆较大，同男浮尸原理，故大多数会正面朝上。

尽管陈菲菲是社会背景复杂的女子，可是得知陈菲菲溺水身亡，侯大利联想到杨帆，还是陷入深深的愤怒之中。

发现尸体的地点是一处回水沱，这也就意味着尸体是从马溪河上游漂下来的。马溪河上游在城外，沿途没有监控点，要想找到抛尸者的行踪困难重重。

支队长陈阳原本在阳州开会，接到电话以后，请假赶回江州。陈菲菲不是一般人，不久前刚刚被人强奸，民警周涛是重大嫌疑人。周涛被捕，关在看守所里。如今陈菲菲横死在河中，这事极有可能引出重大舆论事件。江州市公安局高度紧张，局长关鹏、副局长宫建民先后给陈阳打电话，让其务必破案。

汽车开至河边，车未停稳，陈阳便跳下车，朝河边走去。

侯大利和副支队长老谭没有离开，指挥小林等民警在河边搜查。陈阳气喘吁吁地来到河边，道："什么情况？"

老谭道："尸僵已经发展到全身，陈菲菲应该是8月11日凌晨两三点死亡的。"

陈阳道："是死后入水，还是在河里淹死的？"

老谭道："我们判断是死后被丢入河中。陈菲菲的手很干净，没有水草或者泥沙。马溪河里水草很丰富，如果是淹死的，肯定会有水草。"

人落入水中，在被淹死之前，由于剧烈运动及挣扎，死后会立即形成一种呈尸体痉挛状态的特殊尸僵。故死亡过程中，人往往会抓住水草或泥沙，紧紧地握在手里。侯大利、陈阳、江克扬都是一线侦查员，明白这个道理。

老谭道："其二，死者皮肤没有鸡皮疙瘩状。"

一般情况下，生前入水的死者由于皮肤受冷水的刺激，立毛肌收缩，毛囊隆起，呈鸡皮疙瘩状皱缩，两上肢及大腿外侧最为明显。皮肤是否呈鸡皮疙瘩状，也是判断生前或死后入水的一项指标。

老谭又道："呼吸道黏膜是否肿胀、胃肠内是否有溺液和异物、是否有水性肺气肿、是否检出硅藻，还得看解剖结果。死者表面没有机械性损伤，也没有机械性窒息的暴力痕迹，不能排除使用毒物将被害人致死后投入水中，这也得看解剖结果。"

陈阳道："沿岸有没有线索？"

老谭道："暂时没有发现。侦查员分为三组，一组在河边搜查，一组沿河往上巡查，还有一组到周边调查走访。"

和老谭交流完毕以后，陈阳转头看着侯大利，愁眉苦脸地道："大利，陈菲菲死于非命，周涛的事情更麻烦了。"

侯大利道："我建议，除了在周边调查走访，再派一组侦查员到金色酒吧，看他们能否提供线索。"

陈阳点了点头，道："宫局交代，案件交给苗伟，由重案二组来具体办。专案二组指导，105专案组配侦。"

侯大利、张剑波、江克扬和吴雪来到江州殡仪馆。

法医中心，李建伟和张小舒坐在办公桌前，各端一个茶杯，面色严肃地讨论。屋外走道外面传来脚步声，李建伟有了笑容，道："多半是侯大利，发生了命案，他肯定会来这里。"张小舒早就听熟了侯大利的脚步声，道："是他，应该还有剑波主任。"

话音未落，侯大利、张剑波等人出现在办公室。李建伟热情地招呼客人落座，张小舒取出中心柜子里的白瓷茶杯，泡了毛尖。她将茶杯放在侯大利面前时，道："我这茶是朱支给的，其实也就是你拿来的茶叶。"

喝了几口味道醇厚的毛尖茶，侯大利放下杯子，问道："李主任，什么情况？"

李建伟道："陈菲菲落水之前就死了，这个基本可以确定。体表没有伤痕，嘴巴、鼻子没有被扼过或者捂过的痕迹。在腰部有绳索勒痕，这处痕迹不是致死原因，是死后出现的，可能是绑重物留下的。只不过出于某种原因，绳索断裂，重物掉入水中，尸体顺水漂浮。死亡原因，我们判断有两种情况——要么是身体突发状况，心肌梗死之类；要么是药物方面的问题。做完病理和毒物检测，我们才会出尸检报告。"

侯大利感慨地道："陈菲菲这人挺悲惨，两次被侵犯，如今又死于非命，还没有享受到青春，就这样凋零了。"

李建伟道："确实让人挺遗憾。这就是真实的生活，我们在这里见得太多。"

侯大利道："我最见不得年轻女孩遇害。陈菲菲才十八岁，本来可以有后代的，人死了，她就没有后代了。这是那部老电影《这里的黎明静悄悄》的台词，以前听起来很平常，现在觉得悲伤到骨子里。如今陈菲菲年纪轻轻遇害，朱燕知道这消息，估计会撑不住。"

李建伟站了起来，道："走吧，我们去看一眼。下一步，就得尸检了。"

冰柜排列整齐，往外透着冷气。

李建伟拉出第二排靠右的柜子。陈菲菲原本是长相还不错的小姑娘，虽然有些风尘气，但仍然洋溢着青春气息。而躺在冰柜里的她彻底失去生机活力。在水里长时间浸泡，又进入冻柜，五官变形，往日的俊俏和青春彻底消失，变得丑陋不堪。

侯大利默默地看着冰柜里的陈菲菲，脑中浮现了与另一个女子肖霄相关的画面。肖霄是一个扫帚星，凡是与她接触的人都会倒霉，吴煜倒霉，李友青倒霉，邱宏兵倒霉，如今陈菲菲也倒霉。其实说她是扫帚星还不准确，应该说她是一条毒蛇。

此时，侯大利眼中的毒蛇正在重案大队。二组组长苗伟、女侦查员秦晓羽正在和肖霄谈话。

肖霄脸上挂满了泪珠，抽泣着道："我和陈菲菲在江州技术学院就认识,我们当时都是学校歌舞团的队员,经常在一起演出,关系不错。我们在学校学的是播音主持,这个专业是万金油专业,说有用也有用,说没有用就是一钱不值。我小时候学过唱歌,唱得还不错,没有毕业就在酒吧一条街上唱歌,每天晚上跑几个场子。陈菲菲也是驻唱歌手,经常和我一起跑场子。我们凭劳动吃饭,没有违法乱纪,你们是警察,肯定不会对我们另眼相看。你们可以到派出所调查,我和陈菲菲绝对没有做违法乱纪的事情,除了唱歌,没有陪别人喝酒,也没有陪别人跳舞。我说的是那种喝酒和跳舞,遇到熟人喝一杯那是很正常的。"

"8月10日和11日,你是否见过陈菲菲?"苗伟研究过肖霄,还特意和侯大利交流过,面对哭得梨花带雨的肖霄,非常冷静。

肖霄抹了一把眼泪,道:"见过。昨天中午吃饭后,大约2点,我们就到金色酒吧,我、桐桐、菲菲和炮姐一起打麻将。4点半左右,菲菲接到电话,借了我的车,然后就走了。我们还骂她重色轻友,把我们麻将场子拆散了。"

苗伟道:"你知道陈菲菲到哪里去了吗?"

肖霄道:"不太清楚。"

苗伟道:"陈菲菲借了你的车,难道没有跟你说过到哪里?"

肖霄道:"我们是好姐妹,我的车,她随便开。她打电话的时候,好像提了一句马背什么的,我们在搓麻将,哗哗响,没有听得太清楚。警官,到底是谁这么狠毒?菲菲死得真冤。"

苗伟道:"刚才你说到重色轻友,陈菲菲是在和谁交往?"

肖霄道:"我们是开玩笑,平时都互相说对方重色轻友。"

肖霄接受询问以后,陈小红和李桐也分别接受了询问。

下午6点,"8·11"案的第一次案情分析会召开,参会的有副局长宫建明、支队长陈阳、重案二组全体成员以及省命案积案专案二组和105专案组。

首先,由派出所同志介绍接到报案和来到现场以后的情况。

其次,由老谭介绍在河边现场勘查的情况。

老谭道:"陈菲菲穿了游泳衣,注意,不是比基尼,是正式的游泳衣。最初我们还以为她是下河游泳淹死,后来检验尸表,发现不符合生前溺水身亡的特征。陈菲菲虽然穿了游泳衣,却是死后被丢入河中。从尸僵情况来看,死亡时间是在11日凌晨3点左右。我们组织干警沿河查找,没有找到其他线索。我们判断陈菲菲死亡后被带至河边,然后被抛入河中。陈菲菲腰部有勒痕,应该是绑了重物,重物和绳索脱落以后,尸体才浮起来,漂向下游。这也可以解释为什么在凌晨死亡,尸体在下午才被人发现。发现尸体的地点距离抛尸地点应该不会太远。马溪河平均深度在一米五到两米,流速较快,很难从河中找到绑尸体的重物。"

随后由法医张小舒介绍解剖情况。

张小舒道:"第一,解剖尸体后,呼吸道没有气体进出形成的泡沫,没有随溺液一起进入呼吸道的水草、浮游生物、泥沙等异物。内脏中没有发现马溪河里广泛分布的硅藻,没有发现水性肺气肿。有少量溺液进入胃内,没有进入十二指肠。与尸表检验得出的结论一致,陈菲菲是死后被扔进河中。第二,从尸僵的情况来看,尸僵高度发展,指压尸斑能完全褪色,角膜高度混浊,眼结合膜开始自溶。陈菲菲是遇害后十三个小时左右被发现。尸检后发现,陈菲菲的真正死因是心肌梗死。至于心肌梗死的原因,由吴主任汇报。"

病理检验室吴炯发言:"尸检后,发现大量嗜酸性粒细胞浸润,器官瘀血,喉头、肺部、小肠多处水肿,乙醛蓄积中毒,明显有双硫仑样反应。陈菲菲血液中还有酒精,每一百毫升血液中酒精含量达到二十九毫克。初步鉴定是服用头孢后大量饮酒,导致心肌梗死而死亡。"

服用头孢后喝酒导致心肌梗死,并不能表示此案是意外,还有可能是谋杀。侯大利在小笔记本上打了两个问号,没有轻易下结论。他如今身份不一样,不再是江州重案一组组长,而是省公安厅专案二组组长。他在案情分析会上惜字如金,不会轻易开口。

诸人发言之后,由重案二组苗伟汇报调查情况。

苗伟在汇报前,目光飞快地从侯大利面前掠过。他拿起笔记本,道:"我先介绍陈菲菲的基本情况。陈菲菲今年十八岁,与继父和母亲生活在一起。继父陈义明，好赌博，曾经被多次打击。母亲朱燕在东城菜市场有一个摊位，是家庭主要收入来源者。陈菲菲从江州技术学院退学，曾被许海强奸，后来的一起强奸案又牵涉我局民警周涛。"

周涛仍然被关在看守所。如果短时间内没有抓到朱富贵，那么周涛必然会有牢狱之灾。这是所有参与侦查的民警都不愿意看到的事情。陈菲菲死于非命，为平息舆论，周涛极有可能被重判。侯大利与周涛走得很近，当天晚上又住在刑警老楼，绝不相信周涛会强奸陈菲菲，特别是面包车内那一声"侯组长"，更是赤裸裸的陷害，只不过受害人不是侯大利，而变成了周涛。侯大利没有被愤怒冲昏头脑，仍然耐心、冷静地寻找着对手的破绽。

"陈菲菲被许海强奸后不久，便从江州技术学院退学，在金色天街一带的酒吧、歌厅唱歌，主要是在金色酒吧活动。"苗伟手持投影仪遥控板，调出金色天街和金色酒吧的照片，又道，"我先介绍一下金色酒吧的基本情况。金色酒吧开办的时间不长，不到两年时间，生意火爆。金色酒吧的老板是吴新生，吴新生是新琪公司的总经理，目前在与长盛矿业朱琪谈恋爱、同居。"

吴新生便是杨永福，侯大利在笔记本上写了一个"杨"字，重重地打了三个着重号。

苗伟道："据调查，陈菲菲是金色酒吧的驻唱歌手，平时还到其他场子串场，当烘托气氛的小蜜蜂。8月10日下午，陈菲菲与肖霄、李桐、陈小红等人在金色酒吧打麻将。李桐的绰号叫'桐桐'，陈小红的绰号叫'炮姐'，肖霄在邱宏兵案出现过，是邱宏兵的情人。我们分别询问了李桐、陈小红和肖霄，李桐和陈小红明确提到陈菲菲是到马背山庄园，肖霄不太肯定，只听到'马背'两个字。李桐和陈小红明确说陈菲菲是找李小峰，肖霄吞吞吐吐，没有说得太明白。综合三个人的询问笔录，可以明确的有三项——第一，陈菲菲在打麻将时精神状况不错，有说有笑，没有异常；第二，陈菲菲在4点37分接到了一个电话，准备离开，李桐、陈小红和肖霄都骂陈菲菲重色轻友；第三，陈菲菲借了肖霄的小车钥匙，然后开车离开，前往马背山庄园，与李小峰约会。"

曾经有一段时间，侯大利将李小峰列为杨帆案的嫌疑人之一，后来随着杨永福冒头，李小峰的嫌疑越来越小，不再成为杨帆案的嫌疑人。新案突发，侯大利肩负"挖两面人和幕后黑手"之职，警惕起来，在李小峰三个字上打上了着重符号。

"马背山庄园是阳江高速的产业，位于马溪河正上方。询问结束以后，一组侦查员为了查肖霄那辆宝马车，调取了城区监控视频，案发前，那辆宝马车确实是朝马背山方向开去，驾驶人是陈菲菲；另一组侦查员前往马背山庄园，调取了沿途的三处私家别墅外围的监控。他们通过调取视频，也发现了肖霄的宝马车。陈菲菲驾驶宝马车上山时间是5点37分，下山时间是第二天凌晨3点35分左右。从监控时间点得到的信息与尸检情况相符，陈菲菲死于8月11日凌晨3点左右，然后被扔进了马溪河。李小峰有重大嫌疑。我们调取了李小峰的通话记录，在下午4点37分，李小峰确实和陈菲菲有过一次通话，这也和李桐、陈小红和肖霄提供的情况相符。现在，两组侦查员守在马背山庄园附近，待手续完善以后，马上开展搜查工作。"

支队长陈阳道："李小峰在哪里？"

苗伟道："我们查到了高速公路监控，李小峰一大早就回了阳州。滕支带着侦查员已经到了阳州。滕支担心李小峰会出国，盯得很紧，随时收网。"

陈阳道："你们认定李小峰是凶手？"

苗伟点了点头，道："李小峰有重大嫌疑，需要立刻搜查马背山庄园，传唤李小峰。"

陈阳满脸疑惑地道："李小峰这人精明能干，怎么会做这种事？"

苗伟道："很多有钱男人都是那个德行，平时精明能干，精虫上脑以后就干没有脑子的事情。"

陈阳提了一个尖锐问题，道："肖霄、李桐和陈小红是否能确定陈菲菲生病？如果生病，吃了头孢再喝酒，那是事故；如果没有生病，陈菲菲为什么要吃头孢？还得查是在哪里吃的头孢，是在金色酒吧，还是在马背山庄园？这些细节直接决定案件性质。"

苗伟道："据李桐、陈小红和肖霄讲，陈菲菲打麻将时精神不错，没有生病。我们询问四人时，解剖结果没有出来，不知道陈菲菲吃了头孢，没有特别询问这一点。"

"搜查陈菲菲的住所，查一查是否有头孢。"陈阳作了交代以后，又对侯大利道，"大利，你怎么看？"

侯大利放下笔，沉默了几秒，道："凡是涉及肖霄，一定要小心谨慎，吴煜、邱宏兵是前车之鉴。"

案情分析会后，江州警方开始多路行动。一路，传唤李小峰；一路，搜查马背山庄园；一路，与肖霄等人再次见面。

肖霄从舞台下来后，接到电话，喝了一杯冰镇的矿泉水。冰水从喉咙冲入腹部，带走了燥热。快速卸妆后，她换上了短袖衬衣和短裙，又由火爆性感的歌手变成了邻家女孩。

肖霄如此打扮是充分利用年轻的优势，营造出清纯性感的效果。杨永福身处花丛中，面对无数性感的美女，可是真正让他心动的还是清纯打扮。肖霄进入杨永福办公室后，反锁房门，扭身坐在杨永福的腿上，道："哥，刚才接到了电话，苗伟要来，估计还是那事情。"

这间办公室做过隔音处理，耳朵贴在门上也无法听到屋内对话。杨永福每天进门都会检测是否有窃听器，这样才能万无一失。他抱紧肖霄，亲了亲她的耳垂，道："来就来，无所谓。"

肖霄道："这是赔本买卖，费力不讨好，赚不到钱。"

杨永福抱紧肖霄，双手揉捏其前胸，道："邱宏兵的二建吐出了老机矿厂的那块地，公司赚翻了，这里面有你的一份，足够丰厚了。"他腾出右手，指了指自己的头，道，"凭头脑吃饭，这是老天赠给我们的礼物。我们为什么要拼命？原因很简单，从哪里摔倒，就要从哪里爬起来。我们生下来就该是人上人，失去的，一定要拿回来。"

"嗯，我明白。"肖霄轻轻呻吟了一声，嗲声道，"你别惹我，等会儿警察要来，我得保持冷静。"

杨永福这才放了手，道："警察滚蛋以后，你进来，我想你了。"

肖霄道:"我经常进来,会惹人怀疑。"

杨永福笑道:"老板潜规则女下属,没有比这更正常的事情了。"

肖霄仰头瞧着相貌英俊的杨永福,道:"我得去应付那些警察了,一会儿就回来。"

十几分钟后,二组组长苗伟和法医张小舒出现在肖霄面前。

"今天你们的人已经来过了,看过陈菲菲的柜子,拿走了她的包。我们几个驻唱歌手在金色酒吧没有住房,只有一个休息室,大家共同使用。每个人都有一个柜子,柜子里放化妆品,还有舞台上要穿的衣服。舞台上的衣服看起来酷炫,实则一两个月才洗一次,又脏又臭。"肖霄喝着可乐,衣着简朴,脸上有几块没有洗掉的小彩片,在灯光下闪亮。

张小舒是法医,还是105专案组的成员,无数次听说过肖霄的大名。在侯大利口中,肖霄就是一条毒蛇,吴煜、施文强、邱宏兵等人都是毒蛇口中的牺牲品。炫彩灯光下,肖霄丝毫没有陈菲菲身上的风尘气,就如刚从学校归来的高中生一般。

苗伟道:"8月10日,你和陈菲菲是什么时候见面的?"

肖霄道:"我们晚上工作,凌晨两三点睡觉,很辛苦的。白天睡懒觉,其实也不算懒觉,睡觉总时间不长。一般情况下,我们中午吃饭以后才互相联系,主要是联系晚上的活动,其次就是商量下午到哪里去玩。我们大多是聚在金色酒吧打麻将。"

苗伟道:"8月10日,陈菲菲有没有感冒、发烧或其他生病的症状?"

肖霄不停地摇头,道:"没有发现。下午我们在打麻将,如果她生病了,我们应该知道。"

苗伟和张小舒来到肖霄等人平时换衣服的房间。房间如学校宿舍,摆了两张床,另外还有一个健身房常用的大柜子。房间内充斥着汗水、香水混杂的味道,桌上放有杂乱的生活物品。

肖霄打开柜子,拿起桌上的有卡通图案的白瓷杯子,道:"这是我的杯子。陈菲菲的杯子被你们带走了。警官,到底是谁做的坏事?你们一定要抓住凶手，然后枪毙，为陈菲菲报仇。"

苗伟道："善有善报，恶有恶报，不管谁做了坏事，肯定跑不了。"

核实了陈菲菲在8月10日的身体状况，那么，陈菲菲是在什么情况下吃的头孢就是值得高度重视的问题。

苗伟和张小舒调查完金色酒吧后，马不停蹄，径直前往马背山庄园。

马背山庄园被封闭，勘查室小林等人正在进行现场勘查。

侯大利和副支队长老谭没有进屋，在庄园四周转了一圈后，来到游泳池边。江州8月天气炎热，晚上仍不退凉，热气无孔不入，劈头盖脸冲向人们，逼得大家只能躲在空调屋里。屋里空气不新鲜，待久了，人容易疲惫。马背山上比平地高出一百多米，温度降得不多，但是恰好处于风口上，微风习习，比城内舒服得太多。

在游泳池夜游，俯瞰江州城，喝点小酒，悠闲而富有小资情调的生活对于陈菲菲这种年轻女子极具杀伤力。侯大利在游泳池边走了两圈，脑中浮现出陈菲菲和李小峰在水中游泳的画面。画面清晰，甚至细节都真实生动。

"谭支，山庄要吃喝玩乐，服务人员必不可少。马背山庄园有哪些服务人员？"

"清洁阿姨有两名，每天定时过来打扫，打扫结束便离开。厨房里有两个厨师，平时不来，山庄有人，才过来上班，一般是在晚上9点下班。"老谭是副支队长，职位高于侯大利，年龄也比侯大利大得多。由于侯大利连破积案，威望甚高，再加上省公安厅的背景，所以，他很认真地回答侯大利的提问。

侯大利道："厨师说的是啥情况？"

老谭道："8月10日，也就是昨天晚上，有四个人陆续来到庄园。李小峰最先来，然后是一男一女坐车过来，再后来就是单独的一个女孩。那个女孩开的是宝马车，就是陈菲菲。吃过晚饭以后，那一对男女离开庄园，陈菲菲留了下来。9点，厨师准备好烧烤食材，放在游泳池边，然后便下班。事情很清楚，陈菲菲死后，李小峰开着宝马车抛尸，没有回山庄，直接离开了江州。8月11日早上，清洁阿姨回到山庄时，里面乱成一团。还有些细节正在进行固定，大体就是这样。陈菲菲死时身穿游泳衣，多半就是在游泳时死于心肌梗死。"

侯大利道："找到宝马车了吗？"

老谭道："凌晨5点从视频中发现宝马车以后，宝马车就没有再出现。到现在，仍然没有发现这辆车。李小峰抛尸以后，应该乘坐其他车辆离开。"

侯大利点了点头，指着泳池边上的烧烤台，道："陈菲菲在下午6点左右来到马背山庄园，晚餐时应该没有喝酒，否则晚餐时就有可能出事。到了凌晨2点左右，陈菲菲应该是喝了酒的，又由于服用了头孢拉定，引发心肌梗死。如果在马背山庄园找到头孢拉定，又分两种情况，一种是有意为之，那是谋杀；另一种是无意为之，那是意外。从抛尸来看，李小峰应该对陈菲菲的死亡没有做好准备，否则不该如此草率处理。"

"大利、谭支，在李小峰卧室抽屉里发现了一盒头孢拉定胶囊。陈菲菲服用的正是头孢拉定。这一盒拆开过，里面少了两粒。"勘查室小林走了过来，物证袋里有一个药盒子。

侯大利皱眉，道："李小峰的抽屉里有多少种药？"

勘查室小林道："十多种吧。"

小林、侯大利、老谭和张小舒来到卧室。

小林指着抽屉，道："李小峰房间的抽屉里除了头孢拉定，还有阿莫西林、藿香正气口服液、双黄片、维生素C，都是些常备药。"

阿莫西林、藿香正气口服液等药没有打开，双黄片、维生素C和头孢拉定被打开使用过。

"陈菲菲打麻将时没有感冒，身体没有异状，并不代表她晚上没有生病，吃头孢拉定是正常用药，只不过没有控制饮酒。"小林拿出物证盒，往里装药品。

侯大利抬头望了望玻璃天窗，又透过大窗俯瞰江州。他在头脑中想象出陈菲菲和李小峰在房间里的画面，提出一个疑问："如果真是头孢类过敏或者喝酒引起的心肌梗死，会有呼吸困难、胸闷、气促、恶心、难受等症状，并不会立刻致死，李小峰不是初出茅庐的小年轻，而是阳江高速的副总，有工作经验，有人生阅历，见多识广。如果陈菲菲真出现了这些症状，他的第一反应应该是叫救护车。叫了救护车，即使死了人，也没有太大责任。现在这样抛尸，真不知李小峰是怎么想的。说不定，其中另有隐情。"

小林觉得事情是板上钉钉，好奇地问："大利，那还能有什么隐情？"

侯大利道："我不知道，抛尸的行为有点怪，不正常。"

8月11日晚，马背山庄园勘查结束后，滕鹏飞立刻带着侦查员出现在李小峰面前。

李小峰眼窝深陷，带着血丝，故作镇静地道："滕支，有什么大不了的事，让你从江州跑到阳州来找我？"

滕鹏飞没有笑容，脸上每一颗麻子都如准备射出的子弹。他出示拘留证，宣布了对李小峰的刑事拘留决定。

看到拘留证以后，李小峰脑袋耷拉下来，小声嘀咕几句，一种深入骨髓的沮丧以肉眼可见的速度浮现在脸上。他对站在一旁呆若木鸡的未婚妻道："赶紧给我爸打电话，给我找最好的律师。"

未婚妻声音颤抖，道："你做了什么事？"

李小峰往日神采飞扬的脸上出现吃了臭狗屎的表情，暴躁地道："我也不知道！"

在拘留证上签字，按下指印，李小峰似乎看见前方空间出现了深不见底的大洞，自己一脚踩空，瞬间失重，摔向无边无际的黑暗之中。坐上警车，他透过车窗能够看到小区的绿树、年轻帅气的保安，以及在小区橡胶跑道上跑步的漂亮女人。这一切，在前几分钟都是最为寻常的景象。坐上警车之后，他意识到自己有可能会在很长一段时间里远离正常生活。商场中的算计、工地上的吵闹、酒场中的战争、女人的身体、空运的食材，都成为遥远且真实的梦。

短短几分钟，李小峰的世界分裂成了两半，前面和后面迥然不同。这是在极短时间内产生的裂变，他能清晰地感受到裂痕在迅速扩张。

滕鹏飞坐在李小峰身边,递了一支烟,用打火机点燃。

李小峰平时只抽雪茄,因为抽雪茄有范儿。他有些急切地接过滕鹏飞递过来的香烟,深深吸了一口。黑暗中,明亮的烟头快速移动,发出"嗞嗞"的声音,很快就行走到过滤嘴位置。忽明忽暗的光线让他的脸看起来阴晴不定。

接连抽了两支烟,李小峰慢慢镇静了下来,道:"滕支,我什么时候可以请律师?"

尽管以前认识李小峰,滕鹏飞在此时也不愿意多说话,简明扼要地道:"《中华人民共和国刑事诉讼法》规定,犯罪嫌疑人在被侦查机关第一次讯问后或者采取强制措施之日起,可以聘请律师为其提供法律咨询、代理申诉、控告。"

这一段话他说过无数次,几乎倒背如流,不会多一字,也不会少一字,纯粹是公事公办。

车上,没有人再说话,发动机的轰鸣声在狭小空间内左冲右突。高速公路另一边,不时会出现开着强光的大车。强光冲破高速公路中间的隔离带,照进车内,照亮或惨白或疲倦的脸。驾驶员在短暂的时间内完全看不到路面,凭着本能掌握方向盘。他压低声音,狠狠地骂了一句。车子突破强光后,眼前的世界再次清晰起来。

一小时后,警车回到江州。李小峰下车的时候,腿突然软了一下,差点摔倒。滕鹏飞眼疾手快,抓住李小峰的胳膊,用力往上提了提。滕鹏飞每次走进大院时,都会抬头看一眼熟悉的四楼左侧会议室。今天,小会议室灯火通明,开着的那一扇小窗成为烟囱,有一片明显的烟雾笼罩其上。

省命案积案专案二组有侯大利、张剑波和吴雪三人参加了第二次案情分析会。会议还未开始,三人坐在一起,低声交谈。

吴雪道:"陈菲菲死因非常明确,头孢就酒,说走就走。剑波老师,是这样吧。"

张剑波点头道:"我看了尸检报告,没有问题。"

吴雪道："大利提出的问题有道理，李小峰的处理方式太不明智了，直接打120，屁事没有。他这样做，小事变成了大事。"

"李小峰不是青屁股小孩子，做事有轻重，不会如此莽撞，一定还有内情。"侯大利皱眉，渐渐有了资深侦查那副苦大仇深的表情。说话时，侯大利想起了周涛案。两件事的表现手法不一样，思路却如此相似。他暗骂了一句："割韭菜，也得换一茬韭菜。背后这人当真猖狂，这是对我们的挑战。"

滕鹏飞赶到会议室以后，会议开始。

"8·11"案第二次案情分析会又重新梳理了一次所有线索，比较重要的线索有两处，一处来自马背山庄园，另一处是来自高速路口、阳州小区的视频资料。

勘查室小林介绍道："我们在李小峰卧室抽屉里发现了阿莫西林、藿香正气口服液、双黄片、维生素C等十一种常见药，其中双黄片、维生素C和头孢拉定这三种已经打开，有服用迹象，头孢拉定使用了两粒。我们在头孢拉定的药盒上提取到李小峰的指纹。在维生素C、双黄片以及其他药品上没有提取到李小峰的指纹。准确地说，这十一种药的药盒上只有头孢拉定留有指纹，其他药盒上没有任何人的指纹。"

二组组长苗伟道："视频大队提取了李小峰所居住的阳州小区的视频。8月11日早上6点57分，车牌号为山A×××××的小车进入小区车库，随后，在电梯监控视频中拍到了李小峰。我们又在阳江高速公路阳州东出口的视频中看到了车牌号为山A××××的小车，时间为8月11日早上6点34分。随后，我们又在江州高速公路路口视频中看到了车牌号为山A××××的小车，时间为早上5点44分。从江州到阳州高速公路，开了五十分钟，速度很快。在马背山的下山公路上拍到车牌号为山A××××的小车，时间是3点35分。通过分析视频，我们就可以画出一条连贯的线。8月11日凌晨3点35分，李小峰下山，驾驶肖霄的宝马车。凌晨5点44分，车牌号为山A××××的小车出现在江州高速路口；早上6点34分，该车出现在阳州高速公路路口；早上6点57分，该车进入车库。我们正在寻找车牌号为山A×××××小车的司机，暂时没有找到。"

　　李小峰的指纹留在了头孢拉定上，逃跑的线路勾勒得非常清楚，参会的侦查员们露出了轻松的笑容。

　　"大利，你是什么意见？"支队长陈阳习惯性地问了问坐在身边的侯大利。

　　"暂时没有意见。我等会儿到监控室看一看第一次讯问李小峰的过程。"侯大利看了一眼笔记本，言行非常谨慎。

　　滕鹏飞若有所思地望了侯大利一眼，慢慢地从烟盒里抽出一支烟，用力嗅了嗅味道，没有点燃。

　　二组组长苗伟和铁嘴钢牙高波负责审讯李小峰。苗伟主审，高波陪审。

　　讯问室里，李小峰面如死灰，蔫头耷脑地坐在椅子上，脊梁仿佛被打断，不等苗伟走完例行程序，道："我不是故意杀人，是失手。"

　　没有交手，李小峰便竖起了白旗，苗伟原本绷着的脸松了下来，道："你详细说一下8月10日以及8月11日凌晨发生的事情。"

　　李小峰陷入痛苦的回忆之中："我和陈菲菲是朋友，有过男女关系。8月10日，我中午从阳州回到江州，睡了一觉后，安排厨房准备烤肉材料。在5点左右，我给陈菲菲打了电话，让她到山庄。同时我还邀请了陈雷带着他的女朋友一起过来。晚餐的时候，我和陈雷有事要谈，陈菲菲和陈雷的女朋友就在一边玩，没来烦我们。吃完晚餐，陈雷带着女朋友离开。"

　　这一段话，与陈雷的说法完全一致。

　　李小峰又道："9点多，厨师把烤肉材料准备好以后，放在游泳池边的小冰箱里，我就让他们离开。我和陈菲菲在房间看了一会儿碟片，然后做爱。做爱以后，我们都累了，睡到凌晨1点多，肚子饿了。我和陈菲菲到游泳池边上，边烤肉边喝红酒。吃饱以后，我和陈菲菲到游泳池里游了几圈。上岸以后，我们躺在游泳池边的椅子上，准备做爱。整个山庄就我们两人，所以就在外面做爱。我想增加一点快感，在征得陈菲菲同意以后，用毛巾捂住陈菲菲的嘴巴和鼻子。她不停地挣扎，我很兴奋。后来，我发现陈菲菲不对劲后，放开了毛巾。我对天发誓，只捂了十几秒，绝对不会出人命。陈菲菲呼吸困难，嘴唇青紫，大声呻吟，很快没有了呼吸。这绝对是意外，是失手。"

监控室内，侯大利问身边的张小舒，道："你参加了尸检，没有发现口腔和鼻腔有什么异常？"

听了李小峰交代的作案过程，张小舒回想着整个尸检过程，有几分忐忑："陈菲菲穿着游泳衣，又是浮在水里，所以口腔和鼻腔是我们重点检查部位，没有发现有破损的地方。如果是窒息死亡，眼睑会出血，内脏浆膜面会点状出血。这些症状都没有。"

侯大利道："死亡原因是服用头孢拉定后喝酒引起的心肌梗死，并非窒息死亡？"

张小舒道："尸检结果很明确，不可能是窒息死亡。"

"这和李小峰的说法对不上啊？"侯大利的额头出现川字纹。

讯问室里，李小峰道："几天前，陈菲菲到过山庄，我们玩过一次类似的游戏，当时没出事。我真不是故意杀人，就是失手。"

"8月10日晚和11日凌晨，山庄气温多少？"苗伟知道陈菲菲的真正死因，也在暗自纳闷。

李小峰道："比城里凉快，气温也不低。有可能是游泳池的水比白天要冷，陈菲菲和我游了几圈，水冷引发疾病。"

苗伟道："水冷引发疾病，你有什么证据？"

李小峰想了一会儿，道："她从泳池起来后，没有找到披巾。山风吹来，应该有点冷，肯定被吹感冒了。"

苗伟不动声色地道："吹感冒了？你得有证据，吃药没有？"

"没有吃药。当时症状不明显，她只说了一嘴，然后就说没事，我才拿毛巾捂了她。我他妈的这是犯病，为什么要拿毛巾。"李小峰说到这里，后悔之情溢于言表。

苗伟道："马背山庄园，平时备药没有？"

李小峰道："我不知道，平时我不管这些小事。我发现陈菲菲没有了呼吸，吓坏了。确定死亡以后，我把她放到宝马车上，开车下山，然后把她扔进马溪河。老范带了个信得过的司机范三娃找到我。范三娃开走宝马车，没有进城，直接开到我们在巴岳山的一个工地上，大卸八块。老范开车，送我到阳州。我存侥幸心理，以为扔了尸体，处理了宝马车，你们就找不到我。"

……………

监控室里，多数人都觉得此案妥了。但侯大利眉头紧锁，川字纹越来越深，自言自语道："不对劲，还得抠细节。李小峰压根不知道抽屉里的药，为什么头孢拉定盒子上有李小峰的指纹？除了头孢拉定，其他药盒没有指纹，未免太干净了。"

张小舒提出一种可能性："如果是医院开出来的药，拣药的医生戴有手套，则有可能其他药盒会没有指纹。但是，大部分药都是非处方药，是家庭常备药，大医院不会这样开。"

8月12日，清晨。

侯大利照例早起，到楼下锻炼。刚进健身房，樊勇跟着走了进来。两人戴上拳套和护具，开始对练。戴上拳套，侯大利的致命擒拿就使不出来，不是樊勇对手，脸上接连挨了几个重拳。

张小舒也来到健身房，站在沙袋前，用手掌拍打沙袋下端。

樊勇见到张小舒奇怪的动作，道："你这是做什么？"

张小舒看了侯大利一眼，道："如果有坏人控制我，我就用力拍他的下面。"

张小舒拍击动作经过反复训练，招式舒展，连贯流畅。樊勇想着这一掌打中正确部位的惨劲，倒吸一口凉气，道："这是大利的招数，下三烂，不讲武德。"

张小舒道："我宁愿不讲武德，也不想被坏人控制。况且，我们是警察，又不是江湖人，讲什么武德。"

樊勇笑道："你这和侯大利一个腔调。我有一个疑问，你长期练习这个动作，形成了肌肉记忆，如果哪天和你男朋友闹了矛盾，这一掌拍下去，那还了得？"

张小舒道："你还真是樊傻儿，怎么想到这么歪的地方去了。"

大门传来哗啦声，清洁工段三轻手轻脚走进院子，来到大垃圾桶处，取出黑色垃圾袋，又顺着墙根，从小门走出刑警老楼。

侯大利、樊勇和张小舒在健身房门前静静地看着段三进入又离开。

大门口出现一个头发花白的女人。段三走路靠墙边，原本是正常工作，弄得偷偷摸摸。这个女人给人一种僵尸片中僵尸的感觉，整个人的精神全部被抽空，就是躯体在向前移动，花白头发遮住了脸，五官模糊。

"朱燕，陈菲菲的妈妈。"侯大利认出来人，低声道。

朱燕在院子中间停下脚步，仰头看着老楼。刑警老楼墙皮斑驳，犹如老虎皮毛，一个个门洞就如猛兽的大口。她仰头，一股悲愤之气从喉头涌出："我女儿死得好惨啊！"

这一声吼叫与她的外表严重不符，犹如炸弹一样，撕破空气。专案二组成员、105专案组成员纷纷出现在走道上，朝下张望。

侯大利从健身房走了出来，道："朱燕，到屋里来坐。"

"我女儿是陈菲菲，死得好惨。我认识你，你找过我。"朱燕和侯大利相对而坐，她嘴巴咧了咧，发出哭声，眼中却没有泪水。

老楼的底楼有一间房被改成了伙食团，中餐和晚餐都在此。侯大利推开伙食团房门，找来一瓶矿泉水，递给朱燕。朱燕在菜市场做生意时是一个稍稍肥胖、精力旺盛的小生意人，但现在坐在侯大利面前的朱燕完全失去了魂魄，短时间内瘦了一圈，头发由黝黑变得花白，皮肤灰败，如百年的老墙面。

"我女儿死得好惨。"朱燕坐下后，将矿泉水放在地上，身体微微前倾，伸出手，抓住侯大利的裤子。她觉得这样抓不稳，便隔着裤子狠命揪住侯大利的大腿，不时还将头靠在侯大利的膝盖上。

"案件正在侦办。"侯大利没有推开朱燕，安慰道。

"我女儿很乖的，小时候长得像洋娃娃，谁都喜欢。她睡在小床上的时候，她爸会坐在床边看着她，经常看一两个小时。菲菲是她爸的心肝宝贝，她爸总是说就是砸锅卖铁都要让菲菲读大学。"朱燕抬起头，用力揪住侯大利的大腿，犹如抓到救命稻草。

　　侯大利听得很清楚，她爸应该是指陈菲菲的亲生父亲，那个在工厂里当班长的壮实年轻人。一次生产事故毁了四条鲜活的生命，他的生命定格在青年时代。侯大利俯身拿起朱燕放在地上的矿泉水瓶，拧开瓶盖，道："喝口水。"

　　朱燕这才松开抓住侯大利裤管的右手，木然地接过矿泉水，道："菲菲她爸是中专生，那时的中专生很了不起的。他最大的遗憾就是没有读大学，所以想让女儿读大学。他工作很努力，那天本来不是他值班，为了解决一个技术难题，我也不太明白是什么，就主动加班，遇到了事故。菲菲、菲菲，你怎么说走就走了？你们爷俩在那边会合，留下我一个人在这边，我怎么办啊！"

　　张小舒跟了进来，靠在门边，听朱燕独自絮絮叨叨地说话，想起自己的经历，背过身，泪珠一串串往下掉。

　　面对悲哀的女人，任何劝解都苍白无力。侯大利还是试着劝解："事情已经发生了，你不要太伤心，得想一想下一步的事情。"

　　朱燕喝了水后，又用尽全身力气抓紧侯大利的大腿，眼睛直直地道："菲菲走了，我下一步还有什么事情？"

　　侯大利被抓得很疼，却没有阻止朱燕，道："陈菲菲还在殡仪馆，得下葬，记得给她选一个风景好的墓地。风景好，这孩子住在那里也高兴。她吃了不少苦，她喜欢漂亮，要尽量满足她。"

　　朱燕神情木然，道："菲菲都死了，做这些事情有意义吗？一点意义都没有。"

　　侯大利道："总得有人做这事，不能让陈菲菲一直摆在殡仪馆。"

　　朱燕反应迟缓，想了半天，道："哦，这事还得我办。"

　　侯大利有意让朱燕做一做具体的事，分散其注意力，又道："陈菲菲的爸爸葬在什么地方？最好把陈菲菲葬在她爸爸边上。"

　　朱燕道："我不知道陈菲菲她爸爸埋在哪里，他们那家人嫌弃我，说我不会生儿子，还说我克夫，不让我知道菲菲爸爸埋在哪里，他们还打我。"

侯大利认真地提出建议："那就到江州陵园去买一块墓地，陈菲菲喜欢美，给她买一块风景优美的地方。"

朱燕突然间想起了来这里的目的，道："你们抓到杀人凶手没有？抓到了，要跟我说，我要亲眼看一看是哪个杂种害了我的女儿。你们不能骗我，一定要让我来看一眼，我想吃他的肉，喝他的血！"

二十来分钟以后，朱燕离开刑警老楼，前往江州陵园，准备为女儿找一块风水好的墓地。

侯大利和张小舒站在老楼门口，看着朱燕的背影。朱燕用一个肥胖又柔软的身体支撑起这个家，女儿是其生命的重心所在。失去了女儿，她犹如没有灵魂的躯壳，在人群中跌跌撞撞，艰难前行。

张小舒咬牙切齿地道："真该千刀万剐那个凶手。女儿是朱燕的精神支柱，如今支柱倒了，朱燕精神受到重创，加上陈义明不靠谱，我担心朱燕挺不过这一关。我们能做什么？"

侯大利沉默了一会儿，道："我们什么都做不了，就算破了案，朱燕仍然失去了女儿。"

这是一种深入骨髓的疼痛，侯大利尝过，张小舒同样如此。两人对视，看到了对方心灵深处永不磨灭的伤痕。

张小舒低语道："同是天涯沦落人，相逢何必曾相识。"

"太阳每天都会升起。不管逮住凶手对朱燕是否有意义，我们都要竭尽全力抓到真凶，这至少是对我们的安慰，是对正义的守护。"侯大利转过身，拉起裤腿，只见大腿上青一块紫一块。

朱燕出现在刑警老楼后，侯大利感觉有一万块沾了水的棉花堵在肺里，呼吸如老牛拉破车般不爽快。久在心中的念头在这一刻突然间就不可抑制。他回到五楼，简单安排了上午的工作，便请了假，离开老楼。

秦东江从卫生间出来，在走道看到樊勇、张小舒等人，问道："上午不开会了？"

樊勇道："刚才朱燕来了。"

秦东江道："朱燕提供了什么新线索？不对啊，你们都在，大利不可能一个人搞调查。"

"朱燕以前是很乐观的一个人，陈菲菲死了，她的精神被打垮了，这是没办法的事，搁谁身上都受不了。大利只是请假，没有说原因。"樊勇为人表面很粗，实则也有细致的一面，否则无法搞侦查工作。他隐约猜到了侯大利请假的原因，没有明说。

秦东江没有见到如行尸走肉般的朱燕，自然猜不到侯大利的想法，问道："张小舒，你知道大利去做什么吗？"

张小舒摇了摇头，也没有回答。

樊勇是隐约猜到侯大利请假的原因，张小舒根本不用猜便知道侯大利的心思。如果他离开江州，那就是去看杨帆父母；如果他没有离开江州，多半就是去看望田甜的父母。她原本也想去看一看爸爸，想到法医室上午事情多，回到房间后，便给父亲打了电话，准备中午抽时间陪他吃午饭。

接到女儿电话，张志立有些惊讶，问道："小舒，什么事情？中午回来吃饭吗？"

"没事，就是想回来吃饭。你以前在阳州，我想回家也没有这么方便。"张小舒感受到了父女间的隔阂，更为难受。

张志立乐呵呵答应了，放下手中事，准备到菜市场买点排骨，做女儿最喜欢吃的红烧排骨。他想起汪建国谈起的事，道："你一个人回来吗？"

"当然是一个人。"张小舒听出了父亲的话外之意，想起了心情抑郁的侯大利，只能在心中叹息一声。

第三章
"鱼竿模型"的提出

侯大利几乎在同一时间叹息一声,慢慢伸手,按响了门铃。室内传来急促的脚步声,一只眼睛出现在猫眼前。门后的甘甜知道门外是侯大利,仍然凑在猫眼前,认真看了一眼,屋外的年轻人有一张沉静的面容,额头是浅浅的川字纹,鬓间有白发。透过猫眼,她认真打量了女儿的未婚夫,这才取过钥匙,打开防盗门的天地锁。

防盗门原本顺滑无声,今天拉开时发出"嘎吱"一声响,甘甜不知道是错觉还是真有响声。她又推拉防盗门,这一次,防盗门没有发出响声。

"大利,请坐。"甘甜带着几分疑问和警惕,招呼侯大利换鞋。

侯大利穿上布拖鞋,坐在客厅沙发上。客厅正面是田甜的大幅照片,差不多一平方米大小。田甜身穿白色长裙,面容忧郁,犹如一朵带着露珠的茉莉。他径直来到照片前,忽然间觉得与田甜的相识就是一场不想醒来的美梦。可惜,梦很短,还没有到幸福的云端便被惊醒。

很长一段时间,侯大利都纠结于如何称呼甘甜。

田甜牺牲前,侯大利和田甜正在筹备婚礼,准备到民政局办理结婚证。一场意外,让两人的婚姻成为永远的遗憾。他还没有来得及改口,一直称呼甘甜为"甘阿姨"。

安葬田甜以后,侯大利和甘甜互相回避对方。

今天看到朱燕的状态，侯大利感受到甘甜所承受的痛苦，纠结化为乌有，他随意地问出了在脑中反复练习的话："妈，杨总不在？"

甘甜正准备给侯大利泡茶，听到极为陌生又刺耳的称呼，犹如被机关枪子弹打中，一下就喘不过气来，靠住厚实的五斗柜才稳住身体。她有些惊疑地望着侯大利，道："老杨出差了，过几天才回来。"

若是侯大利家世普通，她会怀疑眼前的男子是否有求于自己现在的丈夫，可是侯大利的父亲是侯国龙，根本不会求到自己丈夫。

侯大利道："妈，抽时间，我们一起去看一看田甜。"

甘甜揉了揉耳朵，怀疑自己又听错了，迟疑了一下，试探着问道："刚才你称呼的什么？"

"妈，我和田甜是夫妻，我是你的女婿。前一段时间，我没有能够面对失去田甜的事实。"田甜牺牲以后，侯大利封闭了自己的感情，全身心投入案侦工作中，以此遮盖伤痛和回避现实。一年时间过去，他才稍稍敢于直面现实。

甘甜的泪水夺眶而出。她转过身，掩面而泣。

过了良久，甘甜将泡好的茶端到茶几前，道："我这辈子对不起田甜，给她带来了心理创伤。她是个可怜孩子，没有过几天舒心的日子。谢谢你，她和你在一起的那一段时间，是她最开心的日子，我知道。"

侯大利下意识摸了摸香烟，随即又将手缩了回去。

甘甜敏锐地发现了这个动作，道："做刑警的人，都是这习惯，想抽就抽吧。"

侯大利站在窗边，抽了一支烟。

甘甜望着女儿的未婚夫，有些恍惚。如果女儿没有牺牲，现在有可能怀上了小宝贝。她脑中浮现出婴儿睡在小床上的温馨画面，觉得那才是天堂般的生活。

现实很残酷，她永远都没有帮田甜带小孩子的机会了。

侯大利抽烟的姿势和田跃进有几分神似，头微微前倾，似乎香烟要逃跑，必须要凑上去才能咬住香烟。田跃进的额头在谈恋爱的时候还算平整，很有英武之气。不知从什么时候起，他的额头变得凹凸不平，发际线比同龄人更早后移,眼圈经常发黑,性格也阴沉起来。侯大利成为刑警时间不长,额头已经有了纹路,发际线没有后移,只是两鬓间的白发多得不像话。

侯大利抽完烟,走了过来,神情平静地道:"妈,这一年多时间,我没有和你多联系,很抱歉。我内心深处,仍然不愿意相信田甜牺牲了。从今往后,田甜过生日,还有牺牲那天,我希望能够和你一起过。"

甘甜强忍着再次流泪的冲动,道:"我平时不住江州,回来的次数不算多,这一次特意回来住几天,就是为了陪田甜。时间过得太快,转眼就一年了。"

"田甜表面上恨你,实际上非常想你。如果不想你,她就不会对你冷言冷语。我和她在一起的时候,她无数次谈起过你。"甘甜和田甜母女有七分神似,举止神情同样如此。侯大利面对甘甜之时,总觉得田甜仍在身边。

甘甜再次掉泪,妆容乱得一塌糊涂,道:"那些年,我也是没有办法,你是刑警,内心要强大些。我是女人,胆子小,当时被人用枪顶住头,吓得魂飞魄散。田跃进不听劝,还要跟黑社会较劲。我是真怕了,如果不离婚,精神绝对会出问题。"

"是谁,胆子这么大,敢用枪威胁刑警家人?"侯大利以前听说过此事,只不过事情隔得太久,没有深入追究。

甘甜道:"八九十年代,社会乱得很,江州有好多黑社会性质的组织,打架、杀人,屡见不鲜。当时势力最大的就是老卫,后来被人打死了。我就是被老卫的手下用枪顶了脑袋。"

侯大利道:"老卫?"

甘甜道:"老卫,真名叫胡卫,是当时江州的黑社会大哥,绰号'老卫',风云一时,狂妄得很。后来被枪击,当街毙命,到底谁下的手,现在都没有查清楚。"

"原来老卫是胡卫,我在省城听说过这个名字。当年他是挺威风,带着一帮人到阳州拜码头,阳州那边黑社会老大亲自迎接,两边开了十几辆黑色奔驰，很长一串。这十几辆奔驰在省政府大楼前面的大公路开过，不知情的人还以为是有重要领导到阳州。我那时刚刚到省城读初中，是临时转学过来的，应该是在11月份左右。以前不明白为什么要转学，后来才知道是丁丽遇害，我爸妈也被吓着了，把我转到阳州读书。"

侯大利讲述的时候还回忆起多年前一件往事。

当时家里有客人，客人应该是军民机械厂老板程宏军。这段记忆封存在脑海中，平时无声无息，但当甘甜谈起胡卫时，胡卫的名字似乎带有某种隐喻和暗示，忽然间打开了尘封的记忆，它们依然如此鲜活，细节生动清晰。

那一天，侯国龙和程宏军在客厅聊天，程宏军绘声绘色地谈起了阳州黑社会大哥和江州黑社会大哥胡卫见面的情况。侯大利初到阳州，认识的人少，没有出去玩，正在屋内无聊地翻小人书。他被程宏军的讲述吸引，悄悄到门口偷听。

侯国龙重重地"哼"了一声。

记忆解封以后，侯大利感觉父亲这个鼻腔音几乎就在耳边回响。侯国龙的声音带着鄙视，道："这伙人不知道死活，居然在省政府大楼前耀武扬威。别看胡卫现在跳得欢，到时一定会拉清单。"

程宏军道："拉清单是以后的事，现在他们在江州太猖狂了，再这样搞下去，做企业的环境都没有了。我想把分厂逐渐转到阳州。胡卫这家伙做事太没底线，我担心又发生丁晨光女儿的事。说实话，我是真怕。"

侯国龙朝卧室看了一眼，声音稍稍放低，道："搬吧，狡兔三窟，企业要发展，我们个人也要保证绝对安全。我们不能明着搬工厂，不能大张旗鼓搬家。道理很简单，江州政府流失税源，会不高兴，给点小鞋穿，我们会非常难受。我已经着手在阳州工业园建分厂，还与工业园区的老大见了面。老大是阳州市委常委，与省里关系熟悉，有他撑着，我们慢慢搬。"

程宏军道："我也是这样想的，就是蚂蚁搬家的办法，先建分厂，一点点转移。"

侯国龙道："江州是山南工业重镇，影响山南西南部这一大片。这一片人口多，经济条件好，我们也不能失去这个根据地。在阳州和江州都有实实在在的布局，到时靠得牢，走得脱。"

程宏军压低声音道："胡卫有几条狗，我们总不能眼睁睁看着他们来咬人，总得还击。"

侯国龙道："我们正儿八经做企业，绝对不能使用那些江湖手段，也不要和那些江湖人有纠葛。江湖手段比起法律和政策来说更直接、更暴力，会上瘾，太危险，出来混，总要还。"

侯大利站在门口听得很带劲，突然间觉得父亲声音小了起来，然后父亲出现在眼前，道："侯大利，作业做完了吗？关门，做作业。"

虽然那时还在读小学，可是侯大利觉得自己懂得挺多。他和江州的同学们经常聚在一起聊香港电影的古惑仔和江州黑道大哥的英雄故事，对江湖生活很是向往。关上门后，他把耳朵贴在门上，却没有再听到父亲和程叔叔的议论声。

这是多年前的往事，"胡卫"像是"阿里巴巴"一样的咒语，瞬间打开了侯大利原本以为忘记的事情。

"这些都是以前的烂事，当时觉得不得了，现在看起来挺没有意思。我给你削个黄桃。"甘甜选了一个大黄桃，用小刀削皮。

黄桃肉质细腻，甜美多汁，这正是田甜最喜欢的水果。侯大利闻到黄桃的香甜味道，心脏又疼痛起来，几秒钟没有说话。

甘甜将黄桃切块，放在盘子里，递给侯大利。侯大利艰难地吃了一块黄桃，控制住情绪，又问道："你怎么知道是胡卫的人用枪威胁你？"

甘甜道："他们很嚣张，说得很明确。我与跃进离婚，搬到阳州，刻意回避江州的事，后面的事情就不清楚了。"

侯大利道："田甜爸爸怎么会得罪胡卫？"

"我真不清楚。田跃进这人死讲原则，从来不在家里讲单位的事。我被人用枪顶头，那个情景变成噩梦，反复出现，弄得我多次崩溃。出了这事，田跃进才给我透露了只言片语。"甘甜回想起被人用枪顶住头的往事，仍然不寒而栗。

侯大利安慰道："你别担心了。江州这几年治安很好，没有黑社会藏身之地，再也不会出现胡卫式的黑社会大哥。"

"现在比起十年前，治安好得太多，否则我也不敢回来。跃进当时跟我说过，胡卫有几条忠实走狗，也就是胡卫的直接手下，这些手下大多数都被抓了。还有两条野狗，一条是杨国雄，另一条是黄大磊，这两条野狗的下场都不好，杨国雄跳楼死了，黄大磊后来被炸得粉身碎骨。"甘甜提起当年的黑社会，犹带着浓浓的恨意。

听到杨国雄和黄大磊的名字，侯大利马上想起当年程宏军所言"胡卫的几条狗"，肾上腺激素如百米飞人一样狂奔，身体顿时高度紧张起来，正式进入侦查模式，问道："胡卫是哪一年被打死的？"

甘甜想了想，道："应该是1994年中秋节前后。胡卫是黑道大哥，在街道被枪击，轰动一时，晨报、晚报、商报都对胡卫被枪杀之事有连续报道。"

侯大利道："你被人用枪顶头是哪一年？"

甘甜道："大约1994年3月，隔了十六年，具体哪一天记不清楚。"

大脑里的脑神经元"噼里啪啦"进行快速连接，连接完成以后，侯大利将诸多不相干的事情联系在一起。

第一件事情：有一段时间，黄大磊、吴开军、杜强和秦涛非常活跃，做了不少杀人越货之事。

第二件事情：田跃进离开警队之前，曾经发现过秦力包庇弟弟秦涛之事。秦力和田跃进是生死之交，田跃进装作没有看见秦力包庇秦涛。从以前得到的信息来看，秦力包庇秦涛，是秦力和田跃进先后离开警队的重要原因。

第三件事情：胡卫死后，黄大磊团伙也散掉了。杜强不知所终，黄大磊和吴开军各做各的生意，秦涛读银行中专。

第四件事情：杨国雄生意失败，于1999年9月跳楼自杀。两年之后，2001年10月，杨帆遇害。

这些事情原本没有联系，却被胡卫这个黑社会大哥串在一起。侯大利之所以一直没有将胡卫纳入侦查目标，是因为胡卫在十六年前就横死街头，距离现在太久了。如今他肩负"挖两面人和幕后黑手"的任务，对胡卫这种黑社会大哥就非常敏感。

甘甜看着眼前男子陷入沉思时额头形成了浅浅的川字纹，腮帮子咬得紧紧的，与前夫田跃进思考问题时的神情气质很相似，暗自叹息：不是一家人，不进一家门，我当年看上了田跃进，田甜看上了和父亲神情接近的侯大利，这都是命。

侯大利道："你和秦力应该熟悉吧，他是哪一年离开警队？"

甘甜道："秦力已经走了，他做的最错的事情是不该向黄卫下手。不管他做过什么事，一死万事空。"

侯大利道："讲一讲当时的具体情况？"

"跃进当时在重案二组，前任组长是洪金明，还有秦力、黄卫和吴小卫。跃进和秦力关系最好，秦力替跃进挡过子弹，是过命的交情。跃进和我结婚时，秦力还是单身汉。他和跃进是搭档，经常到家里来吃饭。秦力是在1994年辞职，辞职那天晚上，还到家里喝酒，那天很热，我把电扇推到客厅。后来秦力和跃进都喝吐了，屋里都是酒臭味。"

时间会淡化很多事情，但是在每个人的内心深处，总会记住青春往事。甘甜尽管和田跃进离了婚，可是谈起前夫时总是使用"跃进"两个字。她回忆起与重案二组秦力等人交往的细节，充满惆怅。

侯大利道："你们离婚是哪一年？"

甘甜道："1994年8月，我被黑社会威胁以后，跃进仍然不管不顾继续调查胡卫。这导致我又被人威胁了一次，还被捅了一刀。捅到腿上，出了血，伤不重，警告的意思更多。这一次之后，我彻底失望，坚决离婚。他这人自私，只考虑自己痛快，根本不管家人死活。从被人用枪顶着头到被捅一刀，只有四五个月时间，我是真受不了，每天提心吊胆。我们离婚后，跃进应该颓废了一段时间，后来也辞职了。得知跃进辞职，我恨他，既然要辞职，为什么不早点辞职？辞职后，跃进带着女儿生活。现在想起来，我也很自私。"

侯大利是田甜的未婚夫，知道另一方的看法。他正在想着田甜讲述往事时的泪眼，门铃响起。

甘甜用纸巾擦了手，来到门前，凑在猫眼前看了一眼。她猛然打开门，道："杨可，你怎么来了？"

"我原本要出去旅行，临时改了主意，到江州玩两天。"杨可扑到母亲怀里，不停转圈。转了两圈之后，甘甜道："杨可，停下来，妈妈要晕了。"松手之后，杨可发现还有一个年轻男子坐在客厅沙发上，道："他是谁啊？"

甘甜道："叫哥哥。"

杨可用审视的目光瞧着侯大利，道："哪里跑来的哥哥？"

甘甜道："姐姐的丈夫。"

由于特殊的家庭环境，田甜比寻常孩子的叛逆期来得早一些，很长一段时间仇视母亲，拒绝与母亲来往。杨可知道在江州有这样一个姐姐，从小到大，只见过数面，而且还有一次不欢而散。说实在话，她对姐姐没有什么感情。

侯大利的目光没有离开杨可。杨可在十五六岁的年龄，穿了一件带有元宝领和泡泡袖的天蓝色连衣裙，随意挎着一个斜挎包，脚下是小皮鞋。她留了一头超过其年龄的披肩发，发梢还有点淡红色，比普通的中学生成熟。她的五官与田甜有六七分相似，满脸是未经社会毒打的幸福感。

甘甜道："叫姐夫。"

杨可翻了一个白眼，道："不叫，他们没结婚。"

甘甜斥责道："你怎么说话的？"

"我说的是实话，都没有见过田甜几面。"杨可翻了一个白眼，转身进了卧室。

甘甜对小女儿着实宠爱，捧在手心怕摔了，含在嘴里怕化了。她不忍在侯大利面前责备小女儿，道："对不起啊，她和姐姐没有在一起生活过。"

"妈，那我先走了。改天我们约时间去见一见田甜。"最初看见与田甜有几分相似的杨可，侯大利还有几分亲切。可是杨可对姐姐不恭，这让他对杨可的观感直线下降，对其未作评论。

甘甜站在门口，目送女婿的背影消失在电梯口，一时之间，百感交集，颇有几分惆怅。关上防盗门，杨可探头出来，道："那个人走了？"甘甜叹了口气，道："他叫侯大利，是你姐的未婚夫。"杨可道："长得挺帅，就是头发都白了，活像个老头。这人是做啥的？"甘甜道："他是警察，和你姐在一个单位。"杨可撇了撇嘴巴，道："既然和田甜在一个单位，为什么要让田甜去抓人？他那时做什么去了？躺在家里享清福。哼，假模假式的。"

侯大利比杨可大了十二岁，这十二岁如一条天河，让两人产生了深深的隔阂，完全不能互相理解。侯大利没有了解杨可的欲望，杨可同样如此。

侯大利坐上越野车，想了想与甘甜的谈话，便拿出小本子，记下与甘甜谈话时无意间获取到的信息。他原本还准备探望田跃进，拨通电话后，才知道田跃进和新婚妻子外出旅行了。

8月12日下午2点，回到刑警老楼办公室，侯大利慢慢恢复了平静和理智。

侯大利意识到从甘甜那里得来的信息非常重要，最关键的线索似乎不在当前，而是出现在十几年前。十几年前的旧事如宇宙大爆炸，持续影响到现在。这也就意味着侦办白玉梅案甚至是杨帆案不仅要盯着杨永福，还需要把目光前移，盯紧发生在九十年代的事，特别是1994年间的事情。

侯大利如老僧般坐在窗前，一页页翻看笔记本，脑中涌出了各种信息碎片。信息碎片原本做着布朗运动，没有规律可循。某个时刻，一两个信息碎片发生了粘连，引起连锁反应，信息不断发生碰撞和融合。

微风起，几片落叶飞舞，掉于窗台。

良久，侯大利合上笔记本，来到会议室。在没有与甘甜见面之前，他提审李小峰的重点放在肖霄身上，现在增加了一个重点，通过李小峰的回忆增加对1994年诸多事情的了解。

"为什么要深挖1994年的事？"江克扬对这个问题有几分不解。

侯大利道:"白玉梅案发生在1994年10月,遇害时是秦永国企业的财务人员。"

江克扬道:"李小峰在1994年也就十一二岁,还在学校读书。"

侯大利道:"1994年是一个特殊年份,有很多重要的事情发生,丁丽遇害,黑社会老大胡卫被枪杀,白玉梅遇害,甘甜被人用枪威胁,重案二组秦力和田跃进先后辞职。"

江克扬这才意识到1994年确实不一般,道:"这么多事,让我捋一捋。"

侯大利道:"这些事,我们还要持续讨论,今天先商量提审李小峰的事情。"

商定审讯方案以后,侯大利和江克扬来到看守所,提审李小峰。

走进四面墙,墙内特殊的肃杀之气让侯大利不由得想起了周涛。周涛原本也应该来到专案二组,参与侦办命案积案。谁知飞来横祸,遭遇了陈菲菲案,被关进看守所。一堵高墙,周涛和侯大利被分隔在两个完全不同的区间,过着完全不同的人生。

提讯室内,满脸沮丧的李小峰垂头丧气地坐在椅子上,有人进入,也没有抬头。直到听见有人叫他的名字,李小峰这才不情不愿地抬起了头。抬头见到侯大利,他有些羞涩,也生出了几分希望。

走完必经程序,侯大利轻言细语道:"李总,我们过来核实一些情况,希望你能配合。"

这一声"李总"让李小峰顿时长舒了一口气,如找到知音一般,道:"人在屋檐下,不能不低头。我说的都是实话,就怕你们不相信。"

"不管什么情况,说实话对李总最有利。"侯大利语调平静,如同对朋友说话一般。

李小峰挺了挺腰,道:"我确实是在说实话,没有一句话是假的。如果说假话,五雷轰顶,天诛地灭。我估计你们不会相信。夜路走多了撞鬼,我就是撞了鬼。"

侯大利道:"我想要看一看是什么鬼,是你内心的鬼,还是外鬼?"

李小峰抬头看了侯大利一眼,想了想,道:"你问吧,我相信你。"

"你认识肖霄吗?"

"认识。"

"讲一讲认识经过?"

"我在金色酒吧认识的肖霄。当时我和几个朋友喝了酒以后,一起到金色酒吧玩。金色酒吧的歌手棒,气氛好,这在江州是有名的。我们进去的时候,肖霄恰好站在台上唱歌。她和其他打扮妖娆的歌手不一样,穿了一件那种男人穿的白背心,素净,又很性感。我觉得这个唱歌女子不错,便给吴新生打了电话,才知道在台上唱歌的女歌手叫肖霄。吴新生接到电话半小时左右,来到酒吧。那天晚上,我们一起喝了酒。"

"一起喝酒的有哪些人?"

"有吴新生、肖霄,还有两个人,这是6月下旬的事情,那时天刚刚热起来不久。"

"还有两个人,是哪两个?"

"那天本来就喝了酒,有些头昏,另外的人实在想不起来了,是吴新生的朋友。我记得这里面的人就数肖霄午轻漂亮,我对其他人没有兴趣。"

"有没有陈菲菲?"

"没有,我是最近才认识的陈菲菲。"

"你和肖霄有没有发生关系?"

"你怎么知道我们发生了关系?"

"回答问题,别反问。"

在前面的对话中,侯大利客气地称呼李小峰为李总,让其放下包袱和抗拒心。这一句稍显严厉的"回答问题,别反问"又让李小峰感受到了压力,记起了自己阶下囚的身份:"那天晚上,我喝了不少酒,有些醉意,直接回家。第二天中午,我给肖霄打了电话,约她到马背山庄园。肖霄果然很爽快地答应了,在约定时间,自己开车到马背山庄园。那天晚上,我们发生了关系。"

"你和肖霄是什么关系?"

"我和肖霄没有关系，要说关系，就是炮友。我们发生关系后，我给她买了包包，送了手表，还给了钱。我们是那种没有男女感情、纯粹打炮的炮友。"

"你和肖霄发生过几次关系？"

"我们是在6月下旬认识的，很快就发生了关系，在七八月有三四次约会。"

通过一问一答，侯大利梳理清楚了肖霄和李小峰交往的时间和频次。在肖霄和李小峰交往的这一个时间段，肖霄还是邱宏兵的情人，而邱宏兵已经谋杀了他的妻子张冬梅。

"你和陈菲菲发生过关系？"

"前些天，我有客人，肖霄带着金色酒吧的炮姐、桐桐和陈菲菲来山庄。陈菲菲唱歌很好听，人也漂亮。我喜欢年轻漂亮和个子高挑的女生。四个人中，我就瞧上了肖霄和陈菲菲。那天晚上，我就和陈菲菲发生了关系。"

"第一次见面，你们就发生了关系？"

"男欢女爱，对我们来说很正常。"

"你同时约了陈菲菲和肖霄，脚踩两条船。"

"肖霄和陈菲菲不是我的女朋友，就是交往而已。"

侯大利记下了李小峰和陈菲菲第一次发生关系的时间，8月8日晚和8月9日凌晨。陈菲菲死亡的时间是在8月11日凌晨。

"你和陈菲菲第二次发生关系是哪一天？"

"是8月10日。我9日离开江州，到总公司处理了业务。10日下午回江州，给陈菲菲打电话，约她到山庄。陈菲菲这种女孩子都喜欢抱大腿，我算是大腿吧。她接到电话，根本没有犹豫，爽快答应。"

"你为什么不约肖霄？"

"男人都喜欢尝鲜，陈菲菲更有新鲜感。我和肖霄就是炮友关系，彼此没有承诺。我喜欢她的肉体，她喜欢我的钱，仅此而已。"

李小峰和侯大利都是江州的富二代，条件很接近。如果没有杨帆案发生，侯大利极有可能就是现在的"李小峰"，过着纸醉金迷的生活。

成为侦查员的侯大利和成为老板的李小峰走上了完全不同的人生道路，生活方式发生了天翻地覆的变化，思想观念相差十万八千里。

李小峰在第一次被讯问时已经交代陈菲菲的死亡过程以及对她的抛尸过程。对其他人的调查、沿线的视频资料和现场勘查能够与李小峰的交代互相印证。

只是，尸检报告出来以后，尸检报告的结论与李小峰的交代有明显出入。按照李小峰本人的说法，陈菲菲应该是在做爱过程中的特殊体位导致身体出现问题，他承认了自己的责任在于使用特殊体位。但是，他没有提到用药的事情。如果是不当用药导致陈菲菲身体出现问题，其责任明显要轻。这是一个疑点。

李小峰根本不知道抽屉里有药品，但是，在头孢拉定盒子上有他的指纹，在内盒上有模糊的指纹，疑似他的指纹。让人比较疑惑的是李小峰交代了特殊体位导致陈菲菲的死亡以及他的抛尸过程，为什么要隐瞒抽屉里有药品？这让侦查员深感不解，是第二个疑点。

陈菲菲案由江州刑警支队管辖，具体由重案大队侦办。省公安厅专案二组的工作重点是盯住与杨帆案和白玉梅案有关的所有案件，以及"挖两面人和幕后黑手"。在陈菲菲案中，专案二组想要弄明白是谁在操纵整个事件。

由于意图非常明确，侯大利很注意回避诱导性提问。

在山南政法大学读书时，教授反复提醒过，复句极有可能带有诱导性。比如下面这个例子：你在2009年7月7日去阳州的目的是不是要让五哥把账款交给你？这就是一个明显的诱导性问话，在其中预设了两个内容：时间和地点。这句话是一个复句，要把它变成非诱导性发问，需要这样拆解：第一句，2009年7月7日你在哪里？第二句，你为什么要去那里？拆解后的两个问题都是单句，不再属于诱导性发问。

简单句的问话也不一定都是非诱导性的，连谓结构（有两个谓语）单句容易演变成诱导性发问。比如，你在2009年7月7日驾车去阳州的目的是什么？

这句话并不是一个复句，只是一个连谓结构单句。但这也是诱导性问话，里面预设了方式和地点。要把它变成非诱导性发问，需要拆解成三个问题：2009年7月7日你在哪里？你是怎么去的那里？你为什么要去那里？

当一个句子里的谓语只有一个，且起到修饰作用的部分（定语、状语、补语）越少时，句子的诱导性就越小。因此，制订审讯提纲时，侯大利会在讯问前再次检查自己的提问提纲，着重查看每一个问题在句式上是否都是单独谓语的单句，每一个问题中起修饰作用的部分是否都做到了最少化。这种用语法结构来衡量的方式简单又有效。

讯问到此，没有发现肖霄操纵陈菲菲的线索。侯大利稍稍停顿，拿起茶杯喝了一口，又重新翻了翻审讯提纲。

"你在8月10日回江州，谁还知道？"

"驾驶员，还有总裁办的人。"

"你约了陈菲菲到山庄，有谁知道？"

"还是驾驶员，我在车上打电话，没回避他。等到陈菲菲上山，清洁员和厨师就知道了。听陈菲菲讲，她接到电话时在打麻将，打麻将的人是肖霄、桐桐和炮姐。陈菲菲还借了肖霄的车。"讲到这里，李小峰想起了这四个女人各有不同的滋味，越发觉得自己落到这个处境生不如死，一时之间，悲从心来，惶恐不安。

侯大利梳理了今天得到的信息，再和第一次讯问得到的信息进行对比，道："陈菲菲拿驾驶证的时间不久，技术很一般吧，肖霄愿意把自己的宝马车借给陈菲菲，很大气嘛。"

李小峰道："和陈菲菲比较，肖霄确实比较大气。我都是主动给她买东西，不管买啥，她都大大方方接受。我看得出来，她没有因为拿了我的东西就刻意讨好我。陈菲菲不一样，我给了她一个包，她两眼放光，是发自内心喜爱，看我的眼神立马就不一样。"

侯大利笑了笑，道："你经常送包？"

看到侯大利脸上终于出现笑容，李小峰也松了口气，自嘲道："女孩子都喜欢名牌包，我让人到国外采购了一批，价格不贵，牌子响，遇到感觉不错的，就送一个。"

在2008年金融危机之前，肖霄家里的经济条件还不错。后来，父亲肖卫星生意彻底失败，欠下了一家人靠工资永远都还不清的债务。肖家破产，负债累累，彻底沦为社会底层。肖霄用过名牌包包，陈菲菲则没有用过，两人面对名牌包时的心情并不相同。李小峰虽然夸肖霄大气，其实更喜欢陈菲菲那种狂热的目光。面对这种目光时，他在女人面前才更有强烈的心理优越感。

聊到此，陈菲菲和肖霄的关系基本清楚，很难再深入下去。侯大利开始有意识地进入闲聊模式，试探着询问九十年代发生过的事情："我在江州一中读高一的时候，你应该是在江州学院读高三吧。"

"嗯，我比你要大个两三岁。"李小峰原本说知道当年轰动一时的杨帆案，话到嘴边，又觉得这个话题不适合在此刻提起。

"在我印象中，杨国雄的儿子杨永福也在江州学院，你们当年能玩得到一起吗？"侯大利在纸上随手写了1994年，轻描淡写地问道。

侯大利莫名其妙提起这个话题，让李小峰多少有些意外，道："我读高三，杨永福读高一，接触得不多。我们两家的企业还存在竞争关系，有一段时间势如水火，杨永福见到我就吹胡了瞪眼，恨不得和我打架，玩不到一块儿。"

侯大利道："我没有在企业工作，隔行如隔山，有些事不太明白。杨国雄当年是什么情况？"

"杨国雄死了好多年了。"

"随便谈谈。"

"杨国雄个性强，很有攻击性，不讲合作，还有黑道背景。在八十年代，社会乱，市场不规范，他的攻击性让企业一路做大。到了九十年代，政策和社会变化了，市场规则建立起来，他仍然没有改变，四处出击，与很多老板都搞得势不两立。我们修高速公路发了点小财，杨国雄本来是做摩托的，根本没有技术力量和资源做路桥，眼红修路赚钱多，成立路桥公司，撬了我们不少墙脚。他的主要技术人才都是挖墙脚挖来的，开口大方，实则小气，给的钱达不到承诺的数，这就埋下了隐患。后来我们和阳州几家路桥公司同时发力，开出优惠条件，把他副总、总工到技术员全部挖走。杨国雄建的公路桥发生事故，建设过程中垮塌，有各种现实原因，说到底，还是杨国雄不懂技术，底子浅，没有自己的技术班底，这才出现质量问题，造成死伤多人的事故。"

马背山庄园的聚会人员中，多次出现吴新生。李小峰没有意识到吴新生就是杨永福。

在湖州市明杨县高马镇的户口造假案中，湖州警方找到吴新生时，冒名吴新生的杨永福承认了非法买卖户口之事，并给出了相对合理的理由。出于长线经营考虑，湖州警方配合江州警方，没有向社会公开购买假户口的详细名单，也没有在社会上大张旗鼓进行宣传。侯大利一边和李小峰聊起江州企业界的往事，一边在纸上写下了杨永福、肖霄、陈菲菲和李小峰的名字，又随手在四个名字上画了连接线。

在名字后面画上线以后，杨永福（吴新生）——肖霄——陈菲菲——李小峰，这原本独立的四人构成一个整体，宛如一根鱼竿。杨永福是钓鱼人，肖霄是鱼竿，陈菲菲是鱼饵，李小峰就是咬饵的那条鱼。

这是一个非常奇异的联想，随即又让侯大利联想起另一个线索。这条线索发生在今年，死者是张大树的女儿。杨永福（吴新生）——肖霄——张冬梅——邱宏兵，这四人构成的这条线同样宛如一根鱼竿，杨永福是钓鱼人，肖霄是鱼竿，张冬梅是鱼饵，邱宏兵就是咬饵的那条鱼。

这两条线构成稍有不同，但有一点相似，最终那条鱼都与江州老板有关，且最终会受到伤害。当年与杨国雄有竞争关系的老板的家人，以某种方式"出事"，张大树的女儿张冬梅被丈夫杀死，邱宏兵成为咬饵的鱼；李兴奎的儿子李小峰"弄死了"陈菲菲，成为咬饵的另一条鱼。

在讯问过程中画出这条线索，是侯大利偶然所得。这是厚积薄发的结果，当线索多到一定程度，注意力又能集中，那么灵感迟早会迸发出来。

随即，侯大利又想起了曾经出现过的第三条鱼竿。杨永福（吴新生）——朱富贵——陈菲菲——周涛（侯大利）。这条线上，侯大利极有可能是计划中将要咬饵的鱼，阴差阳错，周涛成为咬饵的鱼。

"鱼竿模型"类似于"一枪两孔模型"。

鱼竿模型猛然间出现之后，侯大利很想来到无人的空旷原野，大吼几句。

提讯室房门被打开，一名看守所民警走进来，递给侯大利一张字条。字条上的内容是："我在看守所监控室，李小峰在你面前没有对抗意识，这是很好的机会，你再详细问一问头孢拉定的事情。滕鹏飞。"

在脑中形成鱼竿模型以后，侯大利意识到李小峰是否是真凶还得加上一个问号。他更加谨慎，深挖细查，问道："你在马背山庄园的卧室有没有家庭常备药？"

李小峰有些发愣，道："什么药？"

"家庭常备药，比如治感冒、拉肚子之类的药。"

"我身体不错，很少吃药。我在家里从来不管这些事情，有什么事情，都由总裁办安排。我爸是土老帽，坚决不设管家。管家的职能就放到总裁办，总裁办有一个副主任王枫，专门安排我的日常生活。我家里有什么东西，王枫比我清楚。"

总裁办王枫以前未曾出现在警方的视线，需要核实。侯大利在王枫名字后面加上一个着重符号。

"你是否打开过马背山庄园卧室的床头柜抽屉？"

"这个我要想一想，床头柜抽屉里有什么东西吗？我平时不常来马背山，我说得直白一点，要泡女人的时候，我才住到马背山，这不是我日常生活的房子。你们在我抽屉里查到了什么药？我完全没有在马背山庄园吃药的记忆。"

监控室，滕鹏飞用力搓脸上的麻子，对身边的洪金明道："政委，李小峰的说法与药盒上的指纹对不上，法庭上法官不会采信他的说法。如果没有新的证据出现，下一步仍然会是逮捕。"

"李兴奎直接去找了老大，我们压力很大啊！要办成铁案，否则是老鼠钻风箱，两头不是人，甚至后果会更加严重。"洪金明额头竖起川字纹，印迹很深。川字纹几乎成为江州刑警支队长以上领导的标配，职务越高，纹路越深。

看守所所长来到监控室，道："我有事到局里开会去了，洪政委是来提审李小峰吗？"

洪金明笑眯眯地道："我和滕麻子就是来找你。"

所长瞧了瞧屏幕，道："神探如今是省厅的人，还来跑一线，这不是抢你们的活吗？"

洪金明打了个哈哈，道："省厅和市局，分工不分家嘛。"

三人离开监控室时，滕鹏飞又看了一眼屏幕。

提讯室内，李小峰已经站了起来，被看守所民警带走。

侯大利和江克扬依然稳坐钓鱼台，没有起身。看着李小峰背影消失，侯大利拿起烟，递了一支给全场没有怎么说话的江克扬，道："你怎么看？"

江克扬点燃香烟，道："先说题外话。你是一个非典型富二代，生活犹如苦行僧，李小峰的生活才是富二代的正常生活。贫穷限制了我的想象，特别是在女人方面，李小峰们有着强大的经济背景，用一个名牌包就能让年轻漂亮的女人轻易上床。在国外，这些包甚至并不那么值钱。而我们民警在女人面前越来越没有地位，谈恋爱被甩、结婚又离婚的，比比皆是。"

侯大利拍了拍江克扬的肩膀，道："别羡慕他们，适合自己的生活方式最重要。"

江克扬道："我就是发发牢骚。"

侯大利道："你觉得李小峰说的是实话吗？"

江克扬道："从第一次讯问到我们这一次讯问，李小峰一直想把事情定性为做爱过程中的意外。陈菲菲的真实死因是服用头孢拉定后饮酒。如果李小峰在事发之时知道真实死因，打电话报警，叫120，他的责任其实不大。为什么他不选择风险最低的方式？不好解释的是头孢拉定盒子上只有李小峰的指纹。"

侯大利想起周涛那条误咬鱼饵的鱼，道："这就和周涛案高度相似，从陈菲菲身体里检出了周涛的精液，说破大天，强奸案跑不了。这个案子也一样，从马背山庄园李小峰房间抽屉里发现了带有李小峰指纹的头孢拉定盒子，再加上抛尸行为，不管此案有多少难以解释的地方，李小峰都很难脱身。滕麻子找总裁办副主任王枫核实过李小峰的用药习惯，李小峰确实不管这些事。滕麻子意识到其间矛盾，正在左右为难。"

晚上7点，省公安厅命案积案专案二组召开了工作会。会上，诸人对侯大利提出的鱼竿模型进行了深入探讨。

张冬梅的缺点在于性格潇洒，或者说在男女关系上不太检点，其丈夫邱宏兵接近入赘，依靠张家才在社会上成就了一番事业。肖霄在邱宏兵面前刻意展现了传统女人温柔贤淑的美德，放大了邱宏兵心中的仇恨。杨永福根本没有出手，邱宏兵就谋杀了妻子张冬梅。

李小峰的缺点在于生活放荡，长期凭借财力招蜂引蝶。陈菲菲开着肖霄的车来到马背山庄园，引起了一起"意外"死亡事件，李小峰的生活有可能被彻底改变。

周涛则纯粹被人算计，更有可能是替侯大利背锅。

如果杨永福真是钓鱼人，从这三条鱼竿可以看出杨永福的行为模式，最终咬鱼人就是杨国雄曾经的竞争对手或者其亲戚、后代。杨永福放大了"最终咬鱼人"的弱点和缺点，让弱点和缺点最终成为杀死咬鱼人的绞索。

散会之时，专案二组分成三个小组，各自行动。

第一小组，由秦东江、樊勇和戴志组成。他们前往湖州市明杨县高马镇，调查杨永福的舅舅吴佳勇。此人曾是杨国雄的办公室主任，算是其核心人员。杨永福表面上与吴佳勇没有联系，包括电话记录中，吴佳勇和杨永福从来没有过通话记录，吴佳勇、杨国莲等人在杨永福失踪四年后向江阳区法院提出宣告死亡的申请。江阳区法院根据有关法律规定，发出寻找杨永福的公告。在法定公告期已满一年以后，杨永福仍杳无音讯，法院以特别程序审理，认定杨永福长期下落不明已四年，符合法律规定的宣告死亡的相关条件，据此判决宣告杨永福死亡。

杨永福正是在湖州市明杨县高马镇变成了吴新生。若不是高马镇假户口案无意间爆雷，吴新生从此就代替了杨永福。在这种情况下，杨永福和吴佳勇没有密切来往，鬼都不相信。

樊勇从警经历丰富，曾经在缉毒一线工作多年。秦东江心思缜密，行动力也强。戴志是湖州警察，人熟地熟。这三人搭档前往湖州，是专案二组的最佳组合。

第二小组，由吴雪和张剑波组成。他们这一对搭档的主要任务是调查肖霄及其身边的人。肖霄在张冬梅案和陈菲菲案中都有牵扯，甚至扮演了重要角色。吴雪来自省刑总，张剑波是湖州刑警，与江州本地来往不多，由他们负责搜集肖霄的情况，更不引人注意。

第三小组，由侯大利和江克扬组成。这一对搭档主要负责总体指挥、联络协调，以及清理江州企业界从八九十年代开始形成的错综复杂的关系。

第四章
被诅咒的名单

8月13日上午,侯大利和江克扬来到阳州监狱。办完提审手续,由狱侦科的一名副科长陪同,两人在监狱内与胡卫的一名重要手下吴兵见了面。

吴兵在入狱前曾经是胡卫手下的四哥,为人凶狠,致多人重伤残疾。未进监狱前长期留着一头长发,自称"来自北方的狼"。侯大利打量着这匹曾经的狼,细心观察其神情和身体语言。

阳州监狱是重刑犯监狱,吴兵在此服刑十来年。他留短发,脸皮微白,身体壮实,低眉顺眼。长期的监狱生活,使他的神情和气质已经与监狱浑然一体,面对来提审自己的江州刑警,吴兵脸上没有任何表情,看起来既麻木又平庸。

每一次提审都是一次斗智斗勇,极消耗脑力和体力。今天要问的是十五六年前的旧事,吴兵又是胡卫黑恶势力的重要人物,如何切入话题便很重要。

侯大利发了一支烟给吴兵,问道:"吴兵,你是什么时间来到阳州监狱的?"

这是明知故问,吴兵早就没有了多年前的桀骜不驯,老老实实答道:"我是1995年4月8日来到阳州监狱,在1994年11月被刑事拘留,准确的天数，我记不清楚了。"

侯大利慢慢看着吴兵抽烟，没有急于开口，等到吴兵抽了半截，问道："这些年来，谁给你送钱送东西？"

吴兵停止抽烟，道："还能有谁？只有我妈。"

长期的监狱生活对吴兵造成了深远影响，不仅是身体，还有精神。往日信念早就崩塌，新的生活观念形成于监狱。他年轻时离开家庭外出闯荡，违法之后被关进监狱，人到中年，在思想上回归家庭。

至于刑满释放后的走向则是另一个社会问题。

侯大利道："你妈一天比一天老，来看你都不方便了。你要好好表现，多挣点分，争取减刑，早点出来。"

吴兵对此深有同感，道："我天天都在算积分，希望能够早点出去，出去的时候老妈若在，我还可以尽点孝心。"

《中华人民共和国监狱法》第二十九条规定，被判处无期徒刑、有期徒刑的罪犯，在服刑期间确有悔改表现或者立功表现的，根据监狱考核的结果，可以减刑。有重大立功表现的，应当减刑。山南各监狱对服刑人员一般都是实行"百分考核奖惩"规定（办法）以分计奖、依法减刑，长刑犯和短刑犯在执行考核规定上都一样，只是在呈报减刑材料的时间（间隔周期）上有区别。长刑犯表现好会多报几次减刑材料，三年、五年的短刑犯通常呈报一次减刑材料就到期了。

侯大利道："看来你对以往的事情认识得很深刻，这有利于你的改造。问你一些事，希望你能认真回答，讲实话。"

吴兵道："我肯定积极配合政府，有些事，时间太久，我怕记不清楚。如果说错了话，记错了事，政府不要怪我。"

侯大利道："胡卫被枪杀的那天，你在现场，讲一讲具体情况。"

吴兵老老实实地道："我在。当时我、卫哥和彪哥，刚从烧烤店里出来。"

江克扬声音严厉地道："不要叫绰号，讲真名。"

吴兵脖子微微缩了缩，道："胡卫最喜欢路边店，谁劝也不听。那一天我们出了烧烤店，我去开车，绕到车头左前方，段小军在车头，开副驾驶的门。胡卫拿了根牙签剔牙,他的牙齿比较稀,吃了饭必须剔牙,而且喜欢站在车门口剔牙。谭彪站在胡卫身边,准备等胡卫剔完牙后一起上车。我和段小军坐进车,胡卫还在剔牙。我下意识朝后视镜看了一眼,一辆摩托车开了过来,速度不快。车手戴了头盔,看不清楚相貌。车手从怀里取了一把枪,几乎是顶在胡卫头上开了一枪,又对准谭彪后背开了一枪。开了两枪以后,摩托车速度就快起来。我和段小军下车,看到胡卫趴在后车门,后脑勺上全是血,车门上还有白色脑浆。谭彪倒在街边,说不出话,身体还在一抽一抽。这两枪打得太狠毒,胡卫被打中后脑勺,谭彪被打中后心,都是一枪毙命。段小军下车抱起胡卫,我开车去追那辆摩托车。那辆摩托车开得很稳,这是我的感受,速度快是快,没有乱冲,拐进一条小胡同。我的车进不去,就只能眼睁睁看着他开走。其实,凭着这个杀手的心理素质,我的那把仿'五四'式手枪,还真不是他的对手。"

侯大利道:"你们随身带枪?"

吴兵道:"我们那个时候不懂法,经常打打杀杀,违法使用枪支。现在懂法了,以前是真不懂,吃了很多亏。胡卫多么豪横的一个人,谭彪是练家子,两人当街吃了枪子,死于非命。我到现在都不知道凶手是谁。我被抓得早,关在监狱里,这才捡回一条命。"

侯大利道:"谁会向胡卫开枪?"

吴兵道:"那个年代,想杀胡卫的人多了去。我真不知道是谁下的手,有可能是道上的人,有可能是被我们搞过的人,还有可能就是内部人,说不清楚。开枪的人肯定是职业杀手,我怀疑当过兵打过仗,否则没有这么稳。那个杀手给我的印象就是稳,没有任何多余动作,开车靠近,抬手开枪。打完两枪就走。"

侯大利道:"你仔细想一想,最有可能下手的是谁?"

吴兵道:"我现在懂法了,不知道的不能乱说。而且时间隔了这么久,我真的有些记不清楚了。当初公安找过我,做过好多次笔录,反复查这件事情。如果不是多次做笔录,我恐怕都记不清楚了。我现在说的和当初做的笔录都一样,没有出入。"

侯大利道:"胡卫当年可是鼎鼎大名的大哥,手下有一大帮兄弟,你谈一谈他手下的兄弟,远的、近的,都谈。"

吴兵苦笑道:"这些破事,江州市公安局掌握得最清楚。"

江克扬打断他的话,道:"让你说,你就说。"

在进入监狱前,侯大利和江克扬有一个分工,由江克扬充当恶人,给吴兵以持续压力。所以,当吴兵出现反问或者疑问语气时,江克扬及时跟进,始终掌握谈话主动权。

吴兵想了几秒,道:"当年流行结拜兄弟,胡卫、我、谭彪、高宏峰、赵卫东、段小军,我们六人是学桃园结义,拜了把子,称为'五虎上将'。段小军年龄最小,虽然结拜,没有被叫作'五虎上将'。他就是跟在后面跑一跑,判了三年,最先出来。胡卫、谭彪被当街杀了,高宏峰和赵卫东是被枪毙。我算是看透了,再凶的人也斗不过政府,绝对斗不过。当时我们很狂,以为江州就是我们的天下,头铁得很,经常得意地讲,白天归政府管,晚上就归我们管。现在看起来,就是一群疯子。"

胡卫死后一个月,高宏峰和赵卫东卷入一起恶性斗殴事件,用土炸弹炸死五人。最终结果是高宏峰和赵卫东一起被枪毙,段小军和吴兵进了监狱。至此,胡卫黑社会团伙核心力量被瓦解。

江州从此就没有了胡卫这一号人物。

年龄最小的段小军出监狱以后,又聚拢了一批人,成为西城区的老大断手杆。断手杆的能量和影响力与当年的胡卫相比就差得太远。胡卫是一统江州的地下江湖,断手杆只能躲在当初发展得最差的西城,甚至比不上隆兴的吴开军。

黑恶势力是社会顽疾,就如皮肤上的癣一样,不算绝症,长在身上很烦人。如果治不好,也会对身体造成严重伤害。就算一时治愈,也会在某个时期引发不同种类的皮肤癣。江州黑恶势力从八十年代兴起,九十年代中期猖獗一时,到了九十年代后期土崩瓦解。如今仍然有年轻人出于各种原因成为社会人,只不过行为方式早就大大变化。

"当初,你们为什么恨田跃进?"这是一句经过设计的询问,侯大利想看一看吴兵的反应,听一听他的回答。

吴兵一脸无奈地道:"田跃进一直在咬卫哥。"

江克扬纠正道:"不要叫绰号。"

吴兵道:"田跃进非要跟胡卫过不去。大家都叫他睁只眼闭只眼,他就是不听。"

江克扬道:"田跃进是重案大队刑警,你们让他睁只眼闭只眼,癞蛤蟆打哈欠——好大的口气。"

吴兵用力点头,道:"我们那时都是傻子,是神经病,脑袋不正常。"

事情已经过了十几年,吴兵还是毫不迟疑回答这个问题,说明此事在胡卫团伙中很重要,侯大利继续问道:"谁去威胁田跃进?"

吴兵道:"这事是高宏峰干的,用枪顶住田跃进的老婆,威胁田跃进。高宏峰办事有分寸,只是威胁,绝对不会伤害田跃进的老婆。田跃进在重案大队当了组长,是很野的一个人,真把他惹翻了,也不好办。"

侯大利道:"田跃进具体抓的是哪一件案子?让你们恨之入骨,做出这种胆大包天行为的肯定不是一件小案。"

吴兵略为回忆,道:"这事情是高宏峰办的,我没有参加,应该是和杨国雄有关系。杨国雄和胡卫老早就有联系,胡卫曾经因为投机倒把罪被判刑两年,刑满以后,总得讨生活,最初放黄色录像,后来我们几兄弟就在一起混。杨国雄是知青,回城以后,在厂里混了一圈,很早就出来做小生意。他最初做生意总是遇到麻烦,经常找胡卫帮忙。后来,他生意越做越大,江州摩托出来以后,就不太和胡卫混了。胡卫还骂杨国雄是白眼狼。后来,丁晨光和侯国龙开始造摩托。杨国雄起了个大早,赶了个晚集,摩托车卖不动了。杨国雄发现开矿赚钱,特别是看到黄大磊这个小混混都发了大财,就想开矿。杨国雄给了胡卫干股,遇到事情,胡卫以大哥身份出面解决。"

这一段历史,侯大利有一部分是知道的。胡卫在杨国雄公司有干股,这还是第一次听当事人亲口讲述。这一段历史之所以在后来不被人提起，主要是过去了十几年，各方面变化都很大，谁还记得陈芝麻烂谷子的旧事。

吴兵愿意讲出这些旧事，是因为胡卫死了，而且时间过了这么久，这些旧事对他失去了意义。等到他出狱，更是往事如烟，物是人非。

侯大利道："田跃进咬了什么事？你还没有讲清楚。"

吴兵沉默了一会儿，道："1994年年初，杨国雄当时想搞长青县的一个乡镇煤矿，矿长不同意。高宏峰叫人在江州城里把小煤矿主打成重伤，比较过分的是砍了人家手臂，又挑断脚筋。那个小煤矿主后来找到田跃进，指认了高宏峰。田跃进从此就咬住胡卫，死追不放。我只知道这些，后来我就被抓进监狱，不太了解外面的事情。"

"死有余辜。"听到这一段往事，侯大利对杨国雄跳楼自杀做了一个简洁评价。

除了给出评语，他还是隐隐觉得有些疑惑，田跃进一直不愿意面对往事，难道仅仅是因为甘甜？或者还有秦力为了弟弟带走致命证据的原因在里面。

离开监狱，侯大利再次拨通了田跃进的电话，询问其何时旅行归来。

两次接到侯大利电话，田跃进知道肯定有事。他没有询问到底何事，只是讲了归来日期。

杨晓雨见丈夫接了电话以后便闷闷不乐，坐在丈夫身边，问道："我们出来旅行，就要开开心心玩，把所有烦心事都放下。侯大利找你两次，到底想要问什么？"

田跃进闷坐了一会儿，道："以前的事都他妈的是垃圾，我不想提，提起来就觉得烦心。如果不是看田甜面子，我才不理会刑警队那帮小兔崽子。"

杨晓雨安慰道："以前的事情都过去了，别太在意。跃进，你平时说话都彬彬有礼的，提及以前在刑警队的事，就忍不住要说脏话，眼神还很凶。"

"重案大队那几条货，个个说话都骚气冲天，发牢骚一个比一个在行。"田跃进想起以前在重案二组艰苦且快乐的时光，脸上难掩悲伤。

通话的另一方，侯大利反复琢磨田跃进的反应，觉得有两个地方值得关注。

专案二组调查的是十几年前的旧事，又涉及田跃进被人威胁过的前妻，应该没有什么可以藏着掖着的。这是其一。

成为侦查员以后，侯大利和形形色色的人打过交道，这种交道并不轻松，而是绞尽脑汁斗智斗勇。这种经历让他具备了敏锐的侦查直觉。通过在电话中与田跃进的简短交谈，他感受到田跃进对往事相当谨慎。秦力包庇秦涛的事情都已经捅了出来，难道还有比此事更严重的事？这是其二。

离开阳州监狱后，侯大利和江克扬没有休息，来到程琳所住小区。与程琳见面是早就定下来的，由于陈菲菲遇害，此行拖到现在。

程琳是军民机械厂程宏军的亲妹妹，和白玉梅不仅是同事，还是好友，有可能挖得出线索。

程琳所住小区距离国龙大酒店和省人民医院都不远。在国龙大酒店顶楼能俯瞰一片别墅区，那就是程琳所住小区。程琳比李永梅年龄略小，身体状态明显更好，肌肤细腻，乍看上去也就四十出头。她打开房门，微微仰头打量侯大利，道："你和你妈长得真像。"

侯大利道："程总见过我？"

程琳道："江州圈子小，大家抬头不见低头见。我见过你好几次，那时你还小，才读小学，估计没有印象。没想到，你会当警察。每个人都有命，命中注定，由不得自己。"

侯大利换拖鞋时打量房间陈设。房间的装修风格简洁，家具和用品都是牌子货，看起来中规中矩，实则价格昂贵。这种风格和父母家的风格极为相似，侯大利进入房间甚至生出一些熟悉感。他坐在与自家沙发相似的沙发上，道："程总，才回国？"

程琳道："出去转了一圈。我都好多年没有见到小舒了。这丫头，怎么也跑去当警察。说实话，我觉得小舒更适合当医生。玉梅对女儿的职业规划也就是成为医生或者教师，或者其他靠技术吃饭的职业。小舒之所以当法医，其实还是挂着玉梅的事。我上个月给玉梅扫墓，提过小舒的职业，也不知道玉梅在那边是否满意。"

侯大利道："法医是专业性很强的工作。"

程琳道："一个姑娘，做这个终归不太好，很难找到男朋友。你别否认，这是现实。"

侯大利不想谈这个话题，道："程总，江州老板之间都很熟悉吗？"

"江州就是屁股那么大一块地方，怎么不熟悉。你一直称呼我为程总，这就是见外。见外就见外吧，我们也没有见过几面，而且是在你小时候才见过。你这个问题要分阶段，江州现在城区向西扩展，基本上造出了四五个老江州的地盘。以前老江州的核心城区就在东城，出了东城，过桥就是农村。老江州做生意的主要是两批人，一批是改革开放初期的人，这一批做生意的人绝大多数没有正式工作，杨国雄是当年回城知青，另一批是劳教劳改回来的，他们做的都是以前被认为是投机倒把的生意。这些人下海早，不少发了财，成了万元户。这些万元户现在大多被打回原形，还有人在吃低保。原因很简单，最早这批万元户有两大共同爱好，赌博和搞女人，很快败光家产。杨国雄是他们这一批人中的佼佼者，赚了钱，没有完全用于个人挥霍，而是投资建厂。江州摩托是最早的民营摩托，第一批车出来的时候，引起全省轰动，最时髦的人都得有一台江州摩托。"

程琳擅长表达，说话语速快，滔滔不绝。这是调查人员比较喜欢的类型。如果遇到三棍子打不出一个屁的角色，那才急死个人。

"你爸和丁晨光制造摩托要晚一些。他们两人都有三线厂背景，受过正规的工厂训练，这一点很重要。杨国雄不具备这个条件，是野路子出身。三线厂的困境恰好为你爸和丁晨光的崛起提供了条件。从我的视角来看，杨国雄接近于乡镇企业，是市县级企业技术溢出的受益者。你爸和丁晨光是三线企业技术溢出的受益者，我哥的军民机械也是。三家摩托争霸，杨国雄落败是地方队败给了国家队。杨国雄认识到自己的技术能力不行，后期就去做矿。这些矿分布在长贵、长青等县里面，杨国雄是到地方实力派碗中抢食，于是和秦永国等地方派发生了激烈冲突。"

程琳长期在军民机械厂财务室工作，对江州企业界的发展史了如指掌，说得兴起，眉飞色舞。

侯大利从小就在潜移默化中知道江州生意圈中各种事情，只不过以前注意力没有集中在此，信息左耳进右耳出，较为零碎。程琳将这些信息串起来，形成了清晰的脉络。

侯大利问道："白玉梅以前在军民机械厂，为什么要到秦永国的企业？"

程琳道："玉梅跳槽到煤矿，就是为了多赚钱。煤矿给的报酬高，比机械厂高得多。"

侯大利道："白玉梅家里缺钱吗？"

程琳道："江州是山南的重工业重镇，搞机械加工的企业特别多，竞争特别激烈。张志立辞职下海以后，也是开的机械加工厂。玉梅之所以要到煤矿去工作，确实是想多赚钱，补贴家用。张志立是个倒霉蛋，业务原本做得好好的，最大的合作厂家的厂长因为受贿进了监狱，搞黄了大业务。他费了八辈子的力气又接到一笔新业务，正在加班加点工作，谁知出了安全事故，两人受伤，其中一个工人的手臂被切断。张志立的八字不适合做机械厂，应该转行。"

这些年来，来往于侯家的绝大多数人都是成功企业家。这让侯大利形成了一种错觉，以为做企业还是比较容易的。近一两年时间，侯大利接触到施文强、肖霄等人，间接了解了江州企业发展史，才深切感受到做企业非常艰难。少数成功者处于聚光灯下，更多的失败者躲在别人看不到的角落舔伤口。

侯大利道："你刚才讲到了秦永国和杨国雄的矛盾，能否再具体一些？"

程琳道："具体我也讲不清楚，玉梅没有出事前，时不时会到我这里来坐一坐，会吐槽一些煤矿的事。说实在话，我知道的都是只言片语，不成体系。大体上是秦永国和杨国雄两家的煤矿在资源上有重叠的地方，互相不服，打斗得厉害。"

侯大利道："白玉梅失踪后遇害，是否与秦永国和杨国雄争夺资源有关？"

程琳神色黯淡，道："当初，白玉梅失踪，找不到人，立案都不行。我们都猜白玉梅应该是遇害了，而且与杨国雄有关，只是没有任何证据。杨国雄自杀，此事就不了了之。"

侯大利道："白玉梅与秦永国是什么关系？"

程琳道："白玉梅业务能力强，很漂亮，是军民机械厂的厂花。秦永国是土包子，癞蛤蟆想吃天鹅肉，一直在追求白玉梅。"

"两人有没有实质性的关系？"

侯大利提出这个问题有多方面考虑，比较重要的有两项——一是如果白玉梅和秦永国有实质性关系，谋杀案就有可能发生在夫妻之间，张志立便有嫌疑；二是如果白玉梅和秦永国有实质性关系，谋杀案也有可能发生在情人之间，秦永国便有嫌疑。

程琳摇了摇头，道："这是很私人的事，我和玉梅关系好归好，毕竟是外人，有些话题不方便讲。从我的感觉来看，玉梅还是把心思放在家庭上。那是九十年代，社会风气比较保守，和现在没有办法比。我个人认为，玉梅遇害，和秦永国的生意有关。我刚刚提过白玉梅业务能力强，有两方面的意思，一是财务能力强，二是她挺擅长交际。擅长交际不是贬义词，她有一种天然的亲和力，到政府部门办事，很容易获得信任。"

侯大利想起白玉梅时，脑海里总会浮现出箱子里的白骨。除了尸骨，还有张小舒的叙述。在小女孩记忆中，母亲离开家的那一天早晨的形象最为强烈，就如从二十层楼掉下一把尖刀，刀深深插入地面，留下了永远不能磨灭的印迹。两方面形象重叠，他对生前的白玉梅形成了一种苦兮兮的印象。

程琳提及白玉梅擅长交际，一下就打破了他对白玉梅的刻板印象。漂亮、财务能力强、擅长交际，这是侯大利知道的白玉梅的新特点。

聊了一会儿白玉梅和张志立的事，程琳想起前几天听到的传闻，问道："听说杨国雄的儿子改了个名字，还泡了黄大磊的小老婆。"

吴新生就是杨永福，这是湖州警方和江州警方有意保密的信息，刚从国外回来的程琳也在短时间内知道此事。这件事透着不正常的地方，侯大利和江克扬对视一眼，均意识到有问题。侯大利道："程总是从哪里听到这个消息？"

"此事就是真的。昨天回国，几个朋友为我接风，记不起谁讲到这事。朱琪胸大无脑，是个假装聪明的傻女人。如果传言属实，杨永福是个厉害角色，和他爸有点相似。如果杨国雄的儿子通过朱琪控制了长盛矿业，意味着杨国雄通过儿子再次翻身，这个有点戏剧性。黄大磊做了一辈子枭雄，人死如灯灭，对身后事无能为力。这个就叫作人生无常。我们人啊，有时不得不信命。"

程琳拿了一支细烟，独自抽起来。在烟雾之中，发表人生感言。

透过迷雾，侯大利悄无声息地吸收着一点一滴的信息，道："杨国雄和黄大磊是什么关系？"

程琳红唇微张，吐出一丝轻烟，道："杨国雄进入矿业以后，自然而然和黄大磊也有竞争关系。黄大磊是地方实力派，杨国雄是空降派。两人都是狠角，与社会人都有联系。我讲不清楚具体的事，只是他们都这样讲。据我了解，杨国雄和黄大磊的竞争没有太过火，至少比起与秦永国的竞争要轻微得多。"

侯大利道："轻微得多是什么意思？"

程琳道："杨国雄和秦永国之间争斗得厉害，那是血与火，不仅打架，还使用炸药。玉梅跟我多次说过，杨国雄的煤矿和秦永国的煤矿都是四证齐全，但是两个煤矿矿界不清，省国土资源厅后来参加审核，给出的结论是矿界重叠，布局不合理。我说不清楚具体情况，你们可以去调查当年长贵县国土资源局的资料。"

走出小区，江克扬感慨道："通过调查杨永福，我算是深刻认识到什么是圈子。我们社会可以细分为很多圈子，圈内圈外壁垒分明，圈外人想要进入圈内难于上青天。大利，你如果不当刑警，也是老板圈的圈中人。你做生意比起一般老百姓要容易得太多，你别否认这一点。你想要接个工程，或者做点别的，都比我们容易一百倍，你的父辈替你赚到了第一桶金。"

侯大利的思绪从"擅长交际"的白玉梅身上抽回来，道："别发感慨了，圈子一直都存在，从古到今，从中到外。官场有官场的圈子，商场有商场的圈子，学术界有学术界的圈子，这些是大圈子，还有许多小圈子，包括我们侦查员也有圈子，我们内部知晓的事情和侦查方面的知识，外部很难探听得到，这是圈子的隔离。我有一个问题，吴新生就是杨永福，这条消息出现得非常突然，谁传出来的？有意还是无意？"

江克扬下意识放低声音，道："莫非，是我们内部漏了消息？"

侯大利略微停下脚步，没有正面回答，道："从湖州到江州，知道假户口案的人很多。特别是在湖州市明杨县高马镇，知道杨永福的人不少。各个环节都有可能漏出消息。我只是惊讶于这个消息突然间传播得这么快，程琳住在阳州，刚回国，都已经知道了。"

江克扬道："这与两面人有关？"

侯大利道："这正是我们要盯紧的地方。"

坐上越野车，侯大利戴白手套时，抬头看见了不远处的国龙大酒店。

侯大利很不愿意单独面对父亲。他尊重了父母的选择，但内心深处仍然对父亲和母亲离婚不能释怀。

杨帆遇害事件对侯大利的影响是全面而深刻的。事件如一场风暴，扫去浮华，让侯大利变得早熟、内敛和低沉，其人生选择和价值观都与同龄人不再相同。

侯大利收回目光，道："走吧，到国龙大酒店。如果能联系上我爸，我们就找他谈一谈。如果没有遇上，我们就吃一顿。国龙大酒店有特级厨师，另有一番风味。"

江克扬道："你和你爸平时不打电话？"

侯大利道："不打。"

江克扬道："多久见一次面？"

侯大利道："很久没有见面了。"

江克扬道："我只要在江州，每周都要回我爸家里。我爸、我、我弟和姐夫一起，喝点小酒，打打小牌。只要我不出差，每周都是如此。"

侯大利道："我从来没有和爸妈在一起打过牌，这事多半要怪我。有一段时间，我变得很孤僻，不肯融入家庭。现在，想要融入很困难了。"

谈话间，越野车来到国龙大酒店。两人走过富丽堂皇的大堂，来到位于隐秘角落的电梯。国龙大酒店的顶楼只为侯家服务，有一部直达电梯。通过这部电梯，侯家人与其他客人彻底分开。

一名保安拦住两人，道："先生，电梯在右边。"

侯大利没有说话，打量保安。

保安是帅气聪明的年轻人，意识到来人肯定有身份，客客气气地道："这是内部电梯，不对外。"

侯大利道："你是新来的吧，来了多久？你帮我给李丹打个电话。"

保安道："请问您是？"

李丹接到电话以后，赶紧乘公用电梯下楼，出了电梯，一路小跑，来到侯大利面前。她笑容满面地道："大利，不好意思，小张是新来的，不认识您。"

侯大利自嘲道："看来我很久没来了。"

李丹道："那是您工作太忙，而且工作很重要，匡扶正义。"

乘坐电梯，来到国龙大酒店的专设楼屋。一名陌生服务员打开侯大利平常所住房间，摆上水果。李丹道："房间每天都打扫，水果和水都会及时更换。有什么事，直接打我电话。"

侯大利道："你的手机号没换吧？"

李丹笑道："永远都不会换，随时接受召唤。"

李丹检查房间后，又把服务员叫过来安排一番，这才离开。望着李丹性感的背影，江克扬道："这是你的专用房间？"

侯大利站在窗前，俯视阳州城区，道："虽然我是偶尔来一次，但是守电梯的保安不认识我，这也说明了一些变化。如果我妈继续住在这里，专用电梯一般不会换人。女主人换了，这有可能是保安更换的原因之一，也是新保安不认识我的原因之一。"

事关大家族内部争斗，江克扬不便多言。

侯大利道："李丹是总经理，同时还亲自负责管理这一层楼。不管我到楼下吃饭还是在家里吃，或者到这楼的小厅吃饭，都由她安排。"

另一名陌生的女服务员送来香气扑鼻的咖啡，然后轻声询问侯大利是在楼下餐厅用餐，还是在本楼用餐，得知侯大利要稍等一会儿才能决定，便礼貌告辞。

侯大利望着女服务员的背影，道："如果只换了一个保安，那具有偶然性，这两个服务员也是新换的，今非昔比。"

以前，侯大利是国龙集团的太子，在集团内部地位很高。如今，侯大吉出生，侯大吉的妈妈乔亚楠住进国龙大酒店。侯大利在国龙集团的处境出现了微妙变化。江克扬长期跟在侯大利身边，接触了不少富二代，很清晰地感受到这个变化。

侯大利拨通父亲电话，道："爸，我到阳州办案，刚到国龙大酒店。"

离婚之后，这是儿子第一次回到国龙大酒店，侯国龙看了看日程单，道："那你先休息一会儿，我回来吃晚餐。别走啊，我们要聊一聊。"挂断电话后，他沉默了一会儿，招来工作人员，推掉晚上所有应酬，随即又给乔亚楠打电话。

侯大利正在和江克扬闲聊之时，门口传来一个幼儿不太清晰的说话声。随即一个幼儿出现在门口，摇摇摆摆走过来。乔亚楠跟在幼儿身后，道："大吉，叫哥哥。"

两岁的侯大吉没有对哥哥的记忆，好奇地打量眼前两个陌生的大人。他忽然伸出小胖手，对侯大利道："哥哥。"他发音不太准确，"哥哥"发成了"多多"。

眼前的侯大吉与自己有血脉联系，双眼明亮，充满童真。侯大利抱起弟弟，道："你叫什么名字？"

"侯大吉。"幼儿经常说起自己的名字，发音奶兮兮的，但颇为标准。

乔亚楠看到侯大利抱起了她的儿子，明显松了口气，道："大利，你爸要回来，等会儿我们在小厅吃饭。"

很长一段时间，乔亚楠霸占了江州电视台的屏幕，不仅出现在《江州新闻》上，还是文化栏目的主持人。江克扬对其印象特别深刻，此刻见到这朵"江州脸"出现在侯家，再次感叹金钱的巨大力量。

乔亚楠带着儿子侯大吉来房间看望哥哥，说了几句闲话，便带侯大吉离开房间。

过了一会儿，楼梯响起了急促的说话声，还有对话机"沙哑"的声音。侯大利在屋内听着这些响动，有了一种大战即将开打的荒谬感。几分钟后，侯国龙推开了侯大利所住的房间门。他这些年比以往胖了一些，肚子微微凸了出来，但双眼依然有神，如探照灯一样扫视儿子的房间。

江克扬原本在说话，当侯国龙出现在门口之时，他的话如遇到寒流一般，被冻得缩了回去。

侯国龙走到沙发边，向江克扬点了点头，坐了下来。

服务员进屋，为侯国龙泡上江州团茶。江州团茶是江州茶厂系列产品之一。这个系列的普通产品是江州团茶，高端产品是江州毛峰。侯国龙保持着创业初期的老习惯，只喝江州团茶。由于江州茶厂不再生产团茶，夏晓宇便收购了一家江州老茶厂，专门为大老板生产江州团茶。

喝了一口醇浓茶水，侯国龙道："你在省公安厅的专案二组，有什么案子需要找我？"

侯大利介绍道："这是江克扬，江州重案大队的，如今抽调到省厅专案二组。"

侯国龙打断道："你不用介绍，我见过江克扬，他还帮过我们的忙。很早以前，我们的货物在铁路上被盗。那时江克扬很年轻，应该刚参加工作，带着几个辅警把人抓了回来。那时不叫辅警，通称'跑二排的'。老吴所长是我的朋友，他经常夸江克扬。"

这是十几年前的事情，是江克扬参加办理的第一起重大盗窃案件。听到侯国龙谈起多年前的案子，江克扬不禁佩服眼前大老板的记忆力。

聊了几句闲话，侯大利直奔主题："专案二组正在侦办杨帆案和白玉梅案。白玉梅是秦永国煤矿的财务人员，后来遇害。今年，我们在月亮湖发现了白玉梅的尸体。"

"十几年前的案子，物是人非。你怎么破？破不了。"侯国龙靠着椅背，如狮子一样微微眯起眼睛，朝面前的两人来回扫了两眼。

侯大利道："能否破案是我们的事情，我们需要全面了解白玉梅的情况。"

父子俩的对话马上来到擦枪走火边缘，两人的目光如子弹，在空中"啾啾"乱飞。

"你想要知道什么？"侯国龙在集团里素来说一不二，唯独面对儿子时总是毫无办法。

侯大利学着滕鹏飞的动作，揉了揉脸颊，道："说实在话，我也不是太清楚，所有不起眼的线索或许都有用。如果要说范围，我想知道杨国雄、黄大磊、秦永国、白玉梅之间的事，还有所有与杨国雄有竞争关系的人和事，包括爸的国龙集团如何与杨国雄竞争。"

侯国龙眉毛原本扬了起来，听到"爸"这一声称呼，扬起的眉毛慢慢恢复原状，呼了一口气，道："杨国雄身上江湖气太浓了，和黑社会大哥不清不楚。八十年代初做生意，江湖气浓一些是优点。时代变化了，他这人没有与时俱进，一条道走到黑，最终把自己玩坏了。"

侯大利道："杨国雄最初靠摩托起家，后来摩托彻底垮了，爸和丁总是否联合起来搞他？"

侯国龙望了窗外一眼，目光穿透云层，似乎回到八十年代："杨国雄眼光不错，很早就认定摩托能起来。我们还在修摩托的时候，他就开始造摩托。江州摩托是八十年代的江州标志。等到江州摩托出现在大街小巷，我和丁晨光这才醒过神来，原来不仅可以修摩托，还可以造摩托。杨国雄的缺点是不注重技术积累，江州摩托总体粗糙，容易熄火，特别是刹车不好，事故比较多。国龙摩托有后发优势，研究了江州摩托的得失，集中力量改造刹车系统。丁晨光的思路和我相似，也注重抓质量。大家营销水平差不多，质优者胜。杨国雄对我们两家怀恨在心，认为是抢他的饭碗，造谣、诬蔑、恐吓我们的技术员，最过分的是挖断工厂道路，这种下三烂的事情很多，层出不穷。他的思维和手法都落后了，总想着和竞争对手血拼，根本不是解决问题的思路。加强内部管理，提高技术水平，改造营销体系，搭建资金渠道，这才是他应该做的事情。"

侯大利道："杨国雄使用下三烂手段，很烦人，当初爸是怎么应对的？"

侯国龙道："简单得很，依靠政府，相信警方，积极纳税，解决就业，与政府积极沟通，做到了这几点，就可以立于不败之地。你别用这种眼光来看我，破解阴谋最好的办法就是阳谋。杨国雄挖断公路后，我就给市、区两级政府领导打电话，分管副市长来到现场，气得够呛，不用我发话，江阳区刑侦大队就上手，很快将挖公路的人揪了出来。挖公路的人就是杨国雄出钱请的地痞，进了看守所，什么事都交代得一清二楚。杨国雄是落伍草莽，用江湖手段做事，政府领导谁还敢信任他，他这是自寻死路。"

侯大利道："爸，除了找政府，你就没有用过其他手段？"

侯国龙道："当然也有手段，不过都摆在明处。比如，我和丁晨光为了争夺山南省最佳摩托这顶桂冠，花了不少钱，打起宣传仗。我宣传国龙摩托的好处，明里暗里贬晨光摩托。丁晨光宣传晨光摩托，也是不断针对国龙摩托。我们互相揭短，搞得轰轰烈烈。我们这一系列行为，根本就没有涉及江州摩托。"

这一段往事，丁晨光曾对侯大利讲过。老大和老二打架，弄死了老三，算是摆在明面上的计谋，杨国雄就算看透这计谋也无计可施。不管杨国雄使出什么招数，侯国龙和丁晨光都不接招，咬死都不说一句江州摩托的坏话，当然更不用提好话。

侯国龙道："丁晨光是聪明人，和聪明人打交道不费力。丁丽出事后，我担心家里人安全，把你转到了阳州。江州很多企业都开始战略转移，搬向阳州工业园区。大家都是聪明人，肯定不会把企业全部搬走，都是如蚂蚁搬家一样，慢慢实施战略转移。江州本身是山南第二大城市，大家都保留了一些很重要的基地，所以也没有引起江州政府的明显反弹。"

侯大利道："杨国雄从来没有离开过江州，后来搞过煤矿，又去修桥，开宾馆。"

侯国龙道："杨国雄最后彻底失败，败在能力超过了欲望，资金链彻底断掉，这才被逼到山穷水尽。杨国雄跳楼那一年，煤炭行情最不好，熬两年，煤炭一下就火了起来。当时杨国雄还有两个煤矿，真要能撑到行情起来，他就挺过来了。"

侯大利道："杨国雄跳楼前，最恨谁？"

侯国龙道："杨国雄性格偏激，心理阴暗。我曾经和他有过两次长谈，希望能够放弃不必要的争斗，大家加强合作，在江州以外的地区攻城略地。我都是真心话，杨国雄没有听进去，依然我行我素。国龙摩托和晨光摩托已经走出山南，远销东南亚，赚了很多钱。杨国雄没有信心和我们在摩托上对垒，彻底放弃了江州摩托，开始做煤矿。做煤矿不久，就和秦永国搞得如生死仇敌一样。秦永国这人谨小慎微，喜欢耍点小聪明，比如偷税漏税这些事，他会做，但是与人火并这事，他只和杨国雄干过。如果不是杨国雄欺人太甚，秦永国也不会如此。"

侯大利道："你认识白玉梅吗？"

"认识，还挺熟。秦永国喜欢带着她参加一些重要的活动。"侯国龙脑海中出现了一个穿白色长裙的女子形象，女子声音柔美，五官灵动，神采飞扬。

侯大利道："白玉梅失踪，当时的普遍看法是什么？"

侯国龙道："杨国雄做事偏激，还与当时的黑道大哥胡卫走得很近，所以，我们普遍认为就是杨国雄下的手。只是活不见人，死不见尸，案子没法破。可惜，等到发现尸体的时候，时过境迁，线索全无，杨国雄这个最值得怀疑的人也跳楼自杀了。"

侯大利道："杨国雄恨你吗？"

侯国龙靠在椅子上，身体很放松，道："杨国雄这人树敌太多，在跳楼前一段时间，经常在办公室破口大骂，逮谁骂谁。从市委、市政府领导到我们这些曾经和他有过竞争的企业界人士，再到平常有其他过节的人，一个一个诅咒。我后来回想，在这一段时间，他的精神已经不对劲了，处于崩溃边缘。不管杨国雄为人怎么样，跳楼之后，一了百了，我们已经淡忘他了。"

侯大利试探着问道："杨国雄有一个儿子，爸知道吗？"

侯国龙口气淡淡的："杨永福失踪过一段时间，这两天都在说他化名为吴新生，成为朱琪的情人。你不要用这种眼神看我，国龙集团有信息中心，每天都在搜集信息，做成简报送给国龙集团高管，送给我那份最详细。江州是山南重工业大区，又是国龙集团的老巢，发生什么事情，我肯定要清楚。知己知彼，才能百战不殆。我说案子没法破，并不是随口乱说。"

侯大利在叛逆期间，觉得父亲不过如此，成为山南著名企业家存在偶然性。如今他成为省厅侦查员，换个角度看父亲，才发现父亲确有过人之处。

自从鱼竿模型出现以后，侯大利时常分析杨永福的行为模式，在鱼竿模型中，杨永福是持竿人，并不直接动手，往往是利用咬饵人的弱点，利用鱼饵引诱咬饵人落入陷阱。鱼竿模型并非一直都存在，更有可能是在吴新生时期才形成。但是从鱼竿模型中能看出杨永福的性格特点，做事喜欢动脑，走阴险路线，不喜欢硬碰硬。杨帆的爸妈都在世安厂，和杨永福没有任何关系。如果杨帆真是杨永福所害，那么杨帆就是替自己受害。杨永福读书时长得瘦弱，不敢向自己挑战，所以很阴险地暗害了杨帆。

每次推断到此处，侯大利就会觉得心如刀绞。心如刀绞在杨帆遇害以前只是一个普通的形容词，杨帆出事以后，心如刀绞就是事实陈述。侯大利想起杨帆因自己遇害，在最美的青春年华陨落，一颗心被利刃切割得七零八碎。

想起杨帆，父亲的说话声如隔着一层玻璃，听得不甚真切，有一种火车在远处轰鸣的梦幻感。侯大利迅速将负面情绪压在心底，暗记住父亲所言的一个重点："杨国雄经常在办公室诅咒其对手。"

8月14日上午,为了找到杨国雄诅咒的具体对象,宫建民副局长亲自出面,召开了经信委、江阳区政府等部门分管负责人的工作会,找出当时与杨国雄接触较多、有可能知道杨国雄诅咒的具体对象的人。

会后不久,江阳区已经退休的乡镇企业局局长接到电话从外地回来。杨国雄跳楼后,其旗下企业员工聚集闹事,要求拿回被拖欠的工资以及集资款。这名退休局长曾经参与处理这起群体事件,熟悉杨国雄企业的具体情况。

退休局长翻出以前的工作笔记本,找到了当年参加座谈会的杨国雄企业员工代表名单。

第一个来到刑警老楼的是杨国雄公司当年的办公室副主任马刚。此人是到市政府参加座谈的员工代表之一,性格外向,容易沟通。马刚既能经常接触杨国雄,与办公室主任吴佳勇相比,与杨国雄的关系又没有那么亲密,是比较合适的调查对象。

马刚走进刑警老楼三层会客室,看见朱林就主动握手,道:"朱支,好久没有见您了。您日理万机,今天怎么有空到这里来?"

朱林笑道:"我就是一个退休老头,天天都在这里。"

马刚"啊"了一声,道:"朱支都退休了?时间过得真快。您是返聘回来?"

朱林道:"尽尽余热。"

马刚道:"我都过了到单位尽余热的年龄了,只能回家尽余热。你们找我过来,到底想要问什么?其实你们不说我也知道,还不是杨国雄的那点破事。杨老板都死了十几年,还有什么事得现在拉出来说?"

朱林道:"你别急,就是了解情况。"

聊了几句,马刚坐下。

侯大利道:"我们请刚总过来,确实是了解杨国雄的事情。"

马刚长得胖胖的,整个人都松散了,头顶在灯光下格外明亮。他是杨国雄公司的办公室副主任,但是以前在公司里很多人都调侃地称他为刚总,他也乐意听到这个绰号。此刻,他听到久违的称呼,如夏天喝冰水一般舒服,道:"刚总,那是历史了,现在就是马老头了。"

抽了口烟，他对侯大利道："能不能快一些？我等会儿还要接孙子。杨国雄跳楼，留了一屁股债，还欠着我十三万七千块工资，我现在都没有拿回来，找谁说理去。我马刚以前在企业界还算是一个人物，杨国雄跳楼以后，我也受到牵连，谁都不敢用我，我只能到外地打工。那一段日子过得好辛酸，现在都不敢回想。如今到了七十岁，我也不想翻盘了。我就是这个命，发不了财。"

侯大利道："刚总，那我们就开门见山，直来直去了。"

马刚道："嗯，就要这样，痛快。"

侯大利道："杨国雄跳楼前，经常骂人，他骂过谁？"

马刚面带疑惑，道："看这位领导也不是一般人，为什么要问这个事？杨国雄死了这么多年，谁还要翻旧账？"

侯大利笑呵呵地道："不是翻旧账，就是理一理以前的旧事。包括你们公司以前开发的烂尾楼，被封了十几年，已经完全不能用了。我们公安机关把以前的事情理一理，如果没有其他猫腻，那就由政府进行处理。"

重启烂尾楼是市政府正在筹划的工作，准备明年开年实施。副局长宫建民建议侯大利用这条信息遮盖真实目的。

"终于开眼了，烂了十几年啊，我们盼星星盼月亮，终于盼到这一天了。"马刚离开工作岗位有十来年，没有发现这个说法的破绽，激动起来。

侯大利道："在接收烂尾楼前，我们要把以前的事情理一理，这是市政府交给我们的任务。"

马刚凭着多年前的经验，脑补了一些细节，欣然道："原来是这样啊！老板跳楼以前，公司四面楚歌，就是一条四面都在漏水的大船，补都补不了，最后还是沉了。老板最后几天，天天如热锅上的蚂蚁，在办公室里骂人、摔东西。其他人都可以躲，我躲不了。天天坐在隔壁，耳朵都听得起茧子。"

侯大利道："他在跳楼前，骂过哪些人？"

马刚道："骂过的人多了，骂得最多的人是侯国龙。"

"杨国雄为什么骂侯国龙？"经过前期调查，侯大利一直认为杨国雄最恨的人应该是秦永国，谁知，马刚却说出了侯国龙的名字。

马刚摸了摸光头，道："杨国雄一直最恨侯国龙，你们别看侯国龙现在风光，时不时在电视里出现，人模狗样的，其实，背地里他就是白脸曹操，巨奸大猾。"

朱林和江克扬下意识用眼睛的余光朝侯大利看了一眼。

虽然侯大利和父亲有隔阂，可是听到其他人如此贬损父亲，还是挺不舒服。他仍然面带微笑，问道："杨国雄为什么恨侯国龙？"

马刚道："江州摩托是杨国雄起家的本钱，如今大街小巷全是国龙摩托和晨光摩托，江州摩托彻底消失。你别跟我说市场竞争，侯国龙阴得很，最会和上层拉关系。有一段时间，江州摩托的生产车间经常停电，生产经营下不去，搞得很恼火。侯国龙的厂就从来没有停过电，这就是不公平竞争。在杨老板跳楼前，最操心的就是钱，如果能搞到钱，杨老板也不至于跳楼。"

朱林拿了烟，给马刚散了一支，又给侯大利和江克扬散了一支。他没有回到原位置，而是坐在了马刚面前，道："杨老板搞不到钱，和侯国龙有什么关系？"

马刚道："侯国龙老奸巨猾，手眼通天。杨老板原本和张行长关系不错，结果那一段时间省行纪检部门不断过来找碴儿，张行长被调去参加省行培训，权被夺了，就算想给杨老板贷点钱，也没有办法了。除了张行长，其他行长都和侯国龙穿一条裤子，不肯给杨老板贷款。杨老板跳楼前，最操心的就是钱，所以骂侯国龙的时候最多。"

朱林又道："我那时在刑警支队工作，也听到一些说法。杨国雄本来就有一屁股债，谁还敢贷给他。"

马刚用力抽了一口烟，道："朱支没有搞企业，有些事情不太明白。那些年做企业，特别是私人企业，谁都缺钱，都得想方设法从各个渠道拿钱。拿得到钱，企业就活了。拿不到钱，企业必死。侯国龙和银行关系好得如穿连裆裤子，和地下放钱的关系也不错。杨老板当年被逼得弹尽粮绝，想借高利贷都被放水的拒绝。我在办公室工作，没有搞财务，隔了这么多年，很多事情也记不清楚了。如果你们想问得更清楚一些，可以去找吴佳勇。吴佳勇是杨国雄的大舅子，又是办公室主任，知道更多内幕。"

杨国雄跳楼是轰动一时的大事，马刚作为办公室副主任对此事的印象更是深刻，十几年不能忘，各种细节历历在目。在朱林的询问下，往事更如开了闸的洪水一样，倾泻而出。

依着马刚的记忆，挨骂最多的人依次如下：

第一名：侯国龙。杨国雄经常诅咒其要断子绝孙。

第二名：丁晨光。杨国雄经常嘲笑其女儿丁丽遇害，常用语是"死得好，死得妙，死得呱呱叫"。

朱林问道："按你的说法，杨国雄恨侯国龙是因为资金的问题。丁晨光做过什么事情，让杨国雄如此仇恨他？"

马刚道："最初肯定是因为摩托车。侯国龙和丁晨光狼狈为奸，表面上打得热闹，看起来斗得你死我活，实则暗戳戳联手，活生生把江州摩托给害死了。这是杨老板在江州摩托失败后的总结，绝对不会错。杨老板还认为丁晨光在市委市政府领导面前挑拨离间，这才导致政府对其见死不救。"

第三名：秦永国。杨国雄经常嘲笑其是土包子，是癞蛤蟆想吃天鹅肉。

朱林问道："谁是癞蛤蟆，谁是天鹅肉？"

马刚道："当年，秦永国和杨老板争抢煤矿资源，互不相让，甚至动用了炸药。两个矿很离奇，矿产资源居然有重叠的地方，县里市里又和省国土资源厅有互相矛盾的地方。他们很多争斗都在矿井里，外人不知道。"

朱林道："杨国雄为什么嘲笑秦永国是土包子？秦永国本身就是做煤矿的乡镇老板，嘲笑他是土包子，文不对题。"

马刚道："秦永国煤矿里有个女财务，公关能力很强，人长得漂亮。大家都知道秦永国追求这位女财务。杨国雄经常嘲笑这件事情。"

朱林道："秦永国追求这位女财务，是大家都知道的事？"

马刚道:"反正我们都知道。"

朱林道:"那位女财务的丈夫知道这事吗?"

马刚道:"我隐约记得有一次吴佳勇喝了酒,无意中说过一件事情——他有意给女财务的丈夫寄了一封信,信里写了秦永国追求他妻子的事,还有两人在一起的照片。"

朱林道:"在一起的照片?具体一点,是走在一起,站在一起,还是有不经意的举动?"

马刚道:"我也不是太清楚,吴佳勇嘴巴很严,那天喝了酒,比较兴奋,顺口说了这事。"

白玉梅遇害,到目前进展甚微,根据现有的线索,有两种可能性:一是白玉梅作为秦永国企业的财务人员,被秦永国的竞争对手所害;二是秦永国在追求白玉梅,白玉梅的丈夫张志立如果知道此事,也有杀人的动机。

侯大利在小笔记本上写下这一条,打上了好几个着重号。

第四名:夏晓宇。杨国雄骂夏晓宇是打手,穷凶极恶的狗腿子。

这是让朱林、侯大利都有些意外的名字,侯国龙、丁晨光、秦永国都是老板,夏晓宇严格意义上来说只是国龙集团在江州的负责人。

朱林道:"杨国雄认为夏晓宇是打手,肯定是因为夏晓宇做过什么事情?"

马刚道:"我不管业务,还真是不太清楚。"

第五名:黄大磊。杨国雄骂黄大磊是白眼狼,以后会死无葬身之地。

这同样让朱林和侯大利感到意外。在他们前期摸排之中,杨国雄和黄大磊算是一个阵营里的,都与黑社会大哥胡卫保持着较为密切的联系。

马刚面对疑问,道:"这有什么奇怪的?按照民间的话来说,狗咬狗,一嘴毛。具体什么事情,我确实不知道,也得问吴佳勇。我也算是杨国雄的人,但是有两件事情靠不拢边,一是涉及银行、税务这一块的事,二是打打杀杀的事。吴佳勇是办公室主任,但是他不管杂事,杂事归我管。只要是涉及胡卫的事,还有黄大磊的事,我都被排斥在外,真是一点不清楚。只不过,我管着公司接待这一块,还是知道一些间接情况，杨老板和黄大磊有一段时间经常来往，黑社会大哥胡卫有时也到公司来找杨国雄，然后就在我们自己开的餐厅吃饭。胡卫这个社会大哥很讲义气，平时也是笑眯眯的，不是大家传言的那种凶神恶煞。真的，传言不能全信，胡卫比起黄大磊低调得多，黄大磊这人很有些匪气，走路衣服角角都要扇人，一看就不是什么好人，我对他的印象很差。杨老板被逼得走投无路的时候，多次去找黄大磊融资。黄大磊最初是找各种借口推托，后来干脆不接电话，躲着不跟杨老板见面。黄大磊才出道的时候，又没钱又没势，经常靠着我们老板接项目。翅膀硬了，有钱有势了，就不把我们老板放在眼里，所以，杨老板挺恨黄大磊。"

听到马刚说出"黄大磊才出道的时候，又没钱又没势"这句话时，侯大利明白他确实不怎么了解涉黑这一块。黄大磊出道就是狠角色，手下兄弟除了秦涛以外个个都敢下死手，根本不是弱鸡。

此外杨国雄骂过的人还有关百全、张大树、李兴奎、程宏民、李明全等人。除了李明全，杨国雄骂过的人都是老板，这引起了朱林和侯大利的注意。

朱林道："哪一个李明全？"

马刚道："十几年前，李明全是世安街道办事处的一位副主任。他是管企业的副主任，官不大，但是县官不如现管，经常为难杨老板。说实在话，当时我为了疏通关系，还曾经给他送过礼。送礼的时候，我正好遇到他和夏晓宇喝酒回来，有说有笑。他对夏晓宇是一个模样，对我又是另一副嘴脸。老板恨夏晓宇也是有原因的，我们做企业要应对方方面面的关系，侯国龙就搞上层的关系，夏晓宇就搞下层的关系，与街道、村社和社会人都能说上话。"

朱林听到李明全的名字以后，便皱着眉头。

侯大利熟悉朱林的表情，见其川字眉紧锁，便明白其中有事。

马刚离开后，侯大利道："师父，李明全是什么问题？"

朱林缓缓地开口道："张大树的女儿张冬梅被自己丈夫杀害，李兴奎的儿子李小峰还因为涉嫌杀人被关在看守所里，这两起案子都是今年发生的。刚才马刚提起李明全，让我想起多年以前发生在李明全身上的一件事。这是很多年前的事情，记得的人不多。李明全的外孙当时六岁，在街道玩耍时，被摩托车撞了，重伤，差点死了。那孩子后来被救了回来，算是命大。江阳刑警大队介入此案，没有找到那辆摩托车，是故意撞的，还是肇事逃逸，没有定论。"

侯大利道："这件事发生在杨国雄跳楼之前，还是之后？"

朱林道："记不太清楚了。这起案件没有交给支队来侦办，我看过案情通报，又认识李明全，所以有印象。更多的细节记不起来了，毕竟发生在十几年前。"

侯大利道："那辆摩托车是什么牌子的？"

朱林道："这得问当年的办案人。我估计很悬，那时没有天网，其他单位也没有安装监控的习惯。大利，今天很有收获，这一份名单就是一份被诅咒的名单，凡是上了名单的人，总会有灾祸发生。"

案件到这里，渐渐有了些眉目。但是，对于这类命案积案来说，有了眉目到距离破案，还有相当长的距离。

8月14日下午，侯大利和江克扬坐在街心花园，等待外出的李明全。一年前，杜强在江阳老城区的这个街心花园被秦力伏击。如今，杜强被枪毙，秦力也死去，街心花园的树木依然枝繁叶茂，给来往的人群提供阴凉。

两人正在聊天时，一个老人提着鸟笼悠闲地走了过来。侯大利和江克扬看过李明全的照片，几乎同时认出来者就是李明全。照片中的李明全处于工作状态，穿着比较土的西服，脖子上的领带歪歪扭扭，有着基层领导的派头。此时的李明全穿了一件圆领老人衫，大短裤，脚踩一双塑料凉鞋，十足一个退休老头。他脸上长出了大块大块的老年斑，精神状态还不错。

李明全听见有人招呼，停下脚步。

江克扬自我介绍道："李主任，我是江州刑警支队的江克扬，给你打了电话的。这是我的同事侯大利。"

李明全拍了拍脑门儿，道："糟糕，我把这事忘记了。我今天出门遛鸟,没带手机。这位同志,你们来找我有啥事?我都退休好些年了。"

江克扬笑道:"有点小事,准备找你求证一下。"

李明全道:"我家就在前面,进去坐一坐。"

距离市人民医院不远处有十来幢老房子,这是江阳区政府在九十年代的集资房,房屋外立面没有装修,是老江州常见的青砖房子。院内植被茂密,水泥路面多有破损,垃圾箱是水泥仿树木样式。李明全的家是三室一厅一卫一厨,客厅面积小,放了一张餐桌后,几乎就没有活动空间。

阳台上挂了好几个鸟笼子,满屋子都是"叽叽喳喳"的鸟鸣声。三人坐定,江克扬问道:"李主任,今天想和你聊一聊以前的事,就是随便聊聊。"

李明全端着大搪瓷杯子,道:"我知道规矩,刑警了解情况,肯定有目的,我不打听,你们随便问。"

江克扬道:"李主任退休前是世安街道办事处副主任,分管企业?"

李明全道:"嗯,我本身就是做企业出来的,一直在街道做企业方面的工作,最初是企业办,后来分管企业办。退居二线以后,还是协助后来的分管领导。"

江克扬道:"听说你和杨国雄有矛盾?"

"杨国雄跳楼死了十来年,现在还在调查他?"李明全随即又道,"你们的规矩,我懂,你们不用回答。我和杨国雄也没有什么具体矛盾,主要是工作中的分歧。当时世安街道有一些老旧小区的改造项目,杨国雄想来做,我持反对态度。杨国雄找了领导来做工作,被拒绝之后,甚至还找地痞流氓来威胁我。我是当兵出身,眼睛里容不得沙子,杨国雄不是做工程的料,修桥桥垮,开矿矿塌,让他来改造小区,那不是开玩笑吗?世安街道辖区有很多老厂,那些老工人都过得不如意,个个牢骚满腹,就和炸药桶一样。好不容易有一个旧房改造的机会,做得不好,那就要惹大祸。"

江克扬道:"杨国雄想要参加旧房改造,在你这一关没有通过。他找人疏通,你没有答应。"

李明全道:"对,就是这样。"

江克扬道:"你们有没有激烈的冲突?"

李明全道:"杨国雄说了些狠话,我没有理他。"

江克扬道:"杨国雄找来地痞流氓威胁你,有没有具体行动?"

李明全"呸"了一声,道:"他们是尿包,只敢欺负胆子小的。"

聊了一些当年的工作以后,江克扬又问道:"我听说你的外孙当年出过车祸。"

李明全愣了愣,道:"我外孙出过车祸,那个龟儿子驾驶员肇事逃逸。我外孙出车祸是2001年夏天,那时杨国雄早就跳楼了。你们到底想要问啥事?"

杨国雄是在1999年跳楼,那一年,杨永福还是少年。2001年,杨永福已经满十六岁了,不管是身高还是智力都慢慢接近成年人。侯大利对杨永福的成长史了如指掌,尽管没有证据,凭着直觉,他认为李明全的外孙极有可能是被杨永福伤害的。

李明全对自己的安危不太放在心上,对于外孙的事则心有余悸,道:"我外孙那时才六岁,被撞得昏迷了,嘴巴、鼻子都在流血。车祸现场就在世安老场镇那边,距离世安厂最近。世安厂医院接到电话,几分钟就派出救护车。世安厂杨勇医生检查了我外孙,说是要立刻动手术。我原本想转到条件更好的江州一院,杨勇说是来不及了。我后来才知道,外孙在肋骨撞断后,肋骨折断处刺破了肺部,引起了肺挫伤,导致了气胸,症状比较严重,转院都有可能来不及。世安厂那时条件还行,世安厂医院在江州排到前三名。在整个江州医疗系统里,杨勇都是有名的一把刀。我给一位医生朋友打了电话,然后就同意由杨勇来做手术。"

侯大利原本很平静地记录,听到李明全的描述,五指紧握,指关节发白。

李明全完全陷入了回忆之中,道:"杨医生为我外孙实施了全麻下行胸腔镜下肺修补术,效果非常好。外孙出院后,我觉得世安医院毕竟只是一家工厂医院,医术和设备比不上市一院,就带着外孙到市一院做了检查。检查结果证实,杨勇医术手术做得非常成功。到现在,我外孙都没有什么后遗症。可惜啊，杨勇医生的女儿死于意外，杨勇离开了江州，这是江州人民的重大损失。"

一直以来，侯大利都认为杨帆是因为自己而遇害。今天意外地得到了新的消息，凶手如果真是杨永福，他向杨帆举起屠刀，除了自己的原因，或许也有杨勇救了李明全外孙这一层原因。

离开李明全家，侯大利和江克扬前往江州交警支队。李明全的外孙被摩托车撞伤之事发生在十几年前，处理此案的交警大部分退休，相关档案材料收在支队档案室。

十几年前的卷宗绝大多数都是手写材料，纸张轻微变黄，翻开之时有淡淡霉味。江克扬与李副支队长熟悉，道："只有这么薄薄几张纸啊？"

李副支队长道："目击者大多是小孩。案发后，大队组织了很多民警去寻找目击者，后来在车祸现场约一百米的一幢楼里，找到一个女性目击者。她在阳台上洗衣服，正好可以看到有三个小孩在街边玩耍。"

江克扬道："三个小孩在街边玩耍，难道没有家长在旁边？"

李副支队长道："那个场镇冷清得很。平时车少，小孩子在外面玩耍，都没有大人在身边。出事的时候，我也被抽调过来查肇事逃逸者，主要是寻找肇事者逃逸的方向，所以对这事印象还挺深。目击者有个年龄与这三个小孩相仿的孩子，对小孩子有兴趣，所以一边洗衣服，一边看着这三个小孩，恰好就看到这起交通事故。"

侯大利专心翻看卷宗，同时也在听两人对话。

江克扬道："摩托车为什么会撞到小孩？"

李副支队长道："小孩子在打闹，追来追去，追到公路上，摩托车正好过来，撞到了小孩。撞人以后，摩托车停了下来，驾驶员没有下车，只是瞅了瞅受伤的孩子，就直接开走了。据目击者说，那人戴头盔，看不清面容。"

卷宗里有询问笔录，比李副支队长介绍得更详细。

洗衣服的目击者道："摩托车速度很快，撞上小孩以后，没有下车，看了看小孩，立刻就转了个弯，沿着小道开走，等到有人追出来时，摩托早就不见了。那个小孩躺在地上，也没有哭，就是身体在抽。隔了这么远，我都看得清楚。我吓得大吼大叫，人们就朝出事的地点跑过去。还有人骑摩托车、开车去追，都没有找到肇事者。"

民警问道："摩托车是什么牌子？"

洗衣服的目击者道："是江州摩托。我们调查了很多人，都没有看清车牌。"

民警道："你在楼上洗衣服，隔了一百多米，能看清楚摩托车的牌子？"

洗衣服的目击者道："农村最多这种江州摩托，我家里就有一台，样子丑点，便宜。"

民警问道："摩托车司机是什么样子？"

洗衣服的目击者道："摩托车司机戴着头盔，我没看清。"

民警问道："是胖，还是瘦？"

洗衣服的目击者道："瘦。给我的印象就是瘦巴巴的。"

民警问道："多大年龄？"

洗衣服的目击者道："戴着头盔，看不清楚，这个司机给我的感觉年龄不大，不会超过二十岁。穿了一件短袖，是城里人才会穿的。我也说不清楚是什么样式，总之是城里人才穿。"

另一份调查资料显示，摩托车司机拐进的那条小道连接省道。进入省道以后，不管朝东还是朝西，都有几条县道，很难追踪。当年在农村完全没有监控，江州牌摩托很多，所以参加调查的民警没有找到有用的线索。

侯大利拿起卷宗的现场照片，道："照片中的刹车痕迹在撞击点之后，说明在撞到小孩之前，没有减速行为。撞人之后，隔了几米才在路沿石看到刹车痕迹。如果不是路沿石附近有积土，刹车痕迹都不明显。

这就是奔着人去的。"

李副支队长还是第一次与闻名整个江州公安系统的神探打交道，除了好奇，还有些小心翼翼，道："当时有同志也提出这个观点。我们一直没有找到肇事人，此案就搁置下来。那些年没有天网，搁下来的肇事逃逸案不少。再加上那个小孩子没有死，调查力度就弱了。交警这边的档案管理在全市公安系统都算不错，否则，搬了几次家，估计卷宗都找不到了。"

侯大利放下照片，没有评论，向李副支队长道谢之后，前往当年肇事逃逸地点。

出事地点位于世安厂和世安桥之间，是杨帆回家的必经之路。时间仿佛遗忘了这个小乡场，外面的世界正在发生翻天覆地的变化，小乡场却和十年前没有多大区别。场口水泥坝子铺上地板砖，还建有花台，种了些植物。这个小坝子不大，与公路连接。六七个小孩在坝子里玩耍，多数时间都在坝子里追逐，不时会有小孩子跑到公路边。

江克扬在小坝子走了一圈，道："太过凑巧就有妖，李明全的外孙刚刚跑到公路，就有摩托冲了过来，没有刹车，然后消失得无影无踪。这不是意外，是蓄意谋杀。"

侯大利站在小坝子里看小孩子玩耍，外表平静，内心却起了波澜。杨帆出事以后，他极少踏过世安桥。只要踏过世安桥，往事便会如妖怪一样现出原形，从脑海、从熟悉的景物中跳出来，让人无法抵挡。能够对抗负面情绪的，唯有案件。进入侦办案件的模式时，他才能从低落的情绪中走出来。"老克，肇事时间是2001年8月7日，这个时间点，杨永福还没有失踪，应该是转学到了秦阳五中。"

江克扬对杨永福的简历也是倒背如流，道："最初的调查有问题，当时确定是2002年4月杨永福才从江州学院附中转学到秦阳五中，后来发现有误，是从2001年3月转学到秦阳五中，也就是杨永福母亲病故后，杨永福就转学了。"

"杨永福年龄比我稍大。在2001年夏天，杨永福满了十六岁，接近十七岁了。当年摩托车还比较稀罕，一个高中生能骑摩托，肯定有人会留下印象。如果杨永福在秦阳五中也骑过摩托车，那么我们距离真相就又近了一步。"

说到这里，侯大利胸中积压的怒火喷了出来，道："如果真是杨永福下手，他就是一个厌包，有本事就冲着我来，向小孩和女人下手，算什么本事！"

江克扬建议道："让老戴跑一趟秦阳，详细调查当年秦阳五中的学生，查一查杨永福是否在在校期间骑摩托车。"

侯大利点了点头，道："注意查找当年学生的影集。这种摩托车是很酷的道具，说不定会被拍下来。杨永福在江州会保持高度警惕，到了秦阳五中，多半就会松懈下来。如果真有一辆江州牌摩托车，就意味着我们的侦查方向是对的。以前我觉得这个凶手有可能是独行客，从这些肇事逃逸事件以及杨帆遇害案来看，凶手明确知道是谁救了李明全的外孙，这说明他有信息来源。"

杀害杨帆的凶手是否就是杨永福，撞击李明全外孙的人是否就是杨永福，鱼竿模型是否成立，都只是根据掌握的线索进行侦查推理，还没有真正能够拿上法庭的直接证据。这些逐渐积累起来的线索最重要的作用就是锁定犯罪嫌疑人，让侦查员找到正确的侦查方向。

8月15日上午，侯大利和江克扬来到阳州，与杨勇见面。

在医院小会议室里喝了一会儿茶，杨勇匆匆进屋，道："刚做完一台手术，年龄大了，体力不行了。大利，找我有什么事，发现了线索？"

从杨帆遇害到如今整整过去十年，杨勇明显有了老态，眉眼已经由"年富力强"变得"略显老态"，左边脸颊上有了一块很大的老年斑，眉毛变得细长。

侯大利能回想起杨勇三十来岁时的模样，那时可以称得上相貌堂堂，在院子里打羽毛球时动作灵敏，扣杀格外有力。回忆过去，更让人心酸，他下意识摇了摇头，将负面情绪压住，道："杨叔，有一件事想来核实，在2001年8月10日，你做过一台手术，一个小男孩被摩托车撞了，伤得很严重，你还记得清这些事吗？"

杨勇对这个问题有些意外，道："有这事，小男孩肋骨断了，刺破肺部。我接手以后，来不及转院，立刻就做了手术，效果不错。"

侯大利道："一般情况下，做完这种手术，会有谁知道是杨叔做的？"

"内部的人知道，外人不清楚。"杨勇随即又道，"《江州晚报》针对此事做了新闻，表扬世安医院救治及时，医术高超，还谴责了肇事逃逸者。"

得知报纸上有新闻，侯大利略为失望。这意味着自己判断"凶手有信息来源"并不完全成立，凶手仍然可能是独行客，从报纸上得知是谁救了李明全的外孙。

多年前的交通事故很简单，杨勇对手术印象很深，还记得起第二天的采访，对其他事情则没有太多了解，包括救的是谁家小孩等问题，没有太在意。

"你爸现在还要求你回公司吗？"杨勇望着侯大利鬓间的白发，想起遇害十年的女儿，心中酸楚。

侯大利道："我爸我妈离婚了，各做各的事情。我暂时没有回公司的打算，如果真要回，我也是跟着母亲做事。"

侯国龙和李永梅离婚非常低调，没有新闻媒体介入。李永梅将手里的资源更名为永梅集团，独自开展业务。

杨勇略为惊讶，又很快恢复平静，道："这个世道！他们还是离婚了。你爸从本质上来说是好人，没有乱七八糟的事。我们医生圈与老板圈有交集，富贵的人也需要医生，甚至是更需要医生。在闲谈中，我没有听到你爸有什么花边新闻。"

这一阶段，侯大利为了破案，深入挖掘江州商圈的陈年旧事，感慨颇多。他不想多谈这些烂事，换了话题，道："秦阿姨好吗？"

杨勇道："她退休在家，主要精力是照顾黄桷。有了上一次教训，我们不敢有丝毫马虎。不管上学还是放学，我们都要接送。就算把黄桷带得娇气一些，也不管了，两害相权取其轻。就是小帆，现在还没有瞑目。"

十年生死两茫茫，不思量，自难忘。杨勇无数次在梦中盼到公安抓住了杀害女儿的凶手。梦醒后，现实如此残酷，让其内心如火烧冰浸。随着时间流逝，他对破案不抱希望。

侯大利道："我在今年7月调到省刑侦总队了，负责命案积案，杨帆的案子仍然由我负责侦办。如今由省刑总负责此事，力度会更大。"

杨勇下意识抓住桌角，慢慢地道："由省里来管，有希望吗？"

侯大利一字一顿地道："天网恢恢，疏而不漏，这笔账终究要清算。"

杨勇没有邀请侯大利到家里坐坐，侯大利也没有提起此事。三人在小会议室门口分手。杨勇站在小会议室门口，能看到侯大利挺直的背影，脑中浮起一幅画面：还是幼童的侯大利和杨帆从自己家里跑出去，蹦蹦跳跳地跑到对面的侯家，然后又从侯家跑回自己家。两个小孩的打闹声犹如天籁，犹在耳边回响。李永梅戴着袖套，穿着围腰，站在门口喊："杨勇，过来吃饭，国龙钓了鱼，我弄了红烧鱼。"

汽车声音响起，越野车离开了医院。杨勇在回想往事时陷入了深深的惆怅，脑中蹦出一句话：人生天地之间，若白驹过隙，忽然而已。

情绪低落之后，他更觉得身体疲惫，请了假，回家休息。

侯大利将情感深深压在了心底，从阳州到江州，一直心平气和地在和江克扬讨论案情的细节。

回到江州，两人来到市档案馆，办理了相关手续。档案馆工作人员用小推车推出来2001年整年的《江州晚报》，厚厚三大本。2001年10月，杨帆落水以后，《江州晚报》用第四版全版来介绍此案，还配上了杨帆的大幅照片。侯大利当初看到报道的时候，愤怒地去找过朱建伟。

侯大利用手摸了摸报纸合订本，道："我不想翻晚报，老克找出8月10日以后的报纸吧。"

江克扬开始翻查报纸。

侯大利坐在旁边，脸上没有表情，脑中又想起十年前和杨帆路遇杀人案之事。那天晚上，他和杨帆从市歌剧院出来，偶遇一起杀人案。一对谈恋爱的青年男女发生矛盾，男子将女子刺死。周边市民被突发事件弄蒙了，一时没有反应过来。随后，侯大利、陈雷等市民冲上去抓住凶手。记者朱建伟恰在案发现场，拍下了凶杀案发生时市民发蒙的瞬间。他在报道此起事件之时，特别强调市民们没有反应过来这个细节，而忽略了市民见义勇为抓凶手的事实。

照片中出现的蒋昌盛、王涛、陈雷和赵冰如等人，包括拍照的朱建伟，都因为这张照片付出了惨痛代价。

"大利，找到了。"江克扬兴奋的声音打断了侯大利的沉思。

2001年8月11日的《江州晚报》第四版，有一个醒目的大标题——《摩托车肇事逃逸，路人麻木旁观》，大标题下面落有记者朱建伟的名字。整个文章占了半个版面，有李明全的外孙躺在医院的照片，以及对手术医生杨勇的采访。此案的报道风格就和当年侯大利和杨帆路遇那起凶杀案的一模一样，朱建伟没有全面报道，有选择地放大了部分事实。

侯大利看到了熟悉的配方，嗅到了熟悉的味道。

《摩托车肇事逃逸，路人麻木旁观》这篇文章的基础内容和警方调查的基本一致，只不过警方的调查记录是实事求是地记录，没有带情感，也没有进行道德评价。朱建伟的文章有一小半在陈述事实，另一大半在批评"人心不古，道德滑坡"。

侯大利指着其中一句话，道："整篇文章总算有一点价值。"

江克扬道："英雄所见略同。朱建伟找到了与李明全的外孙一起玩耍的另外两个小孩，摸到了一个警方没有掌握到的细节，摩托车的车把上绑着一条红绳子。"

新车系上红绳是江州的风俗。更准确说不是红绳，而是一块红布。早些年，买了自行车以后，不少江州人就在车把上系上红布，后来发展到在摩托和汽车上系红布。红色代表喜庆，还可以避邪，有祈祷平安之意。

放在桌边的手机响了起来，来电显示是秦玉的电话。侯大利还以为有了新的线索，用最快速度抓起手机。

秦玉声音有些沉闷，道："大利，你今天到了阳州？"

侯大利道："是工作上的事情，找杨叔求证。"

秦玉道："你杨叔才回来，我批评了他。你杨叔是死脑筋，都没有想到叫你来家里吃便饭。"

侯大利道："我过来出差，事情挺多的。"

秦玉话里话外带着些伤感，道："我没有把你当外人，你就是我们的家里人，平时有空，过年过节，我们还是要走动。"

侯大利"嗯"了一声。

秦玉道："我上一次到江州陵园，特意去看了田甜，送了束花。我和你妈通过两次电话，她还是挺担心你的。过去的事情就过去了，你还年轻，还是得向前看，遇到好的姑娘，也可以考虑。你妈和我都是这个想法。"

侯大利的眼睛不知不觉湿润了，道了声"谢谢"。他想起如毒蛇般的杨永福和肖霄，道："秦阿姨，你们得注意安全，黄桷妹妹上学和放学，一定要有大人接送。"

"我知道。学校就在家对门，过马路就到。"所谓一朝被蛇咬，十年怕井绳，秦玉如今全职在家，所有心思全部都在小女儿杨黄桷身上，基本不让杨黄桷离开自己的视线。

在结束通话的时候，秦玉又叮嘱侯大利有空就到家里来坐一坐。

从图书馆回到刑警老楼，几名侦查员都在五楼小会议室。会议桌上放着杨帆案和白玉梅案的卷宗。经过努力，两案的卷宗数量和厚度都在增加，但是比起其他专案，卷宗数量少得可怜。案侦工作到此时进入瓶颈期，大家明知前方有敌人，却没有桥梁走过横在敌人面前的那条大河。

大家闷头看了一会儿卷宗，开始讨论。

侯大利靠在椅子上，看着天花板，一言不发。

5点钟，楼下响起开锁声，随即响起了急促的脚步声。侯大利挺起腰，道："剑波和老戴回来了，希望能带来好消息。"

话音刚落，张剑波和戴志出现在门口。

江克扬道："有收获没有？"

"看投影。"戴志拿起一个U盘，插在电脑上。他拿起投影仪遥控板，笑道："大利确实是神探，不服不行。大利猜到了两个事实，第一，杨永福有江州摩托，骑到了秦阳五中；第二，秦阳五中的同学中有多人骑过杨永福的摩托，还拍过照片。秦阳五中是普通中学，学生毕业后大部分都在本地工作，我们先找到班主任，再由班主任帮我们约了杨永福的高中同学，问到第二个男同学时，这个男同学就很肯定地说杨永福有摩托，他们玩得比较好的几个人都骑着摩托照过相。我在三个同学的影集里共找到七张有摩托车的照片，还有几张合影。"

侯大利道："我还猜得到另一个事实，江州摩托绑着红带子。"

"这个我还真没有注意。"说话间，戴志调出照片。

第一张照片是一个有着轻微"杀马特"发型的男同学骑着江州摩托车。摩托车的车牌显示得很清楚，在右车把上还绑着一条红绳。说红绳不太准确，应该是一块红布。从一百米左右距离来看，红布看起来像是红绳。

除了江克扬，所有人都觉得侯大利确实有些神奇，居然连摩托车上有红布都猜了出来。

第二张照片是合影，一个男同学骑着摩托车，杨永福和另一个男同学站在一边。此时，杨永福还没有做鼻部整形手术，鼻孔朝天，粗俗相貌中有一股阴沉劲，和相貌堂堂的吴新生确实是两个人。

后面几张照片没有特殊之处，皆是男同学骑摩托车的照片。

展示完照片，侯大利拖过来白板，再次写下与杨永福有关的重要时间线。其中最重要的是两条线，一条是杨国雄跳楼，另一条是吴佳宁因病离世。前一阶段，专案二组和105专案组最看重的是杨国雄自杀的时间线。经过不断挖掘，专案组发现吴佳宁离世对杨永福的影响也很大。杨国雄自杀以后，杨永福仍然在江州学院附中读书，直到吴佳宁病死，杨永福这才转学到秦阳五中。也就在吴佳宁病死的这一年，相继发生李明全的外孙被撞和杨帆落水遇害两起事件。这两起事件看上去是独立的，现在也没有水落石出，但是越来越多的证据显示杨永福与两起事件有关。

"吴佳宁之死，是压垮杨永福的最后一根稻草。"侯大利用笔戳着白板。

8月16日上午，长盛矿业办公室，朱琪面带寒霜，纤手指着吴新生，道："吴新生，你不老实，枉我对你这么好。"

吴新生坐在宽大办公桌对面，笑道："什么事啊？这么严肃。"

朱琪居高临下，盯着吴新生看了半天，道："我今天听说了一件事，与你有关。你到底是谁，姓吴，还是姓杨？"

吴新生面不改色，道："我姓吴，又姓杨。"

吴新生没有否认自己的身份，朱琪脸色放缓，道："你真是杨国雄的儿子？"

"是的。"

"为什么改名字来骗我？"

"当年我爸被逼得跳楼，然后，我家就完蛋了。我要重生，改名为吴新生。就这么简单，和骗你没有任何关系，在认识你的时候，我就叫吴新生了。"

朱琪如今并未彻底掌握长盛矿业，仍然在与几个黄姓股东暗中较劲。她最担心自己成为别人眼里的肥肉，时刻保持警惕。最初得知吴新生是杨国雄的儿子后，她勃然大怒，认为自己最爱的吴新生把自己当成了一块能吃下嘴的肥肉。

"真的就这么简单？"

"不然呢？"

朱琪与吴新生对视片刻，取出一张照片，突然间就呵呵笑了起来，道："你小时候长得好丑，是个朝天鼻。"

吴新生取过照片，自嘲地笑了笑，道："改名字以后，要独自在社会上生存。我的五官除了鼻子以外都很漂亮，帅一些总会有好处，所以就动了动鼻子，其他地方没有动。如果你不喜欢现在的鼻子，我改回去就是了。"

情郎没有恶意，也没有欺骗自己，朱琪高兴起来，道："现在这个样子挺帅的，别整回去。"

"还有谁知道我的真实身份？"吴新生表面上说说笑笑，内心却紧缩成一团，一直未能舒展开来。

杨永福失踪四年后，杨永福的姑姑杨国莲作为利害关系人向江阳区法院申请宣告杨永福死亡。法医宣布杨永福死亡后，杨永福在江州便没有了户籍。湖州市明杨县高马镇假户口案爆发以后，警方注销了吴新生在湖州的户口。湖州警方给出的方案是由杨永福向江阳区法院申请解除死亡证明，有了这个证明，就可以重新申请江州户籍。杨永福没有向江阳区法院提出申请，仍然以吴新生的身份活动在江州，没有因为假户口案而受到影响。

终于，假户口案的风波刮到了江州。

朱琪道："我也不知道还有谁知道吴新生就是杨永福，当黄大海把这张照片摆在我面前时，还以为拿到多大把柄。"

吴新生"哼"了一声，道："能有多大把柄？我就是不想自己的伤心事成为别人嘲笑的目标。"

"原来你爸是杨国雄，有做生意的遗传，难怪这么厉害。"朱琪站了起来，来到吴新生的身边，低头吻了吻吴新生。

杨国雄曾经是江州企业界响当当的人物，有不少故事流传在坊间。朱琪在小时候无数次听大人们谈起杨国雄的企业和最后的惊天一跳，只是没有想到，杨国雄的儿子居然成了自己的情郎。她发自内心地喜欢自己的情郎是杨国雄的儿子。

吴新生最熟悉朱琪，见其表情便知道此事过关。他有意在朱琪腰上摸了一把，道："既然你都知道我的真实身份了，肯定会有更多的人知道，我不想看他们的脸色。这一段时间，我到矿上去住。"

朱琪舍不得情郎到山里去，道："谁敢给你脸色，我揍他。"

吴新生道："就算没有这事，我也准备到矿上工作一段时间。长盛矿业，主业是矿，我们不能老在办公室。姓黄的几个人之所以难缠，是因为他们太熟悉各个矿。"

朱琪回到自己的座位，神态恢复了工作状态，道："你有这个志气，我很高兴。准备到哪个矿？"

吴新生道："先到长贵铅锌矿。"

朱琪道："新琪公司和金色酒吧也得有人管着，你不能放手。"

吴新生道："放心吧，这两个地方都有安排。"

商量好细节，吴新生离开长盛矿业大楼。他下楼时，遇到几个长盛矿业的高管。这几个高管依然很热情，不过眼神之中多了一层让吴新生不舒服的意味。坐上汽车，他没有立刻开车，靠在椅子上想了许久。

吴新生的经历远比同龄人丰富，经历了从天堂到地狱的磨炼，对局势有天然的敏感。自己的真实身份在江州暴露，这是假户口案的延伸，他却嗅到一丝不同寻常的意味。

金色酒吧处于沉寂状态，服务员和保安都在休息。吴新生回到办公室后，给肖霄打了电话。二十来分钟后，打着哈欠的肖霄走进办公室。吴新生指了指一道隐蔽的门，将手机放进抽屉。肖霄明白这是什么意思，也将自己的小包扔进抽屉。

推开办公室的密门，里面有一个小房间，房间安装有小床，还设有卫生间。房间有两道门，一道门连通吴新生的办公室，另一道门从来没有开过，直接通向金色酒吧的黑暗角落。从这个角落往前走几步，就是一道通往大街的小门。也就是说，不速之客闯进吴新生的办公室，他可以通过密室和小门，几秒钟就从酒吧来到熙熙攘攘的街道。

这个密室和通道，目前只有吴新生和肖霄两人知道，是他们绝对隐秘的谈事场所。

进入密室，肖霄三下五除二脱下外衣，扑进吴新生怀里："福哥，好想你。"

吴新生抱住了温柔又热情十足的年轻女人，道："有事和你谈，很重要。"

肖霄道："等会儿谈，先来爱我。"

密室隔音极好，肉体的撞击声和没有压抑的呻吟声在狭小的房间内碰撞，最后汇集在一起，强烈爆发。激情之后，两人躺在床上，眼望天花板。

"刚才朱琪找了我，她知道我是杨永福。黄大海那个傻瓜还扔给她一张我小时候的照片。我有两件事情百思不得其解，明杨县高马镇假户口的事早就过去了，直到今天，江州除了你之外没有人知道我的真实身份，为什么突然间黄大海会提起此事？"

"湖州公安局办了假户口案，公安知道你的假身份。"

"我在湖州没有名气，有几十个人弄了假身份，我只是其中一名，没有特殊之处。"

"吴新生的身份证注销以后，你现在还没有身份证，以后会很麻烦。"

"这个你不用操心，既然大家都知道我的真实身份，那么我就准备恢复原来的身份。我在想为什么在这个时间点上，我的真实身份和照片会传到黄大海手上。这是谁传出来的？"

"是不是无意间传出来的？"

"不对，这个世界上没有这么多无意间。我小时候的照片不多，谁能找到我小时候的照片？这个更不能用无意间来说清楚。"

肖霄侧过身，手肘撑在床上，另一只手在杨永福胸前画起圈，道："你是什么意思？"

杨永福道："我感觉有危险。这一段时间，我们什么事情都不能做。我到长贵铅锌矿，到生产一线去了解情况。你一直想学音乐，现在也不缺钱，可以参加培训，然后去考音乐学院。"

肖霄惊讶地道："我还能考音乐学院？"

杨永福道："我记得很清楚，你从小的梦想就是考音乐学院。你才十九岁，音乐基础这么好，当然可以去考音乐学院。这就是有钱的好处，可以按照自己的想法生活。"

肖霄翻身趴在杨永福身上，两眼亮晶晶的，闪着光。"谢谢福哥，我以前从来没有想到我还能考音乐学院。但是，我觉得钱还不够多。"

说到这里，她的身体往下滑。

杨永福眯着眼享受了一会儿，渐渐觉得又有了能力，道："再来一次。这一段时间你去找音乐机构，参加培训，其他事情全部停下来，什么都别做。"

肖霄抬起头，道："那个小家伙已经上钩了，现在放弃，很可惜。"

杨永福摇头道:"安全第一,我觉得风向不对。等过了这一阵风,再说吧。我们给他种了一颗仇恨的种子,我们不再浇水,照样会发芽。"

从密室回到办公室,肖霄离去。

杨永福陷入沉思之中。

湖州市明杨县高马镇假户口案爆发之后,他的真实身份并没有在江州公开,甚至身份证仍然可用。他的真实身份今天突然间被人揭了出来,黄大海还甩出来自己小时候的照片,这令杨永福非常惊讶。不管是谁揭出自己的真实身份,这事都非同寻常。他在朱琪面前云淡风轻,内心却是大受震动。

暂时撤退,静观其变,这是杨永福凭直觉作出的反应。

他拿出一个U盘,插入电脑。这是一段视频,视频第一段是杨黄楠的内容,每天早上,秦玉开车送杨黄楠到学校,目送杨黄楠进入校门以后,秦玉才开车离开。周末,秦玉开车带着杨黄楠到美术培训机构。她没有离开,坐在美术机构的外围,接到杨黄楠以后,开车离开。

第二段是在阳州工业园,在国龙湖边的国龙研究院,有一小段乔亚楠带着儿子侯大吉在草坪玩耍的视频。在玩耍时,有两个保安站在不远处。

正要看第三段视频,房门突然被推开,资深员工阿代冲了进来,道:"吴总,有人闹事!"

此时尚未到酒吧的高峰期,更不是闹事的高峰期,杨永福眼皮跳了跳,道:"谁闹事?"

阿代道:"不认识,很凶的样子,叫嚣着让杨永福出来。我跟他们说这里没有杨永福,他们还打了我耳光。"

是祸躲不掉,躲掉不是祸,杨永福跟着员工走出办公室。杨永福的办公室设置在拐角,且有意设在灯光照不到的地方,所以杨永福如猫一样出现在场中,毫不引人注意。在大堂砸酒吧的七八个汉子都很结实,有着一股凶悍劲,带头的人正是黄大海。

由于痛恨吴新生,黄大海从来不到这个酒吧消费,今天知道了吴新生居然是杨国雄的儿子,怒从心头起,恶向胆边生,特意带着一帮人来砸场子。

"让他们砸,把炮姐叫过来。"杨永福低头交代跟在自己身边的心腹员工阿代。

阿代已经挨了几拳,鼻青脸肿。他年龄不大,为人挺机灵,躲在黑暗处,给绰号"炮姐"的陈小红打了电话。打完电话,他又贴着墙壁走到杨永福身边,道:"吴总,他们是来砸场子的。"

杨永福道:"他们砸得越多,赔得越狠。你跟大包子打电话,让他们过来堵门,不要让一个人跑了。你跟大包子说,他们不要动手,就是正义群众,见义勇为。打完电话,你还到我这边来,我有事跟你说。"

大包子是陈雷的手下,经常到金色酒吧厮混。他们的落脚点就在金色天街不远处,是杨永福有意结交的社会人。所谓吃人嘴软,拿人手短,大包子接到电话后,身边正好有几个在打麻将,一阵呼朋唤友,二十几个混社会的年轻人就从金色天街的各个角落奔向金色酒吧。

炮姐的出租房就在金色酒吧隔壁,接到了阿代的电话,赶紧来到酒吧。

杨永福交代一番以后,继续躲在黑暗之处,没有与黄大海直接接触。自从朱琪成为长盛矿业老大以后,他多次到矿上,与矿工多有接触,眼前砸酒吧的人肯定就是黄大海带出来的矿上的人。

几个强悍的男人从杨永福身边经过,杨永福仍然站在角落,一言不发。

炮姐来到麻将室后,在自己的柜子里找出一件容易撕扯的薄裙子,手脚麻利地换上。她来到场中,直奔黄大海,道:"住手,你们这是违法的。"

一个穿着性感的酒吧女来跟自己谈违法问题,喷着酒气的黄大海伸手推了一把可笑的女人,道:"滚开,让杨永福出来,不要当缩头乌龟。"

炮姐抓住黄大海的胳膊不放,骂道:"你他妈的是谁啊,敢吃老娘的豆腐!"她飞快地朝着黄大海脸上抓去。

黄大海被抓出了血,怒火中烧,扬手打了炮姐一个响亮的耳光。炮姐被这记耳光抽得金星乱冒，站立不稳。她想起老板的重赏，又奋不顾身冲了过去。

酒吧的灯光突然熄掉，黄大海有些不适应环境。他正和那个女人撕扯时，后脑勺挨了重重一击，随即被人用袋子套住。

另一个人凑在炮姐耳边，道："到麻将屋。"

两个身强力壮的酒吧伙计借着门口微光，利用熟悉地形的优势，用啤酒瓶敲了黄大海后，又将其蒙住，用力拉向麻将屋。黄大海这些年被酒色掏空了身体，体力大减，又被啤酒瓶敲得晕头转向，再被蒙了眼，虽然拼命挣扎，呜呜直叫，还是被拉进了麻将屋。

麻将屋外，杨永福借着门口微弱光线，拉住炮姐，低声吩咐道："等会儿灯光亮起来，你就把衣服扯掉，喊有人强奸。警方肯定要问你很多具体的事，你不要乱答，就推说头昏，被吓傻了，记不清楚，然后咬定那个男的撕你衣服，要强奸你。你进去，让那个男的摸你的胸。他手上有血，会留印子。"

整个金色酒吧乱成一锅粥，杨永福站在黑暗角落，静静等待警察到来。这是一起突发事件，他是灵机一动想出这个计策的，顺水推舟，借刀杀人，用来震慑知道自己真实身份且不怀好意的人。

杨永福在极短时间内能想到这个办法，和父亲跳楼之后受过的磨难有关。那一段时间，他换了新身份，暂时没有和杨家、吴家的人联系，一个人在江湖上求生存，残酷现实逼迫他由一个少爷变成一个社会人。

酒吧外，大包子带着二十多人围在门口。他们从附近门店拿来椅子，堵住金色酒吧的大门，不让里面的人出来。

金色酒吧里面的灯光熄灭以后，黄大海带来的人开始往外退，打开门，发现门口全是椅子腿。

派出所副所长施成带着民警来到现场，见到互相推搡的人群，呵斥道："你们做什么？又来闹事！"

大包子点头哈腰地道："施所长，我们没有闹事。我们听说有人在砸金色酒吧，这是来见义勇为，帮助维护酒吧的经营秩序。你不信问问街坊邻居，若说一句假话，五雷轰顶。"

周边看热闹的人不少,有人开始给大包子帮腔,还有人指认往外冲的这伙人。

施成在不久前从梅山派出所调回到东城所,接替了钱刚的位置。钱刚误杀了张正虎以后,精神状态一直不佳,心理始终存在问题,这对工作影响颇大。东城派出所的位置极为重要,抓刑侦的副所长责任尤为重要,钱刚不在状态已经影响了工作。如今,钱刚调到东城分局,任了个相对清闲的职务。

施成来到酒吧门口,酒吧的灯光重新亮了起来。里面的人刚刚适应了黑暗,突然灯光大亮,射得眼睛睁不开。随即警察出现,他们一时都没有动弹。

"救命,有人强奸!"从一个房间里传来女人的喊声。

施成三步并作两步,推开房间门。房间里,一个头发披散着的女人光着上身大喊救命,胸口上还有明显的红手印。另一个中年男人坐在地上,鲜血顺着额头往下流。

施成是老刑警出身,办案经验十分丰富,进门之后,意识到情况严重,马上检查现场执法记录仪,确保录下现场情况。

2008年以前,传统执法主要依靠录音笔、照相机、摄像机与固定监控补充,功能单一,难以提供完整资料,使用细节无法适应警用行业要求,特别是这种密闭小屋里发生的突发事件,几乎没有办法录像记录。

2007—2008年,TCL集团推出了现场执法记录仪,其产品以概念性为主,功能单一,技术性能较低,录像分辨率主要是320×240、640×480,相当于能录像的MP4的功能。虽然效果一般,但是其概念新颖,推出以后受到使用者的欢迎。

到了2010年,行业内陆陆续续出现了录像分辨率为640×480、720×480、1280×720、1920×1080不同配置的产品。在关鹏局长的呼吁和坚持下,江州政府为一线民警配置了执法记录仪。省城阳州分局也有类似配置,只不过他们购买的是多功能执法记录仪。现场执法记录仪和多功能执法记录仪使用方法和性能差不多,只是称呼不同。

施成先让民警将半裸的女人带出,然后走到中年男人面前,道:

"你的头怎么回事？"

黄大海道："被人砸了。"

施成道："谁砸的？"

黄大海低垂着头，道："不知道。"

施成又问道："什么东西砸的？"

黄大海解释道："当时太黑，我没有看清楚。那个女人诬陷我，我没有强奸。有人关了灯，我被人趁黑敲了头，然后拖进门里的。我被敲了头，站不起来，想强奸也不可能。"

黄大海头上血流如注，伤势不轻。施成打量麻将房，没有发现地面上有玻璃碎片和其他带血的适合击打头部的物体，从这一点来看，黄大海说了实话，他不是在此房间被敲的头。

施成安排民警将黄大海带出房间，查验身份，询问情况，准备送医。随后，披了外套的炮姐来到施成面前。

炮姐半边脸红肿，嘴角出血，神情激动地道："那个人想要强奸我，把我衣服撕烂了。"

施成此时已经再次检查了麻将房，确实没有发现打头的凶器，望着激动的女人，道："慢慢说，怎么回事？"

炮姐道："我叫陈小红，平时在酒吧唱歌。我正在房间玩，准备晚上要唱的歌。这一群人冲进来打人，还砸东西。这是我工作的地方，我们挺爱惜，就去招呼他们，让他们别砸。那个男人就打我，还把我拉到这个屋里，撕了我的衣服。"

施成道："你以前见过这个男人吗？"

炮姐道："没有。"

施成又问道："这个男人拉你进屋，是在黑灯前，还是黑灯后？"

炮姐想起老板交代的话，双手抱着头，道："警官，我头痛，真记不清楚了。我只记得那个男人打我，撕我衣服，还摸我的胸。他要强奸我，你要替我做主！"她捂着脸，号啕大哭，一边哭，一边想：如果对方要调解，我要收多少钱。

8月16日，中午时分，肖霄在金色酒吧与吴新生见面之后，驾车离开江州。

她准备到山南音乐学院附近买一套小房子，然后参加培训，争取能够考入音乐学院，实现自己的音乐梦。从2008年父亲生意彻底失败到2010年8月，经过两年的奋斗，她终于拿到了自己的第一桶金，可以暂时休息，实现自己的梦想。这一桶金来得如此艰辛，是一般同龄人难以想象的。她时常做梦，梦到自己的现金全部不翼而飞，在银行的存款变成了零，这是一个比杀死自己更像噩梦的噩梦，每次醒来都会大汗淋漓，心情久久都不能平静。

张剑波和吴雪跟踪肖霄来到阳州。

张剑波坐在小车内，眼看着肖霄进了一家房屋中介，道："肖霄要做什么，看这个样子是要租房子，她是要搬到阳州？按照大利的模型，肖霄是那根鱼竿，如果鱼竿走了，模型还成立吗？"

吴雪开玩笑道："也有可能他们到了休渔期。"

张剑波道："如果有中介带肖霄看房，基本就能证明肖霄要离开江州。吴新生就是杨永福，这个信息刚出来，肖霄就来到阳州，其中有没有关联？"

吴雪道："也许有，也许没有。如果杨永福也有异动，那有关联的可能性就比较大。"

房屋中介店里，中介打开电脑，道："靠近音乐学院的房子要贵一些，还有一些房子，距离音乐学院稍远一些。"

肖霄打断道："就在音乐街，其他地方不考虑。"

中介从音乐街中推了好几套房子，肖霄看中了一套装修比较好的两居室，道："就这一套，我们去看房，如果小区还行，那就定下来。"

房屋中介道："房东原本是要自住的房子，一年以上才算长租。"

肖霄道："条件好，那肯定要一年。"

房屋中介找到房屋钥匙，带着肖霄步行看房。

肖霄跟在房屋中介身后，内心很是感慨。父亲还没有破产前，她每周都要坐公司的车到这边学琴，很熟悉这一带的环境。2008年，大洋那边闹起金融危机，谁知道居然影响到父亲，父亲破产，一无所有，肖霄就从公主变成了最底层的平民。两年多时间，她又背着琴盒回来了。经历曲折，恍若一梦。

山南音乐学院外面就是著名的音乐街，环境和两年前没有什么区别，到处贴着培训班和学习班的小广告，不少学琴的孩子行走在街上。这些孩子和她当年一样，充满对音乐的向往，以为音乐就是生活的一切。

经历过不堪回首的两年，肖霄知道音乐很美好，但是音乐绝对不是一切。

小区环境不错，房间还算新，装修也行，打开窗户就能看见音乐学院的后门，风中隐约有琴声传了过来。肖霄在窗边站了一会儿，对中介道："那我们去签合同吧。"

签完合同，肖霄开车回到小区。她从后备厢拿出简单的行李，左右手各拉一个，还背着琴盒，从中庭前往楼门洞时，迎面遇到了一个帅气高大的年轻人。

年轻人笑得很阳光，道："美女，给我一个助人为乐的机会。"

肖霄停下脚步，道："音乐学院的？大二，还是大三？"

眼前的女子有着别具一格的味道，身背琴盒，年轻人道："眼光还不错，你是来考音乐学院的？"

肖霄道："我想参加明年的考试，正在找培训班。"

年轻人眼睛一亮，道："那你就找对人了。我知道最好的培训班，全是学院教授们在授课。我是大二的，作曲系。"

张剑波和吴雪也来到中庭，停下脚步，看着肖霄和年轻人并肩朝前走，有说有笑。

张剑波道："这个年轻人想泡肖霄。想泡肖霄的人都没有好下场，吴煜、施文强、邱宏兵，全都死无葬身之地。"

吴雪道："肖霄租了房子，还带着行李，是准备在此长住。肖霄在金色酒吧是驻唱歌手，这里隔壁就是山南音乐学院，难道肖霄准备考音乐学院？看来这两年已经赚到了足够生活的钱。"

在专案二组内部，肖霄是一个特别重要的人物，在大家心目中是蛇蝎美人。突然间画风急转直下，肖霄由鱼竿翻身变成了好学上进的学生。这让张剑波和吴雪一时之间都难以接受。侯大利接到电话后，道："执竿人和鱼竿都跑了，我估计和传言有关系。你们继续跟两天，如果确实是在参加音乐学院的校外培训，就撤回来。"

肖霄是8月16日离开的江州。在8月17日上午，杨永福才有离开的机会。在离开前，杨永福仍然和往常一样，陪着朱琪走进办公室。打开办公室门，趁着秘书未过来，朱琪转身亲了亲杨永福，道："你真的要到矿上去？"

杨永福道："长盛矿业主业是矿山，我们这边总得有个专家，我现在不是专家，以后可以成为专家，免得开会时被人欺负。"

朱琪对这个男人喜欢得紧，又迅速亲了亲他的脸，嗲声道："新生，你有志气，这是好事，我就喜欢你这种男人样。但是，你每周必须回来。不陪我过周末，那就是灾难。"

杨永福道："我已经向江阳区法院提交了申请，杨永福没有死亡，又回来了。"

朱琪又抱紧了心爱的人，道："不管是吴新生还是杨永福，你都是我的男人。"

杨永福用力摸了摸朱琪，道："以后，我就用真名字了。"

朱琪道："随便你。"

若不是在办公室，两人肯定会温存一番。听到秘书脚步声后，杨永福便离开了办公室。

告别了朱琪，杨永福的笑容立刻消失。下楼后，他拉开车门，准备到老机矿厂工地去看一看。这时，有电话打了进来，一个尖锐的声音道："喂，在哪里？我在金色酒吧，你过来啊！"

杨永福回头看了一眼长盛矿业大楼，道："大早上，酒吧没人，我还有事，江州，改天吧。"

尖锐声音继续道："老吴，快点过来，真有事找你。"

杨永福道："我是杨永福，不是老吴。"

尖锐声音道："好吧，老杨，赶紧过来。"

真正的身份暴露后，出于躲避风险的本能，杨永福决定立刻到矿口中去，以前的所有计划全部停止。这种本能类似于生活在人类房间里的老鼠，只要听到脚步声音，最本能的做法是躲在角落里，几小时不动。这是老鼠经过血泪实践获得的宝贵经验，危险逼近时，千万别动，这才是最安全的。他接到关江州的电话以后，原本不想理睬，可是，内心深处又隐隐有一丝渴望，经过三个多月准备，悄悄接近了猎物，关江州如今已经进了埋伏圈，这样轻易放走太可惜。

"见"或者"不见"的想法在脑海中激烈搏斗了一会儿，杨永福还是决定到金色酒吧，与关江州见上一面。

金色酒吧在上午10点钟之前不开门，关江州在屋外砸了一会儿门，这才迫使主管阿代过来开门。阿代原本想要发火，见是关江州，让其进屋，道："没有开门，都没有上班。"

关江州脸色苍白，不停打哈欠，鼻涕眼泪也顺流而下，不耐烦地道："我给老吴打了电话，他马上过来。你别啰唆，给我弄包烟。"

阿代没有多说，退后一步，转身给关江州取了一包烟。关江州总觉得酒吧冷风飕飕，又道："关掉空调，大早晨开什么空调，钱多了烧的。"阿代用鄙视的眼光瞧着关江州，道："没开空调。"关江州缩着脖子，自顾自骂了几句，用力抽烟，往日挺有劲的烟此刻寡淡得很，毫无味道。接连抽了好几支，他又骂道："我是老吴的朋友，你他妈的怎么弄包假烟？狗眼看人低。"

阿代在肚子里骂了几句，不再管他，转身离开，将关江州一个人丢在大堂。

关江州觉得浑身不得劲，又说不出所以然，心情焦躁起来，不停给吴新生打电话。

等到终于看到了吴新生，关江州道："老吴，酒吧里卖假烟，一点味都没有。"

杨永福笑哈哈地道："到我办公室，雪茄劲大。还有，我是杨永福，不是吴新生。"

"好吧，你是杨永福，我知道了。"来到办公室后，关江州吸了一口雪茄，仍然觉得没有味道，见杨永福拿喷剂在喷鼻子，只觉得鼻子也开始发痒，抢过喷剂，对着鼻子一阵猛喷。喷过一阵，他似乎觉得身体舒服了一些。

"你这是啥药？给我。"

"鼻炎用的，又不贵。"

"老吴，不，老杨，没想到啊，你居然是杨国雄的儿子。这是传说，还是真事？龙生龙，凤生凤，老鼠生儿打地洞。"关江州鼻子一张一合，调侃起杨永福。

"你这是什么意思？"杨永福冷眼看着关江州。

关江州身体似乎舒服了一些，笑嘻嘻地道："我没有别的意思，杨国雄老总可是叱咤风云的一代企业家，开创了江州的摩托车产业。为摩托车配套服务的厂家也是一家接一家，养活了多少人。这些都拜老杨总所赐，没有他，就没有江州的摩托车行业。你如果真是杨永福，那我就得尊称一声福哥。"

关江州年龄比杨永福要小，平时总是一口一个"老吴"，尽管他没有产业，钱包总是空的，可是"根正苗红"，从内心深处鄙视这个靠着朱琪起家的"小白脸"。如今得知"小白脸"居然是杨永福，心态顿时改变，杨永福家境败亡，靠着女人起步，那就是能屈能伸的好汉。

杨永福慢慢修理雪茄，道："你怎么知道我是杨永福？"

关江州道："好几个场合都在传这事，这在江州是公开的秘密，估计只有我才来当面问你。你是杨国雄的儿子，甘心靠着女人往上爬。"

杨永福停止修理雪茄，靠在椅子上，眼神慢慢变得桀骜起来，道："破产之后，一无所有，在这种情况下，想要白手起家，那得靠奇迹，还需要时间。我不想苦哈哈地当牛做马，你如果遇到我这种情况肯定也不想。靠着朱琪往上爬，这只是你的说法，准确说法是利用了我的现有条件，达到了最佳成果。朱琪算是美人吧，我享受了美人，让美人心甘情愿为我投资。与此同时，美人也享受了我，还能得到投资回报。我觉得这不算丢丑，穷困潦倒才给杨家人丢丑。"

关江州原本还带着调笑的意味，听了杨永福这几句话，收敛了笑容，道："我若遇到这个情况，也愿意靠女人，这不丢脸。"

杨永福道："你是关家老三，天之骄子，现在过得很不如意吧。你要为自己早做打算，晚一步，步步亏。"

关江州道："你知道我家的事？"

杨永福道："我爸曾是江州大老板，围着我爸的人多了去。太阳底下没有新鲜事，你们家里的那点破事，我看得明明白白。别打岔，你是家中老三，上面有一个哥哥和一个姐姐。你妈很宠你，从小娇生惯养，小学、初中成绩差得一塌糊涂，没有考上高中，到国外镀金。你就在国外混了几年，回来后就更是一个废物。这样说有点残酷，但事实就是这样。你大哥关江山，读了中专出来，学历不高，从工地干起，如今是分管业务的副总，手下一大帮兄弟。我是新琪公司老总，对建筑业不陌生。你别瞧不起建筑中专，你大哥是踏踏实实学了三年，又跑了几年工地。你的业务能力和关江山比起来，一个天上，一个地下。再说你二姐关江丽，山南大学会计专业，这是山大的王牌专业，如今管着公司财务，你那点水平，能和你二姐比？"

以往，吴新生在关江州眼里就是拼命往上爬的"于连"角色，还是一个喜欢花钱充冤大头的小白脸，关江州在其面前很有心理优势。此时，吴新生摇身一变成了杨永福，尽管杨国雄已经跳楼，关江州的心理优势还是瞬间消失，老老实实地道："我出国就是个错误，我爸不知道喝了什么迷魂汤，现在居然想让我到建筑公司去当业务员，这是人干的事情吗？"

说到这里，关江州打了个哈欠，流出一股清鼻涕，神情明显焦躁起来。

杨永福观察着关江州的身体状态，道："如果亲妈还在，你的处境肯定会好很多，根本就不必着急。现在的情况是你妈走了，大哥和二姐在公司占据关键位置，家里还有一个比你大不了几岁的后妈。如果后妈再生一个，你在家中更没有地位。你必须得想办法，否则这个家压根儿就没有你的位置。我爸死了，我们家经济困难，但是，家还在，还有东山再起的可能性。我妈病死，我家就彻底完了。"

关江州骂道："都怪那个女人，否则我妈也不会被气死。我爸这样对我，就是那个女人挑拨离间。每个月只给一万块钱生活费，真想得出来！"

杨永福叹了口气，道："我说句实在话，也不能怪你后妈，决定权还在你爸手里面。你毕竟留过学，肯定比国内的土包子见多识广，给你一个公司，你绝对不比你大哥和二姐要差。关键是你爸要给你机会。你为人豪爽耿直，认识的朋友多，包括我的新琪公司、朱琪的长盛矿业，大家都是哥们儿，随便扔点事情给你做，绝对赚钱。我改了名字，整了鼻子，回到江州时是一无所有，但是我有我爸的基因，商业那点破事，从小都熟悉，还能难倒我？你应该比我要强，毕竟留过学，眼界不一样。"

关江州略微迟疑，道："你说的是真话，没有忽悠我？"

杨永福道："同是天涯沦落人，为什么要忽悠你？新琪公司拿到了老机矿厂的地盘，盘子大。你如果有公司，扔两幢楼给你，这有什么问题？可惜，你啥都没有，我想帮你，也帮不了。"

关江州握紧拳头，用力捶打在桌上，发出"砰"的一声："他不仁，别怪我不义。"

"这个社会很操蛋，饿死胆小的，撑死胆大的，你不放手搏命，到时候会穷得裤子都没有。我就是一个现实例子，没有钱的时候，生不如死。"杨永福摸了摸自己的鼻子，道，"我后来连鼻子都去做了，整得人不人鬼不鬼，你以为我想做吗？不想，为了生存，还必须得做。"

两人相谈甚欢，临走前，关江州从杨永福手里拿了五千块钱。

阿代在大堂遇到了关江州后，隔了几分钟，来到杨永福的办公室，道："老板，关江州不对劲。"

吴新生道："什么不对劲？"

"他脸色不对劲，鼻涕泡，打哈欠，容易激动，易怒，应该是吸上了。而且，他本人似乎不知道，是暗中着了道吧？"阿代长期在金色酒吧，见过不少瘾君子，对瘾君子的状态很了解。

杨永福慢慢地道："开酒吧，就得和这些人打交道，这是没有办法的事情。你要有警惕性，别轻易中招，中了招，这辈子就玩完了。"

阿代道："老板放心。我从来不在酒吧喝水、喝酒、喝咖啡、喝果汁，实在想喝，就到外面小卖部买瓶没有开封过的矿泉水。我也不沾零食，从来不吃。"

杨永福道："那就好。这一段时间，我要到矿上去。你负责酒吧，平时有事就给我打电话。你帮我看住酒吧的人，凡是沾了这些东西的人，绝对要赶走。至于客人到酒吧做什么，只要和我们无关，那就别管，睁一只眼闭一只眼，顾客是上帝嘛。"

"我明白，老板一百个放心。"负责酒吧，薪水要比当主管时高上一大截，而且还有些隐性收入，阿代自然高兴，赶紧表决心和忠心。

杨永福花了不少精力和钞票在金色酒吧，酒吧的复杂环境有利于结交想要结交的人。暂时离开江州前，给关江州内心种了一颗毒种子。内毒和外毒同时发作，关江州不死也得脱层皮。

至于关江州如何祸害家里人，那就不在杨永福管控范围内了。

第五章
徐静之死迷雾重重

关家别墅，关江州斜躺在沙发上，不停地打哈欠。到了现在，他已经意识到自己出了麻烦，应该是误食了毒品。准确来说是被人做了局，他在毫不知情的情况下，染上了毒品。

十几天前，有 天晚上喝了特别多的洒，然后疯了一个晚上。第二天，他身体特别难受，还以为是昨天喝得太多玩得太疯的原因。后来开始打哈欠、流鼻涕，总觉得身体里有无数小虫在爬，难受得不行。

隔了两天，关江州又疯狂了一次。

这以后，关江州身体出现了明显状况，焦躁不安，脸色潮红，浑身难受。那种难受的感觉无法用语言形容。难受劲过了以后，他走到街上，遇上了一个瘦得不正常的年轻人向他兜售跳跳糖。年轻人直言："都是道中人，你就别装了。现在不买，等会儿你会特别难受。"

关江州买下一些跳跳糖之后，赶紧回到罗马小区。新买来的跳跳糖包装上印有"酸酸甜甜跳跳糖"字样，与普通跳跳糖没有差别，与橙汁一起喝下，没有其他异味。当身体再次难受时，关江州喝下加入跳跳糖的饮料，血液似乎燃烧了起来。

等到清醒过来之时，关江州苦思冥想，也想不起自己在何时何地中招，更想不出谁会害自己。

"关江州，你爸给我回了电话，他今天有事，很晚才回来，叫你明天过来。"站在关江州面前的是一个三十岁左右的女人。女人叫徐静，从辈分论起来，应该是关江州的继母。

关江州没有出声，拿出手机，给父亲打电话。手机打通，仍然无人接听。

徐静解释道："你爸在和几个老总谈事，不方便接电话，刚才是你爸上厕所的时候，给我回的电话。"

关江州站起身，愤愤地道："儿子见爸爸，还需要预约，天下哪有这个道理？"

徐静是羽毛球运动员，退役十年后，依然保持着苗条匀称的身材。她俯视关江州，道："不是预约，是你爸实在太忙。等他晚上回来，我跟他说，让他明天10点以后出门。你要找他，就早点过来，否则你爸出了门，时间上又确定不了。"

关江州没有见到父亲，愤愤而走。

凌晨1点，关百全回到家。喝着妻子递过来的银耳羹，道："那个小浑蛋找我有什么事？"

徐静道："他没有跟我明说，我听江山说起过，关江州能接到两幢楼。他想要启动资金？"

关百全放下银耳羹，道："什么楼，谁的楼，他凭什么接楼？"

徐静道："听说是接新琪公司在老机矿厂的楼盘。关江州回来这么长时间，在外面飘着也不是办法，我觉得应该给他这次机会。"

关百全叹了口气，道："我给了老三好多次机会了，每一次，都把事情干得糟糕透顶。不是出差错，简直就是有意破坏。他必须从基层做起，否则不堪大用。老大和老二都是从基层做起，一步一步升起来。他在国外混几年，回来就要做高层，没有这么容易。还有一点要注意，我们公司不要和新琪公司发生关系。新琪公司的'新'是指吴新生，吴新生就是杨国雄的儿子杨永福。朱琪又是黄大磊的妻子。这两家以前都和黑社会有牵连，君子不立危墙之下，我们不能和他们有生意上的往来。"

徐静道："这么严重？"

关百全道："唉，江州的水太深，不得不小心。"

徐静道："明天关江州还要找你，你别走得太早。还有，他给你打了这么多电话，你再不方便，也得找机会给他回一下。我看他的眼神，还以为是我不准你和他见面。"

关百全把头伏在妻子腹部，道："你别操心这些事了，我明天和老三见面。"

8月18日上午，关百全等到10点，还没有见老三出现，气冲冲离开家。徐静追了过来，道："百全，再等等吧。"关百全恼火地道："不等了，今天事情还多。"

10点20分，关江州开车来到别墅，找到了徐静，道："我爸在哪里？说了要等我。"

徐静无奈地道："你爸等到了10点，然后开会去了。"

关江州又急又气，道："我就晚来了一会儿，他都不等。那我到办公室找他。"

徐静劝道："你爸有个很重要的会，最好别去打扰。"

关江州怒道："徐静，你没安什么好心，自从你来到我们家，我们家就鸡犬不宁，儿子要见爸爸，居然还要你来管。他妈的，这没天理。我今天就要到公司，你管不着。"

关江州驾车直奔父亲的公司。

关百全正在和几个心腹开会，谈及近期遇到的棘手之事，气氛凝重。门外传来了喧哗声。随后，办公室女秘书轻手轻脚进门，俯在关百全耳朵边说了几句话。关百全压制住内心的火气，走出会议室，站在走道上，冷冷地瞧着正在吼叫的小儿子。

在父亲积威之下，关江州放开了另一位办公室女文员的胳膊。走进父亲的办公室，关江州放低了声音，道："爸，昨天我来找过你。"

关百全道："我知道。"

关江州道："原本约好，今天上午我到家里来。"

关百全态度依然冷冷的，道："等到10点钟，你还没有来，是你失约。我在开会，有什么事情，赶紧说。"

关江州简约讲了准备接杨永福的两幢楼，用祈求的语气道："爸，这两幢楼不算大项目，就当我练练手。我肯定会把这两幢楼修完，这样对江州建筑领域就有了基本了解。这是一个练兵的好机会，我想做。"

关百全不客气地道："你脑子被驴踢了吧。要想练手，我们公司今年开发的项目很多，没有必要从别人手里拿项目。你要想一想，我为什么不拿项目给你。原因很简单，你到国外白混了几年，啥事都不会。如果你真想做房地产，那就到秦阳项目部去。你不懂技术，那就到项目部办公室工作，学会与政府机构打交道。"

"我跟杨总谈好了，这两幢楼让给我来修。"关江州急于做两幢楼，很重要的原因就是缺钱。以前也缺钱，但是不紧迫，可是误食毒品之后，花钱多，对金钱更为渴望。如果能完成两幢楼的项目，那就能解燃眉之急。

关百全如看傻子一样看着老三，道："杨永福为什么要对你这么好？"

关江州道："我和杨总是哥们儿。"

关百全忍无可忍地道："够了，这事免谈。我警告你，以后不要和杨永福来往。杨永福是杨国雄的儿子，我和杨国雄有矛盾，这是明摆着的事情。如今杨国雄的儿子靠着女人上位，给你点小恩小惠，我不相信有这种好事。你要真想做事，就从最基层的岗位做起，你哥和你姐都是这样。"

关江州道："我需要钱。"

关百全道："每个月一万块钱，够花了。"

关江州道："我交了女朋友，这点钱不够。"

关百全不想再听老三鬼扯，道："你把女朋友带回家，让她跟徐静谈。如果真是合适的对象，我可以考虑增加生活费。我再次警告你，别和杨永福纠缠。我和他爸结了深仇。"

父子最终不欢而散，关江州离开的时候，女秘书远远地站在一边，不敢靠近。关江州刚从国外回来后,曾在公司总部上过班。他喝酒以后把不住性子,带着喝得烂醉的办公室女文员去开房。事后,女文员找到徐静哭诉,准备到公安局告发。经过徐静调解,还赔了一笔钱,总算把事情压下去。这事以后,关百全对留洋归来的老三格外失望,看着就烦。

离开父亲的公司,关江州暴躁起来,猛踩油门。

回到罗马小区不久,关江州又难受起来,喝过了跳跳糖水,终于缓过劲来,从地上爬起来,擦掉了鼻涕,用力踹桌子:"徐静,你不仁,别怪我不义。你断我财路,我要你老命!"

一直以来,关家三兄妹都觉得如果不是徐静强行出现在爸爸身边,他们的妈妈不会病亡。如今关江州染上毒,急需用钱,徐静更成为自己赚钱的绊脚石。新仇加旧恨,关江州杀心大起。

关江州以前在国外的时候,认识一个有着特殊癖好的朋友,他收集了很多国外的凶杀案例,还经常与关江州等人分享。这些凶杀案例千奇百怪,有的作案手法匪夷所思。他给朋友发了邮件,过了不到一小时,朋友把邮件传了回来,邮件里有一个大大的附件。

打开附件,哈欠又起。关江州再喝了跳跳糖水后,挑中了一个案例,细细研究,直到将整个过程完全弄明白。他决定先去弄清楚父亲的行程,只有等到父亲不在江州时,计划才能顺利实施。

8月18日上午9点,侯大利驾车来到省公安宾馆,参加为期两天的培训。

参会的人不多,会议开得非常扎实。

上午,各级领导提要求、交代任务、通报省公安厅命案积案各个小组的进展情况。

下午,第二组组长侯大利和第七组组长林海军分别汇报破案经过。省公安厅命案积案专案组共分为七个小组。在不到一个月的时间里,专案二组侦破了湖州系列杀人案,专案七组成功追逃两人,来了一个开门红。这一次会议的明星人物就是侯大利和林海军。两人讲完之后,再由参会人员提问。参会人员都是侦查战线的高手,对湖州系列杀人案为什么要重新确定侦查方向最感兴趣，一直追问这个关键环节。侯大利熟悉湖州三案每个细节，讲完"沙发上的血滴""受害者妻子对受害者很冷漠"等细节之后，赢得了热烈掌声。

8月19日，省刑侦总队刑侦顾问授课以后，来自公安部的两位刑侦顾问为参会人员授课。

其中一位刑侦顾问是大法医，讲课深入浅出，内容极有针对性。侯大利运笔如飞，记下首席大法医的讲话内容："现场分析是从命案已经发生的结果入手，运用逆向思维，分析判断案件发生时的初始状态。现场分析的真正任务不是简单的影像式反映现场，不能单纯镜面反映，而要经过感觉、印象进行思考，逐步了解现场各种事物的内部矛盾，了解它的规律性，了解此现象和彼现象的内部联系，从而作出准确的判断，掌握事物的本质，达到揭示现场真相的理性认识。"

类似理论在大学里学过，只是当时没有实践，对其理解不深不透。这些年侯大利接触了大量案件，再来听理论，便听懂了理论的针对性和对现实工作的指导性。

"现场勘查一要全面，不仅要勘查第一现场，还要勘查可能存在的第二、第三现场，不仅要勘查中心现场，还要勘查外围现场，不仅要勘查主体现场，还要勘查关联现场……二要深入，不仅要勘查物体表面，还要勘查物体的里面，不仅要肉眼勘查，还要运用现代技术器材进行勘查，不仅要在现场进行勘查，必要时还要提取检材进行实验室检验，不仅要检查衣着、尸表，还要对尸体进行解剖，做法医病理组织学检验……三要真实……"

大法医讲完，侯大利整整记了二十页，打了十几个着重号。

会议结束，省刑总老朴把侯大利叫到身边，道："不到公安宾馆吃饭，那边的饭菜不好吃，没味道。到刑总伙食团吃饭，伙食团的面好吃，超级牛。你是刑总的人，却几乎没有在刑总待过，今天我请你参观你的单位。"

来到省刑总办公楼，老朴带着侯大利将所有能走的楼层走了个遍，然后到一楼餐厅。办公楼里人不多，有些冷清。到了一楼餐厅，刚进门就听到说笑声，二三十人在餐厅吃饭，三三两两围坐在一起。

侯大利的编制已经到了省刑总，只不过没有到省刑总工作，直接进入专案二组前往湖州。今天跟着老朴来到伙食团吃饭，见到的大多数是陌生同事。老朴把折扇放在桌上，每当有同事过来打招呼时，便拿起来扇一扇，扇了几下，指着侯大利道："这位就是侯大利，专案二组组长，湖州三案就是他率队破的，来了一个开门红。今年山南政法大学刑侦系案例集，也选了他办的案子。"

"哦，你就是小神探，久仰久仰。"

"我看过案例集，不错啊！"

"今年湖州三案办得漂亮，专案结束后，干脆到我这里来。"

…………

侯大利整个吃饭过程，不停被打断。老朴很有耐心，得意扬扬地介绍侯大利的"事迹"，反复叮嘱道："这是我的小徒弟，你们要关照啊！"

等到来人寒暄离开后，老朴就详细介绍来人职务、特长以及性格特点。等到该打招呼的人都来打过招呼后，老朴又叮嘱道："有人的地方就有江湖，不管是在刑警中队，还是在总队，都是这样。你不仅要把业务办好，为人处世也要练达，这样才能走得远。我不是让你无原则地讨好和迁就别人，最重要的是你要形成自己的风格，有了风格，别人才会尊重你、理解你，甚至原谅你的小错误。比如我，形成风格后，失去了不少，也获得了一些小特权。其他人不能犯的没有涉及原则的小错误，我犯了，领导就说'是老朴啊，算了'。"

侯大利真诚地道："明白，师父。"

老朴拿起折扇，用力扇了一下，道："孺子可教。别把师父挂在嘴上，要记在心上。"

晚饭后，侯大利来到老朴办公室，关门细谈杨帆案和白玉梅案，深入探讨了鱼竿模型，直到晚上10点，这才各回各家。

两天培训，时间虽短，侯大利极有收获。

回到江州，命案积案二组继续开展调查走访工作。卷宗慢慢变厚，一条条线索被找了出来。其中有一条线索引起了侯大利的注意。在其参加省厅培训期间，江克扬和秦东江来到江阳区文化馆，得知1985年搞过一次江州、湖州、秦阳三市的联欢晚会。晚会上，一名来自三线厂的文化工作者表演了口技，引得满堂喝彩。《江州文艺志》上只有简单记录，没有说清楚是哪一家三线厂，文化馆老馆长记得演出者当时四十来岁，却不知姓名，现在追查起来很困难。

命案二组以口技为线索，查了两天，一无所获。

8月24日晨，侯大利正在刑警老楼健身房锻炼身体，接到宫建民的电话。宫建民声音低沉，道："刚刚接到报案，徐静死了，她是关百全的老婆。陈阳和滕麻子已经去了现场，我跟着去。关百全是江州有名的老板，你过来看一下。"

侯大利道："又一起！死因是什么？"

宫建民道："死因不明。"

侯大利道："我马上过来。"

越野车来到金山别墅时，关百全的别墅已经被围上了警戒线。

警戒线分三层，警戒线第三层是别墅区的住户以及闻讯而来的记者。

第二层警戒线和第一层警戒线的区域是作为指挥区域，宫建民、侯大利、陈阳等指挥员位于其中，还有吴雪、张剑波和戴志等待命的民警。

第一层警戒线有重案大队长滕鹏飞、重案三组张国强等人。法医室主任李建伟、法医张小舒以及勘查室小林、DNA室张晨等人则进入别墅内部区域。

在关家别墅外围还有侦查员调查走访附近的居民，调取金山别墅及周边的所有监控视频；另一组侦查员调取徐静、关百全、关江山、关江州、关江丽等人的通话记录。

关家别墅是十年前的样式，纯粹欧式风格。园内植被良好，繁花盛开。开花植物的品种很多，更有一些珍稀品种。

宫建民脸色阴沉地问道："谁报的警？"

陈阳道："清洁阿姨。清洁阿姨说，死者徐静每天都要锻炼，有时在院子里跳绳，有时会在小区里跑步。清洁阿姨和往常一样，在死者锻炼时进屋打扫卫生。今天她进屋，发现徐静还躺在床上。正要退出，她又多看了一眼，发现徐静不对劲，脸上没有表情，五官扭曲。惊吓之余，清洁阿姨便给关江山打了电话。关江山住得很近，过来看了以后，立刻报警。"

宫建民道："清洁阿姨、花工和关江山有没有碰现场？"

陈阳道："老谭问过他们，都说没有动过现场。三组的人在给他们做笔录。"

宫建民道："我们走一圈，看看情况。"

侯大利、宫建民和陈阳等人沿着第一道警戒线外围走了一圈。别墅外面的阳台、窗口、空调室外机和下水管表面尘土保持完整，没有脚印、手印和擦痕。在别墅角落有一个狗屋，狗屋有一道高大铁栅栏，一条黑背狼狗趴在铁栅栏前，伸长舌头，面无表情。

宫建民指着狼狗，道："昨夜，狼狗被惊动没有？"

陈阳来得最早，知道的情况多，道："别墅面积大，清洁阿姨和花工常住底楼。昨夜，两人没有听到狼狗叫声。平时是花工照顾狼狗，他说这条狼狗很护家，只要有外人靠近，就凶得很。"

宫建民道："狼狗有没有异常反应，比如吃了带有安眠药的食品？"

陈阳道："没有发现异常，狼狗活动正常。"

宫建民问道："院门正常，别墅的门窗从外观看起来正常，狼狗没有异常，是否可以说明没有外人进来？"

陈阳道："室内现场勘查还没有结束，结束以后，才能判断。"

宫建民看了看手表，又问道："关百全回来没有？"

陈阳道："关百全在岭西，正在朝这边赶。他出差好几天了，在和岭西那边谈项目。"

侯大利在重案大队之时，遇到大案，总是和勘查人员一起进入现场。此时身份变了以后，便没有在第一时间进入现场，而是耐心等着刑事勘查技术人员和法医处理第一现场。杨国雄临死前咒骂过的人很多，关百全是其中之一。这份名单里的人仿佛真被诅咒一般，家里纷纷出事，如今轮到了关百全。这是侯大利得知徐静死亡时的第一反应。他随即又告诫自己：不能先入为主，一切以现场说了算。

一小时以后，法医主任李建伟和法医张小舒从别墅内走出来，来到几个指挥员身边。

宫建民道："什么情况？"

李建伟道："死者徐静的尸僵已经在全身各大关节形成，死亡时间在晚上10点左右。如果要进一步明确死亡时间，还要查一查胃容物。"

宫建民道："死亡原因？"

李建伟稍有犹豫，道："死者徐静曾经是运动员，后来得了病毒性脑炎，治好以后，留下了癫痫的后遗症。从尸表来看，无掐痕，也无电击痕迹，右手手背有些瘀斑。从感觉来看是猝死。"

侯大利眉头紧锁，道："确定是猝死吗？能够排除他杀吗？"

李建伟道："在没有尸检前，不能排除他杀。"

张小舒欲言又止，忍了一会儿，还是道："李主任，我觉得嘴唇的伤有些可疑。"

李建伟道："癫痫发作时，死者习惯性咬手指，还用手去抓脸，有些伤痕也算正常。当然，最后结果，还得看尸检和毒化检验。"

宫建民有些急躁，道："法医都出来了，小林还没有出来？"

李建伟道："别墅房间多，他们去检测其他房间了。"

又等了一个小时，勘查室小林和小杨这才出来。宫建民、侯大利、陈阳等人戴上口罩、手套、脚套和头套，进入第一道警戒线。滕鹏飞站在客厅，习惯性用力搓脸，没有和进来的诸人打招呼。这是他陷入沉思时下意识的动作，宫建民等人都熟悉他这个状态，没有打扰他。

别墅一层是客厅、饭厅、厨房，两间老人房分别是花工和清洁工使用。二层是关百全夫妻使用，还有一间麻将室和茶室。另外还有一个房间是儿童房。

几名指挥员停在了儿童房前。清洁阿姨跟在警察身后，不停抹眼泪："这是小徐准备的儿童房，小徐怀孕两个月了，天天都想着娃儿出生以后的事，这个房间布置了好多次。我跟小徐说不用布置得太早，免得沾灰。小徐说要提前买家具，就算是实木的家具也有甲醛，早点买回来，甲醛好散发。"

宫建民一张脸绷紧了，道："徐静怀孕了？"

清洁阿姨道："怀了。小徐是多好一个人，说没就没了。关老板回来，不知道该有多伤心。"

侯大利一颗心往下沉，直觉告诉他，这又是一次鱼竿模型。作为省公安厅专案二组组长，其说出来的话多多少少会影响案件的走向。在现场时，他沉默寡言，没有轻易评价，也没有表态。

徐静已死，腹中婴儿也才两个月大小。可是走过儿童房时，大家下意识轻手轻脚。

过了儿童房，他们来到徐静夫妇卧室。

卧室仍然开着空调，凉飕飕的。室内有一张一米八的实木大床，床上仰卧着一个女子。女子面容扭曲，脸色发绀。

李建伟稍稍拉开被子。女子身穿半透明睡衣，睡衣完好，没有破损，也没有脱落。死者左前臂弯曲，手掌半扭，放在嘴边。下嘴唇和手掌都有血印，手背上有瘀斑。右手位于身侧，向上伸直。死者身材修长，手臂比一般女子结实。

法医张剑波原本在队伍靠后的位置，见到尸体以后，走上前，问道："施行过抢救措施没有？"

李建伟道："没有。张小舒来得比救护车要快，进屋后，发现徐静已经死亡。120来了以后，看了一眼就离开了。现场没有被破坏，保持了原状。"

张小舒道："我过来的时候，尸僵已经形成。"

李建伟道："滕麻子问过基本情况，昨天晚上，别墅有三人，徐静、清洁工和花工，清洁工和花工都是关百全的亲戚。据清洁工和花工的回忆，昨天晚上，徐静大约在10点上床。徐静上床后，清洁工和花工怕吵着主人家，一般都回自己房间。"

张剑波按了按尸斑，尸斑没有褪色，再叩击颅骨，没有破响声。

李建伟和张剑波都是法医，经常在一起开会，曾有过多次合作经历。尽管李建伟的资历比张剑波要深，可是在张剑波面前还是挺谦虚，道:"剑波主任,死者患有癫痫,发病时有可能自己咬了手掌,弄伤了嘴唇。从尸表来看,不能确定死因,尸检以后再来确定。"

张剑波点了点头,道:"确实如此。"

一般癫痫发作时通常会出现唇部重复动作如伸舌头、咀嚼等。除了口部动作,还有手势性自动症,患者会无意识地重复某些简单的动作,比如搓手摸口袋、玩弄手中物品等。除此之外,一般的癫痫患者在发病前还会出现情绪上的波动,一些患者在发作前会出现抑郁、发怒等情绪变化。

门外响起了汽车的声音,不一会儿,脚步声传进屋。脚步声最初急促,随后变得缓慢,到门口时安静下来。关百全站在门口,眼睛直直地盯着床上已无生气的妻子。

宫建民站在关百全身边,道:"关总,请节哀。"

"徐静怀孕了。我想知道死亡原因,是生病,还是被人害了。"关百全握紧拳头,脸绷得紧紧的。

支队长陈阳道:"关总,现在还无法确定,尸检和毒化检验之后,才能得出结论。"

关百全如被开水烫到,身体下意识地抖动,道:"你说什么,还要解剖?"

陈阳道:"这是为了查出死因,请理解。"

关百全道:"必须要解剖才能查出死因?"

陈阳道:"是的,这是科学,也是我们的办案要求。"

关百全眼角慢慢渗出泪滴,道:"小徐最爱美了,肯定不希望被解剖。"

宫建民劝道:"关总,希望你能理解。"

关百全闭上眼,道:"解剖以后,会缝起来吧。如果要缝起来,要缝得漂亮一些。哎,当初小徐嫁给我,小徐的爸妈都反对。现在小徐死了,我怎么向她的爸妈交代?"

宫建民道:"小徐爸妈什么时候到?"

关百全道:"小徐家在东北,她爸妈还在机场。"

宫建民道:"小徐有没有仇家?"

关百全道:"小徐是东北人,在江州能有什么仇家。我做生意嘛,得罪人是少不了的,但是,没有什么非得下狠手的仇家。"

张剑波道:"关总,你妻子平时有什么疾病?"

"小徐以前是运动员,身体挺好的。后来得了脑炎,治好后留下了癫痫这个后遗症。这两年,小徐保养得很好,没有发过病,所以,我们才要了小孩。"关百全仰头,不让泪水流出来。

张剑波道:"你妻子发病前和发病时有什么症状?"

关百全又仰了一会儿头,这才道:"发病前,她没有什么症状,往往是突然就发病了。发病时,她和其他癫痫病人差不多。小徐身体好,有两年没有发病了,以前发病的次数也不多。"

张剑波道:"你妻子发病时有咬手掌的情况吗?"

关百全道:"有过,她有两次把手掌咬得血淋淋的,和这次差不多。两年没有犯病了,为什么突然犯病?我晚上8点还和她通过电话,那时候,她还好好的。"

张剑波道:"发病时,你妻子呼救,或者有能力给清洁阿姨和花工打电话吗?"

"以前发病都很突然,会在短时间内失去行动能力,我估计小徐当时发病太急了。"关百全用力拍了一下脑袋,格外懊恼地道,"我如果不去开会就好了,我在身边,小徐就算发病,也不会出事。"

张剑波问的这些话,也正是李建伟想要问清楚的。关百全所言,基本符合李建伟的判断。

当关百全说出懊恼之言时,侯大利感同身受,往常的那种懊悔似乎从心底涌出。杨帆遇害后,"如果我不去吃饭,送杨帆回家,就不会出事"这个念头时常出现在脑海中,成了他的心病。直到大学毕业,他才努力将这个念头压在内心深处。但这个念头犹如被压在五指山下的猴子,虽然被压住,却没有死去。

侯大利知道关百全必然会在很长时间内对自己离开徐静追悔莫及。从理性上来看,关百全出差是正常的事,一个企业老总不可能一直守在家中。理性归理性，这个念头很顽强，会绕开理性，种在关百全的心中。

现场勘查完毕，尸体被送到殡仪馆进行解剖。

侯大利回到刑警老楼，召集专案二组开会，研究此案。由于关百全的妻子徐静死亡，正在轮休的江克扬、樊勇和秦东江结束轮休，赶了回来。

人员到齐，侯大利道："我看了现场，现在还无法判断是正常死亡还是非正常死亡。"

樊勇惊讶地道："去了这么多精兵强将，难道还判断不出是正常死亡还是非正常死亡？"

张剑波道："我看过尸体，还听关百全讲了徐静发病的情况，确实存在模糊的地方，还得等到解剖以后再作结论。"

"我们暂时以非正常死亡对待此事，有备无患。"侯大利在开会时一直强调徐静之死是不是非正常死亡还无法判断，但是在其内心深处，有一个很清晰的声音，徐静是非正常死亡。这不是来自证据，而是大量调查之后形成的侦查直觉。

侯大利先打开投影仪，调出了那份被诅咒的名单，道："这是专案二组内部的讨论，我就讲点没有得到证据支持的想法。侯国龙、丁晨光、秦永国、夏晓宇、黄大磊、张大树、李兴奎、程宏民、关百全、李明全，这十人是杨国雄临死前经常咒骂的人。估计是杨国雄当时骂得特别厉害，其身边人在多年后都还记得这十个名字。从杨国雄自杀到现在，这十人中有一大半都有亲戚受到伤害。侯国龙的亲戚暂时没有受到伤害，但是杨帆于2001年10月遇害，杨帆遇害最主要原因是代我受过。周涛遇到这事，也极有可能是代我受过。目前，可以确定丁晨光的女儿遇害不是杨永福所为。夏晓宇单身一人，没有听说有受到伤害的亲戚。黄大磊被炸死，也与杨国雄没有关系。程宏民的亲戚没有听说有重大事故发生。但是，其他人的亲戚都出过事。李明全的外孙曾经被摩托车撞击，命悬一线，这是2001年8月的事。李兴奎的妹妹李兴梅在2002年被人捅伤脊柱，瘫痪，坐轮椅，一直没有找到凶手。李兴奎的儿子李小峰涉嫌杀人。张大树的女儿张冬梅被丈夫邱宏兵杀害。关百全的妻子徐静怀有身孕，死在床上。另外，秦永国的弟弟秦永强在矿井出事。这个矿井很特殊，秦永国的矿和杨国雄的矿在资源上有重叠，双方火并了几次。我怀疑白玉梅之死也和此有关。"

参战侦查员尽管知道鱼竿模型，也知道被诅咒的名单，一个个案子摆出来时，仍然被震住。

"今天算是一个务虚会，我抛出事实，你们谈谈想法，畅所欲言。"

侯大利在刚刚进入警队之时，以超强的记忆能力侦办了在刑警二中队遇到的第一起刑事案件。超强记忆力在以后的工作中也给了侯大利很多帮助。等到侯大利领导重案一组侦办数起大案以后，他真正明白案侦工作是集体作战，靠系统取胜。离开了系统，超能力没有用处。在领导重案二组以后，他格外注意集体力量，有意无意淡化了自己本身的能力。

秦东江道："实话实说，我最初对鱼竿模型和被诅咒的名单还不以为然，抱有怀疑，因为这完全是案件罗列，没有证据支撑。但是，邱宏兵、李小峰出事不久，关百全的妻子又出事，再说这是偶然发生的，有点说不过去。鱼竿模型如果真的成立，那么杨永福就是利用和放大了人的内心阴暗面，然后让做饵的人杀了那条鱼。具体操作环节，肖霄作为鱼竿，就是利用和放大了邱宏兵对于张冬梅所作所为的反感，达到了借邱宏兵的手去报复张大树的目的。肖霄同样是利用和放大了李小峰的缺点，让陈菲菲命丧马背山。这是近期发生的案子，和前期的杨帆案、李明全外孙案还不完全一样。杨永福这个持竿人，躲在肖霄背后，和凶杀案根本不沾边，就算我们建立了鱼竿模型，也无法破案。"

江克扬频频点头，道："确实是这样，说起容易，做起难。"

鱼竿模型只是构建了杨永福犯罪的行为模式，但是，下一个案子的"饵"和"被钓的鱼"皆是未知数，就算有一份被诅咒的名单，也不能真正锁定"饵"和"被钓的鱼"。鱼竿模型最大的作用是提供思路，明确方向。从最初骑摩托车撞李明全的外孙，到现在借刀杀人，这意味着杨永福的犯罪手法趋于成熟。

樊勇大大咧咧地道："你们太悲观了，既然找到了模型，那就依据模型来破案，简单得很。"

秦东江道："别吹牛，你来提思路。"

樊勇道："滕麻子、张国强肯定是按照常规的办案模式，这在明处。我们专案组隐于暗处，直接锁定那个执竿人。如果鱼竿模型真是杨永福的行为模式，那么我们肯定就比江州重案大队更早接近真相。"

侯大利眼前一亮，赶紧记下。

樊勇见侯大利认真记录，笑道："大利，我就是脱口而出，没有经过大脑的。"

侯大利道："脱口而出的话往往最有价值。"

公安系统前身是解放军，解放军讲究军事民主，指挥员决策前会开会研究。正因为有这项传统，基层指挥员也能理解整个战场，形成战斗主动性。这种军事民主极大提高了解放军的战斗力，让解放军真正能够做到"能合能分"。公安队伍继承了解放军的优良传统，每次有大案，必然会召开案件分析会，参战侦查员能够发挥各自特长，一点一点还原案件真相，确保侦查方向的准确性。

"我觉得樊勇的意见很好，我们就从杨永福、肖霄和金色酒吧入手，查看近期与他们接近又与关百全有关联的人。"

侯大利不喜欢别人称其为"神探"，原因也在此。绝大多数大案要案的成功侦办是整个体系发挥作用，没有强大体系支撑，神探就是瞎子和聋子。

一小时后，吴雪就到宫建民办公室拿到了U盘，里面是金色酒吧外的监控视频。监控视频有三个部分，一部分属于天网，来自指挥中心；一部分属于金色酒吧内部监控，视频则是治安支队找借口调取；还有一部分是专门针对金色酒吧的监控。在侯大利的建议下，宫建民安排技术大队在金色酒吧旁边的隐蔽位置安装了监控镜头。有了这个镜头，金色酒吧大门就完全被监控起来。

拿到U盘后，专案二组开始看视频，查找近期与杨永福、肖霄接近又与关百全有关联的人。

十分钟不到，戴志喊了起来，道："你们来看，这是不是关江州？"他拿起关江州的照片，与视频中的人对比。

这是隐蔽的监控镜头拍到的视频。一辆小车直接开到了金色酒吧门口，一个年轻人下车，将钥匙丢给了金色酒吧服务员，大摇大摆走进酒吧。

侯大利道："金色酒吧有代客泊车服务吗？"

戴志道："我以两倍速度快进，只看到这辆车直接开到金色酒吧门口，其他车辆应该是进了停车场。金色酒吧旁边就有金色天街的停车场。"

年轻人正是关江州。

随后，吴雪又在金色酒吧内部视频中发现了关江州。视频显示，关江州和金色酒吧的人非常熟悉，与肖霄、陈菲菲等人都在一起喝过酒。

解剖室内，张小舒细心地为死者缝合。

关百全提出妻子爱美，请求缝合时细致一些。张小舒当时正在现场，把这句话听进心里，缝合得特别细心。手术缝合线痕迹贯穿在胸腹部，能用衣服遮住。头部开颅的缝合线不太好办，张小舒找来白毛巾，遮住这条缝合线。她又特意找了殡仪馆师傅，请求化妆时尽量精致一些。

支队长陈阳和法医室主任李建伟将关百全、徐静的父母及徐静哥哥送上车。徐静父母和关百全都没有勇气见证解剖手术，由徐静哥哥在一旁见证解剖过程。徐静父母知道女儿在隔壁被解剖，虽然女儿已经感受不到疼痛，可是父母想到手术刀要划开女儿身体，就感觉如同划开自己的皮肤和肌肉，完全失去力气，要靠人搀扶才能上车。

得到女儿出事的消息之后，老夫妻心急火燎地前往机场。这一路上，他们坐在车上，欲哭无泪，精气神完全被抽空，彻底垮塌。

关百全脸色呈现出一种黑青色，眼睛充了血，红通通的。在上车前，他对陈阳道："陈支，人也解剖了，小徐到底是怎么回事？"

陈阳道："我们要开案情分析会，进行综合分析，到时会有一个准确结论。"

送走诸人，陈阳和李建伟再回法医中心。

李建伟喝了一口浓茶，道："关百全年龄是大了些，可是对徐静是真好。徐静没有福气，癫痫后遗症，害人啊！"

陈阳道："你确定是因为癫痫发作导致窒息死亡？"

李建伟道："基本能确定。"

陈阳道："张小舒，你一直欲言又止，是不是有不同看法？"

张小舒老老实实地道："有不同看法。"

陈阳道："首先要表扬你，能够在尸检现场管住嘴巴，尸检事关重大，检验结果在手术后还要研讨，结合各方面情况进行分析。如果没有管住嘴巴，顺口说出去，又与最后结果不一样，那会引起很大的风波。现在没有外人，你可以谈一谈你的想法。"

张小舒道："我觉得徐静之死还有另一种可能，可能是非正常死亡。"

李建伟声音略微提高，道："事实摆在面前，难道还有其他可能？理化检验室已经传过来消息，未检出常见安眠药、磷化物和农药等有毒成分。你说有可能是非正常死亡，给出理由？"

张小舒道："从解剖来看，心脏表面有较多点状出血，喉头水肿，支气管内有少许血性不凝血。从体表来看，十指发绀，嘴唇破损，特别是右颊部黏膜还有个血泡。我怀疑是被捂嘴造成的损伤。"

陈阳道："老李，张小舒提出的这些问题怎么解释？"

李建伟道："身体内部没有明显损伤，体表有些轻微损伤，更有可能是癫痫突然发作导致的。死者穿的是睡衣，没有打斗过的痕迹。我们要注意一点，死者是羽毛球运动员出身，长期保持锻炼，体能很好。如果被人侵犯、捂嘴，肯定会反抗，如果反抗，床上的空调被和死者的睡衣不可能保持得这么完好和整齐。如果死者被药物控制，才有可能不反抗。而毒物检验结果显示，没有安眠药和其他药物。"

"李主任，其他地方都好解释，唯独右颊部黏膜这个血泡，我想不通形成的原因。"现场确实没有搏斗迹象，徐静安安静静地窒息而死，这正是张小舒最为疑惑的地方。

李建伟对这个很隐蔽的小血泡没有太在意，道："癫痫发作时，会造成身体损伤。"

张小舒道："徐静发病时，一般是咬手掌。要形成这种血泡，一定是有用力捂嘴的动作。"

李建伟道："嘴皮破损和小血泡有很大可能是捂嘴形成的。癫痫发作，除了咬手掌，也会捂嘴。正是这个动作，造成了窒息。"

张小舒道："癫痫发作要经历强直期、阵挛期和恢复期，在强直期会发生抽动，口吐白沫，还有吼叫声。别墅很安静，如果有吼叫声，楼下应该能听到。更主要的是死者的床特别整洁，看上去就是死者在睡梦中死亡，李主任刚才也讲到了这一点。如果因为癫痫发作而导致窒息死亡，应该有一个较为凌乱的现场，被子或床单上会留下白沫痕迹，即使被子和床单上没有，嘴巴四周都会有。我没有发现白沫遗留，只看到了嘴皮破损。"

李建伟道："癫痫发作时，如果无人照料，病人是无法自救的。死者保持仰卧姿势，注意，她没有侧卧，分泌物造成了窒息，这正是造成死亡的原因。大量白沫进入气管，造成了窒息。支气管内有少许液体，也能证明这一点。至于你提到被子和床单没有白沫痕迹，原因正是白沫进入气管。"

两个法医有不同的意见，且不能互相说服，支队长陈阳无法做出判断，问道："老李，张小舒的说法是不是有可能成立？"

李建伟摇了摇头，道："现场勘查、解剖结果和毒物病理化验，都不支持这是案件。"

朱林、宫建民和陈阳是近些年的三任刑警支队长。三任支队长各有特点和优点，朱林办案水平最高，宫建民擅长协调关系，陈阳为人低调且非常谨慎。此时遇到有争议问题，陈阳没有偏听偏信，道："此案不仅是市局在关注，专案二组也盯着此案。你们两人对死因有不同的看法，不要急于下结论。明天早上9点有案情分析会，结合现场勘查和排查工作，再作出判断。"

离开殡仪馆，李建伟开车，送张小舒回刑警老楼。以往从殡仪馆回来，车内气氛轻松自在，李建伟会放点音乐，说几个笑话，或者聊聊解剖。张小舒不擅长讲笑话，却是好听众，该配合的时候还是配合得挺好。今天，两人在尸检结论上存在严重分歧，李建伟左思右想，觉得自己的判断是正确的，张小舒的说法表面上看起来有道理，实则过于教条化。可是，这个随和的女法医变成了犟拐拐，始终坚持自己的观点。他有些生气，开车时便不说话。

张小舒见李建伟板着脸，也没有主动说话，脑中浮现出徐静仰卧的样子，心道："如果真是癫痫导致意外，无论如何，睡衣和被子不会如此整齐。"回想现场以及右颊部黏膜上的小血泡，她越发坚定自己的看法。

车到刑警老楼，李建伟道："现在想明白没有？"张小舒道："没有想明白。"李建伟道："明天各抒己见，你不用照顾我的情绪。"

刑警老楼外面有一道围墙，围墙外全是这些年生长出来的高楼。高楼下，刑警老楼有几分不合时宜。张小舒第一次与平时很尊重的直接领导发生了冲突，准确来说是提出了不同意见，内心还是有些忐忑不安。她取出钥匙，手伸进铁栅栏，打开了挂在铁门后的大挂锁。

这是很老式的锁门方式，从朱林时代的刑警支队开始就如此，到了现在，仍然在使用。

五楼小会议室仍然有灯光。张小舒知道，肯定是侯大利在看卷宗或者投影仪。她站在院子里看了一会儿五楼的灯光，这才回到寝室，喝了一杯咖啡，随手拨了拨吉他。

吉他沉默了许久，被拨动以后，发出一连串清脆的声音。它等着主人继续抚摸，等了许久，主人已经离开了房屋。它默默叹息一声，躲在阴影之中。

五楼和六楼是专案二组驻地，相对封闭，一般人不能进入。张小舒走到四楼和五楼的铁门前，停下几秒，下楼，来到三楼资料室。她坐在侯大利经常坐的位置，拨通了侯大利的电话："大利，我在三楼资料室，有事想要和你谈一谈。"

几分钟后，侯大利出现在门口，道："你刚从殡仪馆回来？遇到难题了？"

张小舒道："你怎么知道我遇到难题了？"

侯大利道："我是刑警啊，观察是基本功。你从殡仪馆回来，一般情况下，回家第一件事情是洗浴、换衣服。今天你进屋后，应该喝了一杯咖啡，但是没有洗浴和换衣。更关键的是你叫我下来，心事重重。这个心事应该与解剖有关。在现场时，你就和李主任有不同意见。在解剖后，意见没有消除，反而更加对立了。"

张小舒脸上慢慢出现自嘲笑容，道："你的眼光太毒，会让人不放松。我不知道这是优点还是缺点，但是在工作中肯定是优点。我能和你讨论徐静之死吧。"

侯大利道："我谈三点吧。第一，我是省公安厅命案积案专案二组组长，负责侦办江州两起牵涉面很广的命案积案。在我认为有必要的时候，有权了解江州新发命案。第二，徐静死了以后，宫局在第一时间就给我打电话，我看过现场，明天还要参加案情分析会。第三，这是在办案场所。你可以跟我谈案件。"

张小舒道："你总是这么冷静。"

侯大利道："工作所需。"

张小舒沉默了接近一分钟，道："我很尊敬李主任，但是，这一次对案件性质的判断，我觉得他太武断了。徐静如果是突发癫痫导致窒息，被子和衣服肯定会因为其强直性抽动而变得凌乱。死者的床太整洁，我在第一时间就觉得有人整理过作案现场。李主任忽略了这一点，认为癫痫发作就是几分钟的事情，也有可能造成相对整洁的现场。还有一个关键点，死者右颊部黏膜上的小血泡，不是咬手掌所能形成的，必须是比较大的力进行摩擦才能形成。"

侯大利眼中精光一闪而逝，道："小血泡的位置，你给我指一指。"

张小舒在自己脸颊上比画了一下，确定小血泡位置，道："癫痫发作是手足痉挛，有的人会口吐白沫。徐静发病时习惯咬手掌，嘴唇和手掌有伤可以理解。但是，这个位置出现小血泡，我觉得是摩擦形成的。癫痫病人本身无法控制手足，很难在这个位置弄出血泡。我在医院实习的时候，多次接触发病中的癫痫病人，印象特别深。"

侯大利没有急于评判，道："明天召开案情分析会，你会不会说出自己的观点？"

张小舒道："如果我说出观点，事实又证明我是对的，肯定会对李主任造成不好的影响。可是，办案和科学一样，来不得半点虚假，一点点错，就会导致结果错误。我明明有不同想法，在会上不说出来，导致结果错误，有违我的职业道德。"

侯大利道："你这么有自信，认为自己是对的？"

张小舒幽幽地道："我在明天案情分析会上，会说出我的观点。我是真心希望，我是错的。"

侯大利在初入刑警队时多次遇到担任"反对派"的情况，很能体会张小舒现在的矛盾心境。他想起老朴所言，安慰道："对事不对人，这一点很可贵。初期肯定会遇到一些困难，坚持下去，大家会承认你，最终获得尊重。"

"你和我不一样。你有强大的社会背景，可以坚持自己的观点，最坏的结果就是回去继承亿万家产。这个最坏的结果其实是很多普通青年的梦想。我的家庭生活很糟糕，比普通家庭还要差一些，父亲开厂失败，母亲被人杀害。母亲失踪以后，我一直生活在亲戚家里。虽然亲戚对我很好，但仍然是寄人篱下。这个情况对我影响很大，至今没有消除。我就是一个努力往上爬的小人物，在现实面前，抗击失败的能力很差，选择当法医，得罪了领导，日子会很难受。如果真搞成了烂摊子，我根本没有资格甩手就走。所谓潇洒，要么腰杆硬，要么是破罐子破摔。"

张小舒是第一次在侯大利面前透露自己的真实想法，说完之后，反而坦然了，在侯大利面前就可以不端着。

"没有这么严重，就是不同意见而已。"侯大利见识过社会最黑暗的角落，经受过初恋和未婚妻逝去的伤痛，没有偏激，也没有愤世嫉俗，内心深处的悲悯之心越来越浓，"我完全理解你的处境，其实你的处境真的没有那么差，你的父亲、姑姑都是真心爱你的。回到案子上，若是一般的行政工作，可以模糊一些，睁一只眼闭一只眼没有关系，但是涉及命案，情况就不一样了。同事们都是侦查员，会认同事实。"

"我知道怎么做，就是想找人倾诉。每隔一段时间，总会有一个情绪低落期。谢谢你能听我啰唆。"张小舒努力笑了笑。

张小舒和田甜不一样。田甜如果遇到这种事情，肯定会毫不犹豫直接提出意见，她的冰美人称呼便代表着其行事风格。刚想到这里，侯大利意识到自己将张小舒和田甜进行比较，立刻毫不留情镇压了这种想法。

张小舒又道："明天，我会坚持自己的看法。大利，能不能从你的角度谈一谈我可能存在的问题，我是真心的。"

回到案件上，侯大利立刻变得睿智，道："如果是案件，那就必须解决一个问题，徐静是运动员出身，除了癫痫，身体很好。现场没有打斗痕迹，说明徐静已经被控制。是受到威胁不敢动弹，然后被捂死，还是身体因为某种原因而被控制，必须要考虑清楚。病理检验室给出了答案，体内没有安眠药成分，说明有反抗能力。"

张小舒道："对这个问题，我也同样困惑。"

侯大利道："徐静怀有身孕，就算对方手上有武器，当被捂嘴到窒息的时候，她还是会反抗的。这种反抗很激烈，捂嘴很难致死，必然会发展到卡脖子等更激烈的动作。这时会留下两方面证据，一是脖子上会留下伤痕，二是徐静手中往往会留下对方的皮肤组织。"

张小舒道："徐静指甲是我们检查的重点部位，没有发现其他人的皮肤组织。"

侯大利道："那就意味着徐静没有能力反抗，是否有可能没有检出某种药物？"

张小舒摇了摇头，道："江州刑警支队的设施设备在省内一流，检测用的光谱仪、色谱仪都很先进，仪器样本库也很全，如果徐静真是吃了安眠药，肯定能查出来。我内心也有些矛盾，或许真是我错了。但是，那个小血泡是黏膜和牙齿发生挤压造成的。死者不可能一边咬手掌，一边用手挤压面部。我看过好多次癫痫发作时的状态，病人在发病期，身体不受控制，没有意识，很难同时做出两种相反的动作。"

侯大利道："癫痫发病有可能出现各种平时想不到的动作，咬手掌和挤压面部不一定是同时发生，而是先后发生。"

张小舒道："也许吧。另外一点，我无法接受癫痫发作到窒息死亡后，床铺还如此整洁。我怀疑有人整理了作案现场。张晨提取了床铺上头发等生物检材，除了关百全和徐静，没有找到其他人的DNA。"

两人讨论了一会儿案子，张小舒沉浸在案件中，心情慢慢好了起来。她很想打听母亲白玉梅案的进展情况，也希望侯大利能主动透露一些。侯大利完全没有提及母亲案件的进展，虽然这在意料之中，张小舒还是有些小失落。

从三楼回到五楼，小会议室已经没有了说话声音。楼下灯光射在院子里，还有打沙袋的"砰砰"声。侯大利回到小会议室，再次打开投影仪，调出与关江州有关的视频。他仔细看过与关江州有关的视频之后，关掉视频，抓起桌上一支烟，点燃后，专注思考。

如果徐静是被人谋害，从现场情况来看，最有可能是熟人作案。原因有两个：第一，关家别墅有一条大狼狗，平时有外人进入院内便会咆哮，徐静死的那天晚上，狼狗没有咆哮；第二，别墅包括徐静房间的门窗完好，没有破坏痕迹。

用关江州替换熟人，简直完美无缺。

从关江州所住小区的监控视频来看，关江州喜欢狗。在小区中庭监控里，经常出现关江州遛狗的画面。这就意味着关江州有可能熟悉父亲家中的那条狼狗。他进入院内，狼狗不会咆哮，这是其一；关江州作为关百全的三儿子，有可能有别墅钥匙，进别墅大门相对容易，进入徐静的房子有难度，如何进入则需要进一步调查，这是其二；至于关江州的杀人动机，用"人为财死，鸟为食亡"这句老话可以概括。

套用鱼竿模式，杨永福和肖霄仍然能构成持竿人和鱼竿，徐静是鱼竿上吊着的饵，关江州就是咬饵的鱼。

邱宏兵案中，杨永福和肖霄放大的是邱宏兵内心深处原本就存在的对妻子"浪漫和潇洒"行为的不满。在审讯笔录中，邱宏兵非常细致地谈到了肖霄对他所引起的心态变化。邱宏兵自然不知道鱼竿模型，其心中的肖霄是如此美好，和侯大利眼中的肖霄形成鲜明对比。

在笔录中，邱宏兵提及肖霄时有一段话："肖霄是一个好女人，就是被家庭耽误了。她很有音乐天赋，弹得一手好钢琴，与我配合得很好，和她一起弹琴唱歌，非常和谐温馨。她在生活中温柔体贴，是那种骨子里散发出来的女人味。我在张冬梅那里根本没有感受到女人的温柔。在外人眼里，张冬梅潇洒，气质独特。这是隔着玻璃看人，等你把张冬梅这类女人娶到家里来以后，你就会发现这种有钱人家的女人是虚有其表。她活在自己的世界里，从来走不进别人的内心，包括丈夫，也不过是陌生人而已。她不会站在你的角度考虑问题，考虑的更多是自己的感受。我接手二建以后，二建基本上垮了，每天各种烂事很多，要吵架、要谈判、要求情、要骂人，回来累得跟瘫痪一样。张冬梅不会在你身边嘘寒问暖，她更像一个同事，有着不同爱好的同事。我认识肖霄以后，回到她的家，这才真正感到没有女人不成家的真正意义。肖霄不仅温柔体贴，还很有音乐才能，刚才已经谈到这一点。张冬梅有些才华，便瞧不起别人。肖霄也有才华，仍然谦虚得很。她对音乐的喜欢是在骨子里的，而张冬梅的摄影不过是她的业余爱好。我认识肖霄以后，才发现自己活成了男人。这是我的真话。张冬梅在外面有情人，不止一个，我是知道的，她甚至没有隐瞒我的打算，根本不在意我的感受。我受够了，对女人极度失望，直到遇到了肖霄。我想要离开张冬梅，又不想失去我一手重建起来的二建，不想再变得一穷二白，这就是我杀人的动机。我不后悔杀人，唯一遗憾就是和肖霄生活的时间太短，这是我人生的最大遗憾。"

审讯时，邱宏兵谈起肖霄时充满深情。不出意外，他对肖霄的认识将伴随到生命的终点。从某种角度来说，他终究还是得到了一点安慰。尽管这个安慰形成的本源是虚假的，甚至是恶毒的。

对照邱宏兵案，如果真是关江州行凶，那么杨永福和肖霄一定是挑起了关江州内心深处的刻骨仇恨。

凌晨1点，侯大利的手机响了起来。

张小舒在电话里道："你提到检测仪器，提醒了我。你上楼以后，我给杨浩主任发了短信，询问省公安厅能否检测出不在库里的安眠药。

我原本以为杨浩主任会明天回我，或者不回我。没有想到杨浩主任居然很快就回了电话。询问情况以后，同意我们把样本送到省公安厅检验。在山南省，省公安厅病理检验室的设施最新，水平最高。送检之后，应该能得到准确答案。"

侯大利提醒道："这是好事。但是你办事不符合程序，应该先给李主任汇报。擅自越级汇报，不好，以后要注意。"

张小舒道："我原本只是想要咨询，没有想到杨浩主任反应这么快。明天的案情分析会出现争议后，我会在会上把事情原委说出来。"

回到房间，张小舒站在镜前，张大嘴巴。由于灯光未直射，还有嘴巴张开的角度不够大，看不到口腔黏膜。她用手拉开嘴唇，这样就可以在镜子里看到黏膜和牙齿，再躺在床上，右手放在头顶，用左手挤压自己的嘴巴，不停加力，直到脸颊传来剧烈疼痛。

张小舒吸着凉气来到镜前，拉开嘴皮，没有找到血泡之类的损伤。她重新躺在床上，又折磨自己的嘴唇。要在清醒的时候让黏膜和牙齿摩擦出血泡，这是一件看来容易实则困难的事。如果有外力介入，在左脸颊的黏膜处形成血泡就合理得多。

8月25日清晨，张小舒来到一楼健身房，准备锻炼。

专案二组进驻以后，健身房热闹起来。

秦东江和樊勇每天必来，进来以后就开始较劲。这一段时间，秦东江和樊勇从口头较劲转变到拳头较劲。口头较劲，秦东江完胜；拳头较劲，樊勇完胜。两人见面就斗，不见面难受。

张小舒进屋之时，秦东江鼻孔插着纸巾，埋怨道："昨天打我鼻子，今天又打，再打下去，鼻子要被打爆。"

樊勇"嘿嘿"直笑，道："谁叫你的脸部是大破绽，一点防护都没有。你必须学会防护，否则到了实战，别人用刀插脸，用手指插眼，你怎么办？"

秦东江道："我们抓人从来不单打独斗，至少要三打一，形成局部优势。抱腿、抱腰、蒙眼，个人打斗能力再强，有屁用。"

樊勇道："你这是狡辩，要是没有形成局部优势，你就趴了。"

秦东江道："你的思维方式有问题，我们是警察，没有抓到犯罪分子也无所谓，继续抓就行了。罪犯就不一样，成功逃脱十次也只是暂时的，只要被抓到一次，他的人生就完了。"

樊勇道："你没有禁毒的经历，所以还有下一次的思维。我是要做好面对穷凶极恶的犯罪分子的心理准备。"

侯大利独自打沙袋，眼睛余光看到张小舒脸颊有明显青紫印迹，惊了一跳，道："脸怎么回事？"

张小舒道："侦查实验。"

侯大利道："形成血泡没有？"

张小舒道："我怕痛，没有敢下狠手。外表有伤痕，里面没有血泡。"

侯大利拉过毛巾，擦去额头汗水，道："你能确定癫痫病人在发病期间不会留下这种伤痕？"

张小舒道："你说过，现场永远都不能完全复原。依据我对癫痫病人的了解以及徐静发病时的状态，咬伤手掌是可能的，在咬伤手掌的同时又在黏膜和牙齿间弄出血泡，基本不可能。这是由癫痫病的特点决定的，我在一院恰巧看过多起癫痫发作。"

侯大利道："如果有人行凶，那么癫痫就不重要。"

张小舒愣了愣，道："你这是什么意思？"

侯大利道："有人要行凶，他不会等徐静发病才去行凶。而且，徐静这两年都没有发病，这是他们夫妻俩要小孩的原因。"

8月25日上午，"8·24"案案情分析会。

参会人员包括省厅命案积案专案二组、副局长宫建民、支队长陈阳、副支队长滕鹏飞和老谭、重案三组张国强及三组侦查员、技术大队全体。

按照江州市刑警支队案情分析会惯例，先由最先到达现场的派出所民警汇报，再由勘查技术人员、法医、参加外围调查的侦查员分别汇报。这些必要程序走过以后，再由参加会议的其他同志进行发言。如果副局长宫建民不参加，就由支队长陈阳最后拍板。

这是一般情况下的顺序，如今有省命案积案专案二组参加会议，情况就稍有不同。侯大利级别低于副局长宫建民，但是其代表省命案积案专案组，是上级机关的人。开会前，宫建民和侯大利单独在小屋碰头，宫建民客气地道："大利，你最后来说。"

侯大利没有啰唆，直言道："我的任务是杨帆案和白玉梅案，以及'挖两面人和幕后黑手'。徐静之死性质未定，就算性质定下来，仍然是由江州刑警支队主办。我的主要任务是带耳朵听，了解案情。如果要发言，都只是对案件的建议、意见，最后还得由宫局拍板。"

宫建民点了点头，道："行。"

案情分析会是在初步侦查的基础上，对现场勘查、尸检、被害人的陈述、见证人的证言、初访等一系列材料进行分析、解剖和综合，运用逻辑推理的方法将未知的犯罪情况再现出来。这种再现并不一定是客观事实，因为发生过的现场成为过去，没有任何人能够完全复原。案情分析会再现的是一种法律事实。

分析案情需要回答的第一个问题就是案件是否成立。

这不是一个简单问题，各地公安机关都有不少这方面的教训，把假案当成真案侦查，耗费大量时间、人力、物力和财力，破案之时，便是冤案出现之日。另一方面，把真案当成了假案，后果同样严重。

徐静之死，首先要解决的是案件是否成立。

派出所、现场勘查汇报以后，由法医发言。

李建伟主任态度比平时更为严肃，发言时，拿起了书面报告。昨天晚上，张小舒做"侦查实验"时，他反复研究解剖材料。结合徐静以前的病情和毒化检验结论，最终还是坚定了自己的看法。

他读完自己所写的尸表检验报告和解剖检验报告之后，抬起头，面对众侦查员，停了几秒钟，道："解剖结果很明确，徐静是窒息死亡。毒物和病理化验排除了中毒。体表上有轻微伤痕，考虑到死者身患癫痫，在疾病发作时，手掌、嘴唇以及黏膜出现轻微伤痕都是有可能的。

这是一起因为癫痫发作导致的窒息死亡。"

支队长陈阳道："徐静是因病死亡，不是案件？"

李建伟态度坚定地道："我认为是癫痫发作导致的窒息死亡。"

听到这里，侯大利朝张小舒看了一眼。张小舒脸色严肃，飞快地在笔记本上记录。侯大利想起了政法学院经常搞的辩论赛，选手们精神高度紧张，记下对方观点，找到其弱点，然后反击。

李建伟发言完毕以后，重案三组组长张国强发言："负责外围调查的侦查员走访了附近居民、物业管理人员和别墅内的两名工人，他们称在8月23日晚以及24日凌晨没有外人进入关百全的别墅。我们调取了金山别墅的监控和关百全院子的监控，确实没有见到外人进入。关家的门窗保持完整，没有撬痕，外墙的空调、水管都没有踩踏痕迹。别墅内有一条狼狗，这条狗在有外人进入时，会长时间吼叫。昨天晚上，这条狗无异常反应。徐静是外地人，本人深居简出，没有与人结仇。结合现场情况、病理毒化检测情况、DNA室的检测情况和尸检情况，我认为案件不成立。"

案件是否成立还没有明确的情况下，这么强的阵容参加案情分析会并不多见。原因很简单，关百全是挺有名气的企业家，社会影响大。

前面发言的同志从各个方面都不支持案件成立，这给张小舒极大的压力。当张国强发言结束之时，她知道按照程序支队长会询问参会同志的意见。而且，支队长在询问之后还会加上一句："前面说过的观点和事实就不要重复，有话则长，无话则短。"

果然，陈阳支队长在询问大家有没有意见之时，几乎一字不漏地说了最后这一句。

当陈阳支队长话音刚落，张小舒感到一道目光射在自己脸上。她知道这是侯大利的目光，抬起头，朝侯大利方向回视一眼。第一道目光之后，又有几道目光出现。全场安静，只听到呼吸声以及挪动板凳的"吱吱"声。

张小舒又看了一眼笔记本，道："支队长，我觉得徐静之死有疑点。"

陈阳道："你说。"

张小舒不再关注其他人的目光，深吸了一口气，缓缓地吐出来："尸检之后，我翻看了徐静以前的病历。她在癫痫病发作时大部分时间会出现角弓反张，角弓反张的具体表现是项背部肌肉强直，身体及头后仰，躯干向背后弯曲，状如弯弓，上下肢均僵硬伸直，上肢内旋，手指屈曲。除了角弓反张，她发病时往往还会伴随咬手掌的习惯性动作。其顺序是先咬手掌，再出现角弓反张。徐静死亡时，右手伸直，左手屈在胸前，手掌处有咬伤，这是比较符合徐静发病时的症状。但是，右颊部黏膜的血泡出现得非常突兀，这是脸颊和牙齿发生挤压造成的。徐静每次发病也就一到两分钟，很难在发病期间完成如此复杂的动作。我昨晚试验过，用了很大力气，脸都青肿了，很遗憾，仍然没有能够在黏膜上形成血泡。"

两名法医的意见相左，各自得出的结论将决定案件是否成立，这是一个必须要回答的问题。

李建伟道："癫痫发作时既然能造成徐静嘴唇破裂，那么出现血泡就不是不可能。癫痫病人发作时的身体状况很多样，我们无法还原所有细节。国强说过调查走访的情况，基本可以排除有外人进入。"

张小舒并不愿意和老师兼上级在公开场合发生意见分歧，可是案侦工作来不得半点虚假，有些话必须要说出来："死者除了血泡，床铺和衣服都很整齐，角弓反张现象，身体有一定弧度，随后窒息死亡，床铺和衣服不应该整齐，总会呈现凌乱的现象。"

樊勇低声对秦东江道："张小舒说得有道理，床铺太整齐，不正常。"

李建伟早有所准备，从容不迫地拿出了一份打印件，道："我记起了一起发生在秦阳的癫痫发作致死的案例，是五年前的。此案例发表在山南政法大学的学报上。我从秦阳处找来此案例，其中有一句话和徐静之死很相似，'尸体上所盖被褥整齐，衣着整齐，未发现异常'，这说明，因为癫痫发作导致窒息而死，床铺和衣服整齐并非不可能。"

张小舒怀疑徐静是非正常死亡主要有两个理由，一是被子和衣服太整齐，二是右颊部黏膜的血泡。

李建伟拿出的案例攻破了"被子和衣服太整齐"的理由，道："我认为徐静是癫痫大发作后陷入昏迷，身体处于仰卧状态，导致了口腔内分泌物堵住气管，引起窒息。小张，我这个说法有没有问题？"

张小舒虽然没有接受李建伟的意见，但一时之间也无法反驳。她想起了早上侯大利所言——"有人要行凶，他不会等徐静发病才去行凶"，于是道："血泡不会自动出现，得靠外力才能形成。"

李建伟没有再说话，微微笑了笑。

侯大利在笔记本上写下"癫痫"两个字，打了一个大问号，是否癫痫发作，这是一个问题。

支队长陈阳正在说话，副支队长滕鹏飞慢悠悠地道："你们都在谈癫痫，我提一个新问题，徐静死前真发了癫痫吗？有谁能证实？在无人证实的情况下，能用科学方式检测出来吗？如果徐静死前，癫痫没有发作，那自然就是案子了。"

癫痫是大脑神经元突发性异常放电，导致短暂的大脑功能障碍的一种慢性疾病。癫痫患者并不是只有在发作的时候才会放电的，实际上在平时也会有异常放电，通过脑电图检查能够发现脑电波异常表现。至于死亡后，能否通过尸体查出死前是否发病，谁都没有考虑过这个问题。

李建伟陷入了惯性思维。徐静曾经患有癫痫，因此他在思考问题时始终把癫痫放在首位。听到滕鹏飞发问，他明显愣住了。滕鹏飞提出的问题非常尖锐，不能回避。他略微思考，道："徐静癫痫发作时，习惯性咬手掌。在尸表检验中，徐静嘴唇破损出血，手掌有咬伤，在枕头上检查到少量唾液，不是没有白沫，而是有的，在枕头上。所以我判断死前是癫痫发作。"

滕鹏飞道："徐静有可能是癫痫发作，也有可能癫痫没有发作。我们能否通过技术手段分辨到底是否癫痫发作？前者更大可能是因病死亡，后者肯定是非正常死亡。张小舒，你能判断徐静死前是否癫痫发作？"

"我们不能判断徐静在8月24日晚是否癫痫发作。"张小舒深吸了一口气，道，"血泡不会自动出现，得靠外力才能形成。我怀疑徐静是遇害，建议由省刑总技术部门帮助做病理和毒物检测。"

这个建议非常突兀，让除了侯大利以外的参会人员都觉得惊讶。

李建伟有不悦之色，道："徐静体内没有安眠药。很多癫痫患者癫痫大发作是在夜间，因为癫痫患者在睡觉的时候，呼吸变深变慢，呼出大量的二氧化碳，使体液偏碱性，很容易激发大脑神经元异常放电，造成癫痫患者癫痫大发作。我认为徐静就是这种情况。"

副支队长老谭耐心地向张小舒解释道："省刑总技术力量肯定比江州强得多，但是在毒物和病理检测方面，我们刚刚增添了新设备，技术力量也参加了全国培训，所以在这一方面不比省刑总差多少。省刑总在忙不过来的时候，还会转交一部分样本，由我们代为检测。"

开弓就没有了回头箭，张小舒也不准备掩饰自己的真实想法，道："我认为徐静是遇害，有人给她服用了安眠类药物，然后开始捂她的嘴巴。在这个过程中，徐静有可能醒了过来，进行反抗，这才留下破损的嘴唇以及在右颊部黏膜上形成的血泡。"

滕鹏飞道："张小舒，你认为徐静的癫痫没有发作？"

张小舒道："癫痫是否发作，并非遇害的先决条件。"

滕鹏飞脸上没有表情，缓缓地道："我赞成。"

陈阳有几分焦躁，撕开烟盒，点燃，用力抽了一口。参会的侦查员都用很惊讶的目光瞧着平时颇为低调的女法医，不知不觉中，也开始抽烟。

室内很快烟雾缭绕。

侯大利作为专案二组组长，获得的信息更多。那份被诅咒的名单中有关百全的名字，关江州和杨永福、肖霄来往密切。根据鱼竿模型，他采用了逆向思维，假定徐静是遇害，关江州是凶手。那么关江州如何实施犯罪？现场又会留下什么线索？

关江州是关百全的三儿子，回国后也曾经在金山别墅住过一段时间，熟悉金山别墅，能自由进出别墅，不会引来狗叫。这是其行凶的有利条件。

徐静是羽毛球运动员出身，长期坚持锻炼，身体素质好。关江州如果行凶，是不会考虑徐静是否癫痫发作的。他想要在不惊动其他人的情况下置徐静于死地，必然会使用其他手段，让徐静失去行动能力。

采用了逆向思维后，其思路就与张小舒的思路非常相近。但是，除了右颊部黏膜上形成的血泡，没有其他线索支撑有人行凶的思路。

副局长宫建民没有料到"案件是否成立"这个问题就遇到争议，眉头紧锁，道："既然有争议，立刻联系省刑总法医病理室，请求他们帮助。"

案情分析会结束，省专案二组回到驻地，在五楼小会议室讨论此案。法医室两位法医出现了分歧，专案二组也分为两派，一派支持李建伟，另一派支持张小舒。

侯大利道："内部讨论，大家畅所欲言。我提出问题，你们觉得徐静之死是不是案子？"

樊勇抢先发言，道："我站在张小舒这一边。滕麻子问得好，没有人见到徐静发病，凭什么就先入为主认为徐静发病。我们要记住这一点，徐静很长时间没有发病，这是她和关百全愿意要小孩的前提。"

秦东江立刻针锋相对，道："也没有人能够证实徐静没有发病。癫痫就是几十秒到几分钟的事情，结束以后，就和平常人一样。张小舒认为咬手掌和按压形成血泡是两个不同的动作，癫痫病人在无法控制自己的情况下，难以在短时间完成这两个动作。但是，我们是否可以这样认为，徐静是癫痫大发作，时间也许很长。按照一般原则，癫痫发作超过五分钟就要到医院，在超过五分钟或者更长的时间里，徐静也许能够在无意识中做出两个不同的动作。注意一点，咬手掌和形成血泡并不一定要同时出现，也有可能是先后动作。"

樊勇道："听张小舒介绍，癫痫发作前一般还是有感觉。徐静不是初犯，有了预兆，肯定会打电话让清洁阿姨上楼。"

秦东江道："你的看法太武断，正是因为太久没有发病，所以徐静降低了警惕，突然大发作后就措手不及。"

樊勇怒道:"你是杠精。我提出一个观点,你就反对。"

秦东江面带微笑,道:"你才是杠精,钢筋都要被你杠弯的杠精。大利让我们畅所欲言,难道我的观点不能成立?剑波,你是法医界冉冉升起的新星,谈谈你的看法。"

樊勇和秦东江经过一个多月的交往,成为类似杨家将的孟良和焦赞那样的关系,孟不离焦,焦也不离孟,两人的友好却是通过对抗表现出来。

张剑波接过秦东江抛过来的话题,道:"我认为江州刑警支队水平高,风气好,江州不愧为全省第二大城市。我不是讽刺,这是真心话。尸检结果不是那么明确,水平差一点的地方,根本不会出现争议。公说公有理,婆说婆有理,正说明水平高和风气好,特别是张小舒这个女孩子,我很欣赏,至少提出一个大家都无法回避和无法当面否定的问题。我个人还是倾向张小舒的意见。"

张剑波说话缓慢,声音低沉,平时不怎么发声。因此,他提出自己的观点以后,大家都陷入了思考。

张剑波道:"血泡是此案的要点,凭着我的经验,这个血泡是外力导致。由于死者有癫痫,这才有了另外的解释。同一个事实,有两种解读,这在法医工作中并不罕见,那就必须要有另外的条件。第一,等省厅毒物检测。如果真检测出新型的安眠药,那案件性质就确定下来;如果没有检测出新型安眠药,案件性质仍然存在争议。第二,我建议再复查尸体,这不是由我主导的解剖,心里不踏实。等到尸体火化,我们就没有机会了。"

侯大利非常敏感,道:"剑波,你想要复查,是不是有所发现?"

张剑波道:"案情分析会上,播放了几张解剖照片,其中一张照片中的手臂颜色看起来不太一样。会后,我调出这张照片又看了看,发现有一张照片有些异常,死者两只手臂的汗毛似乎要少一些。"

侯大利眼中精光闪烁,道:"你怀疑死者被胶带绑过?"

张剑波点了点头,道:"去年夏天,我们处理过一起绑架案。一个女子被胶带绑住手和脚,关在山洞里。撕胶带时,女子手臂和小腿上的汗毛被大量撕掉,痛得直哭。我出于职业敏感,仔细观察过撕去胶带的部位,汗毛几乎被扯掉,形成明显的一圈无汗毛区。那张照片并非有意拍手臂,角度不好,不太清晰,我不敢断言是否撕过胶带,必须要去再看一看尸体才能确定。如果死者双手的手腕和小手臂确实存在汗毛脱落区,这就不是癫痫发作能解释的。"

侯大利从内心深处是倾向于张小舒的,闻言精神一振,道:"马上联系法医中心,复检,看手臂。"

第六章
面包车重新出现

侯大利的手伸向桌子时，桌子上的手机猛然响了起来，手机上出现了一个很少通话的名字："张英（老机矿厂）"。

张英在电话里的声音非常急促，道："你是给我留号码的那个警察吧，我看到了那几个人。"

侯大利腾地站起来，道："那几人在做什么？"

张英道："我在老工人文化宫南门，在公交站对面，又瞧见那几个人了。他们把一个年轻女人拉上车，跑了，和那天一模一样。"

侯大利道："什么车？"

张英道："面包车，江州牌，灰色的。"

侯大利道："你看清楚了那伙人的相貌吗？"

张英道："肯定是那伙人，我也是被这样拉上车的。女的头上被套了一个罩子。"

面包车与以前案件关系甚大，涉及杨为民猥亵案，杨为民至今仍然在喊冤，不承认猥亵了张英。后来又牵涉张冬梅遇害案，现在又有一位遇害者疑似面包车驾驶员。杨为民猥亵案和张冬梅遇害案皆与杨永福有千丝万缕的联系，面包车是一个关键点。警方一直没有找到面包车的线索，只能暂时将案子放下，苦等新线索再次浮现。如今，前期布局终于有了些许效果,受害者张英上报了一条有可能极为有用的线索。

侯大利在车上与宫建民打通电话后,专案二组三辆小车直奔老工人文化宫南门。三辆车都是普通牌照,几分钟就到达南门。

侯大利和江克扬搭档,长期一起行动,非常默契。下车以后,他们慢慢靠近站在公交站附近的张英。为了不引起路人聚集,其他人没有靠过来,站在一边待命。

张英认出了眼前两人,赶紧走了过来,道:"你们总算来了。"

侯大利道:"你确定就是上次绑你的那伙人?"

张英说话声音发抖,道:"是的。有三个人,戴着帽子和墨镜,用一个布套子套住了一个女子,拖到车上去。和那天一模一样。这群人太坏了,光天化日之下,居然抢人。他们动作快得很,那个女的肯定没有反应,和我那天一个样。"

侯大利脑海中浮现出张英被绑的细节。"从车里跳出来四个人,一人先抱着我儿子到车里,另外两人拽着我到车里。他们力气很大,我回过神来,已经被带到车里。这些人坏得很,跳下车就给我和儿子头上都套了一个黑色袋子,我没有看清楚来人。"

从这个描述中来看,张英并没有看清楚来人,讲不出来人的相貌和穿着打扮。

据南门附近店老板的回忆:"他们动作快得很,几下就把人弄进去了,那个妹子没有来得及喊,这是让我疑惑的地方,所以没报警。他们都戴帽子,穿的是一样的卫衣。从我这个位置看,个个都差不多。"

据张冬梅回忆:"这几个人戴着帽子和墨镜,看不清楚面容。他们跳下来就要拉我到车上。幸好顾全清及时开车过来,撞了面包车,这几个人放了我,跳上车,跑了。"

综合三个人的回忆,侯大利知道张英说的是真话。张英被绑上车之前被蒙了头,无法提供有用信息,更不知道面包车上的人习惯戴帽子和墨镜。这一次张英明确指出这三人戴了帽子和墨镜,这说明了两个问题,一是张英没有说假话,二是这伙人再次出现。

侯大利道:"看清楚车牌没有?"

"看清楚了,是山B×××××。我最恨他们了,看见面包车开走,马上就写下来了。"张英伸出手掌,上面歪歪扭扭写着几个号码。

侯大利明白这个车牌号大概率是假的,还是迅速记下来,又问道:"朝哪个方向跑的?"

张英道:"中山大道方向。"

从与张英见面到让专案二组两辆车沿着中山大道追过去,也就不到一分钟时间。侯大利迅速决策,安排两辆车沿着中山大道追了过去。这一系列案子完全印在侯大利脑中,时常拿出来琢磨,烂熟于心。正是由于烂熟于心,这才能够判断真伪,临场决断。

两辆车离开视线后,侯大利道:"那个被绑上车的女孩子是什么模样,能记得起来吗?"

张英道:"记得起来。我带儿子来文化宫学习。出来以后,我儿子肚子有点饿,我就带他来吃碗面。在吃面条的时候,我见到有一个女孩子独自一人在等公交车,心里还在想,上次我就在这里被绑了起来,这个女孩子一个人在这里,好危险。正在想这事,那辆面包车就冲了过来,停下来后,跳下来三个人。"

侯大利道:"你看清楚那个女孩的面容没有?"

张英道:"有点印象,样子很清秀,小鼻子小眼睛那种女孩,个子挺高的,瘦瘦的。"

侯大利道:"驾驶室有没有人?"

张英道:"驾驶室也跳了一个人下来,一共就有三个人。"

这又是一个新情况,在张英模糊的记忆中,绑她的人不少于三人,加上驾驶员,至少在四人以上。在张冬梅遇到面包车时,面包车的驾驶员没有下车,而下车的人有四人,老工人文化宫南门的老板看到了四个人跳出面包车,面包车上还有一个驾驶员,那就意味着有五人。

从两个当事人和目击者的回忆来看,面包车内除了驾驶员以外不少于四人,这一次张英只看到三人。侯大利联想到手腕刻字的遇害者,做出猜测:或许他们内部产生了矛盾,手腕刻字的驾驶员被杀害。这或许正是至今不能明确遇害者身份的原因。

说到这里，又有一辆车停在附近，滕鹏飞和重案二组组长苗伟走了过来。

侯大利继续问道："你上次就在文化宫南门被绑，还敢带儿子到这边上课？"

张英用很奇怪的眼神看着侯大利道："我交了很多钱，他们又不退，我只能带着儿子来上课，否则就浪费了。我们不是大户人家，每分钱都得花在刀刃上。我们也只是给娃儿用钱大方一点，平时只能亏自己。不好好学习，娃儿和外公一样，那就惨得很。"

滕鹏飞得知有年轻女子被人强拉到车上，尽管还不知道具体情况，不敢懈怠，仍然以绑架案来对待。绑架案是重大恶性刑事案件，分管副局长宫建民接到报告后，在第一时间向局长关鹏报告。

几分钟之后，从指挥中心传出一道道指令：全警行动，查找车牌为山B×××××的面包车。城区警力全城搜索。特警支队、城郊派出所和刑警城郊中队在城郊各个路口拦堵。视频大队侦查员调取各节点监控录像，不仅是判断面包车去向，还要查找面包车在绑架少女前的行踪，特别要注意寻找三个绑匪在车下的影像。交警大队紧盯屏幕，从实时监控中寻找山B×××××面包车的踪迹。重案二组作为预备队，暂时没有出动。如果确实存在绑架案，需要由他们主办。他们聚在小会议室，随时准备投入战斗。

打完一通电话，滕鹏飞这才回到侯大利身边，道："你这边有消息没有？"

最早到达现场的是省命案积案专案二组，侯大利和吴雪留在现场了解情况。秦东江和樊勇为一组，张剑波、戴志和江克扬为一组，开着两辆车，沿中山大道追击。

侯大利道："岔路很多，没有找到面包车。老克这一组在城区转，樊勇准备开车出城。如果这次出现的面包车就是以前多次出现的神秘面包车，他们的反侦查能力很强，应该有相对成熟的逃离路线。唯一的破绽是他们应该不知道自己已经被盯上，这是我们的机会。"

滕鹏飞打电话询问实时监控情况，得到的回答是在各个关键路口都没有发现类似的面包车，调取监控录像还得花一定时间。

这时，樊勇开车来到城郊。他在第一个岔道口时没有任何迟疑，直接拐向右边公路。

"为什么要朝右拐？"秦东江坐在副驾驶，拿着地图研究路线。

樊勇道："没有理由，直觉，撞大运。"

秦东江道："靠直觉追人，这个说法挺新鲜。我们这样是无头苍蝇，乱追下去没有任何意义，完全是大海里捞针。"

樊勇道："你听了电台，交警的实时监控系统没有发现这辆车，原因很简单，就是这辆车已经出城了。不向右拐，你有好建议吗？"

秦东江道："这是绑架案吗？不能确定，到现在也没人报案。也许是家庭内部矛盾，也许是犯罪集团内部冲突。现在一点线索都没有，我们是对着空气白费力气。"

樊勇道："那辆面包车绝对有事，不是绑架案，也牵涉其他案子。况且，我们只能以绑架案来处理，别无选择。"

说话间，前面出现一条支路，樊勇毫不犹豫继续右拐。秦东江又问道："你凭什么右拐？"

樊勇笑道："这是地头蛇的好处。以前搞禁毒，我们经常在中山大道抓人。这些毒贩沿着中山大道逃窜时，最喜欢从这条线路逃跑。从城区到巴岳山，一共有六条支路，连续两条右拐，再左转，就来到了月亮湖。从月亮湖边可以进入巴岳山，不算太远处就是湖州。而且，进山以后，沿途又有小道，就算弃车逃跑，钻进山林，也不好抓人。既然面包车有事，就有可能沿着毒贩的线路走，说不定有收获。"

"有道理，樊傻儿让我刮目相看。"秦东江收起了地图，检查起随身携带的装备。由于事发突然，两人没有带枪，只有单兵装备。

樊勇满不在意地道："绑架案是大案，派出所、交警队、特警都调动起来，轮不到我们动手。"

秦东江道："有备无患，防患于未然。你别以为会几下拳脚就粗心大意。我们是警察，不是江湖好汉，千万别逞能。"

一路上，两人不停斗嘴。小车即将进入巴岳山时，樊勇突然道："闭嘴了，前面有一辆面包车，你看车牌。"

秦东江抓起望远镜，看了一眼，道："哇，车牌是对的，这伙人没有料到城里已经闹翻天，还在不紧不慢地开。樊傻儿，你是真牛，居然当真给你追到了。"

面包车车速不够快，正常行驶。樊勇踩了油门，小车加速，朝着面包车追去。

"别追得太近，我要给大利打电话。我说不清楚路线，你来说。"秦东江拨通了侯大利电话后，让樊勇在电话中报路线。

"他们三人，我们两人，没有办法形成优势。大利已经知道路线，肯定会调人从前面堵，我们跟上就行了。"话虽然如此，秦东江拿起催泪喷射器，找出警用甩棍。

樊勇道："等到增援过来，情况都变了。我逼停他们，救出那个女的。"

秦东江提高声音，阻止道："别乱来，我们贸然追上去，如果他们把女的当成人质，我们怎么办？如果他们有枪，我们怎么办？我们人数少，处于劣势，擅自行动，这是大忌。目前最正确的动作就是跟住面包车，时刻报告位置。"

樊勇道："大利是什么意见？"

秦东江道："这也是大利的要求。"

樊勇缓缓地松了松油门，骂道："如果不是车上有女的，我立刻就要撞上去。"

螳螂捕蝉，黄雀在后。小车跟在面包车后面，一辆皮卡车跟在小车后面。进入巴岳山不久，皮卡车拐进了小道，油门轰响，朝山腰开去。这是一条运矿支路，如今矿山废弃，支路还在，是前往山腰公路的捷径。

皮卡车沿着支路到达山腰公路，藏在路口树林里。他跳下车，挥动旗子。面包车驾驶员看到挥动的旗子，速度慢了下来，停在坡前。

"前面的车停了，我们怎么办？是超车，还是停下来？"樊勇开车跟在后面，看不见停在支路上的皮卡车和挥动的旗子。

"我们靠近，见机行事。我假装问路，看看面包车里的情况。"秦东江解开安全带，拿起催泪喷射器，准备下车。

"如果需要突击，你先控制驾驶员，喷他的眼睛。我拿甩棍，敢反抗就打他。只要我们下手又狠又快，他们反应不过来。"樊勇兴奋起来，脸上的伤痕开始扭动，显得很是凶悍。

"你看我的手势，千万别莽撞。"秦东江最不喜欢以少打多，可是面包车停下以后，必须有所反应。

樊勇松了油门，准备停在面包车后面。岔路口突然传来轰鸣声，樊勇扭头看了一眼小道方向，叫了一声不好，猛踩油门。皮卡车蓄谋撞车，时机拿捏得恰到好处。樊勇驾驶的小车猛向前窜，仍然没有能够逃脱，被皮卡车狠狠撞在后门。

小车翻落山坡，连续打滚。

皮卡车驾驶员戴着墨镜，头上有一顶旅行帽。他下车后来到公路边，看了一眼扣在山坡上的小车，道："运气不错。"

三男一女离开面包车，坐上皮卡车。

随后，面包车燃起熊熊大火。皮卡车驾驶员欣赏了几秒大火，这才回到皮卡车。他坐在驾驶室，回头朝年轻女子挥了挥拳头。年轻女子看了一眼驾驶员脸上的伤疤，瑟瑟发抖，眼泪一滴滴往下掉落。皮卡车驾驶员骂道："哭个屁，差点坏了老子的大事。"

皮卡车掉转车头，沿小道下山。下山后，拐入另一条小道，皮卡车消失在巴岳山中。

山坡上，小车如乌龟一样倒扣着。樊勇被安全带固定在座椅上，右腿被卡住，头朝下，动弹不得。秦东江刚摘了安全带，小车就被撞翻，没有安全带保护，被摔得头破血流，额头和头顶都在冒血。

樊勇急道："老秦，没事吧。你说话啊！平时牛烘烘，说话啊！"

两三分钟后，秦东江终于睁开眼，道："怎么回事？"

樊勇道："我们被车撞了。你怎么样，伤得重不重？"

秦东江头脑中的嗡嗡声渐渐散去，眼睛开始转动，道："脚还能动，手臂有点问题，没伤到脊柱和心肺，谢天谢地。你别愣着，我死不了，赶紧给大利打电话。"

樊勇拨通了侯大利的电话，道："大利，我们被撞了。车子在山坡上滚了好几圈，卡在半山腰上。"

"伤得重吗？"侯大利心里"咯噔"一声巨响，心脏狂跳。

樊勇道："没有生命危险，我被卡住了，老秦摔得惨不忍睹。我们刚上巴岳山，从月亮湖那边上去的。"

听说没有生命危险，侯大利稍稍稳住了心神，让吴雪留下来继续询问张英。

二十分钟不到，越野车出现在车祸现场。山脚下有警车和救护车，朝山腰上赶过来。

侯大利跑到小车前，跪在地上，头伸进车里，道："樊傻儿，老秦，怎么样？能出气就好，谁撞你们，有什么线索？"

"面包车停下来，老秦准备查看。我刚松了油门，从岔路上冲过来一辆车，径直朝我们撞过来。速度太快，我来不及反应，是皮卡车，黑色，我看不清楚车牌。"樊勇被固定在座椅上，近似于倒挂。说话之时，鼻涕下流，悬挂成线。

侯大利吩咐道："你们别动，救护车马上就到。我上车，看住支路上的车印。"

站起来以后，侯大利这才看清楚地形，倒吸一口凉气。小车扣在山坡上，被一块露出地面的大石头挡住。如果没有这块大石头，小车继续翻滚就到崖边。山崖距下一道缓坡约有二十米。小车摔下山崖，车内人必死无疑。

为了保护撞击现场，侯大利沿着缓坡猛跑。跑回公路时，正好有警车开了过来。

撞击点有脱落的残片，支路上还有汽车印，或许在汽车印边还能捡到烟头、纸巾之类的东西。侯大利喘着粗气，拦住警车，安排道："你们停远点，围起警戒线，不要破坏现场。通知支队勘查室，让他们过来看现场。"

警戒线拉起，救护车到达现场。

侯大利彻底冷静了下来，站在警戒线外画下现场图。

根据樊勇和秦东江描述，以及现场留下来的印迹，他脑中形成了动态的画面：面包车应该发现了有车跟踪，另一辆皮卡车从支路赶了过来，埋伏在交叉口。面包车停车，引诱小车减速。皮卡车冲出，撞翻小车。

勘查室小林赶来后，侯大利指着支路，道："皮卡车是从支路绕上来的，下面有人守着。你赶紧派人下去找车印。"

安排妥当后，侯大利走到一边，向老朴报告今日的突发事件。

打完电话，侯大利围着被烧成骨架的面包车转了两圈。这种江州牌面包车随处可见，价格便宜，外观相似。面包车被烧成骨架以后，车内有价值的痕迹以及生物信息皆被毁掉。

勘查室小林看到侯大利在看面包车，走了过来，道："拿到了钢印号，或许有帮助。"

钢印号全称是车辆识别代号，是为了识别某一辆车，由车辆制造厂为该车辆制定的一组字码，SAE以及GB 16735对此有详细的规定，包含了车辆的生产厂家、年代、车型、车身形式及代码、发动机代码及组装地点等信息。

侯大利道："江州面包车遍地都是，这伙人应该做了防范手段。通过钢印号找到的车多半是被盗车。"

小林道："撞车的地点发现了皮卡车的车灯碎片，滕支已经派人全城搜查。"

三言两语交流之后，侯大利随即返回坡下。医务人员在现场侦查员的帮助下，正将樊勇和秦东江抬上担架。

樊勇已经解除倒吊状态，坐在地上嚷道："我的腿是皮外伤，没必要上担架。"

秦东江没有安全带保护，伤得更重，额头上有两条大口子，右手臂骨折。他躺在担架上，道："让你躺就躺下，或许还有其他伤，别让护士们为难。"

侯大利道："樊傻儿，别逞能，躺下，到医院检查。"

"樊傻儿"是多年前的绰号，在专案二组偶尔被提起。侯大利一般不叫人绰号,在这特殊点叫了声"樊傻儿",让樊勇有些意外。他笑了起来:"大利很少叫人绰号,这个绰号都是老兄弟才记得,听起来顺耳。"

有医务人员在场,三人都很默契地没有谈起面包车的事情。大家心里很明白,这个团伙有面包车,还有皮卡车,行踪诡秘,手段狠辣,敢袭击警察,说明这一伙人肯定还有大事。

侯大利跟着担架又回到公路。等到救护车开走,他套上鞋套,进入警戒线,见到副支队长老谭正在观察留于支路的车印,问道:"谭支,有什么发现?"

副支队长老谭兼任技术大队大队长,是全省有名的足迹专家。除了足迹,对车辆痕迹也颇有研究。他拿起放大镜看了一会儿车印,道:"从轮胎的花纹以及地面车辆的轮距和轴距来看,这是山南牌新款皮卡,2008年款。这款车性能不错,马力强劲。地面上没有刹车印迹,是加速朝樊勇撞过去,这家伙够狠。如果樊勇车速够快,躲过了撞击,这家伙就会冲到崖下边。"

侯大利蹲在老谭身边,道:"这家伙是老手。"

老谭道:"绝对老手,胆大心细,下手狠辣。这家伙低估了我们的技术力量,天网基本成形,他们在城里肯定会暴露。每个人都不会凭空出现和凭空消失,皮卡车在作案前肯定会在天网留下痕迹,那时候还在犯罪准备阶段,他的警惕性没有这么高,必然会留下破绽。"

下了巴岳山,侯大利先跑了一趟医院,与吴雪、张剑波、戴志和江克扬等人会合。由于两人都没有生命危险,大家放下心来,互相开起玩笑。

省刑总老朴赶到医院,代表省命案积案专案组看望了受伤的两名民警。宫建民也到了医院,代表市公安局对受伤民警表示慰问。

从医院出来后,侯大利、老朴跟随宫建民来到市公安局关鹏局长办公室,讨论和总结前期工作。

送走老朴,侯大利回到刑警老楼,接近晚上10点。越野车刚停稳,法医室那辆小车也开进院内。张小舒下车,来到侯大利身边,道:"我才从法医室回来,樊勇和秦东江怎么样了?明天我去看他们。"

侯大利道："秦东江手臂骨折，樊勇就是皮外伤。看你闷闷不乐，是省刑总那边的检测不太理想？"

张小舒叹了口气，道："下午接到通知，省厅也没有检测出安眠药成分。是我想错了，还得罪了李主任。"

侯大利安慰道："在案情分析会上提出意见，这是摆在台面上来谈事情，光明正大，不存在得罪不得罪。不管是你对还是李主任对，都是正常的。如果李主任因为此事对你有看法，是他的格局不够。你别把这事放在心上，该做什么就做什么。"

张小舒道："我听说你刚参加工作的时候，经常一个人硬撑全队，结果还经常站在胜利的一边。以前我觉得这没什么，坚持真理嘛。这一次，我提出了反对意见，压力很大。如今证明是我错了，压力更大。"

侯大利和张剑波原本准备到殡仪馆法医中心复查尸体，由于面包车事件耽误，这才没有去复查。他望着沮丧的张小舒，道："你别气馁，没有检出安眠药，你提出的疑问仍然没有解决。张剑波有新发现，如果查实，应该能够一锤定音。我回来正准备和张剑波研究此事。"

楼上传来脚步声以及张剑波的声音："张小舒也回来了，太好了，我等着心焦。"

三人来到四楼资料室。

张剑波迫不及待地问道："小舒做的尸表检查，对尸体手腕处的皮肤和汗毛有没有印象？"

张小舒摇了摇头，道："在我的印象中，没有什么特别的地方。"

张剑波道："我发现尸体手腕处有汗毛脱落，角度原因，看着不是特别明显，有的地方看不到。"

张小舒顿时心跳加速，道："汗毛脱落，量大不大？办公室有一套尸表照片，拍得很清晰，我们现在就过去看一看。"

三人说走就走，来到刑警新楼法医室。法医室放有十几张尸表检验的备用照片，暂时没有归档。张小舒将照片取了出来，放在台灯下。有三张照片拍摄到了手腕，角度恰恰好。徐静比起一般女子的汗毛要重一些，在左手和右手的手腕处，明显有一圈汗毛脱落区。

张剑波用放大镜研究细看后,得出了明确结论:"这是用胶带缠过的。"

"用胶带缠过"这个结论直接决定了徐静之死的性质,这就是一起恶性杀人案件。

张小舒汗水顿时冒了出来,道:"当时我来做的尸表检验,忽略了这个问题,是我的失误。"

侯大利道:"先别急着检讨,这事透着奇怪。凶手在给徐静缠上胶带时,徐静难道不会反抗吗?现在完全找不到反抗痕迹。这是一颗重磅炸弹,明天肯定够忙。"

8月26日上午,刚刚上班,侯大利和张剑波来到副支队长滕鹏飞办公室。

滕鹏飞站起身,绕过桌子,与来客握手,道:"稀客啊,大利很少到我办公室,这是第二次吧。撞车案的案情分析会在10点钟开,我们搜遍全城,这伙人几乎没有露出面目,包括那个被绑的女子,除了在公交站时没有戴帽了和墨镜,其他时候均是戴着帽子和墨镜。给我的感觉是,女子和绑他们的男子是一伙的。"

侯大利道:"我和剑波过来不是为了撞车案。昨天晚上我们讨论徐静之死,发现了一条重要线索,需要复检,具体请剑波来谈。"

张剑波简明扼要谈了徐静手腕处出现的脱毛现象。

"你确定?"滕鹏飞是老侦查员,闻言顿时收敛所有笑容,目光如鹰,盯着张剑波。

张剑波道:"昨天晚上又到法医室看了一些高清照片,脱毛现象确实存在。我建议再次进行尸表检验。"

重新进行尸表检验必须要依程序开展,这样才能确保"手腕脱毛现象"的证据能合法采集,成为正式证据。如果程序不对,在法庭上会很被动,甚至会导致证据失效。

副局长宫建民和支队长陈阳接到电话后,前后脚来到小会议室。法医室李建伟主任和张小舒已经到位,并排而坐。李建伟主任表情严肃,目视前方。张小舒则低着头，在自己的笔记本上随手画圈圈。

会议结束后，第二次尸检按程序启动。

关百全接到通知，来到殡仪馆。宫建民早就等在门口，把关百全叫到法医中心办公室。

关百全满脸憔悴，道："宫局，还要尸检，是什么原因？"

宫建民道："其实不算是尸检，只是尸表检验。"

关百全惊讶地抬起头，道："难道不是病死的吗？"

宫建民道："这一次检验非常重要，事关徐静之死的性质。"

"宫局的意思，我老婆有可能是被害死的？"警方解剖尸体后，关百全和岳父岳母在客厅坐了整整一个晚上。尽管公安还没有给出正式的鉴定结论，可是他们认为徐静是因为癫痫发作才走的。痛苦之后，三人便想着尽快为徐静操办后事。关百全昨天跑到江州陵园，为妻子和未出生的孩子买了豪华墓地。这块墓地在陵园最高处，面朝江州城，足有五平方米。他准备在墓碑前建一个微缩的羽毛球场，徐静的高光时刻都与羽毛球有关，这是丈夫对妻子的最好纪念；还准备建一个微缩游乐园，这是父亲对未出生孩子的怀念。

宫建民道："走吧，法医已经到位了。"

关百全跟在宫建民身后，满心疑惑，心生忐忑。这一次复查是尸表检验，也就没有解冻。当看到被冷冻的妻子被推过来时，久历商海的关百全闭上眼睛，眼泪奔涌而出。往日的妻子年轻漂亮，充满活力。转眼间，妻子成了被抽去灵魂的冰冷尸体。

张剑波戴上手套，用强光照射了死者手腕。戴志在一旁用相机拍摄。

张剑波最初还有些不安，担心照片不太清晰，或者是由角度问题造成的视觉误差。检查完毕以后，他心里有了底，道："死者左手和右手的手腕部确实有一圈汗毛脱落，我认为这不是正常脱落，最有可能是有人用胶带缠住死者手腕，后来又撕走胶带，这才形成了一圈汗毛脱落。"

死者汗毛比较重，留下一圈汗毛脱落区，在强光下很明显。

关百全一直不愿意面对死去的妻子，在亡妻被推走之时，这才匆匆看了一眼亡妻的手腕。

在张剑波没有发现这处"痕迹"之时，法医室李建伟主任的判断获得了很多侦查员的认可，特别是省刑总毒物检测结论出来以后，徐静之死就与癫痫联系在了一起。但是，张剑波的发现干净利索地确定了徐静之死就是案件。

徐静之死正式立案，紧接着"8·24"案案情分析会召开。

如果妻子是因为癫痫发作而死亡，关百全在心里还能接受，抹掉眼泪，安葬妻子。可是，妻子和未出世的儿子是被人所害，性质就完全变了。关百全只觉得全身血液都在爆炸，心气难平，无法抑制，回到家中，遇到什么踢什么。等来到卧室时，他的皮鞋尖已经裂了一条口子。

关百全将自己关在书房里，痛哭一场。自己最疼爱的女人就在家里被夺去了生命，在这一刻，他觉得人生毫无意义，三十年奋斗创下的家业毫无意义，所谓的成就、地位、成功者的光环毫无意义。

呆坐了半个多小时，关百全准备到柜子里拿酒。与徐静结婚前，他挺喜欢喝酒，收藏了不少好酒。结婚以后，徐静不喜欢他喝酒，怕闻酒味。关百全疼爱娇妻，便不在家里喝酒，在外面应酬也尽量少喝酒。此时此刻，他望着柜子里放了许久的好酒，发现酒柜旁边竖起来的一个小酒瓶子倒在酒瓶旁。

这个小酒瓶子的重心高，容易倒，所以，关百全有意将其放在柜子上。

妻子遇害，关百全精神有些恍惚，拿着小酒瓶子瞧了瞧，又放在酒柜上。他正要打开酒瓶，突然间如触电一般，拿起了翻倒的小酒瓶。他环顾书房，关紧房门后，蹲下身，揭开书柜隐秘部位的一个小木块，按下按钮。

书柜内板缓慢上移，书柜后面露出一面瓷砖墙。瓷砖墙也有一道密门，打开密门之后，一条密道赫然出现。这一条密道是关百全在建房时给自己留的暗道，直接通到金山别墅外一处有暗门的平房。遇到重大危险时，这条密道就是逃命通道。

书柜做得十分扎实，放有书、酒和装饰品，从外表来看，很难想象它藏有一道暗门。更让人想不到的是瓷砖墙也有密门。

双重密门确保密道万无一失。

那个重心不稳的小酒瓶子是关百全有意靠在酒柜内板上的，若是书柜内板移动，小酒瓶子容易翻倒。只不过，清洁阿姨到书房做清洁时，时不时把小酒瓶子弄倒，时间长了，关百全也就不太在意小酒瓶子的警示作用。

家庭骤起变故，清洁阿姨在妻子遇害时没有走进书房。尽管关百全无法判断小酒瓶子是何时翻倒的，但仍然骤生疑问。

关百全打开密道灯光，略微弯了腰，沿着密道走到了另一道门。他没有开门，顺着密道又走了回来。密道是紧急情况时使用，放有矿泉水、压缩饼干等食物，还在中部一处壁柜里放有一个保险柜，保险柜里有二十万现金。水和压缩饼干解决短时间内的生存问题，现金则解决在意外事件发生时的经济问题。

关百全在保险柜前犹豫了一会儿，还是打开了保险柜。他拿出柜内现金，清点之后，脸色灰白，极度难看。原本柜内有二十沓现金，如今只剩下十九沓，有人拿走了一沓。

除了那支来自外地的修建者，知道这处秘密基地的只有三个男人，关百全、关江州和关江山。前后两任妻子和女儿都不知道这处密道存在。关百全在密道修好以后，曾经带着两个儿子进入密道，并且让两个儿子发誓只能在生死存亡的关头才能进入这条密道。

老大关江山是企业接班人，负责核心业务，收入颇丰，不差这一万块钱。小儿子关江州不务正业，男女问题上不清不楚，这一段时间更是急需用钱。不言而喻，小儿子关江州进入了秘密通道，拿走了一万块钱。拿走了这一万块钱，其实只需要从入口退出就行了，不必进入书房。

如果没有进入书房，那个容易翻倒的小酒瓶子就不会翻倒。如今小酒瓶子翻倒，说明有人通过密道进入了书房。

关百全想着宫建民介绍的案情，浑身发软，靠在墙上，这才没有摔倒。

还存在另一个可能性，小酒瓶子重心本来就不稳，有可能是风吹的，或者是清洁阿姨，要么是徐静本人弄倒了小酒瓶子。

关百全翻出自己的高压电棍，在书柜前徘徊了一会儿，再次进入密道。他打通了小儿子关江州的电话，尽量用平和的声音道："江州，你在哪里？"

关江州已经有很长一段时间没有接到父亲的电话，听到父亲的声音，吓了一大跳，结结巴巴地道："爸，我在家里。"

关百全隔了几秒钟没有说话。

关江州怯怯地问道："爸，你有啥事？"

关百全缓缓地叮嘱道："等到小徐下葬的时候，你还是来一下，不要失了礼仪。"

关江州道："什么时候下葬？"

"要等公安那边归还了以后。"这句话原本是"归还了尸体以后"，关百全说不出"尸体"两个字，只能含混表达。

"公安现在是什么说法？"提起这个话题，关江州全身僵硬，舌头发紧。

"公安里有争议，有些人认为是案件，就是有人行凶。多数人认为是突然发病。"关百全靠着密道墙壁，面无表情。

关江州手心不停出汗，道："爸，到底是怎么回事？公安难道没有搞清楚？"

关百全道："公安还是认定是突然发病。"

"哎，这是天灾。爸，你别太伤心了。"挂断电话以后，关江州长舒了一口气，拍了拍胸膛。他拍胸膛时才发现胸前衣服已经湿透。得知公安认定徐静是突发疾病死亡，他彻底安下心来，一个强烈的念头就冒了出来，既然警察认为徐静是病死，那么危险就解除，保险柜里的钱白白闲置，不用白不用。大不了以后赚了钱，再补回去。

保险柜中剩下的十九万块钱有着致命吸引力，如海妖一样，发出了无法抵御的诱惑。

金山别墅东面有一个自发形成的小菜市场，人来人往，热闹得很。关江州停车后走入小菜市场，真心佩服父亲对密道出口的选择。以前，他时常吐槽父亲所选出口糟糕，这一次混迹于人群，才明白父亲是真正的老麻雀，经验老到得很。

神不知鬼不觉地来到一幢普通小楼，从小楼侧门进入一楼。进入一楼，关上厚实防盗门，室内和室外顿成两个世界。关江州轻车熟路移开卧室衣柜，进入密道。刚进密道，他只听得"嗞"的一声，身体顿时产生了强烈的触电感，全身麻木，浑身无力，瘫软倒在门口。

关百全打电话是放烟幕弹，用于麻痹儿子。打完电话以后，他便在密道里等着小儿子。当密门发出轻微响动时，他明白最糟糕的事情发生了，顿时心如死灰。

愤怒到极点的关百全又用电警棍戳在关江州的腿上，然后将小儿子拖进密道。

关江州头脑有些混乱，在地上躺了一会儿，这才认出袭击自己的是父亲关百全。他看着父亲手中那支还在闪烁弧光的高压警棍，道："爸，为什么电我？"

关百全站在小儿子身前，胸膛一起一伏，怒火中烧，道："为什么电你，你不明白？"

关江州赶紧认错，道："爸，我错了，我不该私自进密道。"

关百全铁青着脸，冷冷地道："为什么进来？"

关江州道："我缺钱花，进来取点钱。"

"放屁。"关百全又用电警棍戳在小儿子腿上，等到小儿子鬼哭狼嚎结束，道，"你就是为了取钱？"

关江州道："我发誓，真是取钱。爸，我缺钱花。"

关百全又想用电警棍戳小儿子，手伸了伸，又缩了回去。他用力猛踢儿子屁股，吼道："你这个畜生，徐静是我的妻子，还怀了我的娃儿，你居然敢下死手。别他妈的狡辩，只有你才能通过密道神不知鬼不觉进入房间。警方已经立了案，你这个蠢货！"

关江州忘记了身上疼痛，瞪大眼睛，问道："徐静是被杀死的？"

关百全忍不住又踢了两脚，道："徐静手腕上有被绑过的痕迹，你狠心狗肺，今天老子活埋了你！"

关江州还真担心父亲做出不理智的事，抱住父亲小腿，道："爸，你冤枉了我。我只是进密道取钱，绝对没有到徐静房间去。我就是想拿点钱，绝对没有做其他事情。爸，你知道我胆小，从小连杀鸡都不敢看，怎么会杀人？"

关百全冷笑一声，道："我知道你恨徐静，觉得她和你妈的死有关，还觉得她挡了你的财路。你妈是病死的，不让你做工程是我的决定，和徐静没有关系。我们曾经发过誓，这是保命通道，没有紧急的事情绝对不能进入。你这一段时间急着用钱，到底是怎么回事？"

关江州道："我没有恨徐静，只是不喜欢而已。我进密道就是为了拿钱。"

关百全缓了缓口气，道："你说实话，这一段时间为什么如此急切想要赚钱？"

关江州沉默了一会儿，道："我吸毒了。不是我要吸，是我被人害了，应该是在饮料中放了那种跳跳糖。"

关百全眉毛扬了几下，道："谁害你？"

关江州摇头道："我不知道。"

关百全跺了跺脚，道："你最近和杨永福走得近，肯定是这家伙。我警告过你，你不听，自以为是。杨永福的老子杨国雄是个睚眦必报的人，报复心特别强，手段也狠。我见过杨永福几面，这人比他爸爸更加奸诈，肯定是他害你的。"

关江州想起杨永福乐呵呵的样子，道："不会是杨永福吧，这人挺好的。"

"在你被毒品害了的那一段时间，是不是经常跟杨永福在一起？"得到肯定答复以后，关百全恶狠狠地道，"人喊起不走，鬼喊起你跑得飞快。你就是中了杨永福的招，蠢货。"

关江州道："爸，你把电警棍关了。我就是想取钱，绝对没有进书房。"

关百全久历江湖，看惯了太多险恶，并不相信满口谎话的小儿子。他取下了小儿子的皮带，用电警棍威胁，这才绑住小儿子双手。绑住双手以后，他又在密道里找来一根绳子，准备绑住儿子双腿。

关江州拼命蹬脚，不让父亲靠近。

关百全看准机会，再用电警棍袭击关江州。等到关江州失去抵抗能力后，他拉来椅子，坐在小儿子旁边，道："你这人撒谎成性，我不相信你。哼，我在这里坐一会儿，看一看毒瘾发作是什么模样。"

关江州从小就怕父亲，成年以后，对父亲的恐惧渐渐消散。今天两人密道相逢，他再次看到父亲凶狠的一面，小时候的记忆涌上心头。

约莫半小时，关江州脸上表情开始变化了，身体扭曲得如虾米。扭了一会儿，关江州大哭道："爸爸，放我出去，求求你了。我去吸一口，再去戒毒所。"

看到儿子果真有了毒瘾，关百全悲从心来。他绝不听信儿子的狡辩，坚信儿子就是杀害徐静的凶手。骨肉相残，这四个字就如四颗原子弹，将关百全炸得粉身碎骨，血肉全无。

"关百全，你这个老东西，放开我。"

"爸，求求你，放开我。我口袋里有跳跳糖，给我吃一口。"

"关百全，你有本事把我弄死，等出去以后老子跟你没完。"

关江州伸长脖子，开始不管不顾号叫。

关百全变得特别清醒，小儿子在如此情况下都不提徐静，更让他怀疑。他用脚踢了踢在地上扭动的小儿子，道："你跟我说实话，说了实话，我就放了你。"

关江州道："你问吧，我说实话，百分之一百的实话。"

关百全道："徐静是不是你杀的？"

关江州大叫道："关百全，你个老不死的，我说过不是，不是就不是！"

关百全气得又用电警棍戳了儿子的大腿。儿子这一次没有太多反应，只是不停大骂，拼命挣扎，双手磨出血，额头撞得青紫。

关百全硬着心肠看着儿子的惨状，从其衣服上撕了一块布，塞到了儿子的嘴里，免得其咬到舌头。关江州只觉得浑身如蚁噬，大汗淋淋，不住颤抖，又哀求道："爸，我错了。出去以后，你就送我去戒毒吧，我真是受不了了。"

小儿子如此惨，关百全站了起来，双手抓住墙，用头使劲撞墙。他非常痛恨眼前的逆子，可是痛恨归痛恨，刚刚失去了妻子和未出生的孩子，不想再失去眼前这个自己用心最多的不成器的儿子。

对于父亲来说，无论儿子再不成器，做了再多错事，都不忍心其面临牢狱之灾，更别说要一命抵一命。

关百全知道以跳跳糖为筹码，肯定能问出真相。可是，儿子说出真话又如何？什么事情都改变不了。他不想听到这个真相，下决心送儿子去戒毒所，然后再派儿子到最偏僻的工地，彻底让儿子脱离毒品。

下定决心以后，他想起死于非命的娇妻以及未出生的孩子，又恨不得打死这个不成器的儿子。

第七章
发现新的关键证据

接到侯大利邀请以后，省刑总葛向东立刻带着助手来到刑警老楼。

"这是以前的江州刑警支队老办公楼，全省最早的命案积案专案组就放在这里。我是被经侦支队作为问题警员送到105专案组的。"葛向东站在门口，向助手小李介绍当年的情况。他在短时间内成为公安系统有了名气的画像师，内心变得非常强大，并不在意在徒弟面前揭自己的短。

在小李眼中，葛向东稳重大气，技术高超，不管在哪里都应该是优秀警察。他听到葛向东介绍，吃惊地道："师父，你骗我，其他任何人都可以是问题警员，你绝对不是。"

回忆往昔，葛向东感慨万分，道："我还真是问题警员，当年105专案组就是由问题警员组成的。我很感谢大利，他虽然年轻，身上却有一种魔力，把我们这一群散沙团结起来。我能够调到省刑总，成为还不错的画像师，大利在其中起到了很关键的作用。"

105专案组成立之前，葛向东是被边缘化的问题警察，一心扑在"家族企业"上，把工作当成了副业，以副业来对抗失落的主业。他在外人面前假装对"葛朗台"的绰号浑不在意，甚至经常自我调侃，实则内心深处还是渴望获得尊重。进入105专案组以后，他的人生突然开挂，原本是鸡肋的美术技能成为人生绝地反击的利器。他如今是警方画像领域的后起之秀，在公安部挂上了号，到各地出差也总会受到热情接待。接待方的"热情"真心真意，而非对上级来人的敷衍。

小李仍然不相信师父的说法。

这时，王华出现在三楼走道，向下挥手，热情地道："葛朗台，到朱支办公室。"

葛向东对小李笑道："听到了吧，我以前的绰号就叫作'葛朗台'，这可不是一个好绰号。那时我在经侦支队，是绝对边缘的老油条。如果没有105专案组，我现在仍然是葛朗台。"

小李这才相信师父所言是真，竖起大拇指，道："师父了不起，浪子回头，这才是最有魅力的。"

"在我的老根据地，少拍马屁，会被人嘲笑的。我去看一看旺财。"

葛向东带着小李走到以前旺财的小屋，介绍道："这里住的退役警犬旺财，也是105专案组的一员，牺牲在一线。我们105专案组还牺牲了一名同事，田甜，大利的未婚妻，他们正准备结婚。她牺牲得很意外，人家一点准备都没有。等我们办完事，要到江州陵园去烧灶香。意外牺牲，这是和平年代警察牺牲最常见的方式，我们另外两个同事，樊傻儿和秦东江，被撞下山坡，这也是意外发生的事情。若非运气好，也许就交待了。"

说话间，葛向东上楼，与王华握手后，来到朱林办公室。几人聊了一会儿，侯大利、江克扬这才回到楼里。

105专案组最初的成员是朱林、侯大利、葛向东、樊勇和田甜。三年时间，第一批105专案组成员出色完成了任务。几个人随后的发展不尽相同，朱林年龄到点，正式退休；田甜调到二大队，英勇牺牲；樊勇调到特警支队，目前抽调到省命案积案专案二组；葛向东和侯大利先后调动到省刑总，葛向东的绰号由"葛朗台"变成了"葛教授"，侯大利则成为专案二组组长。

如今，侯大利、朱林、葛向东在老楼聚在一起，让人悲伤的是永远失去了田甜。看到侯大利鬓间的白发，葛向东忽然间模糊了双眼。他和侯大利拥抱后,道:"听说樊傻儿受了伤,等会儿去看他。这个樊傻儿,受伤的频率有点高啊!以后也得劝劝他,不要这么拼命,嫌疑人跑掉了,我们可以再抓。"

侯大利道:"这次是意外,他们是去寻找疑似被绑架的那名少女,结果被伏击。有辆皮卡车藏在岔道,突然间撞了上来。命悬一线啊!如果山坡上没有那块石头,他们的车就会被撞到山沟里。"

葛向东道:"被绑架少女家人没有报案?"

侯大利道:"从目击证人再到视频,显示有一名少女被拖进面包车。比较诡异的是到现在没有人报案,所以我用了'疑似'两个字。"

葛向东道:"如果真是绑架,时间就太紧了。事不宜迟,我们去看视频。"

侯大利、葛向东、江克扬上了五楼。五楼投影仪上播放出少女被绑架者拖进车里的视频,监控与公交站有些距离,画面稍显模糊。侯大利介绍道:"老工人文化宫南门有天网新增的监控镜头,后来发现在绑架少女案发生的前半小时,被人破坏了线路。江州银行门外有一个监控镜头,很幸运地拍到一段视频。距离公交车站有点远,看不清楚。视频大队已经处理了画面,这已经是最佳效果,仍然模糊。老葛能否根据这种模糊画面把被绑的女人头像画出来?"

葛向东仔细看过视频,道:"距离太远,面目模糊,难度很高。从体形来看,这个女子应该也就十七八岁,她肯定不是突然冒出来的,一定在其他地方会留下影像。如果多有几段视频,相对就容易一些。"

侯大利竖起大拇指,道:"老葛确实成专家了。视频大队全城找视频,个个都熬成了红眼病。目前查到了与那个女子有关的五段视频。"

投影仪上播放出视频影像,那个女子装束与绑架者几乎一样,戴着帽子和眼镜。她身材单薄,行走时总是紧贴墙脚,低着头,如一只胆怯的小兽。

葛向东皱眉道:"这个少女对外界很警惕,低头行走,一直没有抬头。有时她会停下来,东张西望。从画面来看,这个少女是在逃跑。"

侯大利道:"你认为这个少女在逃跑?"

葛向东道:"从体态和神态来看应该是这样。"

侯大利道:"监控视频多次拍到面包车的视频,可惜没有拍到三个犯罪嫌疑人的视频。这三个犯罪嫌疑人应该一直在面包车里,沿街寻找被绑的少女。少女和三个犯罪嫌疑人打扮相近,且没有人报警,有可能是一伙的。但是,无论如何,我们都得先找到这个被拉进面包车的戴帽少女。"

他大脑中的神经元在快速连接:被绑少女与另外三人装扮相似,那就意味着少女和乘坐面包车的另外三人大概率是团伙。遇害人手腕刻字,疑似担任过面包车司机。总结起来,这个犯罪团伙有可能产生了内乱,有人被杀,有人逃走。在这种情况下,找到少女就格外重要。

从模糊的视频中画出较为准确的人像,难度极大。葛向东和其助手随即开始一帧一帧察看视频,眼睛盯紧屏幕,不敢有丝毫马虎。

侯大利交代任务之后,没有再打扰进入工作状态的葛向东,悄悄退出房间。随即,侯大利、江克扬、张剑波、戴志和吴雪在小会议室集中开会。

"我一直在思考,面包车选择这条道路是偶然,还是必然?从皮卡车伏击路线的选择来看,他们很熟悉这条线路。"

侯大利拉过白板,画出了一条线路,道:"从月亮湖往上走,这条线路是通向湖州的一条捷径,由于是山路,沿途没有监控,岔道也多,对于犯罪分子来说这是一条相对安全的路。当年邱宏兵就是通过这条路前往湖州抛尸。湖州是杨永福外婆的家,其舅舅吴佳勇也在湖州,而面包车与杨永福有千丝万缕的联系,面包车、皮卡车,还有戴帽的犯罪嫌疑人,都有可能来自湖州。我们调查的范围要扩大到湖州。等到老葛出了图像以后,马上派人前往湖州,以被绑少女为调查重点。"

张剑波提出一个新建议:"'8·3'杀人案,那具手腕文有一个'忠'字的尸体到现在都没有查到尸源。这个人高度疑似面包车驾驶员。但是死亡后的面容有些变化,和生前不一定相同。我建议由葛教授根据其面貌进行重绘,尽量表现出其生前面貌,甚至给他加上帽子和墨镜。有两张照片,成功的概率又可以提高。"

侯大利道:"这是好建议。大家还有没有其他建议?"

吴雪清了清嗓子,道:"大家都在关注面包车,我从另一个角度挖了挖与面包车有关的细节。那天张英给大利打电话以后,我陪着张英聊了很久,希望能够挖出当时没有提及的细节。我看过张英的笔录,她在做笔录时仍然对警方有很强的抵触情绪,很多话说得语焉不详。还有一点,她上车时被黑布蒙了眼睛,看到的信息很少。每个人除了视觉以外,还有听觉、嗅觉和触觉,这些感受都很重要。我希望能从触觉、嗅觉等身体其他方面挖出她本人都没有意识到的细节。这一次和张英聊天,我事先做了准备。张英情绪平缓下来,也能够配合。所以,挖出不少料,有几个细节挺有意思。张英多次说起,她被拖到车上以后,只有一个人说话,说话的人是湖州口音。杨为民是江州人,根本就不是湖州口音。从这一点来看,犯罪嫌疑人还真有可能来自湖州。"

侯大利对这个细节记得很清楚,道:"张英以前确实说过,车上只有一个人说话,是湖州口音。在江州工作的湖州人挺多,所以当时没有把目光投向湖州。"

吴雪又道:"张英还讲了一件以前没有说过的事情。张英被拖进面包车后,被人脱衣服乱摸,还有一个人在背后控制她。张英能感觉到背后那人的下身一直在用力顶她的后背,还有很重的呼吸声。没有几下,她感受到背后那人反应突然强烈起来,身体用力扭动。回家后,她检查了衣服,没有检查到精液。尽管没有检查到精液,她还是觉得很脏,很丢脸,想丢掉衣服又舍不得,就把她本人和儿子的衣服一起放进洗衣机洗了。"

戴志听到这里,拍着桌子道:"太可惜了,若对方真是射了精,当时是6月,衣服比较薄,还真有可能涂在衣服的其他部位。这伙人原本露出了大破绽,居然就这样滑了过去。"

侯大利道:"确实可惜,我们当时的注意力都在钱刚开枪这事,没有意识到这辆面包车如此重要。"

吴雪道:"那家伙性冲动以后,估计被其他人发现了,那个湖州口音的人骂他是色鬼投胎,然后张英还听到打耳光的声音。我追问了一句,打耳光之后,其他人是什么反应?张英想了一会儿,说了一句没有什么反应。我说,没有听到嘲笑、嘻哈声或争辩声?张英摇头,说只是听到用湖州口音骂了一句,然后就是耳光声。抱住他的那个人很流氓,被打了耳光后,还伸手在张英胸前摸了几把。这是让张英觉得很耻辱的事情,所以一直没有说出来。"

戴志笑道:"这人确实是色鬼投胎,众目睽睽之下,居然有这么大的反应。"

侯大利道:"手腕带'忠'字的无名尸体,从年龄来说也就二十岁刚出头,或者是十七八岁也可能。他在特殊环境下有这种反应,值得我们深查。"

吴雪道:"从张英的感觉来看,抱住他的人很年轻,冲动来得很快。而且车内有一种奇怪的静默,全程只有一个湖州声音,其他人只有呼吸声,没有笑声,没有骂声,没有其他声音。"

侯大利凝神沉思片刻,道:"你想表达什么观点?"

吴雪道:"如果戴帽少女和三个参加绑架的犯罪嫌疑人原本就是团伙,有没有这种可能性,张英被猥亵的时候,戴帽少女也在面包车上。我总觉得张英在面包车上的感受很奇怪,有一种怪异氛围。从得到这个信息以后,我一直在苦思冥想,但是,还没有想得太清楚。"

侯大利站起来,在白板前来回走动,站定以后,道:"你们到湖州以后,请求湖州警方广泛调查,包括监管场所、普通中学和职高,都要深入细致地查。在前往湖州前,吴雪牵头,再去找一找张英,做一份询问笔录。"

讨论结束以后,张剑波、戴志和吴雪匆匆离开会议室。

侯大利到档案室取了"8·3"杀人案的照片,和江克扬一起去找葛向东。

葛向东在看视频时,笑眯眯的表情完全消失,神情严肃,一丝不苟,很有教授范。

侯大利把"8·3"杀人案受害者的照片放在桌上,道:"这就是那个受害者,疑似面包车司机。我想让他戴上帽子和眼镜,这样才能活灵活现。"

葛向东扭头看了一眼道："这个没有技术含量，我徒弟一会儿就弄好。"

侯大利强调道："现在是死人脸，要给他弄得像活人一样，方便辨认。"

"放心，简单。"葛向东的徒弟主动接过活，便在电脑旁做事。

葛向东放下手中工作，和两人坐在休息区抽烟、聊天。三人从面包车谈到了被猥亵的张英，提起周涛时都觉得无可奈何，连连叹气。

正在叹气之时，侯大利忽然"啊"了一声，如被孙悟空施了定身法一样，一动不动。葛向东刚要开口说话，江克扬把食指放在嘴边，"嘘"了一声。几秒钟后，侯大利犹如通电一般，恢复了行动。他站了起来，匆匆往外走，道："老葛，照片的事情拜托你，有急事，我们先走。"

葛向东挥了挥手，道："你们去办事。等办事回来，我这边应该搞得差不多了。"

"我们忽略了一个事。"坐上越野车，侯大利让自己冷静下来，开始慢条斯理地戴手套，在戴手套的时候，说出了江克扬在等待的话。

江克扬道："和周涛有关？"

侯大利道："或许有关。周涛案的要点在于精液。张英自述在车上被猥亵，有人用身体顶她的后背，应该是性冲动。陈菲菲在面包车上被脱光了衣服，身体中检出的精液与周涛的DNA比对成功。结合张英的说法，有没有这种可能性，陈菲菲的衣服上也粘有精液，不一定是周涛的。"

江克扬拍了拍额头，道："我忽视了这一点，还真有可能出现这种情况。"

陈菲菲在7月18日被强奸，距离现在也不过一个多月。由于其随后又在马背山庄园遇害，这就让人觉得陈菲菲被强奸是发生了很久的事情。在7月18日，陈菲菲被拖入面包车，喝了不明液体后失去知觉，醒来时赤身裸体躺在江州河岸的芦苇丛中。她被送到医院进行检查和治疗，有一组侦查员沿河搜索，陆续找到了被丢弃于河边的外套和内衣。技术大队检查了这些被丢弃的外套和内衣，没有发现有价值的线索。

侯大利道："精液渗过衣服，量非常少，不一定能被发现。我们去复查，如果真找到其他人的精液，那是运气；找不到，很正常。"

来到法医中心，接到电话的张小舒已经在办公室等候。每次走进法医中心，侯大利看到以前属于田甜的位置就会黯然神伤。田甜桌前摆设的骷髅头模型依然坚守岗位，没有因为主人的离世而遭受离弃。

侯大利将目光从骷髅头模型转开，道："李主任在吗？"

张小舒点了点头。

侯大利来到李建伟主任门前，敲了敲门。李建伟抬头见到侯大利，满脸笑容地站了起来，道："大利，过来是什么事情？"

侯大利道："与陈菲菲的事情有关。"

李建伟道："陈菲菲已经火化了，我这里有尸检报告。"

侯大利道："我想问一问陈菲菲被强奸一案的细节，当时是张小舒做的检查。"

李建伟望了一眼坐在办公桌前的张小舒，道："精液确实是周涛的，张小舒取的样，张晨做比对，完全合规，没有任何问题。大利，坐啊，别站着说话。张小舒，你也过来。"

作为田甜的未婚夫，侯大利和法医室走得比较近，每次过来都会受到热情接待。李建伟和张小舒对徐静尸检结论有明显分歧，关系变得微妙起来。但是，当侯大利过来谈事的时候，两人没有把这点小尴尬摆在台面上。

侯大利和江克扬坐下以后，张小舒泡了茶端过来。江州毛峰在透明玻璃杯里或沉或浮，散发着淡淡茶香。

寒暄几句，侯大利道："当初你在给陈菲菲做身体检查时，有没有对她的体表做检查？"

张小舒摇头道："陈菲菲被灌了药，头昏脑涨。我没有对其做体表检查，只是按照常规的方法做了采集。"

李建伟道："为什么没有检查体表？"

得知张英的遭遇后,张小舒有些懊恼,道:"我失误了,完全没有想到做彻底的体表检查。"

李建伟道:"也不怪你。陈菲菲当时的状态很差,本人也没有说起这些细节。"

离开法医室,侯大利来到小会议室,滕鹏飞和老谭已经坐在一起抽烟。

等侯大利讲完,老谭很惊讶地道:"大利啊,你的想法真是天马行空。"

侯大利道:"7月天热,裤子单薄,精液极有可能隔着裤子渗出来,渗出来后多半会粘在陈菲菲的衣服上。"

老谭泼了冷水:"大利,不要过于乐观,技术室和检察院的人都多次检查过陈菲菲的外套和内衣,没有任何发现。"

侯大利道:"这个想法看起来很不可思议,其实符合逻辑。从张英的描述和陈菲菲的遭遇来看,这帮人是性饥渴。张英在车上时间很短,都会发生这种烂事。陈菲菲在车上时间应该更长,更加暴露,我觉得极有可能出现同样的烂事。遗憾的是当时检查身体时,只检查了下身,没有对身体皮肤进行检查。幸好我们还保留了陈菲菲的外套和内衣,总得再试一试。"

滕鹏飞站起身,道:"那就死马当成活马医,如果真找到了精液痕迹,周涛的事情就有了转机。"

刑警新楼,三楼,物证室老邢坐在桌前,正在专心看《江州公安志》草稿。听到脚步声,他戴上眼镜,朝外望了望,道:"哟,这么多人过来,稀罕啊!"

滕鹏飞平时说话大大咧咧,在老邢面前却很是恭敬,道:"师父,您看书啊!"

老邢道:"这书总让我冒火,你是重案大队长,好好把稿子读一遍。你别给我扯没有时间,时间挤一挤,肯定会有的。我们这些快退休和已经退休的老同志,最重视组织对自己的评价。干了一辈子,如果在书里能有一两笔，那也值啊！重案大队还缺案子吗？要实事求是，这最重要。"

滕鹏飞道："师父在看什么案子，火气这么大？"

老邢拿笔在稿子上画了一个大圈圈，自言自语道："乱写，明明就是长贵刑侦主办的案子，就是那个用筷子杀人那事，就不要把功劳记在重案大队身上。重案大队破的大案够多了，不差这一件。"

滕鹏飞道："师父目光如炬，这个毛病挑得好。"

老邢叹了口气，道："别扯什么目光如炬，都是经过手的案子，我记得清楚。大利来了，老谭也来了，是要复查哪件案子？"

老谭道："陈菲菲被强奸的那起案子，送过来好几件衣服。"

此案与民警周涛有关，老邢印象非常深刻，扭头对侯大利道："又是大利发现的破绽？"

滕鹏飞道："师父，我们这么多人一起来，为什么你就认为是侯大利发现的破绽？"

老邢道："我虽然不在一线了，脑子还没有变笨。大利如今是省厅的人，如果不是他发现破绽，你们不会和他一起来查物证。更何况大利天赋异禀，鸭骨头架子的DNA，皮鞋里的皮屑，都很精彩。他发现新破绽，不足为奇。大利，这次准备找什么？"

侯大利道："查看陈菲菲衣服上是否有精液？"

老邢道："嗯，这得好好看看。谁过来办手续？"

尽管是刑警支队两位副支队带队来对涉案物证进行重新检查，老邢还是一丝不苟查看了相关手续，详细登记，全程录像。除了物证室按程序录像，技术大队小杨也开始录像。

勘查室小林搬出来陈菲菲案的物证箱。此案物证相对简单，根据编号摆在桌上。强光灯打开以后，小林戴上手套和帽子，小心翼翼地拿起衣服，用放大镜，一寸一寸地检查衣服。

侯大利叮嘱道："有可能是隔着衣服渗出来的精液，如果真能留在衣服上，印迹比较浅。"

滕鹏飞道："仔细点，别漏了。"

所有人的目光集中在小林身上，全场安静，呼吸声可闻。

过了二十分钟，小林慢慢抬起头，道："我看到一小块污渍。污渍处稍稍发硬，和普通污渍不太一样。"

这一块污渍位于衣领部位，只有指甲壳大小，颜色浅。如果不是特意在衣服上寻找精液，很难发现。侯大利、滕鹏飞、老谭等人轮流凑在放大镜前进行观察。诸人看完，都不说话。

侯大利道："再检查，也许不止一处。"

小林继续检查，又过两分钟，道："这里还有一处。"

这一块污渍位于衣服的肩膀处，颜色更浅，面积稍大。

江克扬兴奋地道："我希望污渍就是精液，只要查出这块精液不是周涛的精液，案子就要反转了。"

侯大利对这个说法没有表态，额头出现川字纹路。

发现污渍以后，剩下的工作就交给DNA室张晨。

老谭看了看时间，道："现在让大家回家等待结果，会等得心焦。葛朗台也从阳州过来了，应该能出图。到会议室坐一会儿，一边等DNA的结果，一边等葛朗台出图。"

滕鹏飞脱下手套，道："检验结果很重要，程序上一定要到位，绝对不能因为程序不对而弄成非法证据。其实，就算真正检出了精液，在没有抓到此精液所属的犯罪嫌疑人之前，仍然不能认为周涛没有强奸陈菲菲。"

江克扬道："如果查出了其他人的精液，至少说明此案还有另外的可能性。"

滕鹏飞道："只是存在另外的可能性，不能彻底为周涛翻案。周涛的精液出现在陈菲菲的身体里，必须要有能摆上台面的合理原因。当然，这是一次重要突破，对周涛极为有利。如果顺着精液这条线捉到人，审下来，周涛才有可能真正脱困。"

一行人来到小会议室，坐了一会儿，葛向东走了过来，手里拿着几张图。

这是恢复手腕带"忠"少年的图像。原图像是少年死亡以后拍摄的，表情僵硬，五官变形。葛向东根据尸体面部以及模糊视频做了面部像和全身像。重新处理过的人像活灵活现，戴着帽子和眼镜，神情很酷。

"那个疑似被绑少女的图像要稍稍慢一些，最迟也就明天出来。"葛向东放下图片，准备回去继续工作。

江克扬道："老葛，问你一个事。你如今阅人无数，能不能看出这人的子丑寅卯？"

葛向东道："没有明显特征。只是从五官的肌肉分布和粗细来看，这人不是重体力劳动者。老克为什么要问这个问题，有什么新发现？"

江克扬道："我看过你画的图像，总是觉得这人的神情与平常人有微妙区别。"

葛向东道："我做的是复原像，与真实相貌肯定有些差异，微妙区别有可能是这个原因。"

江克扬"哦"了一声，没有再说话。

几分钟后，宫建民来到会议室。他听完复查情况后，道："DNA室出结果有一个过程，在这里坐着没有意义，等到张晨把数据做出来，再过来开会。"

侯大利站起身，道："那好，我们先回老楼。"

宫建民道："大利，你到我办公室来，有事要谈。"

其他人离开后，侯大利来到宫建民办公室。

宫建民给侯大利泡了茶，放在会客的茶几上。以前侯大利作为重案一组组长过来汇报工作，都是站在办公桌边讲事情。如今身份不一样，宫建民对待侯大利便客客气气。

侯大利坐在沙发上，端起茶杯，慢慢喝了一口。茶叶是江州毛峰，生产厂家是国营江州茶厂，质量不错，只不过口感不如侯国龙专属茶厂出品的毛峰。江家的江州毛峰口感更为醇厚，国营江州茶厂的略带板栗香。

几句闲话后，宫建民言归正传，道："从案发现场的情况来看，徐静明显被控制了。徐静是运动员出身，长期坚持锻炼，体能很好。现场没有明显扰动，而且楼下的两人没有听到异常声音，原因有三种，第一种，凶手持有武器，以武力威胁，徐静不敢反抗；第二种，徐静有可能是被药物控制；第三种，凶手恰好在徐静癫痫发作时进入现场。第三种情况的可能性最小，前两种皆有可能。不管是哪一种，我们都要一一排查。我们准备把徐静的样本送到公安部，再做毒物试验。安眠药每年都有新药，新药没有收入省厅样本库，很正常。"

侯大利道："没有找到凶手出入的视频，且别墅门窗完好，外墙没有攀附痕迹，凶手是熟人的可能性最大。从我们当前的调查情况来看，关江州吸毒，需要用钱，是我们重点关注的目标。"

宫建民眉头紧锁，道："这又是一起企业家以及其家人被伤害的案子。我和关局对此深感忧虑，如果不尽快将凶手缉拿归案，恐怕还会发生类似的事情。而且，凶手和幕后黑手不能画等号。我们必须尽快将凶手和幕后黑手一起挖出来。"

如今，诸多线索都指向了杨永福。如果在八十年代，公安早就将杨永福控制起来，然后突审。进入新千年，社会变化很大，证据比口供重要，程序必须合法。省专案二组和江州市局都将杨永福纳入视线，由于没有找到杨永福犯罪的直接证据，已有线索无法形成链条，只能眼睁睁看着杨永福在社会上活蹦乱跳。

这是一个老话题，侯大利没有多说，耐心地听宫建民讲下文。

宫建民端起茶杯，喝了一大口，又将嘴中的茶叶嚼碎："湖州警方找杨永福核实其真实身份之后，我们就有意控制这个信息，那时你还不是很清楚。湖州假户口案风波平息后，江州很平静，杨永福就是吴新生的消息没有在江州传播。突然之间，这个消息在江州出现得非常猛，传得沸沸扬扬，几乎所有老板都知道了。有人故意传播这条对杨永福不利的消息，可是为什么要传播这条消息？这让我迷惑。"

侯大利想起死去的秦力，道："也许，两面人不想让杨永福继续行凶，有意让他暴露。"

宫建民道："确实有这种可能性。"

半小时后，侯大利离开宫建民办公室。

侯大利来到重案一组办公室，与重案大队的同志们打过招呼后，和江克扬一起下楼。

侯大利道："我在想刚才你和老葛的对话。老克在车站派出所就是有名的神眼，觉得死者和平常人不一样，应该是对的。"

江克扬道："或许是我的错觉。"

侯大利极为重视侦查员的直觉，道："错觉具体是指什么？"

江克扬道："张英说过整个车内只有一个人说话，全程没有听到其他人说话，有一种奇怪的静默。我看过老葛画出的复原像，总觉得这个人与我多年前在车站派出所看到的一对聋哑人神似。那一对聋哑夫妻习惯戴眼镜和帽子，和寻常聋哑人不一样。这两人比画手势的时候非常少，神态很特别。他们经常来坐火车，所以我知道他们是聋哑夫妻。复原像中男子的神情，与这一对夫妻极为相似。"

侯大利道："你的这个直觉很重要，这一伙人如果真是聋哑人，肯定会在某个场合留下痕迹。"

DNA提取室设置在刑警新楼附楼一楼。侯大利和江克扬乘坐电梯下地下停车场时，经过附楼一楼。

侯大利望着DNA室的门牌，道："结果还没有出来，让人心焦。每次想起我们已经猜到了是有人陷害周涛，却仍然无法突破，让周涛在看守所度日如年，心里就不好受。"

江克扬道："江州的DNA实验室水平排在全省第二，只比省厅稍差一些，回家睡一觉，结果就应该能出来了。"

此时此刻，DNA提取室正在有条不紊地开展工作，张晨和助手通过离心机、恒温混匀仪、自动化提取仪等设备，准备把DNA从样本细胞中释放出来。他们采取的Chelex-100提取法是最常规的提取方法，主要用来提取血液、精斑和混合斑等。提取出来的DNA样本接下来就要使用PCR（聚合酶链式反应）技术，进行数万倍扩增。扩增好之后的DNA样本被送到DNA检测室进行检测。

DNA检测室是整个DNA实验室的核心。江州新购买的这台DNA检测仪可以测出24个基因位点，而一般测出16个基因位点就能够全面锁定世界上独一无二的某个人。

等到DNA检测室得出DNA数据后，通过计算机输出并形成鉴定报告，经过审定的鉴定报告可以形成案件的直接证据。

从提取、检测到得出鉴定报告是科学过程，不管案子多么十万火急，也没有办法加快速度。张晨唯一能做的就是加班，连夜工作，争取尽快拿出结果。

8月27日早上6点，侯大利醒来以后，拿起手机查看，遗憾的是没有短信，也没有未接电话。他很想给张晨打电话，询问进展，调出张晨电话，又放弃，再调出，再放弃。最终，他将打电话的想法强压下去，到健身房锻炼。

健身房里，张小舒已经汗水淋漓。

"这么早？"侯大利的目光在张小舒身体上一掠而过，赶紧回避。

张小舒停了下来，拿毛巾擦了擦汗水，道："我要向你学习，每天坚持锻炼。"

"送到部里的样本什么时候能够出结果？"侯大利看了一眼沙袋下端。由于张小舒经常拍这个部位，沙袋下端出现了明显印迹。

"部里面的大项目太多，我们这个小项目只能排队。"在进入公安队伍之前，张小舒身材苗条，稍显柔弱，整个人很有文艺范。进入公安队伍后，她时常在健身房锻炼，身材变得更加紧实，有点"挺拔"的感觉，与文艺范渐行渐远。

侯大利想到江克扬提出的问题，随口道："聋哑人有什么身体特征？"

张小舒道："说具体一些？"

侯大利道："'8·3'案件中的死者如果是聋哑人，他的身体有没有异于常人的特征？"

张小舒道："异于常人的地方就是耳朵，发生于外耳或中耳的听力损失被称为传导性听力损失，如中耳炎、鼓膜穿孔等。发生于内耳或蜗后神经病变的听力损失称为感音神经性听力损失，混合性听力损失是传导性和感音神经性听力损失的混合体。"

侯大利道："'8·3'案件中的死者口、鼻、双耳有流柱状血迹，双眼肿胀瘀血，面部变形，鼻骨、右颧骨、上下颌骨骨折，手触之有骨擦感，这种情况下，能不能通过检查耳朵，确定死者是不是聋哑人？"

"头部受伤如此严重，耳朵大量出血，有可能会影响检查。"张小舒忽然灵光一闪，道，"我以前在山南医学院的学报看到过一篇文章，由于发育的问题，先天性聋哑人的皮肤纹理与寻常人不一样。文章发表在四年前的学报上，我还有些印象，具体内容记不清楚了，得找到当时的论文。"

侯大利只是随口一问，并没有指望张小舒真的能够给出答案。谁知，张小舒还真的看到过类似研究。这是一个意外惊喜。侯大利道："既然有这个技术，我们赶紧到山南医学院，不仅要找到论文，还得找到论文作者，请作者帮助我们查看'8·3'案的尸体。"

张小舒道："我得向李主任请假。现在时间还早，李主任应该没有起床。"

侯大利继续留在健身房锻炼，张小舒则到楼上洗漱。到了上午8点半，张小舒这才拨通了李建伟丰仟的电话。

在判断徐静死因这个关键问题上，张小舒和李建伟产生了明显分歧。事实支持了张小舒的判断，李建伟在判断死因上出现了严重偏差。这个偏差如果没有及时纠正，将产生重大失误。李建伟表面上云淡风轻，实则内心深受煎熬，接连几天失眠，到了上午8点半时，仍然躺在床上，半睡半醒。

被电话惊醒后，他看到张小舒的号码，没有立刻接通，等手机响了一会儿，这才接通电话，沉声道："有事吗？"

张小舒道："李主任，我请假，准备回山南医大。"

李建伟道："为什么要回医学院？"

山南医大前身就是山南医学院，李建伟曾经在医学院进修过，所以习惯称山南医大为医学院。得知侯大利的想法，李建伟脱口而出："聋哑人核心是听力问题，难道听力出现问题会影响皮肤纹理，这有点悬吧？"

张小舒道："从理论上来说，先天性疾病和其他类型的疾病会导致皮纹变异。我没有研究过，只是记得有这么一篇论文。"

"哦，是这样啊，那还是有可能。你去吧。"

李建伟放下电话，又躺在床上，只觉得疲惫异常。这种疲惫不仅仅来自身体，也来自内心深处。他素来对自己的本事颇为自得，这一次对徐静死因判断失误险些造成重大事故，尽管没有受到责备，可是挫败感如影随形，反复撕咬着他的自尊心。刚刚接到的电话又让他觉得自己的知识落伍了，做了一辈子法医，还真没有听说过看手纹可以判断是不是聋哑人。他在刹那间生出了急流勇退之心，随即又打消了这个念头。作为江州法医的负责人，轻易甩手撂挑子，不符合自己的人生理念。

他在房间转来转去，心道："这几天没有给张小舒好脸色，是不是自己太狭隘了？不管从哪个角度来说，是她提出的异议才让自己避免了犯大错误。"

李建伟心神不定地来到副支队长老谭办公室。老谭精于足迹和指纹，却也没有听说凭着手纹便可看出是否为聋哑人。

高速路上，侯大利戴着手套，专注开车。

张小舒坐在副驾驶位置，望着往后疾退的行道树，一时之间，不知道说些什么，干脆沉默起来。

行驶了三分之一路程，侯大利打开音响。从音响中飘出来的依然是《阿尔罕布拉宫的回忆》，忧伤的旋律在车内流淌，更让张小舒内心深处的伤痛一点点聚集起来。这一段时间，她经常回想母亲离开前的生活细节。那时父亲和母亲经常关在卧室吵架，偶尔还能听到屋内传来"砰砰"的声音。那时她尚年少，对"砰砰"的声音意味着什么懵懵懂懂。现在回忆往事，她明白是父母关在屋里打架。经历了邱宏兵案后，她总是不由自主地回忆起母亲失踪前夕的一点一滴。回忆不仅让其痛苦，也让其格外害怕。

车行三分之二路程时，侯大利主动道："你的进步很快，我听朴老师说起过，省厅杨浩主任多次表扬你。"

张小舒轻轻"嗯"了一声。

侯大利道:"到了医大,我们先去翻学报,找到当年发表学报的老师。如果有可能,我们要想办法邀请这位老师到江州,仅看手印,效果不一定好,毕竟没有看现场强。"

"医学院的教授做实验,发表论文,但是具体观察某一个人的手印和脚印,不一定比我们强。"张小舒幽幽地望了侯大利一眼,道,"大利,我作为我妈的子女,能否问一问案件的进展?这一段时间你一直在忙其他的案子,估计没有多少进展。"

侯大利道:"有了进展,我们会通报,希望你能理解。"

张小舒望着窗外,过了一会儿,道:"大利,这些年来,你除了办案就是办案,根本没有自己的生活。难道,你这一辈子都要这样过吗?"

侯大利随口敷衍道:"一个案子接一个案子,忙得团团转,我没有想太多。"

侯大利无数次扪心自问,难道我以后不再谈恋爱了吗?答案是否定的,他没有永远单身的想法,只是暂时没有找女朋友的意愿。随着与张小舒接触越来越多,他多次尝试在心里把张小舒放在女友的位置,每次如此思考之时,内心深处的阴影就会涌出来,遮天盖地。除了往事,还有杨永福这条毒蛇也横在他们中间。在没有彻底安全之前,他不想再谈恋爱。

说了几句话后,两人又陷入沉默。越野车进入阳州,直接开到山南医大。在暑假期间,医大图书馆里仍然有很多同学,同学们安安静静读书,整个大楼几乎没有说话声。张小舒在图书馆很有人缘,不断有工作人员过来打招呼。在查学报时,一名女管理员把张小舒拉到一边,道:"小舒,听说你成为警官了。我们学校毕业出去的,当警官的倒是很少。你的选择很奇怪,也很有劲。"

张小舒道:"刘老师,我过来查学报。"

刘老师道:"我知道你来查学报。那是你男朋友吧,好帅。"

张小舒笑道:"他是我的同事,一起过来查学报。"

刘老师道:"你在我们图书馆待了好多年,就是我们图书馆的一员。有时候,我来到阅读区,下意识就要看看你以前经常坐的位置,仿佛你还在那里看书。"

医大图书馆是张小舒在大学时代最常去的地方。在无数个寂寞夜晚，她独坐于此，消磨时光。台灯的柔和光线洒落在小方桌上，格外温暖，让其心情平静。今天，回到旧地，张小舒在倍感亲切的同时，又清晰地感到疏离。走出校园，哪怕只有一天，那也就不再是大学生了，很难找到当年的心境。

刘老师找来近年的学报合订本，放在张小舒常坐的那个位置，又端来咖啡，送给两人。

侯大利喝了一口香醇咖啡，道："你在学校人缘很好。"

张小舒道："那些年无处可去，除了实验室，就是图书馆和排练厅，这三个地方是我花费时间最多的地方。"

两人翻找学报合集，很快就在2001年10月的学报中找到了一篇名为《先天性聋哑人手纹学调查》的文章。更幸运的是张小舒通过导师很顺利地联系到了文章作者。

在绿树成荫的第三教学楼二楼办公室，朱教授拿着学报复印件，笑呵呵地道："没想到这篇旧文还有人记起，小张是有心人。皮肤纹理学在诊断遗传性疾病尤其是染色体异常引起的疾病方面有广泛应用。近年来又发现一些先天性疾病和其他类型的疾病也有皮纹变异。我只是没有想到这项研究还能用在破案上，这有点意外。"

张小舒道："这是一具无名尸体，没有能够找到尸源。我们怀疑这具无名尸体也许是聋哑人，所以想请朱教授帮着我们判断。"

朱教授道："我以前的研究是针对先天性聋哑人，后天各种原因导致的聋哑人不在研究范围内。"

张小舒道："侦查员在办疑难案件时，会穷尽所有可能性。"

朱教授沉思片刻，道："聋哑人与正常人相比，皮纹值有多项差异，说明聋哑（至少部分聋哑）的发生与先天因素有关，可能是遗传物质失调，或胚胎发育时环境因素的异常所致。聋哑人的某些皮纹异常，如男性聋哑人的弓形纹、挠箕纹、尺箕纹低于正常人，斗形纹高于正常人，女性挠箕纹低于正常人，而弓形纹高于正常人。男性ADT角度大于正常人，峰纹总数和有弓者也多于正常人。尽管有了这些明显差异的数值,但是可否作为聋哑幼儿早期诊断的一项参考,仍然值得在实践中进一步探讨。用来判断死者是否是聋哑人,这是谁都没有做过的事情。"

侯大利解释道:"我们是用来寻找线索,不用作法庭证据。"

"我得再次申明,我们研究的是概率,不针对个体,个体情况千变万化,有各种特殊情况存在。"朱教授将死者手掌的高清照片放在电脑中,放大,然后拿起放大镜,仔细观察。随后拿起尺子,在照片上画线,反复测量。

约莫四十分钟,他放下尺子和笔,道:"死者的左手a-b纹线是51.3,明显偏高,右手a-b纹线是52,也明显偏高。死者左手的ADT角度48.3,右手的ADT角度为49.1,都比平均值偏高。死者八个手指是斗形纹。"

侯大利道:"这些数据说明了什么?"

朱教授道:"这么说吧,死者的手掌纹符合先天性聋哑人手掌纹的特点。但是,并不能说明死者就一定是先天性聋哑人,只能说死者极有可能是先天性聋哑人。"

朱教授的结论不能作为证据提交到法庭,但是其结论指出了一个方向:死者很有可能是先天性聋哑人。

朱教授原来只是想要帮助警方瞧一瞧照片,等到看到照片以后,学术心大起,同意前往江州。副支队长老谭是有名的手纹和足迹专家,在电话中听说山南医大教授居然通过手纹判断死者极有可能是先天性聋哑人,最初觉得是开玩笑,确认信息是真的后,赶紧来到殡仪馆,等待朱教授,准备偷学一点绝技。

朱教授来到殡仪馆,查看死者手纹之后,认为死者确实有可能是先天性聋哑人。老谭跟在朱教授身后,仔细询问了手纹和多种疾病的关系,记下足足两页纸的要点。

很多事情不过是一层纸,老谭作为手纹和足迹专家,早就明白手相即人相,手作为人体最为敏感和灵巧的器官,手的形体、颜色、质地都和人的健康和精神有紧密联系。只不过,他从来没有想到先天性聋哑人的手纹与普通人不一样,戳破这层窗户纸,朱教授的理论就非常浅白了。

市公安局根据朱教授提出的观点以及张英的描述，组织上百名民警排查三名疑似聋哑人以及一名疑似被绑女子。每名民警携带由葛向东恢复的一男一女两张照片，在各自责任区内进行排查，横向到边，纵向到底，不留死角。

排查工作开始不久，DNA室张晨主任带来了一个让人兴奋的消息：两块疑似精斑的痕迹确实是精斑，分别属于两人。这两块精斑没有与周涛的DNA比对成功。这就意味着，有三个人的精斑留在了陈菲菲身上，这两人的精斑留在衣服上，周涛的精斑则留在陈菲菲下身。

小会议室里，宫建民骂了一句，道："这是怎么回事？现在看来，周涛确实是被陷害。散会以后，陈阳赶紧把相关情况向李检察长说一说，沟通一下周涛的事情怎么处理。"

坐在宫建民身边的侯大利沉思不语。另外两块精斑出现，让强奸案的不确定性增加，周涛仍然不能彻底洗清罪名，除非找到利用其精液的人。这是让侯大利深感遗憾的事情，明明知道有人陷害了周涛，也找到了陷害者的指纹，还有其他人的精液，可是这些人如人间蒸发，始终没有找到。

张晨继续汇报："两块精斑的一块与无名尸体的DNA比对成功。另一块精斑没有在数据库，没有比对成功。"

支队长陈阳拍了一下桌子，道："这个团伙果然内讧了，那个死掉的家伙应该是被团伙内部人杀害的，那个疑似被绑架的女人也是他们一个团伙的。除了我们发现的这四个人，还有一个皮卡车司机。这个团伙相继在强奸案、猥亵案以及邱宏兵杀妻案中出现，这几个案子性质完全不同，这伙人是受雇于人。"

宫建民打断了陈阳，道："另一个人的DNA是重要线索，张晨要持续跟踪。我强调一下徐静案。关百全是江州名人，妻子和未出生的儿子被害，影响太坏，江州的企业家如今人心惶惶。此案件十分恶劣，和当年丁丽遇害时的情景极为类似，丁丽遇害后，丁晨光搬走，侯总也搬到阳州，还有张大树、李兴奎等都开始出走江州。书记找我和关局谈了话，绝不能让这一幕再出现。滕麻子丢掉所有的事，专心办理徐静案。"

滕鹏飞道:"凶手肯定在徐静的社会关系中,这一点毫无疑问。"

宫建民道:"光说不行,你得把凶手找出来。无名尸体案未破,陈菲菲之死还有疑点,省专案二组遭撞击,关百全妻儿遇害,这么多事积压在一起,我不知道你们是不是喘不过气来,反正我是喘不过气了。大家各做各的事情,希望早日突破。大利,你到我办公室来。"

众人纷纷起身,侯大利跟在宫建民身后。

滕鹏飞望了一眼跟在宫建民身边的年轻人,心道:"侯大利和专案二组负责两起命案积案,没有必要搅和江州市的其他案子。宫建民作为分管副局长,一向精明,为什么总要叫侯大利到办公室单独交代?这绝对另有深意。"他细细回想着这一段时间的种种安排,若有所悟,心情复杂。

第八章
进入密道逼近真相

晚7点,"8·24"案的案情分析会召开,宫建民在开会前宣布:"在今后一段时间内,省专案二组为了查找杨帆案和白玉梅案线索,有权参加江州市刑警支队、大队和中队的所有案件,各单位无条件配合。"

滕鹏飞和重案三组张国强并排坐在一起。张国强轻轻碰了碰滕鹏飞,低声道:"我怎么觉得时光倒流,就和以前战刚局长宣布105专案组配侦一般,然后侯大利就开始一人单挑全队。这一次,我感觉又会出现以前的那一幕,往日重演。"

滕鹏飞揉了揉脸上的麻子,道:"你说错了,往日肯定不会重演。以侯大利现在的影响力和身份,他只要提出反对意见,大家都会认真掂量,不会轻易反对。如果真出现无人反对的情况,那不是好事。"

按照江州刑警支队的案情分析会规则,第一次案情分析会都有固定模式,发言顺序是最先到达民警、现场勘查技术人员、法医、外围排查侦查员、DNA室或者病理室技术人员、重案大队和支队领导、市局领导或者其他。这个其他如今就包括了来自省刑总的侯大利。

第二次以后的案情分析会,发言顺序则是由发现新线索的侦查员进行发言,然后大家讨论分析。今天开展的"8·24"案案情分析会并不是第一次案情分析，开始就是由理化检验室新任的宁果主任宣布最新结果：从徐静身上提取的检材送到公安部物证鉴定中心后，公安部物证鉴定中心检出了安眠药曲宁成分。曲宁是新药，山南省两级公安机关物证鉴定中心的样本库中都没有曲宁样本，所以没有检测出来。

这个结果是昨天下午6点传到江州市公安局，拿到鉴定结果以后，病理检验室立刻根据公安部物证鉴定中心给出的结论和相关样本进行了检测，果然查出了曲宁成分。

得知此结果，李建伟整夜未眠。早上起床，他用冷水洗了脸，特意抹了点冬天才用的男用护脸霜，把自己弄得精神一些，这才来到会议室。

在宁果宣布公安部物证鉴定中心的结论时，他再一次感觉所有人的目光齐刷刷朝自己看来，这些目光如锋利的裁纸刀，割得他脸部鲜血淋漓。

从理智上来说，李建伟知道自己是在线索不齐的情况下作出的判断，当时很多人都有相似意见，不足为怪，他也不应该承担责任。但是，他从内心深处过不了自己这一关，总觉得自己的判断若是被采纳，那就制造了一起冤案。

从另一个方面来看，自己的判断居然不如一个新入职的女法医，这让他对自己的职业技能产生了焦虑。这是李建伟的真实感受。而实质上，没有人想起法医室当时的争论，而把注意力集中在案件本身。

张国强谈完后，滕鹏飞道："作案动机、社会关系这些工作固然重要，我觉得不是此案的关键，此案的关键是凶手如何进入别墅。曲宁是国外进口新药，在国内很难买到，江州没有这种药，所以可以排除清洁阿姨和花工。我们调齐了金山别墅以及关百全院子里的监控视频，视频大队的侦查员以两倍速度快进视频，大家看得头昏眼花，眼药水原本一天三次，一次一两滴，这对大家来说根本不管用，现在增加到了一天六次，一次四五滴。在这种情况下，还是没有看到有外人进入院子。凶手是从什么地方进入室内的，是飞进来的，是钻地进入的，是藏在车上进来的，是有七十二变，还是有魔法？"

侦查员们笑了起来，笑过之后，陷入苦思。

讨论一直没有达成共识，宫建民的目光落到了侯大利身上，道：

"大利，你怎么看？"

侯大利放下笔，道："刚才滕支提问，凶手是飞进来的，是钻地进入的，是藏在车上进来的，是有七十二变，还是有魔法？我想要回答这个问题，凶手只有两种可能，一是藏在汽车中进入，二是钻地进入，后一种可能性更大。"

滕鹏飞问道："钻地进入，如何实施？凶手又不是土行孙。"

"江州比较老一点的老板在建房时会留一手，建带有逃生通道的密室。关百全搞建筑起家，很有可能给自己弄出密室。"侯大利停顿了一会儿，补充道，"为什么我会想到这一点？因为我家在高森的别墅就有密室，遇到紧急情况，可以通过密室逃生。"

全场安静下来，呼吸声可闻。

侯大利本身就是亿万富豪的儿子，最能理解亿万富豪的心理状态和行为模式，其说法有可信度。滕鹏飞瞪着侯大利，过了两三秒，道："张国强，你明天带人找关百全，问一问别墅有没有其他通道。小林，带人复勘现场，查找密道或者密室。另外派一组人，调查当时进入别墅的所有车辆，再次确定车上的人数。"

8月28日上午，重案二组张国强找到关百全。

徐静案发不过短短数日，关百全的生命力犹如沙漠中的水汽那样毫不留情蒸发，皮肤失去水分，突然间松弛，格外苍老。张国强是重案大队最帅的小伙子，高大挺拔，浑身上下充满活力，与关百全坐在一起时，反差特别明显。

"关总，你的别墅有密室或者逃生通道之类的设施吗？"张国强简单介绍了案情侦办情况后，直奔目标。

关百全抬了抬眼皮，道："没有。"

张国强道："房间和窗户没有撬动痕迹，凶手怎么进来的？"

关百全叹了口气，道："你们是专家，专家都搞不清楚，我也百思不得其解。"

张国强道："为了弄清楚凶手是怎么进入房间的，我们现场勘查人员要复勘现场。"

关百全有气无力地道:"别墅没人了,你们随时可以过去。我不想陪你们到那个地方,你们自己去就行了。屋里有徐静生活过的痕迹,我看着难受。你们在查找的时候,注意恢复原状,别破坏得太凶。"

张国强又聊了几句,让关百全在笔录上签了字,这才离开。关百全坐在沙发上,一直没有动弹,等到秘书过来将三杯茶水收走,这才缓缓起身。那次在密道里逮住小儿子以后,关百全重新检查了设置在书房里的秘密开关。这是为了关家人设置的通道,越少人知道越好。家里搞清洁的阿姨不能知道,女儿和女婿不能知道,前妻不能知道,徐静也不能知道。唯有他和两个儿子才知道。因此,逃生通道的密门做得格外隐蔽,只要不是掘地三尺,不在屋里大肆破坏,他相信公安发现不了这条密道。毕竟,做建筑,他是专业的。

当前,关百全最愁的是如何给关江州擦屁股。尽管老三绝不承认做了坏事,但凭着他对老三的了解,此事肯定是他做的。

徐静和未出生的孩子遇害,让关百全疼到骨头里。如果凶手不是老三,他绝对会将凶手碎尸万段。凶手是老三,关百全就没法下手了,虎毒不食子,老三再不成器,也是自己的儿子。况且,人死不能复生,就算把老三杀了赔命,徐静和肚中的孩子也活不过来。

他最初的想法是将儿子送到国外,在儿子没有吸毒的情况下,这是最佳方案。

由于儿子吸毒,送到国外的方案就变得异常凶险。国内毒品管制如此之严,儿子都染上了毒瘾,到了国外,儿子即使逃过了法律制裁,绝对逃不过毒品的魔爪。留在国内,强制老三戒毒,然后将他送到远离毒品的环境,这是拯救儿子的唯一出路。

徐静遇害之初,关百全希望警方能快速破案,给妻儿一个交代。现在他希望警方犯糊涂,给老三留下一条生路。

"绝对是侯大利那个小子。他家有好几幢别墅,多半也和我一样,留有逃生通道。"关百全想起侯大利,骂道,"侯大利龟儿子,不当富二代,偏偏当警察,真他妈的撞了鬼。"

关百全虽然没有反侦查经验，但作为久历社会的老板，生活经验和社会经验十分丰富，脑袋够用，迅速想通了应对警方的策略："警察就算查到了逃生通道，老子也有话说，既然是逃生通道，肯定不能轻易说出去，否则也就不叫逃生通道。"

从办公室走出，关百全直接回家。这是关百全和前妻曾在一起生活过的家，修于二十世纪九十年代，二百四十平方米，面积够大，户型不是太好，没有办法建逃生通道，只是建了一个很小的密室。他和前妻后来搬到金山别墅，这套老房子便一直空置着。

徐静死后，关百全重新启用了这套房屋。

为了帮助儿子戒毒，关百全让人改造了一个房间，将老三丢了进去。这是一间特殊的房屋，屋里所有带角的家具全部撤走，只放一张木床，用不锈钢防护网封好窗户。屋内无法反锁，进出由屋外控制。

每当关江州毒瘾发作时，守在门口的两个孔武有力的大汉便冲进屋，将其绑在床上，无论其如何哀求、挣扎和诅咒，都不放其出来。

关百全回到家，问了问头发全白的堂弟关百彬，道："老三发作没有？"

关百彬眼睛红红的，道："刚刚闹腾了一次，现在还被绑在床上，情绪激动。百全，这样不行，还得送老三到戒毒所，强制戒毒后，再与以前的圈子彻底隔离，免得复吸。"

关百全道："他现在清醒没有？"

"醒是醒了，逮谁骂谁。"关百彬长叹一声，道，"造孽了，谁暗中下毒？真是丧尽天良。"

关百全推门而入，望着被牢牢绑在床上的儿子，告诫自己："不能心软，现在心软就是害了老三。"尽管他让自己心硬如铁，可是见到儿子满脸鼻涕和眼泪，头发乱七八糟，仍然内心酸楚。

被绑在床上的关江州看着父亲进来，破口大骂道："关百全，快点放了我。你他妈的耳朵聋了，听到没有？！"

关百全怒火上涌，恨不得拿皮带狠抽眼前这个不知好歹的东西。想到公安还在虎视眈眈，他强压怒火，道："骂我有什么用？谁给你下毒，你去骂谁！"

关江州身体扭动，想要挣脱绳子的束缚，道："我不知道谁下毒。虎毒不食子，你要把我弄死，直接拿刀来砍啊，有种你就砍啊！"

关百全道："肯定是杨永福下毒，谁对你好，谁对你歹？你眼瞎了？"

关江州大吼道："我眼睛不瞎，我妈怎么死的，我心里清清楚楚，就是徐静逼死我妈。一日夫妻百日恩，你居然袖手旁观。徐静死了，她肚子里的杂种死了，活该，我呸！呸！"

听到如此诛心之语，关百全举起了拳头，即将打下去的时候，发现老三枕头边上有一大团头发，是他挣扎时掉落的。这瞬间，他控制不住情绪，狠踢了床一脚，然后走出小屋。关百全在另一个房间，想起徐静，想起前妻，想起老三，一时之间，老泪纵横，泣不成声。

关百彬站在门前，只能跺脚。在外人眼里，关百全这种大老板要风得风、要雨得雨，就连伸手摘星星都办得到，肯定快活无比。而这些年他跟在关百全身边，看到了关百全在风光后面的艰难。他走到老三门口，劝道："老三，你别这样对你爸，他做的这些事都是为你好。你染了毒，必须要戒掉，否则这一辈子就完了。"

关江州有气无力地道："龟儿子，放开我。"

关百彬道："你再睡一小时，过了这口劲，到时我自然会放了你。"

关江州又骂道："你这个老东西，等把我放开，我弄死你。"

一小时后，关江州被解开了绳索。他费力地从床上翻身而起，狂躁劲去除以后，沮丧到极点，低垂着头，坐在床边。

关百全进屋，关了房门，与儿子并排而坐，道："今天警察找了我，要搜查我们家，寻找密道。"

关江州惊讶地道："他们怎么知道有密道？"

关百全道："警察不是笨蛋。"

父子相对无言。

关百全道："这个世上没有后悔药，以前的事情不能后悔，后悔也没有用。以你现在这种情况，最好就是出国。但是，你染上毒，到国外是死路一条。在家里戒毒太辛苦，原本可以到戒毒所，我怕警方利用戒毒的机会拿捏你。你现在毒瘾不大，就得下决心戒毒。我花大价钱请外地的戒毒专家到家里来，定时给你开药。等彻底戒毒以后，你到外地的工程队去，别跟江州的人混在一起，彻底脱离现在的环境。"

关江州仍然在思考前一个问题，道："警方找到密道怎么办？"

关百全道："还能怎么办？密道很隐蔽，这是你爸的手艺，警察找不到的可能性很高。就算找到密道，这是几年前就修好的密道，与徐静遇害无关。再说，就算你进过密道，只是为了拿钱，没有做其他事情，除非警察能找到证据。从警方现在的表现来看，他们没有什么好招。如果他们以后找到了证据，那你只能从云南那边出去，这是没有办法的办法。这一段时间你很痛苦，别怪你爸。"

副支队长老谭、小林带人进入金山别墅，进行现场复勘，主要目的是寻找关百全别墅里是否有逃生暗道。

侯大利、戴志、江克扬等人也跟随前往。

副支队长老谭站在院门口，对侯大利道："你家别墅真有密道？呵呵，我其实不应该问，这是机密。"

侯大利道："我家别墅是有密室，这不用讳言。"

老谭经常忘记侯大利是山南首富的儿子，听到此言，拍了拍额头，道："我这是被贫穷限制了想象。大利觉得可能有逃生通道，那就真可能有。"

别墅贴着封条，关江丽不能进屋，坐在别墅外的凉亭里打电话。她看到一群公安进入院子，这才挂了电话。她走到门口，道："你们谁是带队领导？真是疯了，我是关家人，从来没有听说有什么密道。你们领导是不是喜欢看《哈利·波特》，以为我家是魔法学院？"

老谭绷紧脸皮，道："我们是按程序进行复勘，希望关总配合。"

关江丽平时与关鹏局长颇有来往，在私下还称呼关鹏为"鹏哥"，但并没有真正瞧得上公安局中的这些小官。但是，县官不如现管，黑着脸的老谭公事公办，关江丽没有理由阻挡，自嘲道："我没有说不配合，我配合得很。你们为了破案，把别墅封了。这么毒的太阳，我只能在院子里坐着。"

老谭道："谢谢支持。"

跟在警察身后的是社区的两名同志。其中一名认识关江丽，先是说了一些安慰的话，又道公安是真辛苦，为了破案做了好多工作。

关江丽对徐静也没有太多感情，只不过家中出了凶案，终归是不幸。她苦笑道："听说你们是要找什么逃生通道，我真不知道家中还有这玩意儿。你们随便找，找到了，我手掌煎蛋给你们吃。"

老谭一本正经地道："我是搞刑侦技术的，很明确地说，手掌不能煎蛋，若真是用手掌煎蛋，会受伤的。"

关江丽望着严肃认真的老警察，哭笑不得，道："算了，不跟你们乱扯了。那是侯大利吗？"

老谭道："那是侯大利，我们的侦查员。"

关江丽走了过去，道："侯大利，你不认识我了吗？"

侯大利道："关姐，这是例行程序，是为了对关叔负责。"

关江丽道："你比我小好多岁，怎么头发都白了？"

侯大利道："少白头吧。"

关江丽知道杨帆之事，对侯大利颇有好感，道："不管徐静为人如何，希望你们能抓住凶手，也希望你能完成心愿。"

侯大利真诚地道："谢谢。我们要先勘查卧室和书房。"

小林等技术人员从卧室开始勘查，半小时一无所获。所有人又来到书房，站在屋中间，打量书房。小林道："如果真有密道，不在卧室，那么书房的可能性最大，一般又会出现在书柜后面。"

一个技术人员蹲下，查看书柜。另一个技术人员用力推动书柜，书柜丝毫不动。

侯大利蹲下来观察，书柜与地面结合得很紧密，书柜板材之间无异常。小林拿起装修用的小锤，挨个敲打书柜靠墙面，没有空响声。侯大利拿过小锤，也敲打了一遍，没有发现异常之处。

小林道："除非拆掉书柜，否则查不出。"

侯大利道:"那就拆除书柜吧。"

书柜被拆除。后面墙壁贴着传统瓷砖,敲起来没有空响。

两小时以后,小林检查完所有房间和通道,来到侯大利身边,额头沾满灰尘,脸上花一道黑一道,道:"大利,查遍了可疑地方,没有找到逃生通道。如果允许我们挖开地板和墙面,或许能找到。"

在这两小时的时间里,专案二组的其他同志们也没有闲着,和技术人员一起查看了整个别墅区,同样一无所获。

关江丽优雅地抽着烟,对老谭道:"这位领导,现在不需要我手掌煎蛋了。"

老谭擦掉汗水,道:"没有人强迫你用手掌煎蛋,别自找话题了。"

侯大利、戴志、江克扬、小林等人站在院子里,回望这座看上去和金山别墅区其他别墅基本一样的大房子。关江丽站在别墅门口,继续优雅地抽细烟,和一群警察对视。

"如果有逃生密道,必然有进口和出口。出口不能在院子里,否则就会出现在视频中。出口有可能是在金山别墅区,甚至有可能是在别墅区外。"侯大利眉头紧锁,和宫建民、老朱一样,在眉头形成川字纹。

老谭道:"别墅区的公共区域布置有监控视频,没有发现有可疑人员出入。"

侯大利道:"我们换一个思路,另一个出口就在别墅区外,找到出口,也能解决问题。"

江克扬疑惑地道:"大利,你如此肯定有逃生通道?"

侯大利道:"我们调取了金山别墅区的全部视频,还有关百全别墅的全部视频,除了室内没有视频外,视频已经全部覆盖。23日和24日,共有三辆车进入关百全家,其中一辆是关百全的车,一辆是徐静自己开的车,还有一辆是关江山的车。23日上午,关江山的车没有进车库,在客厅和父亲谈事情以后,关江山便开车离开。随后,关百全乘车离开江州,与下属一起出差。24日,只有徐静的车开出和驶入。徐静是去医院做孕检,她的反应不是太大,所以自己开车。23日和24日两天,进入别墅区的人就是关江山、关百全、清洁阿姨、花工和徐静。四个人都可以排除，必然有外人潜入。凶手不是哈利·波特，没有魔法，要进入就得有通道，肯定有通道。"

老谭道："我给视频大队打电话，让他们研究金山别墅外围的监控视频，看能否有所发现。"

侯大利道："我们现在就要到外围实地看一看，主要是调查是否有关家人出现在外围，关江州是重点查找目标。"

内心深处，老谭已经将"凶手通过逃生通道进入关百全别墅"的选项去除了，只不过，侯大利素来有神探之名，如今又是省厅的人，便没有与之争辩。

老谭等技术人员撤回刑警新楼，侯大利和专案二组的人沿着金山别墅外围步行，观察周边情况。

江克扬道："大利，你有些着魔了，这么肯定有通道？"

侯大利道："如果没有通道，还有什么方式能够进入室内？其他方式全部排除，唯剩通道。"

江克扬道："视频大队只是看了23日和24日两天的视频，那仅仅能证明这两天之内没有外人进入，凶手也许是在22号潜入室内，一直在等待机会。室内没有视频，潜藏是有可能的。如果有内鬼帮助，更容易实现。还有另一种可能性，徐静独自开车做孕检，凶手是否有可能藏在后备厢？"

戴志道："小林勘查过后备厢，没有发现异常。我觉得大利的思路还是有道理的。"

侯大利道："我们走一遍外围，如果确实排除通道，那就调查其他的可能性。"

仅仅是有道理还是不行，必须要找到密室和逃生通道。只要找到密室和逃生通道，就能证明关百全说谎。五人绕着别墅区走了半圈。这半圈全是绿化，有四个监控覆盖，没有出现通道的可能性。又走了一百来米，出现了一处居民区，居民区有一个自发形成的菜市场。

侯大利停下脚步，打量菜市场以及几幢楼房，道："关百全的别墅位于金山别墅区东面，这里恰是金山别墅区东面。如果真有逃生通道，这一处的地道相对较短，而且有菜市场和住宅，正是出口的最佳位置。这里有五幢房屋，那种长期闲置的一楼房屋就有可能是关家逃生通道的出口。"

在以前的案子中，侯大利多次独排众议，找到正确的侦查方向，江克扬早就见怪不怪了，顺着侯大利的思路，道："这个简单，找来居委会的人，很快就能弄清楚是否有空置的一楼房屋。"

戴志、张剑波和吴雪还没有完全适应侯大利如此"毫无根据"的说法，吴雪终于忍不住了，道："大利，我怎么感觉你像是'神口铁算'？"

侯大利道："这是我直觉中的第一种可能性，我们现在就是在验证这个直觉。还是那句老话，如果我的直觉是对的，验证了，我们就大赚。如果我的直觉是错的，我们也是小赚，至少否定了一种可能性。破案就和解数学题一样，利用有限条件，找到正确答案。有些解法会出错，这不奇怪。"

小菜市场附近有五幢楼房，共有二十家底楼，五人走了一圈，通过观察家门口的情况，再综合电表、水表和气表的情况，锁定底楼的三家空置房屋。

江克扬在一处张贴栏上看到社区民警的电话，便直接给社区民警致电，请其核实三家空置房屋的情况。

在等待社区民警的时候，五人来到菜市场旁边一个喧闹的茶馆，要了一壶老荫茶，慢慢喝。老荫茶味道重，若是在屋内独饮时，其味道就粗糙。大家在没有空调的屋内找密道，流了一身臭汗。此时在茶馆喝上一碗老荫茶，只觉得浑身毛孔都舒坦了。

十分钟不到，一名社区民警骑着摩托来到小菜市场。

江克扬走了过去，道："老杨，我是重案大队江克扬，你还记得吗？"

老杨略有点秃顶，笑道："怎么不记得？有一次出现场，还是我拉的警戒线。我们东城所对你们重案大队最有感情，若不是你们，老钱开枪这事，就是跳进黄河也洗不清。"

江克扬道:"你熟悉这一片吗?"

老杨道:"我们做社区民警的,熟悉社情,这是基本功。"

江克扬道:"我们需要知道这五幢楼房底楼的情况,这三个房间,你掌握吗?"

老杨仔细瞧了瞧门牌号,脸上显出一丝疑惑,道:"我知道有一家是空房,对其他两家情况没有太深的印象。我去找楼长问一问情况。"

江克扬叮嘱道:"注意问话方式,找个好点的理由,别惹人注意。我们在那边喝茶,你问完了情况,也过来喝一口。"

老杨笑道:"破案我们不行,论打听情况,社区民警还是有办法的。"

几分钟后,老杨带着一男一女开始转楼房。十几分钟后,老杨来到茶馆,与茶馆中喝茶的两三个熟人打了招呼后,这才来到江克扬这一桌。他这才瞧见侯大利,有些吃惊,在江克扬示意下,坐在侯大利身边。

侯大利给老杨倒了杯茶,问道:"辛苦了,有什么情况?"

老杨大口喝了老荫茶,详细讲解了三间空屋的情况后,特别指出:"以前我还不知道那间房屋是在关江山名下,这是我的疏忽,没有了解到这个情况。关江山几乎不来住,一年四季都关着门,水、电在使用,气表是被天然气公司停用的。楼长是在人口普查时才知道这是关江山的房屋,还打过关江山的电话。关江山承认是他的房屋,只是从来没有在这里住过。"

侯大利道:"这几幢楼先修,还是别墅先修?"

老杨道:"这几幢楼就是别墅区的拆迁户,拆迁后,全部集中在这里。"

侯大利道:"别墅是谁修的?"

老杨道:"关老板应该参加了修建。那时我就在附近社区当民警,遇到扯皮的事,还找过关老板,知道一点情况。"

如果关百全参加了金山别墅区的修建,那么修建逃生通道就相当容易。而且,在别墅区外围有一间底楼空屋是在关江山名下,简直就是为逃生通道准备的。

老杨是很有经验的社区民警，见五个侦查员在茶馆喝茶，摸不清是什么状况，讲了情况后，告辞而去。

老杨刚离开，众人又将目光齐刷刷射到侯大利脸上。

侯大利感受到众人的目光，微笑道："那边菜市场有两个监控，谭支回去查监控，应该很快就有发现。"

话音刚落，老谭的电话打了过来，简明扼要地道："23日下午6点，关江州的小车出现在监控镜头中。"

关江州是专案二组重点关注对象，在徐静遇害当天，其开车出现在金山别墅区外围，虽然不知道那间空置房屋是否有逃生通道，也不知关江州是否进入过逃生通道，他的嫌疑都直线上升。

戴志道："大利的脑回路与众不同，面对同样的线索，总是能捅破大家都看不透的那层窗户纸，不服不行啊！大利，你是怎么思考的？"

张剑波感慨道："有人说，诸葛多智近似妖，我现在深有同感。"

侯大利道："关江州只是开车从菜市场前的监控经过，不能证明什么。我们还得找到更直接的证据。"

几分钟后，与勘查室小林同时出现的还有副支队长老谭。

一辆奔驰开到茶馆前，奔驰车后面是陈阳的警用便车。

关江山下车以后，隐有不快，道："这是我的房子，很多年没有住人了。我正在开董事会，让一个人送钥匙过来就行了，没有必要亲自来开门吧。"

陈阳不紧不慢地道："这是很重要的事情，必须房主过来，希望理解配合。"

关江山是知道此屋有暗道的三人之一，想起徐静之死，心里不禁"咯噔"了一下。他随即想起父亲所言，慢慢冷静下来，忘记了徐静之死，忘记了家里还有一条逃生通道。他的目光在侯大利脸上停留片刻，又与陈阳对视，道："陈支队，你们要检查这间房子，有没有相关文件？现在是法治社会，你们得依法办事。"

副支队长老谭亲自向关江山出示了搜查证。

按照江州市公安局工作要求，搜查证得先由承办民警制作《呈请搜查报告书》，由办案单位领导对呈请搜查的内容进行审核，再由上级审批后，办案民警才能依程序制作搜查证。这一次，搜查证流程完成得非常快，没有任何耽误。

居委会的两名同志接到电话，也来到小菜市场。去了关百全别墅之后，她们在背后议论此事，都觉得警察在别墅找密道是一个很傻的行为。又接到电话以后，两人立刻前往，主要是好奇刑警支队到底能折腾出啥名堂。

底楼房间是三室一厅结构，面积不大，客厅尤其小。小林等侦查员直接进入卧室，挨着墙壁、地板敲打，寻找空心之处。与关百全别墅一样，墙壁和地板没有空响的地方。移开所有家具，也没有发现可以修密室的地方。

侯大利一直在观察关江山的表情，想从其细微表情中观察到破绽。关江山进屋以后坐在沙发上，一直不停地接打电话，表情随着电话内容变化，没有理会四处敲墙和搬家具的侦查员们。

老谭来到侯大利身边，皱着眉头，道："大利，确实没有什么通道和密室，你可能错了。"

小屋和别墅一样，没有开空调，室内温度至少有三十三四摄氏度。侯大利浑身大汗，衣服已经湿透。他自言自语地道："谭支，我错了吗？"

老谭抹了把汗水，道："也许吧。"

侯大利拿过吴雪递过来的矿泉水，一口喝了下去。

在徐静案现场，凶手没有留下指纹、足迹以及生物检材，说明他具有一定的反侦查能力。最终暴露天机的是手腕上胶带缠过留下的痕迹，以及徐静身体里留下的安眠药，特别是后一点显示凶手很有可能在国外居住过，或者有渠道购买还未进入山南的进口药。

凶案现场，房门、窗以及别墅周边痕迹都不支持"暴力"进屋，凶手是和平进入房间。如何进入和离开现场是个谜，解开这个谜，凶手就会露出水面。

侯大利坚信：凶手不是神，一定会利用某些看起来复杂，其实捅破窗户纸以后却是很简单的方法进入现场。

丁丽案之后，江州老板习惯在别墅内修建密室或者密道。侯大利在高森的别墅就建有密室，密室有一道门通往屋外，如果遇到特殊事件，进入密室，能迅速逃到屋外。田甜住进高森别墅以后，他还特意利用密室和田甜玩起了游戏。在场所有警察，唯有侯大利对江州老板的密室有直接体验和深刻认识。

侯大利来到关江山身前，道："关总，电话打完没有？"

关江山抬起头，道："打完了。"

侯大利道："这个小区是还产房，关总为什么有这里的房子？这不合规定。"

关江山道："我不是犯人，有权保持沉默。"

侯大利目光炯炯地盯着关江山，道："我不管这间房子的来源，但是，我知道这间房的用处，这是逃生通道的另一端。"

"做人留一步，日后好相见。我很尊敬侯叔的，他对我多有提携，你何必步步相逼？"关江山刚刚与侯大利对视，便觉得被火灼烧一般，努力坚持，没有移开目光。

侯大利道："一码归一码。徐静是你爸的妻子，怀有身孕，这是关家的血脉。于公于私，我们都要抓到凶手。在这一点上，我们是一致的。除非，另有隐情。"

关江山道："你们随便查，我很配合，还要怎样？"

侯大利道："如果希望破案，就要提供真实信息。"

关江山道："我们提供的就是真实信息。"

侯大利没有再说话，走到窗前，望着西面别墅区高高的围墙，下定了决心，道："如果我没有猜错，别墅和这间明显没有人居住的房屋之间有一条通道，调一台挖掘机，往下挖。"

关江山用奇怪的眼光瞧着侯大利，嘴唇张了两下，终究没有说话。

侯大利发了话以后，江克扬便过去安排挖掘机。

居委会的同志问老谭："那位年轻人是谁啊？你是支队长，也要听他的。"

老谭道:"他是上级领导。"

居委会的同志道:"听他一口江州话,我还以为就是我们江州的公安。这人长得倒是很帅,就是满脸严肃,不让人接近。谭支,你们把院子挖开,谁来修复?"

老谭道:"谁挖开的,谁来修复,你们放心吧。"

老谭来到侯大利身边,低声道:"地质队有那种探测仪,可以探测地下的建筑。我马上派人去借,比挖掘机更快捷。"

侯大利道:"那就同时进行。"

地质队的探测仪全部在野外,一时半会儿回不来。十来分钟,一辆挖掘机开了过来。侯大利下定了决心,让挖掘机沿着别墅和楼房的直线往下挖。

挖到一米的时候,没有发现有通道。

挖到两米的时候,仍然没有发现通道。

江克扬低声道:"大利,挖不出来,怎么办?"

侯大利道:"先挖深,再扩大,如果挖不出通道,那么就是我错了。我错了,也是收获,至少否定一种设想。你别愁眉苦脸,挖开地面,最大的代价就是恢复院子。这是很低的代价。"

江克扬道:"我们是省专案二组,其实不必冲到第一线,出出主意,才可进可退。现在我们冲到第一线,赤膊上阵,赢了还好,输了很没面子。"

在省专案二组,侯大利和江克扬是老搭档,关系最好。在侯大利面前,江克扬历来是有话就说,从不藏着掖着。侯大利明白江克扬的好意,道:"我现在还没有到前怕狼后怕虎的年龄,事事考虑周全,那是以后的事。现在人年轻,还有输的资本。既然我判断有通道,那就一定要证实。"

挖到三米时,仍然没有发现通道。

挖掘机驾驶员停了下来,伸出头,道:"还挖不挖?"

侯大利用力挥了挥手,道:"挖。"

当挖掘机出现的时候,喜欢看热闹的人便围了过来。大家虽然不明白发生了什么事情，仍然看得开开心心。

大约挖到三米五时，挖掘机停了下来，驾驶员伸出头，道："挖到硬东西了，不是石头，应该是水泥。"

侯大利嘴角微微上扬，笑容一闪即逝。江克扬和戴志各自拿着铁锹，小心翼翼地滑下大坑。挖去浮土以后，一个两米宽、不知多长的水泥建筑便出现在面前。

老谭走进屋，对仍然在打电话的关江山道："关总，屋外地面有个建筑，应该是一个通道，你知道这个建筑吗？"

关江山挂断电话，站起来，拍了拍被汗水打湿的屁股，道："什么建筑？我不知道。"

老谭道："不知道？那就去看一看吧。"

关江山轻轻地叹息一声，道："看一眼吧，不管是什么鬼，反正我什么都不知道。"

当陈阳过来找他时，关江山找机会给父亲打了电话。

关百全接到大儿子电话，直截了当地道："别管这些烂事，你什么都不知道，明白吗？"

关江山道："我需要配合他们吗？"

关百全道："如果不配合，他们就有另外的法子，配合吧。你什么都不知道，明白吗？"

关江山道："我确实什么都不知道。"

关百全最信任的是大儿子关江山，已经认定其为关家产业的接班人。但他最疼爱的其实是老三，只是老三不争气，做了许多蠢事，让人失望。打断骨头连着筋，老三再蠢，也是他的小儿子，他不希望老三一辈子关到监狱里。

来到屋外，关江山看了一眼被挖出来的通道顶部，问道："这是什么？"

老谭乐了，道："我正要问你，这是什么？"

"不知道。"关江山摊了摊手，耸了耸肩膀。

侯大利问道:"谁知道?"

关江山道:"我不知道。这只是用我的名字买的房子,我根本没有来住过。这下面是什么鬼,我真不知道。"

侯大利道:"你们家别墅真没有一条通道?"

关江山道:"我不知道。"

侯大利没有再和关江山说话,和居委会的同志核实以后,道:"那就找建委、水务或者市政局来看一看,如果不是他们的管道,那就破个洞,看一看这到底是什么坑道。"

市政局工程科最先到达,查看后,确认不是市政部门的设施。

随后是水务部门的人否定是下水管道。

再然后是建委的人,查看了图纸,从图纸中没有找到类似的附属设施。

建委工作人员离开后,侯大利道:"从这里破拆吧,打一个孔下去。"

在准备破拆的时候,小林在现场拉起了警戒线,不让围观群众靠近。警方拉起警戒线以后,周边群众更想看稀奇,站在警戒线前,伸长了脖子,恨不得变成长颈鹿。

老谭再次劝说道:"关总,如果有通道,那就打开。强行破拆后,大家面子都不好看。"

关江山冷着脸,道:"你们该做什么就做什么,我啥也不知道。"

破拆声响起来后,关江山背转身,朝屋里走。在门口时,他有些担心地看了一眼自家老房子方向。修好地道以后,关江山在多年前来过两回,然后再也没有进入过。由于长时间没有使用这条通道,徐静遇害后,他没有马上想起这条地道。今天警方绞尽脑汁来找这条地道,让其警醒起来,猜到徐静之死或许与这条地道有关。能使用地道的就是父亲、自己和弟弟。想到这里,关江山的心完全揪紧。

与哥哥关江山一样,关江州得知警方发现了通道以后,一颗心如被牛魔王的巨手捏住,随时都要被捏爆。

"早知今日,何必当初。"关百全看着失魂落魄的小儿子,跺了跺脚，走到门外，道，"百彬，这次要麻烦你了，把老三送进山里。他刚染上毒，还不算深。你捆住他，强行戒毒，不要心软，只有这样，老三才有救。"

关百全心知警方找到通道以后，肯定会把重点目标放在老三身上，老三有毒瘾，在审讯时如果熬不过，多半会招。只要招供，这辈子就完了。三十六计，走为上计，他作为恨铁不成钢又没有办法的父亲，早就策划好让老三何时走，如何走。

关百彬道："大哥放心，那个地方偏僻，警方找不到。我一定会让老三戒断毒瘾，再让老三跟着杨道长练点呼吸吐纳的功夫。等他回来以后，肯定会好好的。"

关江州把耳朵贴在门口，听父亲和堂叔谈话。

关百全有点悲伤，道："也不知道老三是否能够回来。你的手机，他的手机，全部扔下，不要跟我打电话，也不要跟家里打电话。让老三和以前的圈子彻底失去联系，只有这样做，才能救他。"

关百彬道："我和他短时间内人间消失，只要自己不露脸，谁都找不到。"

关百全道："话不多说，警方肯定监视了我们，按照上次想出的办法，赶紧走。"

关百彬扛着铝梯子，带着关江州步行上楼。

这幢小区的房屋都没有直达顶楼的楼梯，设立了一个检查天井，天井装有十个插入墙壁的铁梯子。最底端的铁梯子离地有三米高。关百彬拿起早就准备好的铝梯子，踩着铝梯子抓到嵌在墙上的铁梯，从天窗进入了顶楼。

堂叔往上爬时收走铝梯子。

两幢楼的间距只有三米五，这是经过测量的准确数字。铝梯子可伸缩，拉到最长时，搭在两幢楼之间，形成一个简易通道。关江州望着铝梯子搭成的通道，瑟瑟发抖，不敢爬过去。关百彬道："不爬过去，就等着警察来抓你。你如果想被警察抓，那就不用爬。这个梯子结实，你别瞧地面，没事，跟玩儿似的。"关江州知道自己犯的事，咬了咬牙，还是顺着铝梯子爬过去。连爬了三次，这才从第四幢楼的天窗爬下。

刚刚在另一个楼道站稳，传来一阵说话声。关百彬靠在门口，不停地在胸口画十字。所幸说话声很快消失，关百彬和关江山乘坐电梯，一路顺利，到达电梯口。电梯口有一辆带货柜的货车，司机穿着工作服，正在抽烟。

关百彬和关江州钻入货厢，跟随货车离开小区。

一辆小车里坐着两位便衣，守在停车场内，监控关百全的两辆车。这辆货车离开，没有引起他们的注意。在小区中庭，也有两名便衣蹲守在楼门洞，只要关家父子出入，必然会进入他们的视线。

另有技术人员监控关百全、关江山和关江州的手机。关江山的手机在金山别墅外围，关百全和关江州的手机都在小区里，没有离开。

货车出城，一路朝北，进入巴岳山。

货车离开城区之时，金山别墅外的通道被钻出一个能够让人进出的大孔。侯大利、老谭、小林等人戴好手套、鞋罩等防护，顺孔而下。他们准备先查看通道里面的情况，提取了相关痕迹以后，再进入两边房屋。

此时，不管关家如何抵赖，都无法否认通道存在的事实。

小林打开侧光灯，开始搜索足迹。通道地面是釉面砖，表面平整光滑。一般情况下，技术人员会打侧光直接照相或者用静电吸附仪提取。老谭蹲下来看了地面颜色，道："这砖的颜色太浅，照相效果差。"

小林也发现了问题，建议用静电吸附仪来提取。

老谭摇头道："通道长期密闭，灰尘很薄，用静电吸附仪，细小特征会损失。你先用侧光观察，找到足迹，标出位置，用透明胶带提取。"

小林道："我明白了，就和提取手纹一样。"

侯大利有现场勘查证，其水平比起一般侦查员要高。但是术业有专攻，论对细节和特殊情况的处理，专搞技术的老谭和小林还是技高一筹。侯大利之所以被称为神探，一方面是技术全面，综合分析能力强，另一方面是一门心思用在破案上，心无旁骛。技术全面加专注，这是他超越同事的公开秘密。

小林提取足迹之时，侯大利和老谭站在原地打量通道。通道约有两米高，宽度也有两米，铺装有地板砖，空气新鲜，没有腐朽和沉闷感。虽然通道开了孔而形成通风，但是空气交换速度没有这么快，空气新鲜的原因应该是通道里装有通风系统。

侯大利道："关百全是金山别墅区的承建方之一，这个通道应该是和别墅区一起动工，更准确来说是和拆迁房一起动工修建。在施工时，他们先把地面挖出一条沟，然后修建通道，通道修好以后，回填泥土。"

老谭道："这是一条逃生通道，也是密室。有钱人也不容易，为了保命，费尽心机。如果大利和我们一样也是普通家庭出身，肯定不会想到关百全会花大价钱修一条通道。钱少也有钱少的好处，不会有人惦记，晚上睡得着觉。"

侯大利道："丁丽遇害这件事情对江州企业家的心理影响非常深远，只有杨国雄跳楼引发的后续事件能和丁丽遇害相比。"

小林小心翼翼地走了过来，道："我们在通道里找到两个人的足迹。"

老谭道："足迹方向？"

小林道："两个方向都有。"

又有两台强光灯被送进通道，整个通道细节一览无余。通道中间有一个保险柜，保险柜旁边是储物箱。储物箱旁边有四把椅子，椅子旁边有折叠起来的行军床。

侯大利仔细观察通道情况，道："从通道的布置来看，关家人非常细致，考虑问题全面。我们挖开通道后，以关百全的性格，肯定还有后手，不会轻易就范。我最担心关江州跑路。"

老谭道："你放心，滕麻子已经布置了相关工作，张国强负责布控。"

设备和人员到齐以后，小林开始提取足迹。他标出地面足迹的位置，将透明胶带的一端贴在足迹一侧的地面上，再将胶带均匀压向足迹的另一端并压实，尽量不产生气泡。取下胶带后，他把胶带固定在纸盒子里，准备带回实验室后，用透射光法照相。

现场检验程序严，步骤多，接近两小时，小林和同伴们才将整个现场勘查完毕。小林画出了足迹图，交给老谭。

老谭指着足迹图解释道："通道里面显示出两个人的足迹，根据脚印分析，一个是中老年人的足迹，步长短，压痕前轻后重，内轻外重，跟压面积大，有明显的擦、挑痕迹，初步可以判断在五十岁以上。另一个人的足迹步子长，步角中等，步宽中等，不到三十岁。根据平面足迹算法和立体足迹算法来看，老年人约有一米六五，年轻人约为一米七五。"

侯大利道："从年龄和身高来看，老年人符合关百全的各方面情况，年轻人符合关江州的情况。"

老谭道："在拆迁房这边，还有一大块可疑的痕迹，从痕迹来分析，应该是有人躺在地上，反复摩擦形成的。"

在靠近菜市场方向的通道门前，有一块明显的摩擦痕迹。

小林兴奋地道："摩擦痕迹中有一小块液体痕迹，里面还沾了三根短发。通道里的光线不够强，肉眼很难发现，我用了强光，又蹲在地面上仔细找，这才发现这三根短发和疑似唾液的液体痕迹。找到这两样生物检材，加上足迹，是谁在通道里来回走动就一目了然，再加上关江州曾经在案发前开车经过了菜市场，关江州的犯罪嫌疑就如秃子头上的头发——明摆着。"

侯大利额头的川字纹紧了紧，道："理论是如此，我们还是差了最关键的证据——杀人的证据。徐静遇害当天，关百全在外地，这个已经证明他没有作案的时间。现在所有的证据只能证明关江州来过这条通道，并不能证明他杀人。而且，关百全进入通道是什么时间，现在还弄不清楚，仍有疑点。"

老谭道："有了这些线索，在以前基本上就可以刑事拘留了。关江州这种成天吃喝玩乐的公子哥，细皮嫩肉，从小没有吃过苦，只要抓进来突审，都不用动手，绝对招供。"

"以前是以前，现在是现在，年代不同，要求完全不一样。通知关百全过来，我们要从通道进入关百全别墅了。"侯大利沉吟片刻，又道，"请谭支让周向阳提前过来，这一次的预审又要啃硬骨头了。"

老谭道："大利考虑得周到，关江州不怎么样，但是关百全是老狐狸，搞不好还要打一场硬仗，让周铁牙提前介入，提前制订出预审方案。"

侯大利再次提醒道："关江州是重点人物，要看紧了，别让他溜了。"

老谭道："这个放心，滕麻子负责此事，有专人在外围监控，还上了技术手段。关百全和关江州都在家里，没有外出，随时可以收网。我马上给滕麻子打电话，让人把关百全带到别墅来。"

老谭年龄比侯大利要大，资历比侯大利要深，但由于侯大利在105专案组以及重案大队工作时的出色表现，以及现在的身份，老谭很自然地接受了侯大利的工作要求，丝毫没有心理障碍。

电话响起时，滕鹏飞还以为是杜所长又打电话，发起牢骚："现在的人都开始讨价还价，我们那个时候，令行禁止，有什么困难都自己克服。"

近些日子，江州接连出现了三起凶杀案，他刚刚全面负责刑侦案件，备感压力。

三起案件，一起是刚刚查出是聋哑人的无名尸体。虽然查到了死者是聋哑人，可是仍然没有找到尸源。这个死者仿佛是孙猴子，凭空出现。为了寻找这伙聋哑人，江州警方出动了近两百民警，携带了照片，拉网式排查，谁知还是一无所获。一名派出所所长打电话给滕鹏飞，表示所里事太多，要撤点人手。滕鹏飞婉言拒绝后，所长在电话里冒了火。滕鹏飞和这位所长是同学，好说歹说，这才安抚住老同学。

一起是陈菲菲遇害案，所有线索都指向了李小峰，可是李小峰坚决不承认自己杀人，一直强调自己认识陈菲菲不久，根本没有杀人动机。虽然如今重证据、轻口供，可是滕鹏飞也觉得李小峰确实没有杀害陈菲菲的动机，心里不踏实。李小峰喜欢玩，这在圈子里出了名，可是李小峰玩归玩，还没有伤害他人的先例。

另一起案件则是徐静遇害案。省专案二组侯大利紧盯此案，有伸手过长的问题，让他隐隐不快。不快归不快，有侯大利盯着案子，他还是很放心，便将注意力集中到了前两起案件上。

接过电话，不是老同学，而是前往别墅区的老谭。

得知找到了逃生通道，滕鹏飞舒了口气："这个侯大利，脑袋瓜子鬼得很。那我通知张国强，让他的人带关百全前往别墅。不用强制，这是为了侦破关百全妻子遇害的案件，他没有理由拒绝。等到生物检材检测以后，就算没有其他线索，也要做好突审的准备。"

老谭道："大利考虑得很周到，建议周铁牙提前熟悉案件。"

负责地面监控的是重案大队三组侦查员胡志刚和蒋超。接到指令以后，两人上楼，敲开了关百全的房门。

关百全这一段时间无心工作，整个人的精气神随着徐静遇害而迅速被抽空。案发前，他还是意气风发的企业家；案发后，他将企业交给大儿子掌管，变成了一位饱经人生伤痛的小老头。

胡志刚简要说明来意。

"走吧。"关百全咳嗽了几声，走到卧室门口，道，"老三，我出去一趟。"

卧室里传来说话声："你出去就出去，关我什么事？"

胡志刚走到门口，朝里面望了一眼。室内一切正常，关江州坐在桌前玩电脑，电脑屏幕上是游戏画面。

关百全跟着胡志刚下楼，道："胡警官，你有小孩吗？"

胡志刚道："有啊，还小。"

关百全道："你这两天都在楼下，今天特地上来，就是想要看我们爷俩是不是在家里。你别否认，这是你的任务，我都知道，不怪你。你要对自己的小孩严加管教，惯子如杀子啊！现在这个老三，不成样子。你刚才听到了，对长辈就这样说话。"

胡志刚的任务是看住这一对父子，只要父子俩不离开，任务就算完成。他有些同情眼前这位鼎鼎有名的大老板，道："走吧，希望能抓住杀害你夫人的凶手。"

胡志刚亲自驾驶，送关百全来到别墅外的小菜市场。

下了车，关百全看到被挖开的通道，一阵苦笑。

老谭指着被挖开的通道，忍住怒气，道："关总，这是什么？"

关百全整个脸皮都皱到一起，如核桃壳一般。他站在挖掘机前看了一会儿，不紧不慢地道："谭支，我当然知道这是什么。"

老谭道："我们在别墅找通道和密室的时候，你为什么不说？"

关百全翻了一个白眼，苦笑道："这是我们家用来逃命的，怎么能够轻易说出来？如果能够轻易说出来，那就不是逃命通道了。这条通道和我夫人的案子有什么关系？"

老谭是搞技术出身，并不擅长审讯，侯大利主动上前一步，接过关百全的话，道："关总，围观的人多，我们不在这里谈了，先回别墅，你从里面将通道打开。"

"你们大动干戈，好多人都知道我家有通道，以后只能关掉。"看到侯大利，关百全脸上的表情如生吃黄连一样。在他心中，侯大利应该站在自己这一边，如今侯大利不回家继承家业，莫名其妙地来当警察，这简直就是对自己阶层的叛变。

勘查人员在地道里找到了生物检材，这是询问的底牌。侯大利藏着这个底牌，带着关百全回到别墅区。

走到卧室门口，关百全停下脚步，道："我不想进去，这个卧室让我想到徐静，难受得很。"

"打开通道，关总就可以暂时离开卧室。在打开前，你先讲一讲通道的入口，以及如何打开。还有一点，你指明入口以后，先得由现场勘查人员检查。"侯大利从内心深处也同情关百全，可是同情归同情，办案时，必须将所有情绪收敛在内心。

关百全道："书桌下面有一个开关，被木条盖住的，这是传统的榫卯技术做的，你们看得出来才有鬼。移开木条，按动开关，书柜内壁就会打开。你们乱整，把整个书柜都拆了。后面墙上有半壁瓷砖，也有一个开关，开关就在墙上，瓷砖上有画，画上的鼻子，按下去，就会出现门洞。"

侯大利道："里面有轴承？"

关百全冷笑一声，道："说了你也不明白，别不懂装懂。"他在其他公安面前都很配合，唯独看到侯大利就气愤，总是想要冷笑，说几句讽刺的话。

老谭在屋外，低声询问胡志刚："关江州还在家里吗？"

胡志刚道："在家里，我们每天都有人找借口进屋，关江州一直在家。"

老谭道："这个花花公子，在家里待得住？"

胡志刚道："我去看过，他在打游戏。"

预审高手周向阳出现在院子里。他没有急于上门，而是在院子里转了一圈，又查看了底楼的布置，这才慢悠悠上楼。他来到书房，看着已经打开的通道，开始描绘关百全的性格。

"关百全从小家贫，从建筑小工做起，能吃苦。忍耐力强，能屈能伸，人极为聪明，学习能力强，学东西快，从初中生成为建筑行业的专家。经营企业的风格是稳扎稳打，步步为营，考虑周到，作风细致。正因为看三步走一步，这些年扩张得不够，比起侯国龙、丁晨光等人差了很大一截。"

得知要面对关百全和关江州父子，周向阳立刻开始做功课，来到金山别墅大门，就收到了一条介绍关百全的短信。

周向阳伸头朝通道看了眼，见侯大利站在通道中间，不紧不慢地走过去，道："大利，看什么呢？"

侯大利道："这条通道里面有水和食物，甚至还有被子和折叠床，通风做得不错，没有沉闷感。在这个通道里，生活不成问题。"

周向阳笑道："不洗澡可以，臭就臭点。生活在通道里，拉屎撒尿怎么办？"

"跟我来。"侯大利带着周向阳来到通道中间的另一道门。这道门和通道颜色相似，浑然一体。打开门，里面设有一个卫生间，有供水和排水系统，还有一个便携式开水器。卫生间里边还建有一个储藏室，里面有大衣，还有五箱密封状态的压缩饼干、五大瓶维生素、十箱水。

侯大利道："这水放了有一年时间，压缩饼干还有半年就过期。在紧急状态下，过期的压缩饼干也能救命。这人啊，考虑得真超前。"

周向阳回头看了一眼通道，见关百全没有跟上来，道："关百全有小聪明，没有大智慧，如果真是智慧人士，家庭不可能搞成这个样子。久贫之后暴富，他们对后代培养上有明显缺失。侯总不一样，培养出了大利，这才是人生大幸福。"

侯大利道："按照宫局的想法，由我们两人询问关百全和关江州。关百全为人聪明，对我们前期的侦查情况也有一些了解，应该能够猜到我们没有能够证明凶手的直接证据，有证据早就抓人了。父子俩的薄弱点在关江州，他爸是从工地上出来的劳动人民，关江州是从小在蜜罐中泡大的公子哥，心理脆弱，这是我们的突破口。"

周向阳笑道："大利调到省厅，还参加市局的案子，足见关局和宫局对大利的器重。从另一个侧面看，市局的预审人才缺乏啊！"

侯大利作为省刑总侦查员之所以愿意参加市局的预审，是因为有一个"挖两面人和幕后黑手"的任务。这是高度机密的事情，侯大利没有点透，随口敷衍了几句。

侯大利、周向阳和关百全一行前往刑警新楼，进入一楼询问室。

为了缓和气氛，三人落座后，喝茶、抽烟。正进入正题时，侯大利接到张国强来电。

张国强声音充满焦急，道："刚才我们的人到关百全家里，准备把关江州带回来询问。结果，关江州不在家。"

侯大利停顿了片刻，道："你为什么给我打电话？"

张国强突然就被问住了，然后缓缓地道："这是重大失误，让关江州跑了，肯定要处理人。我是组长，是我安排的监控。处理人，我认。滕支在骂人，让我赶紧给你报告。"

侯大利道："什么时候跑的？"

张国强道："不知道。"

侯大利道："跟谁跑的？"

"不知道。胡志刚在今天进过关百全家，在卧室里看到了关江州。关百全临走时，还特意到卧室说了几句话。"

张国强擦了一把额头上的汗水，道："关百全老奸巨猾，是在设计骗我们。我们调出监控，发现今天大摇大摆走出楼的是关百全的侄儿，也就是关江州的堂兄。两人年龄相近，身材和相貌相似，关百全骗了我们。我负责全面监控，肯定要承担责任。"

"暂时别谈责任，马上找人。关江州嫌疑极大，绝对不能让他逃掉。"

通话之后，侯大利想起"凶手"在眼皮子底下逃离，情绪有些烦乱，在心里骂了几句以后，重新稳定情绪，这才走进了询问室。他走进询问室后，脸上又出现笑意。

周向阳很熟悉侯大利，见他进门时脸上挂着寒霜，猜到有不利的消息传过来。他和侯大利对视一眼，侯大利没说，他也就没问。

周向阳酝酿了情绪，正想要开口，小林出现在了门口。周向阳出门后，小林拿了一幅足迹图，道："这是我们加紧做的足迹图，不算精致，但是基本准确。这幅图很有意思，谭支说你们用得着。"

看了足迹图，周向阳眼前一亮，道："这是及时雨。关百全狡猾，不好对付。有了足迹图，好歹有点实料。"

回到询问室，周向阳当着关百全的面将足迹图递给了侯大利，道："我陪关总喝茶，你先看一看这份材料。"

侯大利看完了这份材料以后，拿了一张纸，写了关江州不知何时离开之事。

两人当着关百全的面交流信息，关百全明知他们在对付自己，又不知道他们掌握了什么情况，暗生忐忑，随即暗骂道："这两人鬼鬼祟祟，就是跟我打心理战。与我斗，你们还嫩了点。"

侯大利和周向阳交换完信息，开始询问。

周向阳道："关总，徐静遇害这事，全局上下都高度重视。我们抽调了精兵强将，还得到省公安厅支持。我相信，法网恢恢，疏而不漏，不管凶手如何狡猾，肯定难逃法网。凶手极为恶毒，杀害了你夫人，而你夫人怀有身孕，一尸两命，性质恶劣。不管凶手是什么人，都逃不过法律制裁，任何人，想要包庇凶手，都会受到严惩。"

关百全靠在椅子上，有气无力地道："谢谢。"

周向阳道："从金山别墅5号别墅到清秀园2幢1单元2号之间有一条通道，是你修的吗？"

关百全道："是我修的。"

周向阳道："关总当年为什么要修这条通道？"

关百全道："当年在动迁之前，我中标了清秀园。拆迁办经费紧张，又要完成任务，简直就是空手套白狼。他们没有钱，就把底楼三套房抵给了我。在修建别墅时，清秀园这边还很偏僻，拆迁办按照市中心城区价格抵给我的，明着欺负人。后来我处理了两套，留了一套，亏了一大截。金山别墅由金总中标，我从他手里拿了一套别墅自己修。这是百年基业，所以修得特别扎实。在修建的时候，我考虑到安全问题，在别墅和拆迁房之间修了一条通道。丁晨光的女儿在家里遇害，我每次想起这件事情就怕得很。"

周向阳道："哪些人知道你家里有这条通道？"

关百全道："以前的家人都知道，我、妻子和两个儿子。"

周向阳道："妻子指的是谁？"

关百全道："我说明了是以前的家人，妻子是儿子的妈妈。"

周向阳道："徐静是否知道这条通道？"

关百全摇了摇头，道："这些年，江州的社会环境明显好转，我就没有跟她说这条通道的事情，免得她担心。"

周向阳道："关江丽是否知道这条通道？"

关百全道："关江丽要嫁人的，也不知道这条通道。"

周向阳道："知道这条通道的人就是你、关江山和关江州？"

关百全道："就我们三人知道。"

周向阳道："在徐静遇害之前，有谁进过这条通道？"

关百全道："这是我们的逃生通道，里面简陋得很，平时只有我会进入。我有轻微的抑郁症，有时会犯毛病，喜欢独自待在通道里。自己一个人独处，心情就会轻松一些。"

周向阳道："除了你之外，还有谁进入过这条通道？"

关百全道："那我真不知道。"

周向阳道："我们最初勘查时，询问你是否有通道，你一口否认，对不对？"

关百全道："这本来就是我们全家最大的秘密，当然不愿意说出来。你们查到了，就没有什么好隐瞒的。"

周向阳道："我再问一遍，除了你之外，在徐静遇害前，还有谁进入过通道？"

关百全道："我不知道。"

周向阳道："你又在说谎吧。我们从通道里提取到很多脚印，脚印是两个人留下来的，现在给你看一看脚印的照片。"

足迹照片摆出来以后，关百全依然是有气无力的模样，神情上没有什么变化。他暗觉惋惜：终究是百密一疏，离开时没有拖地。发现儿子进入通道后，他意识到妻子被谁所害，一方是怀孕的妻了，另一方是儿子，这让他受到了极大的精神折磨，有些恍惚，还真是忘记拖地，消除足迹。而且，通道是地板砖，他确实没有留意到地板砖上会留有足迹。

周向阳道："这是谁的脚印，你认不出来吗？"

关百全道："谁会这么无聊，专门研究脚印。"

周向阳微微一笑，道："经过我们对比检查，标号一的脚印就是江州牌皮鞋留下来的。这江州牌皮鞋的花纹和标号一的脚印完全相符，四处磨损和一处划痕，完全对得上。这双江州牌皮鞋是你的吧？你别否认，我们已经在申请搜查证了。"

在铁的事实面前，关百全没有抵赖，道："这是我的鞋，我说过，以前经常独自进通道。"

周向阳平静地道："近期，你去过几次通道？"

关百全道："这一段时间事情多，进去得少。徐静遇害以后，我心情不好，进去过两次。"

在小林送来的足迹图中，很清晰地显示，关百全留在通道里的脚印都是由一双鞋留下来的，关江州的脚印是由两双鞋留下来的。关江州有一双皮鞋的鞋印上重叠了不少关百全的脚印，关江州这一双皮鞋的鞋印一次都没有踩在关百全的脚印上，这就意味着，关江州进入通道后，关百全再进入，两人时间有先后，所以才出现关百全的脚印叠在关江州脚印之上。关江州第二次进入通道后，换了一双皮鞋。这一次，关江州和关百全的脚印互相重叠，说明他们是同一时间都在通道里。由于通道灰尘不够多，灰尘只是通过通风口进入，所以两次出现的鞋印没有明显区别。

关百全如实回答是两次进入，没有说谎。周向阳道："你是否知道还有其他人进入？"

"我都是独自进通道，不知道还有谁进去过。"警方调得出自己的脚印，老三的脚印肯定遮掩不了。但在警方没有拿出确切证据之前，关百全不会承认自己在通道逮住儿子的事情。

周向阳道："你真的不知道吗？"

关百全道："真不知道。"

周向阳道："在通道里，除了发现你的脚印外，还发现了另外一人的脚印。是谁进了屋，关江山还是关江州？"

关百全道："我真不知道。"

周向阳道："8月24日中午1点左右，你在哪里？"

关百全用双手紧压太阳穴，道："8月24日上午，我得知徐静是遇害，真是晴天霹雳，心里乱得很，头昏脑涨，记忆力下降，什么事都记不起了。"

周向阳道："我做一个友情提醒，8月24日，中午，关江州到了清秀园小菜市场。"

"关江州来到小菜市场，和我有什么关系？"关百全见警方步步逼近真相，想起不争气的老三，憋屈又恼火，口气硬了起来。

周向阳也不恼，不紧不慢地道："关总，你也是有身份的人，别揣着明白装糊涂。如果我们没有拿到证据，也不会让你到刑警支队接受询问。"

关百全道:"既然你们有证据,那就干干脆脆拿出来,直接给我定罪,何必兜圈子。"

周向阳道:"我们先读一个与包庇罪有关的法律概念。包庇罪是指明知是犯罪分子,而向司法机关作虚假证明,为其掩盖罪行,或者帮助其隐匿、毁灭罪证、湮灭罪迹,使其逃避法律制裁的行为。情节轻微的,三年以下有期徒刑,情节重的,三年到十年有期徒刑。关总听得明白吗?"

侯大利插话道:"关总白手起家,辛辛苦苦创下一片基业,花费了一生心血。如果你不与犯罪分子切割,那就真有牢狱之灾。出狱以后,你的身份变了,不再是企业家,不再是政协委员,不再是政府的座上宾,你就是随时要向派出所报备的'两劳'释放人员,前半生心血毁于一旦。这是不能马虎的大事,你要考虑清楚。"

"我没有包庇谁,还是那句话,你们有证据,那就拿出来。"

关百全如今是省政协委员、江州市政协常委,与江州市各界保持着良好关系。如果真的因为老三的事情进了监狱,企业可以交给老大打埋,他的清白就算彻底完蛋。正如侯人利所言,前半生心血毁了一大半。但是,老三是自己的儿子,他无论如何也不想老三在监狱里度过余生。更何况老三犯下的罪是一尸两命,很有可能吃枪子。徐静和未出生的孩子已经死了,人死不能复生,这是没有法子的事情,他不想眼睁睁看着老三吃枪子。

周向阳见关百全神情有点恍惚,继续压迫道:"证据非常清楚,关总心里也明白,何必胡搅蛮缠?我估计你不了解现代刑侦技术,那个进入通道的人躺倒在地上,掉落了多少头发,吐了多少口水,这些都是DNA证据,跑不掉的。我们可以把时间精确到8月24日中午1点左右,难道你还不明白?"

挂在墙上的电视很诡秘地被打开,里面是通道的视频,强光灯下,通道中的脚印显露无遗,在靠近清秀园那道门的通道地面上有大片的擦拭痕迹。

关百全低着头,长吐了一口气,慢慢抬起头,道:"进入通道的是老三关江州。这个败家子,不学无术,花钱如流水。我在通道里有一个保险箱,箱里有钱。关江州到通道就是要从保险箱里取钱。你们既然能拿到足迹,肯定也能从保险柜上拿到指纹。"

现场勘查技术人员确实从保险柜上提取到关百全和关江州的指纹,在这一点上,关百全没有说谎。

周向阳额头川字纹紧锁,道:"关江州进入通道,是为了取钱?"

关百全道:"为了让关江州自食其力,我在这些年绞尽了脑汁。我控制了关江州的零花钱,让他身上没有太多钱。他消费高,钱少衣袖短,就动了保险箱的主意。保险箱的钱是为了应急,在走投无路的时候才能动用的钱。他拿走了一万,被我发现。我在通道里等他,一方面,我是想要独自静一静;另一方面,是要阻止他继续拿钱。"

凶杀案现场没有找到与关江州有关的线索,关百全的说法从逻辑上是成立的。关百全老奸巨猾,步步为营,将漏洞堵得死死的。

具有重大作案嫌疑的关江州居然还有可能从网中逃脱,侯大利不禁在心中恶狠狠骂了一句。

周向阳点燃一支烟,慢慢抽,不动声色地看着关百全,道:"关江州在什么地方?"

关百全道:"我出来的时候在家里。"

周向阳盯紧关百全,道:"我们的人到你家去找了关江州,除了家里的阿姨外,没有其他人。关江州到哪里去了?"

关百全猛地拍了桌子,道:"他妈的,这个小兔崽子又跑哪里去了?!我这一段时间没有到公司,就是要看住他。你们还有什么话要问,赶紧,我得回去找儿子。"

尽管找到了通道,在通道里还发现了关百全和关江州的痕迹,但是,现在的发现只能证明关江州进入过通道,而无法证明关江州杀害了徐静。关百全的讲述能够自圆其说,除非找到另外的过硬证据才能戳破他的说法。

关百全离开以后,侯大利和周向阳相对无言,各自狠抽香烟。几口之后,香烟便少了一大截。抽完一支烟,周向阳这才开口:"关江州绝对不是今天跑的，应该早就在我们眼皮子底下跑掉了。关百全这个老狐狸为了保护儿子，也是拼了。如果事情败露，他也得吃牢饭，半辈子辛苦就白费了。"

侯大利在监控室来回走动，越走越快。

周向阳手机响了起来。通话之后，他对侯大利道："关百全的堂侄关磊被带了过来，张国强和高波要问他。"

关百全的堂侄关磊和关江州年龄相仿，发型接近，坐在椅子上，双腿岔开，悠然自得。

张国强望着关磊眼睛冒火，恨不得拽着关磊的衣服，狠狠打他一顿。高波在桌下轻轻碰了碰他的腿，示意其冷静。

关磊用挑衅的语气道："两位警官，我很配合了，有什么话就问，我很忙的，别耽误我赚钱。"

高波冷冷地道："我估计你将来很长时间内没有赚钱的机会了。"

与关百全相比，关磊非常嚣张，下巴微扬，道："警官，别吓我，我不是吓大的，不吃你这一套。现在是法治社会，你们不能乱来了，有什么话就问，我真忙。"

张国强猛拍桌子，道："关磊，你别在这里得意，以后有你哭的时候。"

关磊道："你这是威胁我吗？态度好一点，否则我会投诉你。"

高波打起圆场，道："小关总，你别激动。你是什么时候离开关百全家里的？"

关磊道："你们莫名其妙叫我过来。我到我叔家里，犯了哪条王法？"

高波道："你这一段时间都在关百全家里？"

关磊摇头道："拜托你动一动脑子。我自己有家，为什么要住在我叔家里？我一小时前到我叔家，阿姨说我叔被你们带走了。我刚刚离开我叔家，就被你们带过来了，莫名其妙。"

高波道："你到关百全家的具体时间？"

关磊抬手看了看时间，大声道："你们要准确时间，我就跟你们说，我开车进入我叔小区车库，距现在已经有一小时二十七分钟了。"

高波道："你是开车进去的？"

关磊道："我不开车，难道我会飞吗？我开车进车库，然后上楼。没有找到我叔，然后离开。如果不信我说的，你们可以调监控。"

监控室里，侯大利道："胡志刚在关百全家中见到的是谁？是关江州，还是这位关磊？关磊很有表演欲望，演了一位骄横的少爷。"

周向阳一只手叉腰，另一只手托着下巴，道："这一切都是经过设计的，总导演就是关百全。关磊应该扮演了关江州，吸引了胡志刚的视线，真的关江州早就逃之夭夭。大利，你觉得下一步的工作重点在哪里？"

侯大利苦笑道："关百全已经给我们指出了重点，重点就是不见踪影的关江州。张国强负责监控，这一次要被骂惨，日子不好过。"

周向阳道："不仅仅是不好过。张国强原本很希望进一步，如今犯了这种低等错误，会影响其进步，真不应该。刑侦体系就是这样，一层层大浪淘沙，能留在最后是真不容易。有的年轻人原本前程远大，忽然间犯了一个大错。犯了大错，一步慢，步步慢，再想起来，就难上加难。"

关磊离开以后，侯大利和周向阳准备和滕鹏飞见面。刚走到五楼，他们听到支队长办公室传来骂声："这么重要的人，居然就在眼皮子底下跑了，你们是吃干饭的吗？张国强，你来谈一谈你们的安排。"

重案大队二组派了多组人监控关江州，却让关江州逃跑，在阴沟里翻了船。张国强特别沮丧，小声道："我当时就说将关江州控制住，你又不同意。"

支队长陈阳罕见地发了火，猛拍桌子，道："你是老侦查员了，怎么能说出这种话。我让你们去监控关江州，只是怀疑他涉案，根本没有证据，一毛钱的证据都没有。关百全是重要的企业家，妻子刚刚遇害，怀疑他儿子作案，一定得慎重，明白吗！"

张国强道："我们二十四小时监控，每班两组四个民警，三班倒。"

"我不管你放了多少人，关江州跑了，这是事实。更滑稽的是你们居然不知道是什么时间跑的，不知道从哪里跑的。胡志刚也是老侦查员了，还到关家去过一次，成了睁眼瞎，真是丢脸。"

陈阳火气不减，越说越气，站起来，用手指着张国强的鼻子。

张国强退后一步，道："侯大利发现通道时，关江州应该已经逃跑了。"

陈阳转回到办公桌边，用力拍桌子，道："侯大利调到省刑总以后，就不是江州刑警支队的人了。为什么是由侯大利发现通道，我们的人没有发现，我们的人是吃干饭的吗？你别找借口，犯了错就犯了错。下一步怎么办，你说。"

张国强被骂得灰头土脸，道："我们查过监控，一个多小时前，关磊的车开进了车库。司机戴着帽子和墨镜，穿的衣服和关磊一样，身材也接近。司机是不是关磊，由于没有看清楚面部，无法确认。如果关磊是在关百全离开后来到关家，那么，胡志刚在关家看到的人就是关江州；如果是另外的人扮演关磊开着关磊的车来到关家，那么胡志刚在关家看到的人就是关磊。"

陈阳望着和自己相处多年的年轻战友，怒道："你别绕来绕去，说简单点，我被你绕昏了。"

张国强道："我认为，关磊是关百全选来的木偶，用来替代关江州，演戏给我们看。今天疑似关磊的人开着关磊的车来到关百全家，是布下迷阵，让我们以为关江州今天才离开。"

陈阳踱了几步，控制住情绪，慢慢坐回椅子，道："如果关磊一直冒充关江州，那么，关磊肯定就不会在其他场合出现，这比较好调查。"

张国强道："我和胡志刚研究过，如果关江州离开，最有可能是跟着其堂叔关百彬一起离开。关百彬是关百全的助手，长期跟在其身边。胡志刚至少有两三天没有看到关百彬在小区出现，所以，我怀疑关百彬消失的时间，也就是关江州消失的时间。"

陈阳靠在椅子上，点了支烟，又丢了一支给张国强，道："技侦跟我说，关百彬的电话还在自己家里，关江州的电话在关百全家里。这很能说明问题，关百彬和关江州一起跑的，关百彬充当监护人的角色。你们去找一找关百彬的家人，套出点线索。关百全心思细致，设计出来的方案复杂，方案越复杂，就必然会有无法盖住的破绽。你把关磊和关百彬所住小区的视频全部调出来，狠劲查，我不希望又是侯大利取得突破。虽然侯大利也是江州出去的人，但是他现在毕竟是省刑总的人。"

从支队长办公室出来以后，张国强又到滕鹏飞办公室，准备商量下一步的细节。敲门而入，张国强原本以为滕鹏飞也和支队长一样恼羞成怒，谁知滕鹏飞一脸平静，脸带笑意。

在滕鹏飞办公桌对面，坐着神探侯大利和他的搭档江克扬。

张国强不想在侯大利面前谈事，道："滕支有事，我等会儿过来。"

滕鹏飞道："别走，神探又不是外人。"

张国强道："关江州跑得没影了。"

滕鹏飞道："别哭丧着脸，事情没有那么糟糕。如果关百全和关江州咬定只是在通道里过家家，我们是狗咬乌龟——找不到地方下嘴。如今关江州跑了，侦查方向就很明确了。"

张国强道："明确倒是明确了，可是黄大森跑了大半年，我们没有抓到。关江州以什么方式跑的，跑到哪里，还在不在江州，压根没有线索。"

滕鹏飞道："没有线索，难道不追吗？我们必须尽全力去追，这样才能弥补失误。失误已经造成，只能尽量弥补。我说一个好消息，追到了面包车那伙人的行踪，确实是聋哑人。"

重案大队和专案二组注意力集中到徐静案之时，查找聋哑人团伙的行动仍然在进行。由于决心大，动用警力多，功夫不负有心人，线索终于在今天浮出水面。

在一小时前，两名派出所民警来到偏僻郊区一处小饭店，点了两个菜，顺手将照片交给小饭店服务员。小饭店服务员看了一眼，道："我见过他们。"

民警拉网排查多日，已经疲惫，递照片只是例行公事，谁知踏破铁鞋无觅处,得来全不费工夫,顿时来了精神,问道:"你见过其中一个,还是几个?"

小饭店服务员道:"他们到店里来吃过两次饭,四个人,一个女的,三个男的,不超过二十岁。他们是聋哑人,两次进店都没有说话,对着菜单比比画画,四个人,吃了八十多块钱。在上面包车时,他们还是互相比画。"

小饭店位于老乡场,这个乡场曾经是乡政府所在地,1992年撤区并乡建镇以后,乡政府撤销,老乡场的发展便停滞下来。阳江高速修通以后,过往车辆锐减,老乡场更加萧条,几乎没有外来人口,若不是市局下达了"不留死角"的严令,这一组民警不会到此乡场。也正是因为老乡场外来人口少,服务员才对三男一女印象深刻。

简述经过后,滕鹏飞竖起三根手指,道:"小饭店服务员提供的线索证实了三件事:第一,被拉上车的女子与三个戴帽男子互相认识,属于面包车内人员中的一员;第二,这四人极有可能都是聋哑人;第三,江州残疾人联合会以及市特殊学校都没有见过这四人,这说明四人来自外地,从面包车逃跑的方向来看,这四人极有可能来自湖州。"

张国强道:"又是湖州?"

滕鹏飞道:"确实,又是湖州。"

张国强的心思没有在四个疑似聋哑的人身上,哭丧着脸,道:"滕老大,聋哑人不是当务之急,当务之急是找到关江州。"

滕鹏飞伸了一个懒腰,道:"心急吃不了热豆腐,现在更没有后悔药吃,冷静下来,开动脑筋想办法。大利,你对关江州这事是什么看法?"

张国强转过头,目不转睛地盯着侯大利。此刻,他希望侯大利急中生智,说出找到关江州的锦囊妙计,立刻将逃之夭夭的关江州捉拿归案。

侯大利道:"暂时没有好办法,严密监控关家人,四处撒网,撞大运。"

这个办法让张国强失望。

滕鹏飞用手搓了搓脸上的麻子,道:"国强不要自乱阵脚,赶紧去布置追查工作。安眠药的来源也要继续查下去。从徐静身上查出来的是进口新药,最有可能来自留学生群体。"

张国强没有心思讨论其他案子,道:"你们慢聊,我召集开会。"

张国强的背影在门口消失,侯大利站了起来,道:"滕支,那就到这里。"

滕鹏飞将两人送到门口,道:"湖州是下一步的工作重点。大利如今身份不一样,又刚破了湖州三案,湖州那边的工作需要你去多协调。至于具体案件,支队会顶上。"

出了办公楼,坐上越野车,侯大利慢条斯理地戴上白手套,提问道:"如果我是杨永福,把火点燃以后,是搬张小板凳看戏,隔山观虎斗,还是用吹火筒吹点气,把火搞得更大?"

江克扬道:"杨永福如今躲到矿山,肖霄到阳州读书,摆明了暂时放手,我觉得杨永福不会再搞事。这符合他一贯的风格,一击得手,便不再纠缠。"

侯大利道:"我认为杨永福不会轻易放手。徐静是新进入关百全家里的人,不算是关家核心人员。从杨永福睚眦必报的性格来看,他用尽办法诱导了关江州杀人,如果关江州没有受到惩处,好戏就只上演了半场。"

越野车在车流中灵活地滑动,车内吉他曲缓缓流出,车外声音被车窗所隔,变得很遥远,成为若有若无的背景声。

侯大利专心开车,侧脸线条刚硬、冷峻。

江克扬脑中闪现出李永梅和侯国龙的面容。李永梅和侯国龙是典型的夫妻相,脸部线条圆润。侯大利原本长得很像母亲李永梅,但长期沉浸在案件中,其气质、风格与母亲渐行渐远,五官线条又直又硬,帅气倒是帅气,却有一股隐隐的杀气,不让人亲近。

江克扬收回目光,道:"我不习惯现在的工作模式,以前是直接冲到一线,真刀真枪地干,累是累点,也有危险,胜在干脆痛快。现在这种工作方式总是隔了一层,看着别人去做,自己隔岸观火,有劲使不上,也是蛮难受的。听滕麻子的话里话外,不想我们插手新发命案。"

侯大利道:"挖两面人是专项行动,滕麻子也不知道内情。现在是暴风雨来临前的宁静,显得我们无所作为。我有一种预感,找到突破口的时候,会有一场恶战。"

江克扬道:"突破口在哪里?"

侯大利道:"不能因为杨永福躲到矿山,就让他从我们的视线中消失,杨永福是所有案件的核心。不管遇到什么复杂情况,我们都要记得这一点。"

江克扬道:"杨永福躲在矿山,我们没有办法接近。只能等到他回来以后,再想办法看住他。他只是暂时躲避,终归有回来的这一天。"

侯大利摇了摇头,道:"如果杨永福真是一系列事件的主谋,我们在几个案件中积累的线索越来越多,应该主动出击,不能被动。"

江克扬有些惊讶地道:"主动出击?杨永福是阴戳戳地在背后搞事,能牵扯到他身上的证据真不多。"

侯大利道:"我跟关局和宫局深入讨论过这事,大家达成共识,在下一步的工作中,江州刑警支队正面突击,专案二组是奇兵,奇兵的作用是负责暗中锁定杨永福。我们要做好打持久战的准备,七人分成三组,轮流盯紧杨永福。"

江克扬略为沉默,道:"从现在的安排看,关局和宫局对很多人都有怀疑。为什么不怀疑我和樊勇?"

侯大利道:"你是从车站派出所调过来的,樊勇以前在禁毒支队。"

江克扬道:"那就是年龄比我大一些的前辈,年龄比我大,又能惹出祸害,那肯定是有职务的。"

侯大利打断江克扬,道:"别乱猜了,我们耐心等待两面人现身。上一次秦力为了找到杜强,采用很土很笨的办法,结果在唐河还真是成功找到杜强。我们学秦力,用笨办法加上高科技,不去追线索,而是盯紧杨永福,让线索自动露头。"

江克扬道:"我们守株待兔,万一兔子不出现,那就惨了。"

侯大利道:"在案子没有侦破之前,我们都有可能做无用功,这是没有办法的事情。与其满世界找线索,不如死死盯紧了杨永福。守株待兔有可能是白费功夫，但是值得。我们明天就到红源煤矿，用最土最笨的办法来守住杨永福。"

回到刑警老楼，吴雪立即出归队通知。

半小时后，省公安厅命案积案专案二组除了秦东江手臂骨折仍然在医院以外，其他人全部归队，做好"守株待兔"的准备。

戴志在这一阶段负责视频，在办公室备勤之时，又将经过剪辑的与关江州有关的视频打开。经过剪辑的视频能够清晰地反映出关江州与金色酒吧的关系，在一个月的时间里，关江州到金色酒吧七次。他每次都是独来独往，在酒吧里停留一两小时。

侯大利、吴雪、樊勇、江克扬、张剑波坐在投影幕布前，喝茶、抽烟，观看视频，希望从熟悉的画面中抓到不一样的人和事。这是侯大利的办案绝技，反复，反复，再反复。

"停一下。"播放到三分之一时，樊勇突然站起来，指着投影幕布，大声道，"回放一下，你们看，关江州在不停地打哈欠，还在擦鼻子。这个神情不正常，是毒瘾犯了，绝对是。我以前干禁毒工作，见过太多这种瘾君子。"

侯大利如被踩了尾巴的猫，从椅子上弹了起来，道："你确定他吸毒？"

樊勇道："视频往下，我再看一看。"

看完所有视频，樊勇很肯定地道："关江州吸毒，我可以确定。他吸毒时间不长，应该就是两三个月的事情。"

侯大利拿着投影仪遥控板，在幕布前走来走去，思考了一会儿，道："如果关江州在近期染上毒品，那很多事情就说得清楚了。我们要把这个信息传给滕麻子。"

给滕麻子打完电话后，侯大利竖起大拇指，道："樊傻儿，你这次立了一功。术业有专攻，每个人的特长都有可能成为破案的利器。"

第九章
矿井下的搏杀

  8月29日上午，在远离城区的长青县红源煤矿，蒋矿长接到电话后，站在窗前望着公路，等着朱琪的男人到来。在长盛矿业的下属企业中，大家都知道吴新生是朱琪的情人，暗中都叫他吃软饭的。暗中称呼是一回事，真实面对是另一回事，当矿长的人都是老江湖，知道得罪了这个吃软饭的，就等于得罪了老板。甚至得罪了这个吃软饭的，比得罪女老板本身还要严重。

  蒋矿长远远地见到小车开来，赶紧下楼。等到小车停稳，来人下车，蒋矿长快步迎了过去，道："吴总，欢迎欢迎，热烈欢迎。"

  杨永福笑道："我更正一下，我的真名叫杨永福，以后，我都叫杨永福。"

  蒋矿长已经知道吴新生就是杨国雄的儿子杨永福，只是没有料到其会当面坦承，改口道："杨总，热烈欢迎。"

  杨永福握着蒋矿长粗糙有力的大手，笑道："我不是政府官员，别来热烈欢迎这一套。蒋矿长，带我去看房间，我要在这里住上一段时间。"

  蒋矿长道："杨总一个人来的，没有带秘书？"

  杨永福道："我到矿上来住，就用矿上的人，为什么要带秘书？"

"总部有些领导下来，前呼后拥。杨总一个人下基层，了不起。"蒋矿长随即又为难地道，"杨总，煤矿条件很差，只怕你住不习惯。"

杨永福挥了挥手，道："别认为我细皮嫩肉，我是苦出身，什么苦都吃过。小时候为了生活，还下过煤矿，对煤矿不陌生。"

尽管杨永福很客气，蒋矿长却不敢怠慢，亲自带着杨永福进入办公楼，介绍道："一楼和二楼是办公室，三楼是住房。杨总，矿上条件真不好，洗澡只能和工人们在一起洗，大家脱得赤条条的，不知你习惯不习惯。如果不习惯，我让人加一个热水器。"

杨永福道："本来就有洗澡堂，水热、量大，洗起来过瘾，再加一个热水器，脱了裤子放屁。"

蒋矿长又道："吃饭也得和工人一起，我们这里偏僻，没有办法顿顿都有好吃的。"

杨永福拍了拍蒋矿长的肩膀，道："今天我先看一看矿上的资料，你们开会，我也参加。我不说话，就听你们开会。明天或者后天，我和班组一起下井。"

蒋矿长吃了一惊，道："杨总，井里条件是真差，还有各种预想不到的危险。如果进了井里，出了啥事，我长八颗脑袋也赔不起。"

杨永福道："别说这种不吉利的话，先把红源煤矿的资料拿给我。"

蒋矿长由衷地佩服，夸道："杨总，我以前在国营煤矿干过。你的作风就和以前的领导一样，深入基层，不摆架子，和大家打成一片。有杨总在总部，我相信长盛矿业肯定会蒸蒸日上。"

到了三楼，杨永福费了半天口舌，才将蒋矿长打发走，耳根终于清净了。

矿上家具都傻大笨粗，颜色灰暗。杨永福伸手摸了一把桌面，手掌全都沾了灰。一名矮小女工提着桶进来，也不打招呼，开始"扑哧扑哧"抹桌子。

杨永福望着女工，沉默了一会儿，道："红源煤矿旁边，是不是还有银沟煤矿？"

女工道："银沟煤矿早就被红源买了，现在叫红源二矿。"

杨永福道:"银沟煤矿以前是哪个老板的?"

女工道:"我不晓得。我来的时候,银沟煤矿就叫作红源二矿。后来听大家摆龙门阵,我才知道红源二矿以前是银沟煤矿。"

女工出去以后,杨永福站在桌前,通过窗户望向煤矿的井口。井口有一条从矿井延伸出来的小铁路,一辆挂有很多拖斗的矿车正在缓缓进入。

银沟煤矿曾经是杨国雄的煤矿,与秦永国的红源煤矿在资源上有颇多重叠之处。当年,杨国雄和秦永国为了争夺资源大打出手,双方都不服输,用了各种手段。杨永福现在仍然记得父亲跳楼前,特意和自己讲起了两个煤矿的争斗。那时,杨永福还是少年郎,父亲的讲述从左耳朵进右耳朵出,没有太多印象。

经历了艰难的青春岁月,杨永福再次来到红源煤矿,亲身感受父亲曾经工作的地方,回想起父亲跳楼的惨事,感慨万分。

红源煤矿和银沟煤矿斗得死去活来,双方损失严重,谁也没有占到便宜。秦永国弟弟出事之后,秦永国选择退出,将煤矿卖给了黄大磊的长盛矿业。后来,杨国雄跳楼,红源煤矿也被长盛矿业收购。

两家矛盾甚深的煤矿都归于长盛矿业,黄大磊笑到最后,成为大赢家。谁知世事难料,黄大磊被自己的结拜兄弟炸死,朱琪成为更大的赢家。

想起朱琪,杨永福面露微笑。他拨通朱琪的电话:"亲爱的,我在红源煤矿。你不用过来,我先在这边住一星期。"

朱琪在电话里发狠,道:"杨永福,你这是下煤矿,还是在戒老娘?给你两天时间,你不回城,以后就别进长盛的门。"

杨永福温言道:"既然来了,就让我在红源矿上待两天。明天我下井,看一看实际情况,然后就回江州。红源矿被姓黄的那家人染指太久,我想多待两天,摸摸底细,免得两眼黑。"

红源矿本来属于长盛矿业,在杨永福和朱琪眼中,却是黄家人染指了红源。朱琪道:"你别下矿井了,挺危险的。我看过报告,红源煤矿有冒顶情况,没有死人,有受伤的。"

杨永福道:"没事,我们不敢下井,以后井下就是黄家人的天下了。作为小琪的男人，我可不是孬种。"

"我知道你勇敢，但是也没有必要和那些人一样到井下去，臭死了。"

"也不算臭，出来要洗澡的。"

好说歹说，朱琪终于同意杨永福下井一次，然后立刻回来。放下电话，杨永福拿起桌上的资料，研究矿井开拓平面图和剖面图。图纸分为两个大部分，一个是红源煤矿的图纸，另一个是银沟煤矿的图纸，两个煤矿有交集，被巷道联系起来。整个红源大矿就如哑铃一样，两头大，中间小。

在矿上，副矿长孙望绕了一大圈，来到原银沟煤矿一处报废的工具室。

老工具室有两道门，后门通向一条小道，小道能够直接到达矿井。这道后门便是黄大森的逃生门，只要有外人过来，便从后门直接进入小道，躲进矿井的一条支巷。支巷是以前老煤矿为了抢资源所建，情况复杂，一般人不会深入。

工具室的窗户很高，到了黄大森的胸口。黄大森一直不理解为什么要把窗修这么高，个子矮小一些的人，看窗外都会困难。黄大森个子高，站在阴影处，能清楚地看到来人。

孙望进门后，关紧房门，道："杨永福一个人来矿上，据说还要下井。我不知道他是傻大胆还是真傻。"

黄大森留着大胡子，表情阴狠，道："不要小瞧了杨永福，能把我逼得无路可走的人，智商绝对在线。他居然敢下井，真是厕所里打手电——找死。明天下井，有谁跟着？"

孙望道："我是管生产的，肯定会由我陪着他下井。老蒋是软骨头，肯定要陪朱琪的野男人，这是拍马屁。还有老蒋的铁跟班哈巴狗，肯定也要下来。"

黄大森道："你想办法调开老蒋和哈巴狗。既然敢下井，那就在井里解决杨永福。"

孙望道："很多人都知道杨永福下井，如果在井下出事，怎么办？"

黄大森道："你傻啊，我们肯定不会用其他武器，就用煤块砸。你想办法把他单独引到银沟煤矿二号巷道，我们制造冒顶事故。二号巷道出过几次冒顶，就算有人怀疑，也是查无实据。"

煤矿冒顶就是在煤矿地下开采中，巷道上部矿岩层塌落下来的现象。煤矿冒顶事故是较常见的煤矿事故之一，在煤矿所发生的顶板事故中占据很大比重。

孙望仍然有些犹豫，道："大家都知道杨永福来了，第一次下井就遇到冒顶，会怀疑我们的。"

黄大森道："怀疑就怀疑，怕个屁。杨永福是朱琪最大的助力。朱琪胸大无脑，根本想不出那么多阴招。弄死杨永福，就是砍了朱琪的左膀右臂。朱琪这个贱货，占了黄家家产，我们不反击，迟早会被他们玩死。富贵险中求，与其坐以待毙，不如放手一搏。"

孙望是黄家女婿，与黄家利益绑得很紧，在黄大森劝说下，终于下定了决心："三哥说得对。井下是我们的天下，我找理由支开蒋矿长和哈巴狗，单独带杨永福来银沟二号。银沟二号很不稳定，时不时有岩层自然塌落，就算出事，那也是天灾。"

黄大森道："我躲在转小弯的那个凹槽，灯光射不进来。等到杨永福走过，就用煤块敲他脑壳，弄出一个冒顶事故。"

为了确保万无一失，黄大森和孙望沿着小道下到井底。

黄大森深居简出，在矿上从不露面，平时是由孙望送饭。他穿着矿工全套衣服，跟在孙望后面，丝毫不引人注目。从支道进入煤矿后，两人来到二号巷道，详细商议了明天敲脑壳的细节。

8月30日早晨，在杨永福的要求下，蒋矿长陪着杨永福来到职工食堂，和矿工们一起吃热气腾腾的大馒头。矿工干的是体力活，所以江州的矿工食堂都保持着做白面大馒头的习惯。杨永福和矿工们坐在一起，吃大馒头，喝稀饭，谈笑间，神情有些恍惚，想起了父亲。这里本来就是父亲拥有的煤矿，想必他也和自己一样，曾经坐在这里和矿工一起吃饭。原本就应该属于自己的这一切，被一群强盗夺走。

"失去的东西，我一定要拿回来。"杨永福恶狠狠地咬了一口大馒头,想起了《英雄本色》中的小马哥。他幻想自己成了小马哥,走进餐厅,扣动扳机,向仇人倾泻子弹。

吃完饭后,几人换了衣服,准备下井。

坐上小拖斗车,沿着轨道下滑时,杨永福还是有几分紧张。矿井如野兽的大口,吞没了小拖斗车。有一段巷道特别陡峭,小拖斗车发出呼呼声。所幸这一段陡峭的巷道不算长,很快就平缓下来。

蒋矿长道:"杨总,红源矿的设备严重老化了,煤管局要求我们换设备,不换不行了。如今市场行情好,换了设备,提高产量,很快就能赚回来。"

绰号"哈巴狗"的老杜在旁边帮腔道:"蒋矿长,杨总是多实在的人,下了矿井,了解了实际情况,肯定会同意我们换设备,也就是一千多万,对于长盛矿业来说是小菜一碟。"

杨永福道:"我说了不算,但是可以跟朱总说。等我回去的时候,你们给我一份报告。"

蒋矿长大喜,道:"准备好报告,等会儿送给杨总。"

拖斗车停下来后,杨永福跳到地面。副矿长孙望走了过来,道:"蒋老大,怎么走?"

"那就到一号区去看一看。"蒋矿长并不希望杨永福深入作业面,提出到建设得最好的一号区。

如何将蒋矿长和哈巴狗与杨永福分开是一个难题,孙望动了一番脑筋,想出了调虎离山之计。蒋矿长、哈巴狗、杨永福和孙望四人朝一号区走去,即将走到一号区和银沟二号巷道的分界点时,哈巴狗的电话响了起来。

"喂,你是杜主任吗?我是县安监局的,我们李局长要到矿上了。李局检查工作,还需要提前给你们汇报。李局就是不打招呼过来,看一看你们的实际情况。"

"我和蒋矿长刚下井。"

"别废话,既然刚刚下井,那就上来。"

接完电话,哈巴狗有些为难地讲了安监局李局长即将来矿上检查的情况。蒋矿长叹道:"吴总,安监局李局到了,这人不好打交道,又臭又硬,我们上去吧。实在抱歉,实在抱歉。"

今天下了井,明天要回城与朱琪约会。杨永福道:"既来之,则安之,蒋矿去见安监的人,我和孙矿一起继续看。"

如果杨永福跟着蒋矿长回地面,黄大森的计划就失败了。孙望一颗心揪紧了,既担心杨永福回地面,又希望他能回地面。果然,杨永福如黄大森所预料,不回地面,准备继续留在井下。

哈巴狗明白县官不如现管的道理,跟着蒋矿长回到地面。

一切都在黄大森的算计之中,孙望一直在企业工作,年轻时也在街上打过架。可是,这一次是杀人。他身体有些僵硬,走路时总觉得低一脚高一脚。

杨永福是第一次来到红源矿井,身处矿井深处,分不清东南西北,跟着孙望就朝银沟二号巷道走去。

"孙矿,红源二矿以前是银沟煤矿,我们现在是在红源还是银沟?"

"我们是从红源下矿的,现在,还在……还在红源。"

"银沟在哪个方向?"

"那边……那边。"孙望紧张起来,以为杨永福发现了什么,便指了指银沟的反方向。

杨永福发现了孙望的异常神情,道:"孙矿,你不舒服?"

孙望捧着头,掩饰道:"昨天喝多了,现在头还痛。"

说话间,孙望带着杨永福朝银沟方向走去。几分钟后,巷道灯光暗淡,设施破损严重,空气也相对污浊,杨永福道:"我们这是在哪里?"

孙望道:"银沟,不,是红源。"

杨永福道:"这边比刚才要旧一些。"

孙望道:"去年我们对辅助运输大巷进行了亮化改造,看起来就亮得多。我们正准备再向总部申请,把这一段也搞了。"

两人走进更为暗淡的区域。矿井黑黢黢的,没有矿工来往。孙望眼见着接近黄大森藏身的凹槽,脚被绊了一下,差点摔倒。杨永福见孙望如此紧张，警惕起来，右手垂下，碰到了腰间的跳刀。

凹槽里，黄大森藏身其中，完全没有露出身形。

等到杨永福从身边走过，黄大森从黑暗处冲了出来，举起一块坚硬的煤块，朝着杨永福后脑勺砸去。

当黄大森冲出来的时候，孙望下意识朝旁边闪了一下。这个细微的动作被心生戒意的杨永福捕捉到，长期锻炼让其身体反应比意识更快，跟着孙望的动作也朝旁边躲闪。

"呼"的一声响，一块硬物擦着杨永福脑袋砸在地上。

靠近耳朵的头皮被砸了一条口子，鲜血瞬间冒了出来，顺着脖子流进衣服。如果不是孙望躲闪，杨永福很难防备突然袭击，多半会被坚硬的煤块砸中后脑勺。他顾不得查看伤势，拿出腰间跳刀，对准来人就捅了过去。

砸煤块需要使用浑身力气，黄大森整个身体都朝着杨永福扑了过去。他没有料到杨永福反应如此迅速，身体保持惯性，继续前冲，只能用手臂挡对方。

手臂刺痛，黄大森知道自己受了伤。错身而过后，他没有再与杨永福纠缠，借着昏暗灯光看了一眼手臂后，取出自制火药枪。住在工具室内这一段时间，黄大森就地取材，又让孙望带来些材料，制作了传统火药枪。

孙望听到一声"闪开"，便拼命远离杨永福。

杨永福没有追赶孙望，转身冲向黄大森。火光闪起，随后是"轰"的一声响，杨永福感觉被一万只马蜂撞上，胸部和面部火辣辣地疼痛。

传统火药枪的问题是打响一枪后便基本作废。黄大森此刻失去了致命武器，抽出刀，准备趁着对方中枪，了结其性命。到了此刻，不是你死就是我亡，黄大森顾不得制造冒顶事故。

杨永福只觉得脸部和胸部都火辣辣的，庆幸的是眼睛没有受伤，若是眼睛受伤，那就真的变成待宰羔羊。他没有理睬自己的伤势，挥动跳刀，神情狰狞地狂喊："黄大森，原来你躲在这里！"

黄大森恨从心生，举起闪着寒光的跳刀，吼道："今天是你死我活，干死他。"

孙望哆哆嗦嗦摸出匕首，跟在黄大森身后。

杨永福尽管受了伤，但是没有倒下来，带着冷笑，一步一步紧逼，道："来啊，有种你们过来。"

这时候，从红源巷道传来杂沓的脚步声和说话的声音。杨永福抓到了救命稻草，挥动跳刀，大喊道："我是杨永福，来人啊，我是吴新生！"

黄大森知道今天已经没有成功的可能性了，自己正在被警方通缉，绝不能久留。他对孙望道："跟我走，不，你追我。"

两人快速跑开，进入支道。

黄大森停了下来，道："你可以回去了，一定要说是你来追我。"

孙望面如死灰，道："杨永福知道我们联手，他听见你叫我干死他。"

黄大森恶狠狠地道："你咬定是我突然冒出来袭击，根本没有看清楚我是谁。只有两个当事人，杨永福是一个说法，你是另一个说法，谁能说得清楚。这是罗生门，懂吗？你如果跟我跑了，那么所有事情就要由杨永福说了算，你就得跟我亡命天涯。等会儿我出去的时候，会到工具房放一把火，把生活痕迹烧光。你是男人，要有点血性，咬死不承认，杨永福拿你没办法。"

孙望稍有犹豫。黄大森推了他一把，道："别磨叽了，咬死是被人突然袭击。黄家人不是吃素的，杨永福不能一手遮天。"

黄大森曾经沦落为"猪仔"，被迫长期在煤矿里打工，熟悉井下生活，这一段时间又时常进入井下，熟悉银沟和红源的复杂巷道。他如蜘蛛一般，钻入密布的蛛网，消失不见。

孙望回到凹槽处，杨永福已经不在此处，不远处传来说话声音。

几个工人跑了过来，见到孙望，大吃了一惊。孙望按照与黄大森商量的说法，喘着粗气，道："狗日的，那个兔崽子跑得快，没有追到。杨总怎么样？"

一个工人迟疑道："杨总受伤了。他说，你和黄大森要杀他。"

孙望道:"杨总应该是被吓蒙了,乱说话。我追了一阵,看到一个背影。这人有枪,不敢追太近,让他跑了。"

工人们遇到杨永福时,杨永福满脸鲜血,说孙望和黄大森联手要杀他。此时再遇到孙望,孙望又说他去追行凶人。不管是杨永福还是孙望,都是领导,工人们搞不清事实真相,只能陪着孙望上井。

到了地面,蒋矿长迎面而来,怒气冲冲地道:"孙望,你活腻了,等着坐牢房了!"

孙望是黄家的人,并不怵蒋矿长,道:"蒋大炮,你把话说清楚。有人要打杨总,关我屁事。如果不是我在一旁帮忙,杨永福早出事了。杨永福这人恩将仇报,如果不是我冒着生命危险去追凶手,他早就被打死了。"

蒋矿长气得够呛,道:"你现在嘴硬,等着和杨总面对面对质吧。"

孙望道:"对质就对质,谁怕谁啊!"

蒋矿长有些迟疑了,道:"到底是怎么回事?你说清楚。"

正说话间,银沟矿传来了浓烟,随即又传来废弃工具房起火的消息。

医务室里,杨永福躺在床上,望着浓烟,来到窗前,观察现场后,拨通了刑警支队的电话。这个号码是警方追捕黄大森所用,杨永福记得清清楚楚。

"我提供黄大森的下落。"

"谁,黄大森?他在哪儿?"

"你们赶紧过来,黄大森刚才在长青红源煤矿,我在矿井遇到他,他用火药枪想要杀我。他开了一枪,我受了伤。他用的是打铁砂的枪。"

"你确定是黄大森?"

"确定。"

"他在哪里?"

"刚逃跑,应该没跑远,你们赶紧派人来,堵住公路,派人上山,应该还找得到。"

"你是谁?"

"我是杨永福，新琪公司总经理。陈阳、滕鹏飞，他们都知道我。"

报警之后，杨永福又躺下。医务室的胖子站在一边手足无措，道："杨总，还得等救护车来，你的伤在脸和胸口上，我处理，怕留下后遗症。"

黄大森出现的消息迅速传遍了江州刑警支队。

工具房起火时，侯大利正在省刑总办公室，向老朴汇报工作。

老朴听了前期案件侦办情况，不停地摇折扇，道："我同意你的判断，聋哑人团伙、李小峰、邱宏兵、关江州，种种线索串起来，这就是江州市局要寻找的幕后黑手。你以专案二组名义写出一份报告，依程序上报。我们面对的都是大案要案，没有哪件案子更特殊。论紧急程度，江州这起案件也排不上号。"

侯大利继续努力，道："朴老师，为了确保案件顺利侦破，我还是想避开江州的技术力量。如果有必要，能不能找分管副总队长汇报？"

"暂时不必，还是依程序上报。"老朴摇起折扇，思考了一会儿，道，"你说的事情，不一定非要动用省刑总的力量。我会给程总队建议由秦阳刑警支队来提供技术力量。不要动用湖州的技术力量，杨国雄是湖州人，说不定也有牵连。"

此时侯大利手机响起，是江克扬打来了电话。

江克扬站在山坡上观察红源煤矿，道："我、樊勇和秦东江正在红源煤矿附近，我看到矿上冒起了浓烟。"

山坡在去红源煤矿的必经之地，又能俯瞰整个红源煤矿。按照专案二组分工，江克扬和刚刚离开医院的樊勇、秦东江这一组来到了红源煤矿，用笨办法，盯紧杨永福。

侯大利道："为什么有浓烟？"

江克扬道："我们没有进入煤矿，不知道内情。"

侯大利道："暂时不要介入，你们盯紧了杨永福。"

"我们守在这里也不是办法，一天两天还行，久了，大家都会懈怠。大利，必须要全面上技术手段。你那边进展如何？"江克扬原本想说这种办法是"剑走偏锋",想到还有两名组员在车上,便没有把此话说出来。

侯大利道:"顺利,回来说。"

正说话间,宫建民的电话打了过来,他劈头就说:"发现了黄大森的踪迹,在红源煤矿。杨永福报案说,黄大森在矿井下袭击了他。"

侯大利心中一紧,肾上腺素狂飙,道:"宫局打电话进来的时候,江克扬正在和我通话,老克说红源煤矿正在冒浓烟。"

宫建民惊讶地道:"你已经派人到了红源煤矿?那太好了。"

侯大利道:"所有线索的源头都指向杨永福,但是杨永福太狡猾,无法立案。我们暂时没有更好的办法,只能采用笨办法,盯住他,查他的身边人。目前,江克扬、樊勇和秦东江为一组,正在红源煤矿附近。"

宫建民道:"黄大森应该会朝山里逃窜,让你们的人赶紧堵住路口,检查过往车辆。红源煤矿上组织人员去抓黄大森,这支力量由江克扬全面指挥。长青县局的力量随后就会赶到。"

侯大利有些担心省命案积案二组的人这么快出现在红源煤矿,杨永福有可能会意识到二组来到红源煤矿的目的。只是黄大森与爆炸案有关,更危险,要放在首位。杨永福的事情与之比起来没有这么急。

他犹豫数秒后,立刻向江克扬布置了新任务:前往红源煤矿,接过指挥权,抓住黄大森。

执行任务的越野车直奔红源煤矿。

蒋矿长已经接到了长青公安局的电话,当江克扬亮出证件以后,立刻交出了指挥权。

三人小组来到红源煤矿已经有一天时间,秦东江画出了周边道路的详细分布图。根据道路分布情况,秦东江带领煤矿保卫科的人,检查所有离开红源煤矿的车辆,防止黄大森沿着公路乘车逃跑。

樊勇带着另一队工人,堵住另一条支路。

两路人马离开后,江克扬找到了蒋矿长,道:"标出所有矿井出入口，每个出入口都要派人守住。"

蒋矿长道："放火烧工具房的人肯定是黄大森，他不会再进入矿井。"

江克扬道："难说得很，赶紧标出所有出入口，别啰唆。你再找一些可靠的人，跟着我进山，搜索黄大森。"

蒋矿长也没有料到黄大森会藏在自己的矿上，面对咄咄逼人的警察，额头直冒冷汗。

在医务室，杨永福听到了外面的嘈杂声，很是惊讶，来到窗口，正好看到在与蒋矿长说话的江克扬。他认出了说话人是省专案二组刑警，意识到不对劲，双眉紧锁，随即冷笑数声。

长青县公安局刑侦大队民警来到现场以后，分别询问了杨永福和孙望，提取了杨永福跳刀上的血迹，同时进入井下勘查了案发现场。

红源煤矿四周，大批增援民警和武警封锁了现场。

走得最远的是江克扬和保卫科科长带领的工人。一行人来到煤矿和巴岳山之间的山口处，准备截断黄大森逃向巴岳山的通道。

黄大森长期在长盛矿业工作，从煤矿做起，干过技术员，做过矿长。今天参加搜索的工人有不少认识黄大森，搜索时并无紧张之感，懒洋洋的，抽着烟，说着玩笑话。

保卫科科长满脸是汗，气喘吁吁，道："江警官，黄大森很熟悉这一带，我们慢了一步，很难找到。"

江克扬道："黄大森躲在煤矿里，时间应该不短，你们真没发现？"

保卫科科长用无所谓的态度道："银沟煤矿和红源煤矿合二为一，一千多人，又分为两大部分，混个人进来实在太容易。这就是灯下黑，谁都没有想到黄大森会躲在煤矿里。说实话，我和黄大森挺熟悉，以前是他的手下。黄大森精得像猴子，比我们熟悉这一片大山。我们就算堵住了山口，他肯定也会想到办法逃出去。"

江克扬道："你对黄大森这么有信心？"

保卫科科长道："我说的是实话。"

江克扬道："听你的口气，对黄大森挺有好感。"

"我们出来打工，就想要多赚些钱。黄大磊、黄大森在位的时候，我们的工资比现在多一千三百多块钱，哪怕煤炭行情不行，也不会短了我们的。朱琪头发长见识短，对下面很刻薄，总是千方百计扣钱，制定的管理措施就是扣钱。杨永福是朱琪背后的狗头军师，专门在后面出烂主意。我们是打工的，打工是为了赚钱，不管老板打架。以前是国有企业的时候，大家还有主人翁的责任感，现在就是三个字——钱、钱、钱，谁给的钱多，谁就是老大。大家跟着你来拦黄大森，肯定没精打采，能不能拦住都不关他们的事。你知道也没有用，你又不给大家发钱。"

保卫科科长是个老油条，和警察接触得多，说话也就没有遮拦。

这一段时间，江克扬一直在潜心研究杨国雄的失败史。杨国雄失败原因有很多条，其中重要一条就是对工人克扣得比较厉害。企业发展顺利时，很多问题还可以掩盖。当企业出现问题时，从工人、技术员到工程师和车间主任，往往都一哄而散，形成墙倒众人推的局面。他听到老油条保卫科科长说起他们的态度，心道："保卫科科长说到了一个关键点，杨永福犯了和他爸一样的错误，对工人压榨得过于厉害。父子两人性格都比较阴冷，为人苛刻。同样是做矿山，黄大磊是黑社会头子，做了很多坏事，但是在管理企业上明显比杨国雄高明，舍得给大家分钱，企业越弄越大。如果不是被结拜兄弟寻仇，肯定还会壮大。"

等了二十来分钟，未见到动静。

江克扬到车上拿矿泉水的时候，保卫科科长无聊地四处张望，忽然看见在远处山坡上有人影躲在树丛中，时停时走。保卫科科长身边站着保卫科干事，这名干事也看到了山坡上的人影。两人互相看了一眼，没有说话。黄家人经营矿山多年，保卫科诸人都是受益者。到了朱琪掌权的时代，他们的薪水大幅缩水，怨恨甚深，不想掺和老板打架，所以没有人向江克扬反映对面山坡上有人。

山坡上的人影正是黄大森。黄大森一路飞奔，准备进入巴岳山。他不敢走公路，便一直在半山中穿行。来到要进入巴岳山的山口时，发现了一群人守在公路边，站在保卫科科长身边的人不是煤矿的人，从气质来看就像是警察。他暗叫糟糕，趴在草丛中，不敢动弹。看到那个不认识的人到车上拿矿泉水时，这才大着胆子在草丛中爬行。等到那个不认识的人拿着矿泉水站到保卫科科长身边时，又耐心地在草丛中一动不动。

夏日森林蚊子密集，黄大森汗如雨下，身上被"八面威风"的蚊子咬出一片红肿。他把头埋在草丛中，想起被迫逃亡以来受的苦，暗骂朱琪和杨永福，发誓不报此仇誓不为人。

在长青县民警增援到达时，黄大森费尽千辛万苦，终于爬进了巴岳山。上一次是仓皇逃进巴岳山，突发高烧，陷入昏迷，被人当成智障捡进了煤矿。有了上次惨痛经历之后，黄大森在工具室备好了必备药、刀具和压缩饼干等基本用品，这次进山就"轻车熟路"，钻山沟，踩小溪，进密林，甩掉了反应迅速的围剿者。

侯大利从省城阳州回来之时，长青县刑侦大队技术中队已经通过跳刀上的血液锁定了黄大森。孙望有包庇黄大森的重大嫌疑，被带进了长青县刑侦大队进行讯问。杨永福在治疗结束以后，也来到刑侦大队，在询问室里接受询问。

侯大利对孙望很有兴趣，但对询问杨永福兴趣更大。

参加询问杨永福的人有来自刑侦支队的钢嘴铁牙周向阳和长青刑侦大队的一名预审员。在进入询问室之前，侯大利单独和周向阳交流。

周向阳慢条斯理地抽着烟，道："你的鱼竿模型很有创意。杨永福这人如果真是执竿人，那就是老奸巨猾之人，只怕没有这么容易招供。"

侯大利没有点燃香烟，吸了吸飘在空中的烟气，道："每个人都有弱点和逆鳞，杨永福也不例外。从我们得到的信息来看，杨永福人生的转折点在于其父亲跳楼。杨国雄是1999年9月24日跳楼自杀，距今有十一年了。银沟煤矿曾经属于杨国雄，杨永福是回到了自家曾经拥有的煤矿中。我建议围绕着这个点来刺激一下他，看他是什么反应。杨永福很狡猾，躲在幕后操纵。这是我们第一次和杨永福面对面直接交锋，机会难得，我想看一看他的反应。"

"这父子俩都偏执，钻牛角尖，你要有毫无收获的准备。"周向阳用力将香烟摁灭在烟灰缸里,道,"你在监控室盯紧点,有什么关键点,赶紧跟我说。"

当杨永福来到询问室时,周向阳和另一名侦查员也走了进来。周向阳满面春风,递了一支烟给杨永福,道:"杨总,伤势严重吗?"

杨永福脸上纵横交错地包扎起来,露出眼睛、眉毛和嘴巴,有点像是木乃伊。他摆了摆手,没有接烟,道:"不算严重,被铁砂打了些小洞,不深,就是数量多。恐怕得破相了。"

周向阳道:"你别吃辣椒,更别吃酱油,免得留下黑色痕迹。民间说法,你得信。"

寒暄几句,周向阳步入正题,道:"杨总,今天到矿井是去做什么?"

杨永福眨了眨眼睛,道:"下矿井是我的职责。我是朱琪董事长的助理,根据她的要求,查看生产一线情况。"

周向阳道:"你是新琪公司总经理,什么时候成了朱琪的助手?"

杨永福道:"实不相瞒,朱琪是我的女朋友,帮助女朋友管理企业,很正常嘛。我是今年5月份成了长盛矿业董事长的助理。"

周向阳道:"请杨总谈一谈在井下遇袭经过。"

杨永福简略地谈了整个经过。

周向阳道:"你能确定袭击者是黄大森?"

杨永福义正词严地道:"我确定袭击我的就是黄大森。你们已经拿到了跳刀上的血迹,查一查DNA,就知道我没有说谎。孙望就是黄大森一伙的,在矿井下,他和黄大森一起对付我。如果不是恰巧有工人经过,这两人多半已经杀人灭口了。黄大森之所以能在红源煤矿上隐蔽这么久,肯定是孙望在帮他,否则没有办法隐蔽。孙望是副矿长,又是黄家女婿,就是他包庇了犯罪嫌疑人黄大森,这是犯罪。"

周向阳"嗯"了几声,道:"第一,袭击你的人是不是黄大森,很快就能查清楚;第二,谁包庇黄大森,也能查得清楚。你平时随身都带着跳刀吗?"

杨永福道:"害人之心不可有,防人之心不可无。我这是用来防身的，如果没有跳刀，我的命就交待在井里了。"

周向阳道："你这是非法持有管制刀具。"

"两害相权取其轻，真要罚，我认。"杨永福脸被包住，看不出表情，只是双眼快速眨了眨。

监控室里，侯大利道："杨永福的头包得像粽子，表情被掩盖了。"

吴雪笑道："这是考验我们观察能力的时候。从屏幕中很难观察到瞳孔的变化，但是可以看眉毛和嘴巴，还有身体语言。从现在来看，杨永福挺放松，情绪平稳。"

侯大利道："这是压力不够大的表现。按照周哥习惯，应该突然袭击。"

果然，周向阳话锋一转，道："我过来的时候做了点功课，你遇袭的地点在红源二矿，也就是银沟煤矿。银沟煤矿以前是杨国雄的企业，对不对？"

听到"杨国雄"三个字，杨永福后背一下就挺了起来，态度变得强硬，道："这事和我爸有关系吗？我们谈的是黄大森袭击我的事情，别扯其他没用的。"

杨永福发火，这正是周向阳所需要的。他继续施压："黄大森不会无缘无故袭击你，总得有个原因吧。我们办案，必须要找到嫌疑人的作案动机，否则是不完整的。你不用发火，应该积极配合我们。"

杨永福道："我不知道黄大森为什么会袭击我。找到动机，这是你们警方的事情。"

周向阳不紧不慢地道："警方不是万能的，当事人如果不配合，让我们办案人员怎么工作？银沟煤矿是在2000年被长盛矿业收购的，收购前，银沟煤矿和红源煤矿为了争夺资源，打得不可开交，是不是有这回事？"

杨永福双眉扬起，道："2000年以前，我还是小孩，懂个屁。"

周向阳道："如果你父亲杨国雄不出事，银沟煤矿也不会被长盛收购，对不对？"

杨永福双手按在桌上，后背完全绷紧，道："以前的事情，我什么都不知道。你到底想问什么？"

周向阳道："我在寻找凶手作案动机。黄大森是当时参加收购的人员之一，按理说他是成功者，不应该向你行凶。你和黄大森还有其他矛盾吗？"

杨永福身体慢慢放松下来，道："刚才我就说过，我是朱琪的男朋友，黄大森是黄大磊的堂弟。在黄大森心中，大约是认为朱琪吞并了其堂兄的财产，所以才有了向朱琪行凶的爆炸案。这一次向我行凶，大约也是同样的动机。警官，我说的是实话，就算打破脑袋，挖出脑汁，我也只能想到这个动机了。"他双手交叉放在胸前，道，"出于善意，我提醒你们，黄大森是放炮员出身，这一次让他逃脱，或许又要出一起爆炸案。如果被我不幸言中，你们恐怕不好交差。别在我这里费时间，抓住黄大森及其帮凶，对你们、对我都有好处。"

"谢谢你提醒啊，我们派了很多人在搜索黄大森。他是秋后的蚱蜢，蹦跶不了多久了。"周向阳又扔了一支烟给杨永福，道，"你和朱董是'郎貌女才'，很般配啊，这是大家公认的。什么时候结婚？到时我们也来喝一杯喜酒。"

杨永福彻底冷静下来，不再动怒，道："如果有这么一天，肯定要请周警官喝酒。"

监控室里，侯大利叹息一声，道："周哥说了这一段，暂时会让杨永福忌讳，不敢轻易向朱琪下手。朱琪引狼入室，根本没有意识到身边人是恶魔。等到杨永福剪除了黄家势力，彻底控制长盛矿业的时候，也就是朱琪出事的时候。"

吴雪长舒一口气，道："杨永福做了这么多坏事，我们找不到证据，就眼睁睁看着他做下一桩桩案子。我感觉很窝囊。"

"所以，我们要下定决心，采取笨办法，盯住杨永福。"指挥员确定侦查方向，一旦出现方向性错误，责任就在指挥员。侯大利久追杨永福，此时已经下定了决心。

询问室里，杨永福控制情绪的能力很强，很难通过刺激让其失控。周向阳知道再谈下去没有意义，准备收工。正要结束谈话时，杨永福放在桌上的手机响起了咳嗽声音。周向阳道："这是什么声音？你的手机为什么还有咳嗽声？"杨永福道："这是手机QQ的声音，有新信息提示。"

监控室内，侯大利和吴雪对望一眼。

"杨永福是人，不是神。凭他一个人，没有办法控制聋哑人团伙。他和他背后的人肯定有某种秘密的联系方式。"侯大利指着屏幕，道，"我觉得他们不会用太复杂的方式，甚至就是用QQ联系，简单、直接。"

吴雪道："戴志查过杨永福的QQ，没有发现问题。"

侯大利道："查QQ的时候，我们还没有下定盯死杨永福的决心。杨永福可能换用了其他人的身份获取的QQ，可能有我们难以查到的小号，再使用约定密语，我们就很难追踪发现。我有一个新思路，看一看肖霄是否有小号，可以从她的社交圈来查，也可以从同学圈查。肖霄有一个男朋友叫李友青，差点被陷了进去，应该挺恨肖霄，我们也可以去找他。希望运气能够眷顾我们，有所收获。"

询问结束，杨永福站起身，对周向阳道："希望警方能够早日抓到黄大森，这人会做炸弹，到时爆起来，'轰'的一声，谁知道会死多少人。"

监控室里，侯大利道："杨永福是恐吓，也说到了要害，黄大森太危险，抓捕工作是当前的重中之重。专案二组不参加抓捕，我们集中精力办理手里的案子。长青只留老克一人，你们全部去挖杨永福、肖霄等人有可能存在的隐蔽联系方式。"

吴雪道："上帝要谁灭亡，就要让其疯狂，杨永福有点得意忘形了。"

侯大利盯着屏幕，道："希望如此。"

侯大利和周向阳碰面以后，一起来到长青县刑侦大队长武志的办公室。

"黄大森能在红源煤矿立足，肯定是靠孙望。孙望是鸭子死了嘴壳子硬，到现在死不承认。黄大森这样一个大活人，能在红源煤矿生活，必然会有太多蛛丝马迹。我们发动群众，绝对能撕开孙望的伪装。"

武志捧着茶水杯，说话不紧不慢，神态倒和朱林有几分神似。

周向阳道："孙望是副矿长，黄家的女婿，孙望的老婆是黄大磊的堂妹。他帮助黄大森，从动机来说，没有问题。黄大森应该是藏在银沟煤矿那个废弃的工具室里，这人思维还算缜密，胆子也肥，临走前，还不忘火烧工具室。工具室被烧得一塌糊涂，找不到黄大森的痕迹，所以孙望的嘴壳子才这么硬。"

武志道："红源煤矿里面有黄家的铁杆，也有以蒋矿长为首的现实派，蒋矿长非常配合我们。目前，有多名红源煤矿工人指证孙望提着馒头和卤肉前往原银沟煤矿工具室方向。我们深挖细查，做好审讯工作，应该能够拿下他。除此之外，蒋矿长还提供了孙望利用职务之便贪污的线索，我们一并查处。"

侯大利翻看一会儿卷宗，抬起头来，道："孙望四十五岁，在银沟煤矿工作了二十五年？"

武志道："是啊，他是老银沟的，熟悉井下情况。长青煤管局根本没有人到矿上，这是有人策划要谋害杨永福。"

侯大利若有所思地道："银沟煤矿以前是杨国雄的，杨国雄是1999年9月24日跳楼，也就是说，孙望曾经在杨国雄的银沟煤矿工作过。"

武志道："从时间上来看，应该是的。"

侯大利道："孙望在杨国雄的矿上，是什么职务？"

武志摇头，道："这个不清楚。"

侯大利又看了一眼卷宗上面孙望的照片。孙望还算相貌堂堂，透着些矿工的粗犷和狡黠。白玉梅曾在秦永国所属的红源煤矿工作过，那就意味着白玉梅也许和孙望有过交集。他放下卷宗，道："我需要孙望的档案材料，越详细越好，速度要快。"

武志是老侦查员，讲纪律，守规矩，没有问原因，满口答应。

随后，专案二组进行了分组，侯大利和吴雪留在长青县，做讯问孙望的准备。

其余人回到江州，调查肖霄是否存在QQ小号。之所以要着重查肖霄，是因为侯大利相信鱼竿模型既然生成，就不会轻易失效。肖霄和杨永福不同，杨永福虽然是土生土长的江州人，但是真要调查他时，发现他犹如从石头缝中蹦出来一样，没有亲密朋友。接受调查的同学对杨永福没有太深印象，问起杨永福当年的情况，都说不出所以然。而肖霄不同，在江州技校和初中时甚为活泼，有走得近的闺密，有前男友李友青。如果肖霄和杨永福真是通过QQ小号联系，从肖霄下手最有可能突破。如果无法突破，还是那句老话，证实此路不通也是一种进步。

在提讯孙望前，侯大利走访了现红源煤矿的人员，以及县、镇两级煤矿监管部门、安监部门。

8月30日，侯大利和周向阳来到长青看守所，提讯孙望。

身穿长青看守所号服的孙望被带进提讯室，沉默地看着两位警官。

进入看守所的过程让当惯了副矿长的孙望感到屈辱。入所前，要脱光衣服全身检查。男性隐私毫无尊严地暴露出来，让警察检查。检查结束，还得冲冷水消毒。

在接受检查时，孙望咬紧牙关，用"老子出去还是一条好汉"来给自己打气。入所后，换上号服和拖鞋，剃了光头，进入了另一个小世界。进到号子里，掌板的精瘦汉子过来，要求孙望坐板背监规。

坐板是盘腿坐在床板上，不能乱动。四五个小时后，孙望双腿麻木，感觉腿都不是自己的。他平时经常喝酒，记性不太好，背几十条监规和行为规范是大难事。

孙望没有吃"杀威棒"，却因为坐板和背监规而挨了几个大耳光。挨耳光后，他暗自流了眼泪。

夏日里，号子里闷热，孙望初来，自然远离电风扇，脂肪层又不利于散热，汗流浃背，痛苦不堪。被提出来接受审讯，对孙望来说是一件幸福的事情。他坐在提讯室，感受到空调吹来的冷风，觉得这是人间仙境。

换了号服，剪了短发，孙望的气质一下就和副矿长差了一大截。侯大利走了必要程序后，进入主题。

"孙矿长，你是哪一年到煤矿工作的？"侯大利在审讯方面颇有心得，研究孙望的经历和性格特点后，有意保持原来的称呼。

警察态度平和，继续称呼自己为孙矿长，这让孙望稍稍寻找到一些心理平衡，很配合地道："我在煤矿工作的时间很长了，十来岁就到煤矿，二十三四岁来到银沟煤矿。"

侯大利道："你一直在银沟煤矿工作？"

孙望道："我最先是在银沟煤矿，后来长盛矿业成了红源和银沟的共同老板，我就到了红源煤矿工作，实际也主要在管银沟。"

侯大利道："杨国雄当老板时，你在煤矿做什么？"

孙望道："我在煤矿干了一辈子，好多活都做过。杨国雄当老板时，我在一线挖过煤，当过班组长，后来还当过掘进主管。"

侯大利道："你如何评价杨国雄？"

孙望道："这人不是做企业的料，不把工人当人看，总是希望用最少的钱让工人做最多的事。他当老板的时候，很多人都走了。我家就在附近，在这里打工最方便，才捏着鼻子继续做。杨国雄跳楼前，我实在忍受不了，已经准备走了，正在找下家。"

侯大利道："长盛矿业兼并银沟前，银沟煤矿的老板是谁？"

孙望道："银沟煤矿的老板是杨国雄，杨国雄跳楼以后，就是吴佳勇在掌权。"

侯大利道："吴佳勇是谁？"

孙望道："吴佳勇是杨国雄的小舅子。"

"杨国雄在银沟煤矿的时候，红源煤矿的老板是谁？"侯大利知道孙望当时在矿上先是在一线班组，后来做了维修工，再做安检员。正是孙望有这些经历，他才有兴趣深入与其交流。

孙望原本以为来人是为了调查自己和黄大森的关系，没有料到来人直接跳过了黄大森，开始挖起银沟煤矿的根源。他有些疑惑，担心面前的警察有什么鬼点子，小心翼翼地道："那个时候，红源煤矿的老板是秦永国。"

侯大利没有再说话，突然间跳开话题，道："你为什么要帮黄大森？"

孙望脑袋一时又没有转过弯，愣了一下，才知道眼前这个警察说到正题了，道："我没有帮黄大森。"

侯大利心平气和地劝道："你别心存幻想，以为死不承认就真的可以逃脱法律惩处，黄大森在银沟煤矿生活了这么长时间，有太多人指认你。这个问题暂时不提，你老老实实地回答问题，态度要好。"

孙望很想问自己到底有什么把柄被掌握了，可是问了这个问题，自己也就变相承认和黄大森在一起。他强装镇静，道："警官，我态度是真好，你问什么问题，我都老老实实回答。但是说我包庇黄大森，那就是冤枉。请把证据拿出来，那些人凭空乱说的不算。"

"刚才你提到了吴佳勇，吴佳勇在煤矿是什么职位？"侯大利又将话题拉到了另一个轨道上。

孙望本身属于黄大磊派系的，对杨国雄没有任何好感，为了获得警察的好感，道："吴佳勇那时是杨国雄的心腹。红源煤矿闹得最凶的时候，吴佳勇就在煤矿坐镇指挥，没有任职，但是矿长、副矿长在他面前都说不上话。他就是'太上皇'，说一不二。这人是个狠人，我看见过吴佳勇打人，很凶的。"

侯大利道："刚才你提到红源煤矿闹得凶，具体是怎么回事？"

孙望道："我是在黄大磊当老板以后，才认识了我的老婆。杨国雄时代，我是煤矿中下层，更高层的事情真不清楚。"

侯大利道："知道什么讲什么。"

孙望道："那我讲知道的。红源煤矿和银沟煤矿有一部分资源是重叠的，省国土资源厅在清理审核采矿许可证的时候发现，红源煤矿和银沟煤矿矿界重叠，布局不合理，银沟煤矿的采矿范围伸进了红源煤矿的中心，也就是一块大夹心饼干，中间是银沟煤矿的，上面和下面却是红源煤矿的。杨国雄和秦永国都不肯退让，争得不可开交，除了打架以外，还动用了炸药。当时银沟这边还吃了点小亏，吴佳勇这才过来坐镇指挥。"

侯大利突然间就感到一条闪电划过重重黑幕，某种不可理喻的灵感出现在脑中。他慢条斯理地喝了口水，取过白玉梅的照片，来到孙望身边，道："你认识这个人吗？"

照片边角略微泛黄,照片中的女人留着长发,背着小挎包,其打扮时髦,放现在也不过时。

孙望没有任何迟疑,道:"我认识,这是秦永国的女人,叫白玉梅。她陪着秦永国到过银沟煤矿,和吴佳勇谈判。"

侯大利道:"你说自己是中下层,怎么对白玉梅了解得这么清楚?"

孙望道:"煤矿男多女少。红源煤矿有一个漂亮女人,大家的兴趣很大。我有个朋友当时在技术科,给总工跑腿。他说白玉梅是一朵带刺的玫瑰,在一起谈判时,经常把我们这边弄得哑口无言,火冒三丈。"

侯大利感觉自己心跳已经在加快,便取了一支烟,慢慢抽。抽了一半后,道:"你的朋友叫什么名字?"

"李亮。"

"多大年纪?"

"现在应该有四十岁了吧,当时挺年轻。"

"李亮在哪里?"

"早就辞职走了,我很久没有联系他了。"

…………

提审持续了近两小时,除了和黄大森的关系以外,孙望几乎有问必答,提供了许多与白玉梅案有关联的信息。

一直以来,侯大利每次面对白玉梅案时,内心深处总有浓重阴影,担心查来查去得出一个让张小舒更加难以接受的结果。

经历过邱宏兵杀妻案后,侯大利和很多老侦查员一样,遇到杀人案总会在第一时间想到遇害者身边的人。秦永国是大老板,曾经疯狂追求白玉梅。张小舒的爸爸张志立因情生恨,因恨杀人,存在杀人动机。如果真是这样,此案侦破对张小舒来说是巨大灾难。

提审孙望,得到一些更加深入的信息,白玉梅曾经深度介入红源煤矿和银沟煤矿的资源之争,遇害极有可能与此有关。这让侯大利长舒了一口气。

第十章
使用心理战术破解谜团

离开看守所,坐上越野车,侯大利这才拿起手机瞧了瞧。手机上显示有江克扬的电话打来过。当时他在专心提问,没有接听电话。

"老克,在提审孙望。你那边有新情况吗?"

电话里传来江克扬兴奋的声音,道:"哇,大利果然是神探,不服不行。我们在江州监狱见到了李友青。李友青很配合我们的工作,说肖霄有四个QQ号,都是他帮助肖霄申请的。"

侯大利道:"肖霄为什么要这么多QQ号?"

江克扬道:"我问过李友青,他说肖霄占有欲特别强,一些日常用品,比如袜子、帽子这些小东西都喜欢买很多,堆在家里。去旅行,到了景点,别人买纪念品都是意思意思,她一定要买好多。李友青当时深爱肖霄,尽管觉得肖霄乱花钱,却还是接受了这点。如今真相大白,李友青想起为肖霄花的钱,义愤填膺。"

侯大利道:"QQ才出来的时候,很容易注册,也不要求用手机号。当年很多人都有QQ小号,不过大多忘记了。李友青为什么能记住这么多小号?"

江克扬道:"李友青也记不住这些小号。他家里有一个笔记本,记下了与肖霄在一起的点点滴滴,其中就有当年给肖霄申请的四个QQ

号。我这边就要去调取四个QQ号的基本情况，希望能有惊喜。这个笔记本以旁观者的角度记录了肖霄的一些事情，对案情没有什么帮助，但是对分析、掌握肖霄的行为模式用处极大。还有，我已经和秦阳技侦陈大队联系了，他们马上会派人过来，帮助我们搞清楚这几个QQ号。"

在省刑总安排下，"挖两面人和幕后黑手"的技术工作交由秦阳技侦来支持。专案二组没有设立副组长，除了组长以外，其余皆是组员。江克扬是江州本土成长起来的侦查员，跟随侯大利时间最长，在实际工作中承担了副组长的角色。秦阳刑警支队为了配合省专案二组的工作，成立了以技侦陈军海为首的技术组，签了保密协议，专门为专案二组提供技术支撑。

吴雪坐在副驾驶位，听完侯大利对话，问道："老克那一组顺利吧？"

侯大利道："他们找到肖霄的四个QQ号，这是好消息。可是我们别高兴得太早，这有可能是重大突破的前夜，也有可能屁用没有。破案就是这样，和我们小时候玩的迷宫类似，有时候我们以为找对了方向，其实前路不通；有时候胡走乱撞，意外能找到通路。"

吴雪道："以肖霄的性格，拿到的东西，不会轻易放弃，我认为这四个QQ号应该还在用。肖霄压根儿看不起李友青，纯粹是利用李友青，说利用是轻的，应该是陷害。在这种情况下，肖霄有可能继续使用李友青注册的QQ号。我只是从心理角度，分析了肖霄可能做出的动作，不一定对啊！"

侯大利道："英雄所见略同。"

吴雪笑道："很难得到大利夸奖，我今天的心情会很不错。"

越野车还在郊区，侯大利又接到江克扬的电话。

江克扬尽量压抑兴奋之情，道："陈大队给我们传了话过来，四个QQ号，有两个QQ号在用，一个是大号，这是肖霄使用最多的号；另一个是小号，用得很少，近段时间只和一个号码有联系。他们调取了聊天记录，很简单，也很有意思。据陈大队说，与肖霄小号聊天的QQ号码申请得早，当时不必使用手机号注册，暂时没有查出谁注册以及谁在使用。可以肯定的是在江州使用，具体位置也能够确定。"

"好，好，好。"侯大利连声道好，不知不觉中，越野车的速度提了起来。他随即警觉，松了松油门，又连续做深呼吸，让自己平静下来。

回到江州刑警老楼，侯大利、吴雪快步上楼，在二楼遇到张小舒。张小舒停下脚步，道："你们才回来吗？等会儿到常来餐厅吃饭。"

看见张小舒，侯大利想起了孙望记忆中漂亮又强势的白玉梅，停下脚步，微笑道："你先去，我还有点事情。"

张小舒向下走了两步，回过头，见到了侯大利和吴雪并肩而行的匆匆背影。这个背影让张小舒莫名酸楚。她很想配合专案二组工作，可由于案涉母亲需要回避，只能在一旁默默关注侯大利。

侯大利走上三楼时，回头看了一眼，恰好张小舒也回头。两人对视片刻，目光在空中交接，随即各自朝前。

来到五楼小会议室，专案二组全部到齐。

毛峰逐渐在水中展开，散发出淡淡茶香。侯大利放下茶杯，道："现在开会。老克，你来讲。"

江克扬打开投影仪，调出聊天记录，道："这是肖霄和陌生QQ号的对话记录，对话简单到奇怪，非常奇怪。"

投影仪放大，里面有今天下午4点37分的对话：

"可以了。"陌生号。

"好的。"肖霄小号。

"还是上次说的那样吗？"肖霄小号。

"嗯。"陌生号。

"出门注意安全。"陌生号。

"放心，我会小心。"肖霄小号。

随后，陌生号码发出了一个笑脸。

肖霄没有再说话，也发出一个笑脸。

侯大利略微仰头，望着投影仪幕布，道："老秦，你觉得这是什么意思？"

"这种对话，无论怎么理解都可以。"秦东江脸上还有纱布，手臂上着夹板，看起来有点凄惨。

"如果陌生号码确实就是杨永福，'可以了'这句话前面还有省略，省略的就是'事情准备好了''时机到了''可以动手了'这类话，下面的'还是上次说的那样吗'，这句话的意思是以前杨永福和肖霄商量过。他们什么时间商量过？当然是肖霄没有前往阳州之前。这段时间发生了什么大事？那就是徐静之死、我们被聋哑人团伙袭击、聋哑人团伙成员死亡，还有陈菲菲之死。"

说到这里，秦东江停了下来，又道："这一段对话的信息少得可怜，我们只能根据我们的需要进行联想，也许根本就没有摸到门。"

侯大利道："我们盯住杨永福和肖霄，本身就是逆向思维。我们假设杨永福是幕后黑手，然后推导他的下一步行动。如果我们推导出的下一步行动与现实相符，那么逆向思维就是对的，反之则有问题。在徐静案中，我们假设杨永福为了报复关百全，让关江州吸毒，设计让关江州弄死了徐静，一尸两命，非常恶毒。关百全肯定包庇了关江州。当关江州落网之时，那么关百全也得面临牢狱之灾。"

一环接一环，一招比一招致命。如果侯大利推导成真，那么这是杨永福对关百全最狠毒、最彻底的报复。

所有人都倒吸了一口凉气。

吴雪捂着胸口道："这一套组合拳打下来，关百全不死也得脱层皮，甚至可以说被打下十八层地狱，永世不得翻身。关百全究竟是做了什么，要受到杨永福如此猛烈又凶狠的报复？"

侯大利道："我希望我的分析是错的，不希望人性恶到这种程度。"

秦东江道："大利的分析是对的。从杨永福以前的行为来看，他就是这种人。"

"我恨不得马上逮住杨永福，狠揍他一顿。"樊勇发了句牢骚，又道，"我们拿到了肖霄的小号，又分析一些可能性，其实没啥用，他们下一步想要做什么，我们仍然两眼一抹黑。从4点37分到现在，如果肖霄要做什么坏事，时间已经够了。"

樊勇的"牢骚"直击要害，侯大利暂时没有破解之法。他默想一会儿，道："这是一个非常重要的信息，我得向朴老师汇报。"

省命案积案专案组独立办案，每个组有省公安厅的资深刑侦专家联系和协调，二组和三组的联系协调人是老朴。老朴接了侯大利电话，听了几句，道："我在办公室，用专线电话打过来吧。"

侯大利放下手机，走进自己办公室，拨通了老朴办公室的专线电话。

对话之后，老朴摇了摇折扇，道："你的思路总是那么新奇，呵呵，这不是贬义。肖霄如今在专心上课，还真是在备考音乐学院。每天活动范围非常固定，还和一个年轻帅气的大学生谈起了恋爱。"

侯大利惊讶地道："朴老师，你了解肖霄行踪？"

老朴呵呵笑道："命案积案专案组成立以来，我主要工作就是盯着专案二组和三组，二组很给我长脸啊，破了命案积案的首案，还是连环杀人案，意义非凡。三组近期压力大，我花费的时间多一些，这不代表我就不关注二组了。肖霄是重要人物，必须要花更大力气经营。我没有让你分心，协调了阳州市局刑侦支队协助此案。支队侦查员做了细致功夫，绘制出了肖霄日常路线图，在几个关键节点上都上了监控。呵呵，机会是给有准备的人的。4点37分的对话，现在也就6点多，我让人立刻调取肖霄的通话记录，现在是下班时间，我还得开后门办这事。你赶紧过来，我让阳州市局的同志陪你去调监控，看一看从4点37分到现在，她能做什么。"

侯大利、江克扬和吴雪随即前往省城阳州，一小时不到，就到了阳州市局刑侦支队。

老朴已经在小会议室，与阳州刑侦副支队长、重案大队长张阳热火朝天地聊天。他看到侯大利，道："说曹操，曹操到。大利，来得好快，一分钟都没有耽误。"

侯大利很郑重地道："谢谢你，朴老师。"

老朴摇起折扇，道："大利什么都好，就是太严肃了，总让我的玩笑说到一半就戛然而止，这不好，很不好，得改，否则久而久之会出现情感障碍。"

侯大利认真地道:"我现在就有情感障碍。"

老朴道:"好吧,我们换话题,这是张阳,副支队长,和滕麻子是一个位置。"

侯大利和张阳有过接触,不算陌生,略微寒暄,便进入正题。

张阳的职位和滕麻子一样,风格却迥然不同。滕麻子很有江湖气息;张阳戴着眼镜,很有学者风度。

张阳介绍道:"肖霄这个女孩的活动区域不大,基本没有离开音乐学院周边区域。根据老朴要求,我们在肖霄平时最集中的活动范围设了四个监控点,有两个点是原来就有的,有两个是为了肖霄新设立的,基本上涵盖了肖霄主要活动区域。我们调取了四个监控的视频,主要研究的是从下午4点到晚上7点这一段时间。具体情况请小丁来讲。"

老朴"哗"的一声打开折扇,道:"张阳不错,一直称呼我为老朴。大利见外,一口一个朴老师。"

张阳微笑道:"这是我没大没小,我要向大利学习。"

由于视频量不多,图侦工作就没有交给视频大队,由重案大队侦查员小丁来完成。

小丁好奇地打量着传说中的神探,道:"视频不复杂,4点37分是我们设定的时间点,我们前推半小时,然后沿时间往下查。5点08分,我们在第一个监控点发现了肖霄,这个点在肖霄所住出租房门外。第二个监控点位于走出小区的大门对面。在这个点,音乐学院的学生程永红过来找肖霄。据我们调查,程永红应该在和肖霄谈恋爱。"

"两人是否同居?"

在问这句话的时候,侯大利心里就有了答案:以肖霄的经历和性格,会占据绝对主动,要能退能进,所以不应该同居。

"程永红时常到出租房来找肖霄,在我们观察期间没有过夜。程永红通常在晚上10点前就回学校。音乐学院院外的出租房生意很火,很多同学都在外面租房,成双成对。肖霄估计要全力备考音乐学院,所以没有同居。肖霄到辅导老师家学习的时间很多,每天排得很满。音乐学院私教课收费很高，一般家庭难以承受。肖霄的家庭条件应该挺好，能够经常上私教课。"

小丁不了解肖霄的过去，话里话外对肖霄还挺有好感。

侯大利道："程永红是经常在第二个监控点与肖霄见面？"

"确实如此。我们先是观察了肖霄的行走习惯，然后在此设了监控点。程永红和肖霄见面以后，去逛了一会儿街，走走停停。到了6点21分，两人进入一家本地菜馆。7点钟的时候，两人还在餐厅，没有出来。"

重案大队长张阳道："我们的人守在电信局，调取这个时间段的通话记录。在此期间，肖霄除了打了一个小灵通电话以外，没有电话进来或者打出。这个小灵通电话是程永红的，两人以前就有通话。如果肖霄涉嫌严重犯罪，建议上技术手段，仅靠调取通话记录，会滞后。"

江克扬查了手机短信，道："准备信息，肖霄的QQ小号没有登录。"

除了4点37分显得异常之外，一切正常。

老朴握紧折扇，道："我认为你们的大方向和思路是对的，心急吃不得热豆腐，或许需要长时间监控，才能发现有用的线索。"

侯大利额头的川字纹紧绷，道："肖霄的QQ小号很久都没有启用了，这一次启用，肯定有比较重要的事情发生。我们重新看一遍视频，两倍速度快进。"

老朴道："你为什么会有这种想法？"

侯大利道："我们给杨永福施加了压力，这个压力有可能会传出去。肖霄QQ小号联系的号码大概率是杨永福的小号。"

小丁以两倍速播放视频，播放到5点19分时，侯大利举了手，道："停，往后倒，就从他们在商店门口停下来开始。"

第三个监控点的视频中，肖霄和程永红并排而行，有说有笑。男生帅气，女生漂亮，非常符合音乐学院后门一条街的气质和氛围。肖霄轻挽男生胳膊，偶尔还用额头碰一碰男生的肩膀。男生含情脉脉，幸福的笑容隔着屏幕都能溢出来。

两人停下来，说了几句话。程永红走到路边商店，和服务员说了几句。服务员拿了两瓶绿茶，放在柜台上。程永红拿起柜台上的电话，拨通号码后，打了一个电话。打完电话，付费，回到肖霄身边。

侯大利指着屏幕，道："程永红给谁打电话？"

小丁道："没有查。我们的注意力集中在肖霄身上，没有太注意程永红。"

肖霄是心机女，喜欢假别人之手来做坏事，侯大利对此认识得非常深刻。程永红打电话这事引起了他的高度警惕，问道："程永红有手机吗？"

小丁道："只有刚才和肖霄通过话的那部小灵通。"

"现在还有小灵通吗？"在侯大利记忆中，小灵通是在自己读大学时流行的通信工具，很长时间没有遇到小灵通用户了。

小丁道："和前几年相比较，小灵通用户减少很多了，但是还没有完全消失。据我的了解，小灵通将于2011年1月1日起正式退市，已经官宣了。"

"手拿小灵通，站在风雨中。朝西又朝东，还是打不通。"这句遥远的戏语瞬间在侯大利脑中复活。读大学时，同学们广泛使用性价比极高的小灵通，他的新款手机往往成为室友外出充门面的工具。

侯大利道："立刻查程永红打的电话号码。虽然小灵通信号不好，但是有小灵通，还去打固定电话，这有问题。"

小丁立刻给探组其他侦查员打电话，让他们查程永红所打的电话号码。第三个监控点上的视频有时间，应该很容易就能锁定程永红所打号码。

侦查员查号码之时，侯大利等人继续看视频。在第二遍看视频的时候，侦查员打回电话，报了一个江州电话号码。

小丁到内网查了查，这个号码的主人很快就显示出来。

"号码主人叫杨守忠，大号杨三，是吸毒者，以贩养吸，去年刚从监狱出来。"小丁快步走进会议室，大声报告。报告完毕，他的目光望向侯大利，多了几分崇拜。

侯大利道："如果我所料不错，程永红就是牵线木偶，帮着肖霄发出预定的信息。肖霄很狡猾，利用程永红这个工具人，自己完全在事件之外。如果朴老师没有提前安排，阳州支队工作不细致，那么这个电话就如天外来电，谁都查不出来。"

老朴微笑道："你就不能和张阳一样，叫我一声老朴？"

江州市，副局长宫建民接到这个情况以后，立刻向局长关鹏汇报。关鹏随即把禁毒支队长袁浩叫到办公室，递给其一张字条，道："你去查杨守忠，这几天在跟谁联系，把每个联系人都列出来。"

袁浩拿起字条，看了看，笑道："杨三啊，老油条了。关局，杨三犯了什么事，还劳你亲自安排？"

关鹏对老资格的禁毒支队长客客气气，丢了一支烟过去，道："别人给的一条线索。从5点19分以后，杨三打的每一个电话以及联系的每一个人，都要查得清清楚楚。查清楚了，直接向我报告。"

"我去盯这事，有结果，马上向关局报告。"袁浩捡起丢在桌上的烟，放在鼻尖闻了闻。

关鹏交代道："想办法逮住杨守忠。不分时间，有情况，随时报告。"

在袁浩指挥下，禁毒支队使出十八般武艺，于8月31日深夜在湖州市一处偏僻乡镇逮住了杨守忠。

8月31日，凌晨1点，侯大利叫醒全部组员。三辆车风驰电掣，奔向湖州。

湖州境内，巴岳山深处的一处农庄。关江州在床上翻来覆去，睁大双眼，无法入睡。他感觉毒瘾又要犯了，打开灯，准备取出藏在床下的手机。

刚打开电灯，关百彬便出现在床前，按住关江州右手，将其手腕扣在厚皮带上："怎么回事？平时晚上都没事。"

关江州道："我也不知道，今天身体不舒服。"

说话间，关百彬将关江州的右腿扣紧在床上。关江州没有反抗，很配合地让堂叔绑了自己的左手和左腿。半小时后，关江州身体如一亿只蚂蚁在撕咬，难受到极点，开始在床上扭动。

"造孽啊！"关百彬走到门外，不停摇头。

等到里面折腾声停歇，关百彬进屋，解开皮带，给关江州喂了药，道："睡吧，时间还短，多扛几次就好了。"

等到堂叔离开，关江州慢慢坐起来，拿起矿泉水时，手抖得厉害。

来到农庄以后，关江州一直努力配合戒毒，包括在毒瘾发作前让堂叔关百彬捆绑住手脚，总算挺过最痛苦的时刻。在没有外来的打扰时，他虽然带了手机，却强忍着没有对外联系。

前往农庄时，关百全拿走了关江州的手机，用以断绝老三跟外界的联系。在父亲监视下，关江州没有回自己家收拾东西，只是带了一个皮包。关百全检查了皮包，除了一包香烟和打火机外，没有其他东西。

关江州比他的父亲想象得更为狡猾，在皮包隐蔽夹层里藏了一个专门用来联系上家杨三的手机。在离开家的时候，关江州还找父亲要了几包烟，一起塞进皮包。

送走堂弟和儿子之时，关百全意气消沉，握着堂弟的手，道："百彬，我把老三交给你了。他发作的时候，绑起来，绝对不能心软。只有彻底断绝与外界的联系，老三才能戒掉毒瘾。"

关百彬安慰道："老三误吸没有多久，肯定能成功。"

与堂弟说完，关百全又将儿子叫到一边。希望越大，失望越大，关百全对老三已经极度失望和厌恶，尽管如此，仍然希望保住老三的生命。他忍住怒火，苦口婆心地道："警察已经追上门，你必须自救。爸只能做到这一步，以后的路，靠你自己走。"

关江州想起未来的黑暗日子，无比烦躁，道："我知道了。"

关百全还想说些什么，看到儿子不耐烦的神情，不想再说，只是挥了挥手。

来到山庄这些天，关江州数次拿起那个隐藏起来的手机，拿起又放下，关机又开机。为了摆脱毒瘾，他没有打出电话。

昨天下午，毒瘾即将袭来的时候，关江州准备出门，让堂叔绑住自己。刚走到门口，手机振动起来。关江州愣了一下，意识到自己开机后似乎忘了关机。关江州拿起手机，想要挂断电话，可是内心深处有一个妖魔顽强地发出呼喊："快接电话！快接电话！"

关江州终于接通了电话。

"关总，你这一段时间不联系我。我备了一些好东西，给你送过来。"手机里传来杨三的声音。

关江州努力抗拒，道："我在一个很远的地方，不在江州。"

杨三道："给我一个地址，再远，我都给你送过来。"

关江州道："我没钱。"

杨三道："你是大老板，没有钱可以赊。这是好货，品质绝高。"

在前往农庄的路途中，要经过叫黑石的小镇，关江州记得这个小镇，便报了小镇名字，约定两人明天在这里见面。打完电话，关江州出了一身冷汗，身体慢慢颤抖起来。杨三明天早上才能过来，他便趁着理智没有丧失，关了手机，走出房门，道："叔，我开始了。"

关百彬正在做饭，"哦"了一声，陪着关江州回屋，迅速将其绑在床上。这个动作重复了多遍，关百彬驾轻就熟，很顺利绑上了侄儿，开始给其喂药。喂完药，他关门出去。等了一会儿，屋内传来关江州的吼骂声以及在床上挣扎的声音。

"关百彬，你龟儿子放开我！"

"你不放开我，我出来杀你！"

"叔，求求你。"

听到屋里吼声，关百彬恶狠狠地道："那些贩毒的真该杀，千刀万剐。"

良久，屋内终于安静下来。关百彬来到屋内，关江州已经沉沉睡去，被牢牢缚住的手腕和脚踝又被磨破，鲜血淋漓。

等到醒来，天已黑尽。关江州起床以后，和堂叔一起吃了晚饭。在没有与杨三联系之前，关江州的戒毒意愿还是挺强烈的，可是接到杨三电话的瞬间，意志力消失得无影无踪，此刻，他心里升起一个强烈念头,明天与杨三见面,拿到那个东西,爽一把。

有了这个念头,在凌晨,他的毒瘾再一次发作。

此时,杨守忠已经被带到湖州禁毒支队。禁毒支队在偏僻小镇四周布置了警力,以防关江州在夜间到来。

省专案二组来到禁毒支队后,侯大利和江克扬立刻讯问杨守忠。

杨守忠是老油条,知道自己带的货很少,事不大,并不害怕警察。当两名陌生警察出现时,主动道:"警官,你们快点问,我什么都说。早点睡觉,明天才有精神帮你们逮住关江州。"

江克扬按程序进行讯问时,侯大利仔细观察眼前的毒贩。他明白眼前之人只是一颗棋子,如何从棋子处挖出真正的幕后黑手,才是讯问中最重要的事。

法定程序走过之后,侯大利道:"你为什么到湖州市黑石镇?"

杨守忠道:"我早就说过了,给关江州送点几百块钱的小货。"

侯大利道:"关江州在什么地点?"

杨守忠苦着脸道:"警官,我真不知道关江州在什么地方。黑石镇,是关江州定下来的取货地方。"

侯大利道:"你和关江州做过几次交易?"

杨守忠道:"关江州吸毒的时间不长,也就一两个月吧。他一般都在我这里拿货,拿小包子。"

侯大利道:"你和关江州交易,是他找你,还是你找他?"

杨守忠道:"凡是吸毒的,大家对个眼就知道。我在金色酒吧见到关江州,说了几句话,我们便进行了交易。"

侯大利道:"你主动将毒品卖给关江州?"

杨守忠有些无奈地道:"我们是互相试探,然后交易,你情我愿。"

侯大利道:"这一次交易,是你联系关江州,还是关江州联系你?"

杨守忠道:"我接到一个莫名其妙的电话,说是关老三在找我,让我给关老三打电话。我正要问他是谁,对方就把电话挂了,莫名其妙。我随后给关老三打了电话,有两次没有打通,第三次终于打通。关老三约我到黑石镇,准备买点货。那个小包子,你们都搜走了。"

侯大利道:"你跑这么远,还要在这边睡一觉,就为了几百块钱的货?"

杨守忠道:"关老三明确说要加钱的。"

侯大利道:"你这人很狡猾,说半句,留半句。除了那个莫名其妙的电话,还有谁给你打了电话?"

杨守忠"嘿嘿"笑道:"我还接到夏总的电话,他也让我给关江州送点货,还说只要送到,那就给我五千元。夏总毕竟是夏总,爽快人。"

侯大利道:"哪个夏总?"

杨守忠道:"夏晓宇,他在江州可是鼎鼎有名的。"

侯大利道:"你怎么知道是夏晓宇?你有夏晓宇的电话?"

杨守忠道:"那人自称是夏晓宇。我以前多次听过夏总说话。他的声音很有特点,我记得清清楚楚。"

侯大利心中一紧,道:"你确定是夏晓宇的声音?"

杨守忠道:"他自称是夏晓宇,我又听过夏晓宇的声音,应该没错。"

侯大利最想弄清楚的是杨守忠和杨永福之间的关系,杨守忠没有供出杨永福,却把夏晓宇牵扯进来。侯大利熟悉夏晓宇,知道夏晓宇和关江州没有交集。而且,杨守忠手机上的号码中并没有夏晓宇的手机号码。这应该又是一起"移花接木"之计,栽赃陷害手法屡次使用,已经到了嘲笑警方智商的地步。尽管如此,警方必须按程序调查夏晓宇,核实每一个细节。

侯大利道:"你经常到金色酒吧?"

杨守忠道:"我经常到酒吧街,偶尔也去金色酒吧。金色酒吧的同道中人不多,美女多。我是进去看美女,认识了关江州。刚刚认识关江州的时候,我还不知道他是关百全的娃儿。这些大老板的娃儿,一天天没有正事做,喜欢夜生活,吸两口,常见得很。"

从讯问杨守忠的结果来看,肯定是杨永福在背后操纵这些事。关江州有意戒毒,而杨永福不想让他戒毒,派出一个上家,轻易击碎了关百全的所有努力。

9月1日早上9点,杨守忠打通了关江州的电话,故意用不耐烦的声音道:"关江州,你什么时候过来?我跑了这么远,你也得积极点。上午不过来,我就回江州了。赚你这么点小钱,妈的,害得老子跑这么远。"

关江州朝窗外看了看,道:"上午肯定过来,你多带点货,我这里不太方便。"

杨守忠道:"上午过来啊,你不来,我真走了。"

放下电话,关江州在屋里转了一圈,拿起一个水杯。他来到院子,见到关百彬正在走廊前喝茶,走了过去,有气无力地道:"叔,今天中午整点什么?肚子都饿了。"

关百彬笑道:"有食欲了,这是好事啊!想吃点什么,我给你弄。吃鱼吧,你小时候最喜欢吃鱼。戒毒很辛苦,要保持体力。"

关江州喝着水,转到关百彬身侧。突然间,他举起水杯,朝关百彬后脑勺砸去。关百彬见侄儿状态转好,心中高兴,根本没有提防侄儿会突然下毒手。被袭击之后,他瘫在椅子上,意识还没有丧失,叫道:"江州,别做傻事啊!"

自从与杨三通话以后,关江州身体里的恶魔便苏醒了。早上与杨守忠通话以后,更觉得自己的每个细胞都在渴望那个东西。他预料到堂叔不会给自己车钥匙,便不顾堂叔对自己的情意,上来就用装满水的杯子猛砸堂叔的后脑勺。

关江州取走钥匙,没有回头看一眼后脑勺流血的堂叔。

小车从巴岳山上的公路开出来,来到黑石镇唯一的那家旅馆,刚进屋,便被扑倒在地。

关江州被扑倒在地,随即被戴上手铐。手铐特意用的背铐,还给他上了脚铐,除此之外,他的脑袋还被蒙上了一个黑头套。他的眼、耳等器官被黑头套蒙住,失去了对外界的感知,脑袋嗡嗡乱响,没有呼喊,也没有反抗。

"你躲在哪里?带我们过去。"侯大利蹲在关江州面前,取下黑头套，目光如剑，直插关江州心窝。

关江州身体已经瘫在地上，看到侯大利后，神志有所恢复，道："侯大利，凭什么抓我？放开我。"

侯大利严厉地道："关江州，你不要错上加错，害人害己，主动向警方交代，争取有个好态度，量刑时会考虑这些情节。"

一名本地禁毒警察道："黑石镇有三条道，他是从巴岳山过来的，走的肯定是进山的那条道。进山道路的沿途有一些农家乐，比较复杂。但是，我们多派警力，一家一家找，肯定能找到。"

侯大利呵斥道："关江州，别尿，坐起来。我再说一遍，你必须配合我们，否则罪加一等。你躲在什么地方？快说！"

"我不知道住在哪里。"关江州双手和双脚都被铐上，只能仰视侯大利。此刻他不再是富二代，而是心胆俱丧的阶下囚，哆嗦着做最后的顽抗。

侯大利道："那就增派警力，沿途搜索。我们同时进山，必须要由我们来勘查关江州的窝点。"

关江州被带到车上，坐在车后座，身边是两个警察。小车上山，颠簸得厉害。关江州从不晕车，这一次被丢在车尾，双手和双腿被铐，头上戴着头套，东颠西倒，只觉得头昏脑涨。

关江州突然叫道："取掉头套，我要呕吐！"

有人在关江州耳边呵斥道："别鬼叫，要吐就吐在头套里。"

关江州不想吐在头套里，强忍难受劲。小车接连转了几个急弯，随即又猛地往上蹿，他再也忍不住，胸腹中翻江倒海，"哇"的一声，吐在头套里。

樊勇觉得有些恶心，伸手想要揭开头套。秦东江按着樊勇的手，摇了摇头。

另一辆越野车内，侯大利、吴雪和江克扬正在讨论案情。

抓住关江州，这是一次重要突破。但是，抓到了人，却依然没有掌握关江州进入房间杀害徐静的证据。如何突破关江州的心理防线，这是一个大问题。

侯大利握着方向盘，道："老克，你分析分析，为什么查不到安眠药来源？"

江克扬道："原因很多，查不到很正常。"

侯大利道："关江州这个花花公子是废物，和他的爸爸、哥哥、姐姐相比就是草包。他在江州没有什么靠得住的人脉，弄到这种进口安眠药，肯定是从出国的朋友圈里拿到的。他拿安眠药的过程，应该会留下痕迹。"

江克扬道："我和张国强聊过这事。他派了一个小组追查安眠药的来源，没有结果。张国强是一把好手，再加上外粗内细的滕麻子，他们找不到来源，肯定有原因。张国强基本弄清楚了关江州的出国圈子。在出国圈子里，有两人近期与关江州打过电话。这两人皆否认使用过安眠药。海关记录中，没有查到这两人带安眠药回国的单子。费尽周折抓住了关江州，如果审不下来，那就太遗憾了。"

吴雪道："关江州从小没有吃过什么苦，意志力薄弱，这是我们可以利用的地方。我们就用泰山之势，不给他喘息之机，击破其心理，让其彻底崩溃。"

江克扬道："这种泰山之势，用得对，那就有效果。如果被关江州熬过去了，那就惨了，再审就难了。我还有另一个问题，关江州作案用的工具是胶带、手套和安眠药。他最有可能是将胶带和手套丢弃了，无法追回。现场没有留下与关江州相关联的任何证据，关江州在庭上翻供的可能性极大。特别是考虑到其父亲关百全这个特殊因素，必须要做好应对全省最好的刑辩律师的准备，一方面是心理准备，另一方面，是需要实实在在的证据链。"

吴雪道："老克太慎重了，没有考虑到关江州是笨蛋。我们可以利用信息不对称，让关江州产生错觉。关江州好吃懒做，意志薄弱，只要我们设计好审讯预案，应该能够迅速拿下。"

"我同意吴雪的看法，精心设计审讯方案，突破关江州的心理防线。"说话时，侯大利锁紧双眉，思考着如何打好这一仗。

时常面对疑难案件，侯大利额头有了淡淡的川字纹，在思考问题时就变得特别明显。霜白的两鬓和额头的川字纹，成了侯大利面部的重要特征。少年和青年时的面部特征由父母赋予。过了青年，面部特征就由生活经历和基因共同塑造。侯大利从年龄来说仍是青年，可是生活经历在其面容上留下了深刻的印迹。

锋利目光、霜白两鬓和淡淡川字纹，构成了侯大利独有的特征，辨识度极高。

约四十分钟，侯大利接到湖州警方电话，在大茶树农庄发现了关江州的窝点。越野车一直在巴岳山穿行，此时已经距离大茶树农庄很近。五六分钟后，两辆车来到大茶树农庄。

一名湖州警察等在门口，道："一个人受伤，没有生命危险，我们叫了120。我们只是查看了房间，没有触碰任何东西。"

客厅，关百彬躺在地上，头上流出的血染红了地面。地面上有爬行留下的血色痕迹。在关百彬的手前不远处，丢着一部手机。

侯大利轻声对吴雪道："这就是突破关江州心理防线的绝好机会，演一场戏，打心理战，让关江州放弃抵抗。"

在车上，关江州头晕目眩，被自己的呕吐物熏得又吐了两次。吐得越多，头套里面越酸臭。关江州苦苦哀求："警官，大哥，给我换一个头套，我实在受不了了。"

樊勇怕呕吐物堵住关江州口鼻，便拿餐巾纸堵住鼻子，用一块脏毛巾擦去关江州脸上和胸前的呕吐物，再给其换上了另一个头套。

江克扬走过来，将樊勇和秦东江拉到一边，交代了侯大利的心理战方案。

两三分钟后，樊勇和秦东江分别进屋，查看了关百彬所在的客厅，随后在关江州面前聊天。

樊勇道："关百彬后脑被砸了一个大口子，肯定是关江州干的。关江州，你手黑啊，打自己的堂叔。"

换上新头套，关江州感觉舒服多了。他习惯性地反驳道："我没有打，谁说是我打的？"

秦东江道："你想否认，没用。院子里还有一个摔坏了的杯子，杯子上有血。杯子是凶器，表面光滑，肯定能验出指纹。"

关江州看过不少犯罪小说，原本有清除指纹的意识。打倒堂叔，抢走车钥匙，他走得十分匆忙，更没有想到会落入警方的埋伏，所以没有擦掉指纹。他听到此处，暗叫糟糕，牙齿开始颤抖。

樊勇道："肚子都饿了，不知道殡仪馆的车什么时候到。"

关江州原本以为自己就是打伤了堂叔，越听越觉得不对劲，道："他受伤严重吗？"

樊勇"哼"了一声，没有正面回答，道："你小子手黑，自己的叔叔也下死手，也不怕坏事做多了撞鬼。"

关江州戴着背铐和脚铐，头上有一个黑色头套，困于车上，无法行动，感知能力和思维能力迅速下降。他哀求道："警官，能不能拉开头套，让我去看一看叔叔？"

秦东江冷笑几声，道："现在怕了吗？早知如此，何必当初。"

过了近一小时，公路边传来救护车的声音。在救护车后面，跟着一辆殡仪馆的车。

几分钟后，秦东江走回车上，道："医生检查了，确实死翘翘了。"

樊勇道："还用检查？早就没有呼吸了。"

秦东江拉开关江州的黑头套，道："你想看关百彬，那我就满足你的愿望。"

头罩被拉开后，关江州隔了十几秒才适应了外面的光线。透过车窗，他看到两个粗壮的汉子将一个担架弄进车子，担架上蒙着白布，白布隆起。

侯大利走了过来，面无表情，道："又一条人命。给关江州戴上头套，走吧。"

小车一路颠簸，最后渐渐平稳。进入了城区，车外传来了市井声，关江州乱成一团的脑袋这才渐渐清醒过来。

"就算被警察抓住了，你只能承认吸毒，其他的不管。"这是父亲曾经对自己的交代。

"我进过地道啊！"当时关江州还没有完全理解父亲的意思。

"进自己家的地道，拿自己家保险柜里的钱，有问题吗？记住，你只能承认吸毒和进地道拿钱，其他坚决不承认。只要承认，就要吃枪子，神仙也救不了你。"父亲的语气很坚决。

关江州认同父亲的想法，打定主意，就算被警察逮住，也必须坚决否认。如今，自己打死了堂叔关百彬，这是无法否认的事实。想到此，他心如死灰。

小车开进湖州禁毒支队。

袁浩和侯大利借用了支队办公室。

"关局跟我交代了，第一次审讯放在湖州，由侯组长主导，我配合。"尽管局长关鹏没有讲明原因，袁浩作为老侦查员，坚决执行。

侯大利看了看手表，道："半小时后，把相关的录像资料剪辑好，开始审讯。"

半小时后，侯大利和吴雪走进讯问室。

吴雪把第一次讯问的所有程序走完之后，侯大利道："关江州，你是何苦？事情发生了，抵赖没有用，讲一讲今天发生在大茶树农庄的事情。"

关江州脸色苍白，低垂着头，汗水从鼻尖、额头、脸颊流下滴落在地。他还在做最后抵抗，咬紧牙关，不说话。

侯大利轻轻叹息一声，道："你是关家的男人，男子汉大丈夫，敢作敢当，把头抬起来，看视频。"

视频的第一幅画面是关百彬躺在客厅地上，后脑流出的鲜血在瓷砖上红得刺目。

侯大利解释道："关江州，你看到地上的手机了吗？经我们检查，关百彬受伤后，爬进客厅，想打电话，刚按了一个'1'，便没有了力气。关江州，你认为关百彬是想打110，还是120，还是想给家人打最后的电话？真可怜，最后一个电话都没有打出去。"

随后，视频里传来了救护车的声音，两个医生急匆匆进来，略做检查后，站起身，相对摇头。

再后来，视频里出现了殡仪馆的工作人员。他们给关百彬的"尸体"盖上了白布。

视频还没有结束,关江州痛哭流涕,道:"我不想砸死堂叔,我真不想砸死堂叔。"

在监控室里,江克扬、樊勇等人兴奋地互相击掌。

关江州承认杀人只是万里长征的第一步,还有徐静案需要攻克,还要查清楚杨永福和肖霄在此案中如何兴风作浪。

讯问室,侯大利额头上的川字纹稍稍舒展,继续提问:"你为什么要和关百彬躲到湖州巴岳山的大茶树农庄?"

"我吸毒,关百彬陪我戒毒。大茶树农庄是我家的产业,没有外人来。"关江州以前从内心深处觉得做警察的侯大利是个神经病,现在"挨了铁拳"之后,才发现是自己很蠢。

"到戒毒所戒毒,或者请医生在家里戒毒,比在大茶树农庄效果好,人也没那么痛苦。关百彬都这样了,你继续狡辩有什么意义?就别绕圈子了,老老实实说吧。"侯大利就如拿着一把剪刀,轻轻剪碎关江州无力的挣扎。

关江州道:"我想在大茶树农庄戒毒,然后偷偷出国。"

侯大利道:"为什么不在国内戒毒,然后出国?"

关江州道:"国外戒毒水平高。"

侯大利道:"那你说一说8月24日的事。"

知道关百彬被自己"砸死"以后,关江州的抵抗意志已经非常薄弱了,胡乱抵抗一阵后,便竖起白旗,道:"徐静是我杀的。"这句话如一把龙泉宝剑,始终悬在他的心脏上。如今说出这句话,心脏上的威胁随之解除,整个人顿时放松。

关江州在投降前还会负隅顽抗,这是专案二组一致的观点,侯大利做好了充分的思想准备。谁知,审讯刚刚开始,关江州就缴械投降了。

监控室里,樊勇高兴地打了个响指,道:"吴雪说得对,关江州这种纨绔子弟,受不了事,抗不住压。他如果咬死不承认,我们最终得大眼瞪小眼。"

秦东江给了他一个鄙视的白眼，道："你还真是樊傻儿，说话不动脑筋。你刚才说的话是在掌握所有信息的情况下得出的结论，关键点在于，必须掌握所有信息。关江州如今是什么状况，外界信息被截断，成了聋子和瞎子。吸毒和戒毒过程导致身体虚弱，还误以为打死了关百彬。别扯什么失手打死，现在谁都无法还原事发细节，根据现场情况也可以认为是故意杀人。关江州不是惯犯，在这种情况下，必须得崩，不崩也得崩。"

讯问室内，侯大利没有给关江州喘息的机会，让关江州讲清楚整个犯罪过程。

既然开了口，关江州就竹筒倒豌豆，"哗哗哗"地往外讲事实、细节和动机。

"如果徐静没有缠上我父亲，我妈也不会被活活气死。徐静表面道貌岸然，实际上手段很卑鄙，在我爸面前经常穿低胸装，弄得很风骚。我妈陪着我爸打江山，他妈的，情义千金，比不过胸前四两。鸠占鹊巢以后，我妈被活活气死。我爸把我的钱管得很紧，一个月给我一万块钱，这点钱不够塞牙缝。我妈还在的时候，都是甩一张卡给我，随便我用。"

关江州说起徐静，仍然是咬牙切齿。

随着关江州的讲述，侯大利在短时间内有些失神。虽然关江州说得有些刻薄，但是他说的这些事也发生在自己家里，不管父亲找了什么理由和母亲离婚，核心还是喜新厌旧。从生物性来说，男性天生具有喜新厌旧的本性。整个社会花了数千年约束这个本性，仍然无法完全驯服这个本性。

"前一段时间，吴新生准备让我赚点小钱，让我接他的两幢楼。吴新生是化名，他的爸爸是跳楼的杨国雄。我爸最初同意我去接楼，又是徐静使坏，我爸才反悔的。官逼民反，不得不反，再不反，我就要被这个恶毒女人搞死。不除掉徐静，我没法活。我在8月23日下午开车来到金山别墅外面的菜市场，进入了我爸在菜市场那边的房子，然后进了通道，就是你们挖出来那个通道。8月23日，我爸在外出差，我挑的是他不在家的时间，准备去收拾那个恶毒婆娘。我在菜市场那边找了个小馆子，随便吃了点。等到晚上7点，我才进入通道，从通道进入了我爸的书房。每天晚上7点，徐静要到楼下健身。怀了小孩，她就在院子里散步。我从通道进入书房后，从书房的小冰箱里拿出牛奶。那个小冰箱，专门放牛奶、水果和茶叶，是我爸和徐静用的。在牛奶里放了安眠药，我又退回到通道。"

"安眠药哪里来的？"滕麻子和张国强费尽心力也没有找到安眠药来源，侯大利本人也没有更好的办法追查到安眠药来源。

"我妈以前经常失眠，就从国外带了药，据说这种药的副作用小，国内还没有。我妈死了以后，她的房子空置，我爸从来不去。我在我妈的房子里找到一瓶她以前用过的安眠药。"说到这里，关江州恶狠狠地说道，"我妈辛苦了一辈子，最后被一个臭女人赶出家门，死得很孤独。她一个人住，突发心脏病，两三天后才被人发现。我那时在国外，还没有回来。"

侯大利道："你为什么要准备手套、胶带？"

关江州道："你们知道我用了胶带和手套？"

"要想人不知，除非己莫为。你以为你作案天衣无缝，其实破绽百出。"侯大利问这句话时使用了心理战，进一步解除关江州的武装。

"我在国外的时候，有一位朋友喜欢收集案例。我看过他的案例集，当得知徐静有癫痫时，我就想起了案例集里的那起案件。那起案件的凶手智商很高，利用癫痫制造了一起窒息案件，差一点就逃掉了。徐静恰好有癫痫，我便利用了这个案例的思路，安眠药、手套和胶带都是那个案例提供的。晚上10点，我又从通道进入房间。徐静已经睡着了。书房和卧室是套房，所以徐静只是关了外面的门，没有关书房门。徐静应该喝了安眠药，睡得很沉。她以前是运动员，身体很好，我不是太清楚安眠药的药力，还是依照计划，绑紧她的双手。"

关江州想起当天的事情，懊悔不已。他还有一段细节没有脸皮说出来，对任何人都没有说。绑住徐静的手腕以后，他原本就要去捂徐静的嘴巴和鼻子。可是，看到徐静睡衣松开，胸部有大面积暴露，他便没有急着捂嘴鼻。徐静身材极好，关江州以前喜欢悄悄打量父亲的新女人，那时只能远观不敢靠近。这时徐静失去反抗能力，关江州色胆包天，扯开徐静衣服，开始猥亵。猥亵之后，他又回到车上，从后备厢取出相机。

拍完徐静裸照以后，他开始犹豫是否真要杀了如此美貌的女人。犹豫良久，想起新仇旧恨，他还是决定让其在睡梦中不知不觉死亡。

谁知，徐静突然睁开了眼睛，还喊了一声。

关江州回想起当时的情景，仍然心有余悸："徐静喊了一声，把我吓坏了。我赶紧去捂她的嘴巴。徐静手腕被绑住，但是双手还能活动。她用被绑住的手推我，我用尽全身力气按住她的手，我的双手和她的手一起压在她的脸上，让她不能呼吸。"

在尸检中，如果不是张小舒发现了徐静右颊部黏膜上有一个小血泡，徐静很大概率会被认为是癫痫发作导致窒息。张小舒的判断对案件性质起到决定性意义。

侯大利此刻就要通过关江州的供述来印证张小舒的判断，问道："你的双手是什么动作？讲具体一些。"

关江州眼睛朝左上方看去，陷入回忆，道："我就是要把徐静的手压住。她的手被压在脸上，我也在捂她的脸。我脑袋很混乱，拼命去堵徐静的嘴巴和鼻子。估计是安眠药起了作用，徐静的反抗不算激烈，很快停止了。等到她彻底不动时，我把她的衣服整理好，取下胶带，又到楼下取来吸尘器，在床上吸了一遍，这才离开。在整理衣服时，我发现她的嘴里有白沫，这应该是癫痫的症状，暗自庆幸。我原本以为这一次行动天衣无缝，谁知你们找到了家里的秘密通道，还知道我用了胶带。"

说到后面，关江州格外沮丧。

侯大利道："你到楼下拿吸尘器，不怕楼下的人发现？"

关江州道："我知道吸尘器位置，尽量小心，不发出声音。吸尘器是牌子货，使用时基本上没有噪声。"

侯大利道："作案以后，胶带、手套放在什么地方？"

关江州道："我开车回家时，顺手扔进了街边的垃圾桶。"

侯大利道："说具体一点，是在哪条街道、哪个位置的垃圾桶？"

关江州道："在南方花苑东门旁边的垃圾桶，我把手套和胶带丢进垃圾桶后，就开车进入车库。整个关家，我住的地方最差，凭什么徐静住进我家别墅，我被赶出来，住在这种烂小区？"

胶带和手套大概率找不到了，这是专案二组的共识。侯大利对这个结局也没有感到意外，详细问了作案细节以后，开始询问同案人关百全的情况。

侯大利道："关百全是怎么发现你的？"

关江州道："我家知道那条逃生通道的只有我爸、我哥和我，我姐、我妈和徐静肯定不知道。我爸应该在通道门上设置了某种我不知道的机关，他发现了我进入通道，就在通道里堵住了我。他担心我到国外会吸毒，准备先让我戒毒，再出国。"

侯大利道："你爸是否知道你杀害了徐静？"

关江州道："我爸问过我这件事，我没有承认。我爸很聪明，应该猜到了。我没有告诉他。我说的是真话，我发誓。"

侯大利道："关百彬知不知道你做的事情？"

关江州道："关百彬和我爸差不多，心里应该很清楚，但是没有明说。"

确认关百全和关百彬是否知情以后，侯大利开始追问此案与杨永福和肖霄的联系，这也是他最为关注的。

侯大利道："为什么你把自己常用的手机放在家里，带了一部平时不用的手机？"

关江州道："我又不傻，常用的手机肯定会被警察监控，所以带了一部平时没有用的。"

侯大利道："为什么要准备一部平时不用的手机？"

关江州道："这部手机只用来向杨守忠买货，除了他，没有其他人知道。"

侯大利道："谁教你使用这种方法？"

关江州道："杨守忠。他是我的上家，我所有的货都是从他那里拿的。"

在前面审问杨守忠时,杨守忠将自己择得很干净,现在看起来,这人并没有完全说实话。

再审杨守忠是下一步的事情,当前还得专心对付关江州,从其口中拿到更有价值的信息。侯大利开始有意转移问话方向,道:"你是从什么时候开始吸毒的?尽量准确。"

关江州道:"具体时间我真的记不清楚,8月初发现身体不对劲,最初还不知道是染上毒瘾,以为生病了,后来才渐渐意识到染上了毒瘾。"

侯大利道:"第一次吸毒是和谁一起?"

"我不知道,你别嘲笑我,我是稀里糊涂染上毒品的,很有可能是在酒吧里染上的。出国在外,混了几年,没有学到别的本事,挺喜欢逛酒吧。我估计是在酒吧染上的,经常喝醉,喝醉以后,只要有人碰杯,拿来什么都敢喝,特别是美女,来者不拒。现在抠破脑袋,也想不起来是在什么时间染上的,更不知道是谁偷偷下毒。如果让我知道是谁干的,我把他碎尸万段。"

关江州说了几句狠话以后,想起躺在地上的关百彬的"尸体",知道报仇是奢望,一时之间,万念俱灰,身体不停地从椅子上往下缩。

侯大利道:"有意让你染上毒瘾,这得有深仇大恨。你和谁结了仇?"

关江州苦着脸,道:"我想过,没有想出来。我喜欢玩,没和人结仇。小矛盾有,没大矛盾,更没有到下毒的矛盾。"

关江州已经完全投降,在这种情况下,侯大利没有再给其增加压力,语气平和,就如和朋友聊天一般,道:"杨守忠是你唯一上家,他和你第一次见面是在哪里?"

关江州道:"在金色酒吧。"

侯大利道:"你不是说金色酒吧吸粉的少,为什么会遇到杨守忠?"

关江州道:"吸粉的少,不是说绝对没有。我染上毒瘾以后,偶尔也能发现一些吸毒的人出现在金色酒吧。吸粉的人表情和姿势不一样,特别是眼神,还有身体散发出来的味道也不一样。我总结不出来,感受得出来。"

侯大利道:"讲一讲你和杨守忠见面时的情景?"

关江州尽量让身体坐正,道:"喝酒时,经常有醉醺醺的陌生人到卡座碰酒。有一次,杨守忠端着酒杯到卡座,神神秘秘地说是有好货,要给我跳跳糖。对了,吃了杨守忠给我的跳跳糖后,我当时舒服极了,像神仙一样。问清楚这是啥玩意儿,我才真正知道身体出了什么问题。"

侯大利道:"按照你的说法,杨守忠来到吸粉很少的金色酒吧,找到你,还给了你跳跳糖,你才知道自己染上了毒瘾。"

关江州愣了愣神,辩解道:"给跳跳糖那一次,我才第一次见到杨守忠。他以贩养吸,经常到各个场子找下家,我是他无意中找到的下家。这是杨守忠的说法,也是事实。我们在金色酒吧第二次见面时,他告诉我要弄一个备用手机,单线联系。他交代手机不能用自己的身份证办,要用其他人的办。"

侯大利道:"谈一谈你和杨守忠第二次见面的具体情况。"

关江州道:"和第一次见面差不多,我在金色酒吧玩,他进来后,主动和我聊天。这一次以后,我开始从杨守忠那里拿货。我吸毒的时间短,只有一个上家。"

侯大利道:"你染上毒瘾前后的那一段时间,主要在哪个场子玩?"

关江州道:"多数时间都在金色酒吧。我和吴新生是朋友,还认识肖霄、小雨和炮姐这些人,这些人都放得开,漂亮,玩起来很嗨。"

"吴新生"出现以后,侯大利用意味深长的表情盯着关江州,道:"吴新生、肖霄、小雨和炮姐,这些人有涉毒吗?"

关江州摇头道:"他们不沾那个东西。金色酒吧最出名的是美女多,吸粉的确比其他场子要少。"

侯大利道:"肖霄、小雨、炮姐,谁和你的关系最好?"

关江州有些疑惑地看着侯大利,道:"只是男女关系而已,和小雨、炮姐都睡过觉,这是很正常的事情。我和肖霄没有那种关系,喝喝酒，搂一搂，亲一亲，那是有的，还真没有睡觉。我和肖霄能够聊到一起，这不容易。我把肖霄当成好哥们儿，不能轻易睡觉。你怎么突然问起那几个女的，是不是想问陈菲菲的事？陈菲菲的事情和我没有任何关系。陈菲菲的事是李小峰干的，和我没有关系。我承认了这么多事情，没有必要在这件小事上说谎。"

说到这里，关江州想到这一辈子再也没有办法和这些活色生香的女人睡觉，不觉神情黯然，对杀死徐静生出了些许后悔之意。

侯大利道："李小峰和你熟悉吗？"

关江州道："还算熟悉，我们两家关系不错。"

侯大利道："李小峰为什么会杀陈菲菲？动机是什么？"

关江州道："陈菲菲不到二十岁吧，对自己身体很随便，只要有钱，随便能上。而且现在的小女孩很现实，给钱就行，拿钱走人，干脆得很。李小峰在女人身上花钱大方，根本没有杀人的动机。"

从关江州交代的情况来看，杨守忠确实还有很多疑点。关江州是一个典型的花花公子，为人轻浮，又傻傻的，被人卖了还为人数钱。侯大利接触了不少富家子弟，多数智商在线，如关江州这类看起来聪明实则是绣花枕头的算是少数派。

毒品这条线无法继续深入，李小峰这事也无法深入，侯大利转了话题，道："吴新生为什么要拿两幢楼给你做？"

关江州道："我们私交不错，吴新生想让我赚一点零花钱。"

侯大利道："吴新生拿两幢楼给你做，你没有施工队伍，怎么施工？"

关江州道："我最初准备把这两幢楼拿到以后，转手包出去，就能赚一笔快钱，根本不费力。吴新生应该猜到了我的想法，特别强调，他把两幢楼拿给我，是信得过我们家，相信我们的施工质量，所以必须得由我们家的施工队施工，由我来具体负责。至于我是否具体负责，还是当跷脚老板，吴新生表示不管。他只强调一点，为了确保安全质量，必须是我家的施工队。我去找我爸，他最初应该是答应的。"

侯大利道："答应就答应，不答应就不答应，什么是应该是答应的？"

关江州道："我爸说只要我愿意做正事，他都支持。是否接吴新生的两幢楼，他正要答应，接了个电话后就翻脸，不准我接吴新生的两幢楼。那个电话肯定是徐静给我爸灌了迷魂汤，不让我参与家族的生意。我家本来就是搞建筑起家的，不让我进公司，又不准我自己去拉工程，这就是断我活路。"

侯大利道："你父亲不准你去接吴新生的两幢楼，总得给个理由。"

关江州道："我爸一直以来都想让我到工程部门，跑一线工地。凭什么我哥和我姐都当老板，我就要到一线去吃苦？这不公平。"

侯大利顺着关江州的思路道："这次做两幢楼，正好是一个锻炼机会，你爸应该支持。"

关江州道："我爸不喜欢吴新生，他在家里讲过多次。吴新生的爸爸是杨国雄，吴新生以前的名字叫杨永福。"

侯大利道："哪一个杨国雄？"

关江州道："江州摩托的创始人，后来跳楼死的，你肯定知道。"

侯大利道："你是什么时候知道吴新生就是杨永福的？"

关江州道："记不太清楚，不久前。"

侯大利道："谁告诉你吴新生就是杨永福？"

关江州道："有一段时间，这事在圈子里传得很开。"

侯大利道："你和吴新生认识的时候，是否知道吴新生就是杨永福？"

关江州摇头道："我认识吴新生的时候，压根儿没有想到吴新生的爸爸是杨国雄，只是觉得比较投缘，能够说到一起。那时我还认为吴新生是白手起家，比较佩服他。吴新生实际上也是白手起家，他爸跳楼时，家里负债累累，没给吴新生留什么钱。"

侯大利道："你爸得知了吴新生的爸爸是杨国雄后，对白手起家的杨永福有什么评价？"

关江州道："我爸和杨国雄应该没有私交。得知吴新生的真实身份以后，就说这人挺复杂，让我别和他混在一起。上辈不管下辈事，杨国雄是杨国雄，杨永福是杨永福，不相干。我要和杨永福一样，靠自己的本事打出一片江山。吴新生这人挺地道，从来没有在我面前说过其他人的坏话，还经常说退一步海阔天空，劝我想开点，主动和徐静搞好关系，该低头时就低头。"

侯大利道："关百全不准你去接杨永福的两幢楼，到底是徐静的原因，还是杨国雄的原因？"

关江州道："杨国雄跳楼有十年了，人死如灯灭，就算以前他和我爸有竞争关系，我爸也不会因为杨国雄就不准我接两幢楼。他不放心杨永福，大约是因为杨永福化名为吴新生，又成为朱琪的情人。话又说回来，朱琪现在是自由身，和吴新生谈恋爱，这是挺正常的事。我爸不准我接这两幢楼，说到底还是徐静捣鬼。当初徐静缠上我爸，我为了我妈打抱不平，反对得最厉害，还和徐静打过架。她这人记仇，让我爸喝了迷魂汤，不让我接触家里的生意，到处破坏我的事。不管是好事还是坏事，她都反对。"

听到关江州如此回答，侯大利略微叹气，再次给他一个"草包"的评价。这个"草包"成事不足败事有余，在杨永福一步又一步的诱导下，杀害了继母徐静，弄出一尸两命的惨剧，还把父亲和堂叔搭了进去。

第十一章
爆炸再一次发生

在湖州完成了第一次审讯之后,禁毒支队袁浩回到江州,再将关江州移交给刑警支队。

在袁浩办公室,滕鹏飞用力地搓着脸上的麻子,道:"袁老大,您太见外了啊!在湖州捉到了关江州,直接交给侯大利。侯大利如今是省厅的人,我们才是左手和右手。"

滕鹏飞刚入职时,曾经是袁浩的下属,两人在一个战壕滚了几年,关系颇佳。

袁浩笑道:"滕麻子,我就知道你要找我扯皮。这么多年了,臭脾气不改。这事可不怨我,我是顺着杨三的线索,一路跟过去,意外抓到了关江州。专案二组是通过一个电话号码查到了杨三,也跟了过去。我们两方就在黑石镇会了面,然后各取所需,我抓杨三,他抓关江州。"

滕鹏飞发牢骚道:"省专案二组的任务是办杨帆案和白玉梅案,'8·24'案是新发命案,他们的手未免伸得太长了。"

袁浩丢了一支烟给滕鹏飞,道:"关局和宫局多次说过,在杨案和白案上,我们要绝对配合专案二组。另一方面,为了侦办这两起命案积案,凡是新发命案,省专案二组在他们认为必要的时候,都可以调查了解,市局各部门要配合。这件事情,说到底,是重案大队没有专案二组嗅觉灵敏。"

这一席话入情入理，滕鹏飞没有了脾气。

关江州认罪，这条消息震动了江州刑警支队，更在江州老板圈子里引起很大的震动。夏晓宇素来不打听这些事情，也主动给侯大利打去电话。

侯大利和湖州警方开了一个小型碰头会以后，这才驾车回到江州。回到江州，他们没有一刻停留，立刻前往关江州所住小区。侯大利在途中接到夏晓宇电话，便停下车，和坐在副驾驶位的江克扬交换了位置。

夏晓宇道："我知道你嘴巴紧，我只想问一件事情，徐静是不是关江州杀的？别说不知道啊，关江州已经被你们从湖州带回了江州。"

侯大利道："你的消息蛮灵通。"

夏晓宇道："这是公开的事，新闻通稿都要出来了。"

"夏哥，我只能说一点，徐静是遇害。至于具体情况，在侦查阶段，案件正在侦办中，无可奉告啊！"侯大利半开玩笑半认真地用了一句外交用语，将事情挡了回去。他更想说的话是警告，于是字斟句酌地道，"夏哥，注意安全，绝不能大意。"

夏晓宇熟悉侯大利，知其不是那种大惊小怪之人，想起"有人专杀老板以及老板家人"的传说，严肃起来，道："行，我知道了。"行走江湖日久，夏晓宇不再认为自己是金刚不坏之身，不管江湖地位多高，也怕半大小孩手举菜刀。

放下电话，侯大利想起排在诅咒名单上的父母，决定向父母发出警告。比较有利的是父亲和母亲素来注重安保工作，一般人难以靠近。只不过不怕贼偷，就怕贼惦记，百密难逃一疏。

侯大利打开手机，望着父亲的名字，想了一会儿，才拨通电话。

侯国龙很久没有接到儿子主动打来的电话，问道："有什么事？"

侯大利道："没事，就是打个电话。"

侯国龙道："关百全出事了？"

侯大利"嗯"了一声，道："你要注意安全，真不能马虎了。还有乔亚楠一家人的安全，也得注意。"

侯国龙高兴起来，道："这是自然，安全问题，马虎不得。"

挂了电话，侯大利再给母亲打了电话。与父亲相比，李永梅反而大大咧咧，道："我一个老太婆，不整人不害人，做点小生意，没有什么安全问题。"侯大利不能谈与案件有关的事，母亲的态度又让其不放心，于是又给宁凌打电话。

宁凌曾经被绑架过，陷在暗无天日的地下室，其间的绝望无法用语言表达。她居于国龙集团内部，要生存就得眼观六路耳听八方，听侯大利说得郑重，明白肯定有不能说的内情，道："大利哥，你放心，我天天跟着干妈。我们成立了国有企业那样的保卫科，保卫科科长很可靠。"

侯大利最初听到"大利哥""干妈"这些字眼总觉得不顺耳，如今听得习惯了，觉得有宁凌在母亲身边是好事。

打完几个电话，侯大利、江克扬和吴雪已经来到关江州居住的小区。据关江州交代，他作案以后，开车回小区，顺手将胶带、手套和吸尘器里的杂物扔进了垃圾桶。从8月24日到现在，过去了一个多星期，垃圾桶应该被清理了几遍，找到胶带、手套和吸尘器里的杂物的可能性很低。不管可能性多低，侯大利和江克扬还是决定实地查看，这是必须要走的程序。

车停至小区车库，侯大利跳下车，看见围了一圈市政维修牌子，道："有点怪啊，我们正要查这个垃圾桶，就有市政维修。周涛被陷害，也与市政部门有关。"

江克扬道："那是环卫站。"

侯大利道："环卫站是市政管的。"

说话间，三人来到市政维修牌子前面。铁制的牌子有两米高，印有"施工维修，如有不便，敬请谅解"，最下面是监理单位。侯大利踮着脚，透过缝隙，见到里面有几块地板砖被挖开，在没有挖开地板的地方，有一个垃圾桶。

等到江克扬透过缝隙观察以后，侯大利道："这是摆明了有人为我们保护现场。"

江克扬道："不会啊，谁会保护现场？"

侯大利道："如果我猜得没错，杨永福给我们出了一道智力题，他算计得极精，不想让关江州逃脱制裁，特意将胶带和手套等工具留了下来。车库在支道上，市政人员平时不会进来。那边有一个监控镜头，能看到进入车库的情况，但是看不到垃圾桶。在这种条件下，上点围栏，就可以保护现场。"

"如果真是这样，也太狂了。"江克扬找到了车库管理人员，出示了证件。

车库管理人员被带到维修地点，道："这是外面公路，不属于小区管。你看嘛，印有市政的字。"

江克扬道："他们是什么时候来施工的？"

车库管理人员道："估计有差不多十天。最初来了几个人，挖开了道路，后来就没有动静了。这是市政维修，围栏围得挺严实，不影响大家通行，没人投诉，大家也没管。"

江克扬道："他们到底在修什么？"

车库管理人员道："这不归小区管，小区只管小区内部。"

车库管理人员回到工作岗位后，侯大利道："以鱼竿模型来推断，杨永福只管设计，至于最后事情如何发展，他基本不参加，躲得远远的。他这种操作方式很狡猾，我们很难抓到能上法庭的证据。"

十几分钟以后，重案大队二组、勘查室小林等人出现在小区车库门口。侯大利简单介绍情况之后，一组侦查员去调取监控录像，另一组侦查员与江阳区市政联系。

江阳区市政工程科科长来到现场以后，绕着围栏转了一圈，疑惑地道："这是我们的施工围栏，围栏是我们的，但不是我们的施工现场。所有维修都得我批准，我们绝对没有在这个地方维修。你们看嘛，不是换地板，也不是挖线路，这就是一个假工地。"

侦查员在做笔录之时，勘查室小林拍照、录像之后，打开施工围栏。

垃圾桶保持了原样，小林打开垃圾桶，提出垃圾桶内胆，内胆最上面便是胶带、手套和一条毛巾。

张国强抹了一把头上的汗水，道："大利，你是真神了，怎么会找到这些东西？"

侯大利道："这是关江州交代的。"

张国强在垃圾桶边转了一圈，环顾围栏，道："关江州刚刚扔了东西，就有施工队来设围栏，完整保存了当天的垃圾。环卫工人要搞凌晨普扫，早上5点左右。这是晚上围起来的，恰到好处保存了证据。"

车库管理人员又被叫了过来，原本挺不耐烦，看到气势汹汹的一群人，顿时紧张起来。

张国强道："这些围栏是什么时间安上的？白天，还是晚上？"

车库管理人员道："我们平时是轮班，我真不知道这个围栏是什么时间安上的。"

询问一番，车库管理人员基本上不能提供更多的信息。

张国强回到侯大利身边，建议道："大利，这些围栏肯定得有车子运过来，沿途都有监控，肯定能找到这辆车。安装围栏有时间，这边是车库，肯定有人能看到安装者。我立刻安排调查，再跟你报告。"

在很长一段时间里，张国强作为老资格组长，并不是真心服气侯大利这个小年轻。这一年多时间，经历数起大案，张国强彻底认清了侯大利的水平确实比自己要高的事实。他和侯大利讲话时，发自内心用了"报告"两个字，这不仅是对省公安厅的尊重，更是对神探的敬意。

离开车库，侯大利前往指挥中心。

宫建民见侯大利进屋，站起身，绕过桌子，过来握手，道："关局在等你。"

关鹏取下眼镜，道："关江州的案子办得好。关百全挺不错的人，居然就这样栽进去了，包庇罪，这是逃不了的。他这样做可以理解，为了儿子，情有可原，理无可恕。大利，你来谈下一步计划。"

侯大利道："还是笨办法，盯住杨永福，再加上吴佳勇。盯死他们两人，聋哑人、皮卡司机、黄大森，这些妖魔鬼怪就会自动现形。"

关鹏道："经省厅安排，秦阳刑警支队的同志们由一位副支队长带队，进入江州，听你指挥。我现在最担心的还不是杨永福，而是黄大森。黄大森这人懂爆破技术，又与矿山有千丝万缕的联系，如果在江州城里再次响起爆炸声，社会影响就太恶劣了，谁都担不起这个责任。我们一定要防止这种事情发生。江州公安控制车站、码头、宾馆、商场等公共场所，你们暂时放下其他事情，盯死杨永福和朱琪。"

侯大利道："朱琪和杨永福是黄大森的重要目标之一。秦阳的同志已经开始全天候监控朱琪和杨永福。这样一来，相对于黄大森，我们也变成了暗处。"

关鹏道："你们是一支奇兵，独立行动，直接向我或者宫局报告，希望能发挥大作用。"

接受新任务后，侯大利回到刑警老楼，参加小型庆祝晚餐。

侯大利刚进刑警老楼底楼伙食团，樊勇道："省专案二组和105专案组的同志为庆祝关江州归案欢聚一堂，摆几瓶白酒、几瓶啤酒，没什么大事吧？"

尽管审讯关百全是明天的事情，侯大利还是认真地道："还是饮料吧，专案二组有规定，办案期间严禁饮酒，没有必要破例。"

樊勇摊了摊手，对王华笑道："我就知道是这个结果，你输了。"

朱林笑道："王华赌输了，到外面切卤鹅。愿赌服输啊，得自己掏腰包。"

彻底瘦下来的王华比以前英俊了许多，道："当然愿赌服输，三天不学习，跟不上侯大利了。"

老姜局长道："大利的做法是对的，严格要求，确保不犯错。以前我年轻的时候，就是拉不开情面，否则早就是一把手了。"

侯大利团团地拱了拱手，道："等专案二组完成所有任务，我摆一桌大酒，大家一醉方休。"

坐下以后，侯大利道："张小舒没在？"

易思华道："长贵县出了车祸，重伤三人，死了两人，张小舒过去支援。今天晚上够呛，她得忙惨。"

朱林道："张小舒科班出身，业务能力提高得很快。看到张小舒，经常想起缩在箱子里的白骨，真心疼这个小姑娘。"

提起白玉梅案,气氛沉重起来。张小舒是105专案组成员,由于白玉梅案,是专案组唯一没有参加省专案二组案侦工作的成员。今天张小舒不在场,又是在老楼餐厅吃饭,大家反而能谈谈案子上的事情。

饮料过了三巡,朱林道:"大利一直紧盯着杨永福,我觉得这没有错。杨永福不可能孤身作案,必然还有同伙,这个团伙还很厉害,有职业犯罪的水平。吴佳勇嫌疑最大,我和老姜局长跟踪了好几次,可惜没有太多发现。这是一条非常重要的线,你们要加强力量。"

近期,秦州警方已经抽调力量监控吴佳勇,这属于"挖两面人和幕后黑手"的系列行动之一。朱林和老姜局长都属于老刑警的一部分,侯大利也就没有对他们说明此事。他举起杯子分别和朱林、老姜局长碰了碰,真诚地表示感谢。

深夜,一名年轻女子走进小巷道,敲开一处僻静房门。房门打开,年轻女子侧身而进。房门又迅速关上。

年轻女子望着眼前之人,双手紧握,神情紧张。

"有什么线索没有?"屋内人脸颊消瘦,神情凶狠,正是从煤矿逃跑的黄大森。

年轻女子道:"我就在办公室做杂事,弄不到他们的核心信息。"

黄大森按捺住内心的烦躁,道:"我不要核心信息,只要他们的行踪。当初想了很多办法才把你弄到了朱琪身边,不是让你拿到公司核心信息,我只需要朱琪的行踪。"

年轻女子道:"朱琪平时行踪很简单,两点一线。"

黄大森不耐烦地道:"别跟我扯这么多,你们家能有现在,全靠了我们黄家。如果朱琪和杨永福真把我们黄家赶出公司,你们家也就完蛋了。"

年轻女子咬了咬牙,豁了出去,道:"朱琪要过生日,杨永福在矿业广场的江州服装定制店里为朱琪定制了一套礼服,她约了杨永福明天下午2点钟看成品。"

黄大森眼光闪烁,道:"为什么能够肯定是下午2点钟?"

年轻女子道:"朱琪3点钟要参加市政府办公会。这个办公会是海市长主持召开的,不能迟到。上午还要开董事会,要开整整半天,所以能确定的是下午2点钟。"

"为什么2点钟去?时间有点紧,完全可以吃完午饭就去。"黄大森算了算,从矿业广场到市政府有十五分钟左右的车程,2点钟到定制店,2点35分前就必须要离开矿业广场,否则时间会特别紧。

年轻女子道:"她一个女人要掌控这么大的企业,还是很拼的。每天日程安排得很满,连轴转。一般情况下,朱琪在饭后会午睡,雷打不动。"

黄大森道:"朱琪就是靠着身体勾引了我哥,懂个屁。"

年轻女子对这句话未作评价,也未附和。她其实对朱琪挺有好感,迫于家族的生存压力,这才站在了黄家这一边。

"朱琪的汽车一直停在车库?"黄大森想对朱琪下手,特意注意收集与朱琪有关的细节。他行动不自由,只能依靠其他人。目前最接近朱琪的就是眼前的女子,所以他也不能过于施压。

年轻女子道:"朱琪上一次出事以后,调整了以前的驾驶员。新来的驾驶员是武警转业的,朱琪花高价招过来。新驾驶员每天都将车开到专用车库,从不乱停。专用车库和专用电梯连在一起。这部专用电梯就是朱琪专用,除了吴新生,其他老总都不走这部电梯。"

黄大森骂道:"这个贱货,比我哥还会享受。你给我带的手机呢?"

"我走得匆忙,没有买手机。"年轻女子知道朱琪曾经被炸过一次,猜到背后黑手就是黄大森,所以只愿意提供信息,不愿意提供手机等实物。

黄大森伸出手,道:"你的手机拿给我。"

"对不起,我的手机也没有带来。"年轻女子拉开手提袋,还拍了拍衣服口袋。

9月,天气仍然炎热,衣衫单薄,女人身上确实没有手机。黄大森知道这个女子是故意如此,如果在以前,肯定会毫不留情地训斥。世事没有如果,他表面强势,实则有求于人。年轻女人不太配合,他很无奈,只能暂时咽下这口气,叮嘱道:"明天,开辆货车到矿业广场来。记住,要在里面装货。"

年轻女子巴不得黄大森早点离开,听到此语长舒一口气,道:"货车已经准备好了。货车后面有很多纸箱,有一个箱子是空的。这是送家电下乡的车,不会有人来查。货车就停在矿业广场家电商场旁边,这是车号。没事,我走了。"

年轻女人离开以后,黄大森咬牙切齿地骂道:"妈的,等老子翻了盘,这些账都要算一算。"

明天的时机非常好,朱琪和杨永福同时出现在矿业广场的服装定制店,可谓千载难逢的良机。如果有一部手机作为信号接收器,那就是一场绝杀。现在没有手机,自己外出购买手机的风险极高,存在很多不确定性。思来想去,他决定拆掉洗衣机的定时器,尽自己所学制作一个即使警方发现也难以拆掉的定时炸弹。只要朱琪和杨永福真的如约前来,也会神不知鬼不觉爆炸,送这两人上西天。

如今江州警方密布于车站、码头等交通路口,江州不是久留之地,多留一天,便增加一天的风险。从第一天逃亡开始,黄大森尝尽了人间百般苦。特别是被强行关在黑煤矿的日子,更如地狱一般,九死一生。若不是那一场大雨,他还真不一定能够坚持下来。

在银沟煤矿失手以后,他的心态发生了变化,逐渐产生了"君子报仇,十年不晚"的想法,这在以前是绝对没有的。他准备再尝试一次,不管成功还是失败,都要远离江州,暂时告别江湖,去过安稳生活。

这一次回到江州,黄家留在矿业集团的几个老人对黄大森的态度发生了微妙变化。以前是发誓要不惜一切代价赶走朱琪,如今有了和朱琪妥协的心态,划分利益,共掌矿业集团,不再提"不惜一切代价"和"同归于尽"的话,话里话外都是让黄大森远离江州,暂避风险。

黄大森明白,明天将是最后一次机会,如果失败,以后很难再得到黄家几个老人支持,自己真成了丧家之犬。而这一切,都是拜杨永福所赐。想到这里,他的杀机再次不可遏制地生起。

早上10点,黄大森检查了一遍爆炸装置,还是觉得依靠定时器不保险。他戴上深色眼镜，又贴了一圈胡子，冒险外出，购买作为接收器的手机。谁知运气不佳，刚走出门，迎面就来了两个警察和两个辅警。黄大森强作镇静，走进旁边一家早餐店，买了两根油条和一杯豆浆，坐下来吃早餐。谁知，两个警察和两个辅警也跟着走进早餐店，坐下来喝豆浆吃油条。

这四人没有料到自己寻找的目标人物正在身边，低声发起牢骚。

偷听到四人谈话，黄大森一颗心不停往下沉。警方果然没有放弃对自己的追踪，不仅在交通要道布置了警察，在街道上还有便衣和巡逻警察。

吃过早餐，黄大森不愿意再冒险，回到窝点。好不容易到了中午12点，他再次出门，提着小纸盒子，穿小道，步行前往矿业广场。

矿业广场大门口有几个警察在闲聊。黄大森没有退缩，强作镇静，从侧门进入广场内部，再利用偏僻的货梯上了四楼。

四楼服装定制店，服务员见有人进屋，热情地迎了上去，道："先生，你要定做服装吗？"黄大森以前曾经在服装定制店做过西服，知道这里的情况，道："我定一套西服，要做多久？"

谈完定制服装的细节之后，黄大森道："你们这里有成衣吧，我能不能试一试？"

服务员确信眼前的男子是真要做服装，便挑选了一套接近他身材的西服，道："先生，你可以先试穿。这是别人定做的，尺寸不完全合适，等会儿我给你量尺寸。"

试衣间座椅果然是江州传统的老式柜式座椅。柜子表面绷着皮革，作为顾客座椅。柜子里则可以放点小东西。黄大森关上门，将纸盒子放进柜子。

试穿西服，量尺寸，交定金，黄大森不慌不忙地拖延时间。到了1点半，他再乘货梯来到矿业广场家电商场旁边，坐上装满电器的货车，慢悠悠地离开江州。

下午1点50分，服装定制店的服务员走进试衣间，打开柜门，意外地看到柜子里有一个纸盒子，便将纸盒子拿了出来，对另一个服务员道："这个纸盒子是刚才那个顾客提进来的，我记得很清楚。他怎么把盒子塞到柜子里？真是怪事。"

服务员拨打了顾客所留电话，手机已经关机。

另一个服务员开玩笑道："这个盒子里有'嘀嗒'声，好像电影中的定时炸弹。如果真有炸弹，我们就要被炸成碎片。"

服务员"呸"了一声，道："你这个乌鸦嘴。"她把纸盒子拿到耳朵边，细听，道："还真说不定，以前那边咖啡馆就炸过一次，死了一个人。里面有'嘀嗒'声，感觉真的像是电影中那种炸弹。"

在好奇和恐惧心理的共同驱使下，服务员剪开纸盒子外面的线绳，揭开盖子，一个缠满线圈的怪物闪着光，发出"嘀嗒嘀嗒"的声音。

前一次咖啡馆爆炸案给了矿业广场所有人以深刻印象，两名服务员大呼小叫地逃出了商店。

在服装定制店对面有一家过桥米线，貌似情侣的一男一女正在吃米线。两人见到服务员惊慌失措地冲出来，赶紧过去查看。

这一男一女正是秦阳刑侦支队的侦查员。按照省公安厅要求，秦阳刑侦支队组织了一支精干的小队伍来到江州，在侯大利指挥下开展秘密侦查工作。

秦阳刑侦支队赴江州专案组监听到朱琪和杨永福通话后，派出两名年轻侦查员提前来到矿业广场，进行例行跟踪监控。两名侦查员冲进服装定制店，见到放在桌上的爆炸装置，大惊之下，女侦查员向其副支队长报告，男侦查员则向侯大利报告。

手机响起，侯大利接通。

秦阳侦查员的声音非常急迫，道："江州服装定制店发现了一个装有定时器的爆炸装置，装置上的时间还剩下十来分钟。我不懂炸弹，没敢动。矿业广场，四楼，左侧。"

黄大森曾经制造过一起爆炸案，造成一死一伤的后果。侯大利对此案印象极为深刻，听到报告之后，立刻意识到这是一起针对朱琪的爆炸案。

"赶紧疏散群众，赶紧。"

侯大利叫上江克扬、樊勇等人，飞一般往楼下跑。侯大利在车上向关鹏汇报工作，车辆由樊勇驾驶。刑警老楼距离矿业广场不远，越野车开足马力，一路狂奔。

路口交警发现了这辆越野车，骑上摩托车紧追。摩托车上的警员不停喊话，让越野车停下来。

江克扬将警灯放在车顶，伸出手，向交警招手。

通话完毕后，侯大利道："把交警全部带到广场，让他们封锁路口，不准行人和车辆进入。只准出，不准进。"

江克扬道："我认识追过来的交警，我去跟他们交代。"

侯大利道："好，老克负责组织交警，樊勇跟我上楼。"

三分钟时间，越野车停在矿业广场。交警骑着摩托车靠了过来，道："你们有什么要紧事，开得这么快？"

江克扬跳下车，道："老蒋，矿业广场有炸弹，赶紧封锁交通，不准任何人进入矿业广场。"

交警老蒋大惊，道："真的假的？我没有接到通知啊！"他随即看到面色严肃的侯大利，顿时意识到事态严重，一边呼唤增援，一边开始封锁矿业广场。

与侯大利前后脚来到矿业广场的是派出所副所长施成。施成气喘吁吁地道："我接到电话了，增援的同志马上就到。他妈的，又是炸弹。"

矿业广场有众多商家，平时人流量很大。虽然过了午餐时间，仍然有很多人在商场流连。他们享受着中午时光，完全没有意识到身边有巨大危险。

发现爆炸品的两名侦查员守在商店门口，"嘀嗒嘀嗒"的声音似乎越来越响，如催命符一般。他们不敢离开，也没有办法处理。终于，他们见到侯大利跑了过来。

男侦查员赶紧迎了过来，急急忙忙地道："朱琪在电话里约杨永福，准备在下午2点到这家服装定制店。我们是例行跟过来看一看，没有料到服务员发现了一个定时器。定时器还在闪烁，我不敢动那玩意儿。如果有人遥控，那就太危险了。"

侯大利表现得特别镇静，道："施所，你负责疏散顾客。我和樊勇看炸弹。"

施成随即站在店门口，拦住过往顾客。

服装定制店里，四个灰色方块捆在一起、中央用电线缠着的一个类似接收器的小机器，闪着红光。侯大利看到定时器上不断减小的数字，问道："朱琪约的是几点？"

秦阳侦查员道："他们约的是2点钟在这里试衣。现在肯定被拦住，进不来了。"

定时器上的数字加上现在的时间，正是2点20分。如果朱琪和杨永福能够准时来到，2点20分，爆炸发生，以上次的爆炸威力来看，如果店内有人，肯定难以生还。

"这和以前炸朱琪的炸弹应该是一类，威力很大。"侯大利一颗心跳得极快，似乎要从胸腔迸出去。他让自己冷静下来，蹲在炸弹旁边仔细观察了一会儿，道："这是定时装置，设计得很专业，定时装置被碰撞，随时可能爆炸。从线路来看，还装有断路引爆装置，只要切断电源，刹那间就可能产生火花引爆。"

"还有十分钟就要爆了，得赶紧拆弹。拆弹组来不及了，怎么办？"樊勇望着不停闪烁的炸弹，额头汗水直接就涌了出来。

侯大利指着红色和蓝色引线，摇头道："剪哪一根，我们没法判断。"

樊勇尽管胆大包天，此时也是汗如雨下，道："我也不知道，剪断就有可能爆炸。"

陆续有增援民警赶到，拦住行人，不让他们进入广场。

"嘀嗒嘀嗒"的声音显得异常刺耳，震得侯大利心脏发疼。楼梯上突然出现十几个少年人，有说有笑。侯大利脸色发白，对跟在身边的两名秦阳侦查员道："你们在这里没用，和施所长一起带着这些人离开，越远越好。"

秦阳侦查员还在犹豫。

"赶紧离开，疏散群众，这是命令。"侯大利看了看表，咬了咬牙，道，"只剩几分钟时间了，排爆人员来不及了。这幢楼里还有不少群众，爆炸以后，到底有什么后果也不清楚。距离大楼不远处有一处烂尾楼,烂尾楼旁边有一个大坑,我抱炸弹,樊勇开车,我们把炸弹扔到大坑里。你敢不敢?"

樊勇道:"敢。"

樊勇接过钥匙,侯大利抱起装炸弹的纸箱。

关鹏、宫建民、滕鹏飞等公安局领导已经出现在矿业广场一楼,见到侯大利抱了一个盒子下楼,宫建民吼道:"你们做什么?"

侯大利道:"还有几分钟就爆炸,来不及拆弹了。我和樊勇把它扔到烂尾楼大坑。"

关鹏大吼道:"让交警用最快时间打开一条通道!滕麻子,你带人进楼,一间房子一间房子搜查,找人,找炸弹!"

侯大利只是发现了一个爆炸装置,是否还有其他的爆炸装置,必须马上核实。滕鹏飞带着几名侦查员,顾不得危险,逆行而上。

樊勇发动越野车,平时性能极佳的越野车居然熄了火。侯大利脸皮扯动一下,用沉稳的声音道:"开稳点,炸弹爆了,我们就成了一堆碎肉。"

樊勇再次发动汽车,拉响警笛,朝烂尾楼开去。

除了公安局领导,还有不少人被警察挡在外围,杨永福和朱琪也在其中。

矿业广场仍然不断朝外涌出人群。

杨永福问一名打扮时髦的年轻人:"出啥事了?"

年轻人喘着气,道:"商场有炸弹,谁干的事,累死我了。"

交警接到指令,控制了周边交通。一名交警骑车在前面带路,控制其他车辆,引导越野车。

侯大利目不转睛地盯着前方的道路,道:"谢天谢地,不能堵车,不能堵车。"

樊勇猛踩油门,越野车朝烂尾楼狂奔而去。这辆警车后面约百米,跟着关鹏和宫建民的车,再后则是各单位过来增援的小车。

从矿业广场到烂尾楼在不堵车的情况下也就五六分钟车程,侯大利却觉得这几分钟车程特别慢。他能够看到烂尾楼,却始终隔着遥远的距离。"嘀嗒嘀嗒"的声音响如巨鼓，似乎下一秒就要爆炸。

"快！"

"快！"

"快！"

交警的摩托停了下来。越野车发出怒吼，朝烂尾楼冲去。在即将接近烂尾楼时，樊勇猛打方向盘。越野车掉转车头，停在烂尾楼旁边的深坑边上。他跳下警车，如跳水一般朝地面扑去。侯大利拉开车门，将炸弹扔过不算高的施工挡板，然后扑倒在地，用尽力气向远离大坑的方向滚动。

关鹏和宫建民的小车停在距离烂尾楼一公里处，刚刚停下来，只听见一声巨响，烟尘四起，烂尾楼的工程挡板被炸得四处乱飞。

宫建民耳朵里嗡嗡作响，过了好一会儿，才能听见声音。他见关鹏在朝烂尾楼跑去，也追了过去。

工程挡板旁的越野车车窗被震碎，越野车上插着无数挡板碎片。侯大利抱着头趴在地上，大地的震动让其五脏都挪了位置，呕吐物和鲜血喷涌而出。

"侯大利！"关鹏抓着侯大利，大声喊叫。

"樊傻儿！"宫建民则跪在樊勇身前。

侯大利抬起头，道："关局，轻点，我头昏。樊傻儿没事吧？"

樊勇还趴在地上，脸上全是擦伤。他伸出手，竖起大拇指，道："大利，你龟儿子是条汉子。"

侯大利吐了口血，道："樊傻儿，你龟儿子不错，狗胆包天。"

一排警察站在烂尾楼旁边大坑前，伸出脑袋向下张望。炸弹触底后爆炸，在大坑底部形成一个明显的凹陷。

宫建民咬牙切齿地道："捉到凶手，老子想亲自突突了他。"

关鹏道："凶手是谁？有没有线索？"

侯大利道："定时炸弹非常专业，肯定是黄大森。"

在江州城外，黄大森从货车上爬了出来。他回望江州方向，仿佛听到了爆炸声，脸上凶相毕露。不管是否得手，他准备人间消失，彻底离开江州，开始另一段人生。

在矿业广场不远处,朱琪吓得站立不稳,脸色苍白,嘴唇哆嗦,道:"肯定是黄大森,肯定是黄大森。"

杨永福望着远处升起的烟尘,搂紧朱琪的肩膀,道:"我听说爆炸品是从服装定制店拿出来的,这就是冲着你和我来的,肯定有内奸,就和孙望一样。"

朱琪突然尖叫着道:"知道我们行踪的只有办公室的人,全部开除!"

杨永福皱眉,有一股不祥之感涌出来:为什么抱走炸弹的人是侯大利?绝对不会是偶然经过,没有这么巧。上次在红源煤矿,也有命案积案二组的人。他们肯定是在监视我。

在杨永福原来的计划中,有一个向警方检举杨三和关江州的小方案,就和当年检举黄大森一样。只要关江州不逃出国,这个小方案就能确保关江州落网。谁知,警方比自己预想的更精明,不用自己检举就找到了关江州。这让一向自信的他感受到了巨大的威胁。

人们不肯离开,站在警戒线外议论纷纷。爆炸的响声消失在空中,远处烟尘被风吹散。朱琪有爆炸恐惧症,她担心黄大森阴魂不散,心神不宁。

杨永福的心思不在黄大森身上,仰起头,望着天空。

天空中,隐约的烟尘汇聚成一头老鹰,呼啸而来,伸出如匕首一般的利爪,刺向头顶。

(第八部 完)

《侯大利刑侦笔记9：大结局》即将出版，精彩预告：

犯罪仍在继续：夏晓宇父母惨遭不测，黄大森离奇死亡，周小丽莫名失踪，矿下挖出四具白骨……

侯大利走访现场，搜集证据，在对蛛丝马迹的剖析中一步一步接近真相，不料却突遇埋伏，命悬一线，他急中生智，在生死存亡之际抓住了关键人物！

至此，往事犹如多米诺骨牌，一件一件暴露于日光之下！

白玉梅死于谁手？杨帆为何遇害？尘封多年的悬案如何告破？作恶多端的犯罪团伙如何落网？侯大利究竟如何解开心结，走出死亡的阴霾？

敬请期待《侯大利刑侦笔记9：大结局》！

· 读客®知识小说文库 ·

读小说 学知识

《相声神探》

王晓磊 著

看似一本正经搞笑，其实正儿八经烧脑！

打开天猫
扫码购买

· 读客® 知识小说文库 ·

读小说 学知识

《暗黑者》

周浩晖 著

中国高智商犯罪小说扛鼎之作
让所有自认为高智商的读者拍案叫绝

打开天猫
扫码购买

激发个人成长

多年以来,千千万万有经验的读者,都会定期查看熊猫君家的最新书目,挑选满足自己成长需求的新书。

读客图书以"激发个人成长"为使命,在以下三个方面为您精选优质图书:

1. 精神成长

熊猫君家精彩绝伦的小说文库和人文类图书,帮助你成为永远充满梦想、勇气和爱的人!

2. 知识结构成长

熊猫君家的历史类、社科类图书,帮助你了解从宇宙诞生、文明演变直至今日世界之形成的方方面面。

3. 工作技能成长

熊猫君家的经管类、家教类图书,指引你更好地工作、更有效率地生活,减少人生中的烦恼。

每一本读客图书都轻松好读,精彩绝伦,充满无穷阅读乐趣!

认准读客熊猫

读客所有图书,在书脊、腰封、封底和前勒口都有"**读客熊猫**"标志。

两步帮你快速找到读客图书

1. 找读客熊猫君   2. 找黑白格子

马上扫二维码,关注"**熊猫君**"

和千万读者一起成长吧!